Harry Potter en de Gevangene van Azkaban

Van dezelfde auteur:

Harry Potter en de Steen der Wijzen

Harry Potter en de Geheime Kamer

Harry Potter en de Vuurbeker

Harry Potter en de Orde van de Feniks

J.K. ROWLING

EN DE GEVANGENE VAN AZKABAN

Vertaling Wiebe Buddingh'

DE HARMONIE AMSTERDAM / STANDAARD UITGEVERIJ ANTWERPEN

Voor Jill Prewett en Aine Kiely,
de Peetmoeders van de Swing.

UILENPOST

*H*arry Potter was in veel opzichten een ongewone jongen. Ten eerste was de zomervakantie zijn minst favoriete tijd van het jaar en ten tweede wilde hij dolgraag huiswerk maken, maar was hij gedwongen om dat stiekem te doen, in het holst van de nacht. En dan was hij ook nog een tovenaar.

Het was bijna middernacht en Harry lag op zijn buik in bed, met de dekens als een soort tent over zijn hoofd en een zaklantaarn in zijn hand. Een groot, in leer gebonden boek (*De Geschiedenis van de Toverkunst*, door Mathilda Belladonna) stond opengeslagen tegen het kussen en Harry ging fronsend met zijn adelaarsveer langs de regels, op zoek naar materiaal voor het opstel dat hij moest schrijven: 'Heksenverbrandingen in de Veertiende Eeuw Hadden Geen Enkele Zin – verklaar.'

De veer stopte bij een veelbelovende alinea. Harry duwde zijn ronde brilletje hoger op zijn neus, hield zijn zaklantaarn dichter bij het boek en las:

In de Middeleeuwen waren niet-magische mensen (beter bekend als Dreuzels) doodsbang voor toverkunst, maar slecht in het herkennen ervan. De weinige keren dat ze werkelijk een heks of tovenaar wisten te grijpen, had de brandstapel bovendien geen enkel effect. De heks of tovenaar sprak een simpele Blusbezwering uit en deed of hij of zij krijste van de pijn, terwijl ze in werkelijkheid alleen een zacht gekietel voelden. Bertha het Buitenbeentje vond de brandstapel zelfs zo lekker dat ze zich, in diverse vermommingen, maar liefst zevenenveertig keer liet verbranden.

Harry stak zijn veer tussen zijn tanden en haalde een flesje inkt en een rol perkament onder zijn kussen vandaan. Langzaam en voorzichtig schroefde hij de dop van het flesje, doopte zijn veer in de inkt en begon te schrijven. Om de zoveel tijd stopte hij even om te luisteren, want als een van de Duffelingen naar de wc moest en het gekras van zijn veer hoorde, zou hij waarschijnlijk de rest van de vakantie in de bezemkast onder de trap worden opgesloten.

De familie Duffeling, die op de Ligusterlaan nummer 4 woonde, was de reden dat Harry nooit van de zomervakantie kon genieten. Oom Herman, tante Petunia en hun zoon Dirk waren Harry's enige levende familieleden. Ze waren Dreuzels en hielden er heel erg middeleeuwse opvattingen over toverkunst op na. Over Harry's overleden ouders, die zelf ook tovenaars waren geweest, werd in het huis van de Duffelingen nooit met een woord gesproken. Tante Petunia en oom Herman hadden jarenlang gehoopt dat ze, als ze Harry het leven maar zo zuur mogelijk maakten, zijn tovertalent misschien in de kiem zouden kunnen smoren, maar tot hun grote woede was dat niet gelukt. Tegenwoordig waren ze vooral als de dood dat andere mensen er misschien achter zouden komen dat Harry het grootste gedeelte van de afgelopen twee jaar had doorgebracht op Zweinsteins Hogeschool voor Hekserij en Hocus-Pocus, maar het enige wat ze konden doen was Harry aan het begin van de vakantie zijn spreukenboeken, toverstaf, bezemsteel en ketel afnemen en hem verbieden om met de buren te praten.

Het feit dat hij niet over zijn spreukenboeken kon beschikken was een groot probleem voor Harry, want zijn leraren op Zweinstein hadden hem een berg huiswerk opgegeven. Hij moest een heel moeilijk werkstuk over Slinksap maken voor zijn minst geliefde leraar, professor Sneep, die maar al te blij zou zijn met een excuus om Harry een maand lang straf te geven. Vandaar dat Harry tijdens de eerste vakantieweek direct zijn kans had gegrepen. Toen oom Herman, tante Petunia en Dirk in het voortuintje stonden om oom Hermans nieuwe auto van de zaak te bewonderen (luid pratend, zodat de rest van de straat de auto ook zou zien), was Harry naar beneden geslopen, had het slot van de bezemkast onder de trap opengemorreld, een paar van zijn boeken meegegrist en die op zijn slaapkamer verstopt. Als hij maar geen inktvlekken op de lakens maakte, hoefden de Duffelingen er nooit achter te komen dat hij 's nachts toverkunst studeerde.

Harry wilde graag ruzie met zijn oom en tante vermijden; hij had het toch al grondig bij ze verbruid en dat alleen maar vanwege het telefoontje dat hij in de tweede week van de vakantie van een andere tovenaarsleerling had gehad.

Ron Wemel was Harry's beste vriend op Zweinstein en kwam uit een volbloed-tovenaarsfamilie. Dat hield in dat hij veel dingen wist die Harry niet wist, maar dat hij bij voorbeeld nog nooit een telefoon had gebruikt. Het was pure pech geweest dat juist oom Herman had opgenomen.

'Met Herman Duffeling.'

Harry, die toevallig ook in de kamer was, verstijfde toen hij Rons stem hoorde.

'HALLO? HALLO? KUNT U ME VERSTAAN? IK – WIL – HARRY – POTTER – SPREKEN!'

Ron schreeuwde zo hard dat oom Herman zich een ongeluk schrok. Woedend en paniekerig staarde hij naar de hoorn, die hij een halve meter van zijn oor hield.

'MET WIE SPREEK IK?' bulderde hij in de richting van de hoorn. 'WIE BENT U?'

'RON – WEMEL!' brulde Ron op zijn beurt, alsof er een voetbalveld tussen oom Herman en hem in lag. 'EEN – SCHOOLVRIEND – VAN – HARRY!'

Oom Hermans kleine oogjes flitsten naar Harry, die aan de grond genageld stond.

'ER WOONT HIER GEEN HARRY POTTER!' blafte hij, met de hoorn op een armlengte afstand, alsof hij bang was dat hij zou ontploffen. 'IK WEET NIET WELKE SCHOOL JE BEDOELT! LAAT ME MET RUST! WAAG HET NIET OM MIJN GEZIN LASTIG TE VALLEN!'

Hij gooide de hoorn op de haak alsof hij een giftige spin afschudde.

De daaropvolgende ruzie was een van de ergste geweest die Harry zich kon herinneren.

'HOE HAAL JE HET IN JE HOOFD OM ONS NUMMER TE GEVEN AAN MENSEN ZOALS – MENSEN ZOALS JIJ!' had oom Herman gebruld, Harry rijkelijk besproeiend met speeksel.

Ron had blijkbaar beseft dat hij Harry in de nesten had gewerkt, want hij had daarna niet meer gebeld. Harry's andere beste kameraad op Zweinstein, Hermelien Griffel, had ook al niets van zich laten horen. Harry had zo'n idee dat Ron haar had gewaarschuwd om toch vooral niet te bellen en dat was jammer, want Hermelien – de slimste heks uit Harry's jaar – kwam uit een Dreuzelgezin, wist heel goed hoe een telefoon werkte en zou waarschijnlijk wel zo snugger zijn geweest om niet te zeggen dat ze op Zweinstein zat.

Daarom had Harry al vijf weken lang niets van zijn tovenaarsvrienden gehoord en was deze vakantie haast net zo erg als de vorige. Er was één lichtpuntje – nadat hij had gezworen dat hij haar niet zou gebruiken om brieven aan zijn vrienden te sturen, had Harry toestemming gekregen om zijn uil Hedwig 's avonds uit haar kooi te laten. Oom Herman had dat goedgevonden omdat Hedwig zo'n vreselijke herrie maakte als ze de hele tijd opgesloten zat.

Toen Harry was uitgeschreven over Bertha het Buitenbeentje, luisterde hij opnieuw. De stilte in het donkere huis werd alleen verstoord door het gedempte, grommende gesnurk van zijn moddervette neef Dirk. Het moest al heel laat zijn. Harry's ogen jeukten van vermoeidheid. Misschien kon hij het opstel beter morgen afmaken...

Hij schroefde de dop op zijn inktfles, haalde een oud kussensloop onder zijn bed vandaan, stopte daar de zaklantaarn, De Geschiedenis van de Toverkunst, zijn opstel, inktfles en veer in, stond op en verstopte alles onder een losse plank onder zijn bed. Hij kwam overeind, rekte zich uit en keek op de lichtgevende wekker op het nachtkastje.

Het was één uur 's nachts. Harry kreeg plotseling een wonderlijk gevoel in zijn maag. Hij was al een uur lang dertien, zonder dat hij het beseft had.

Wat ook ongewoon was aan Harry, was dat hij zich nooit verheugde op zijn verjaardag. Hij had nog nooit van zijn leven een verjaardagskaart gekregen. De laatste twee keer hadden de Duffelingen zijn verjaardag straal genegeerd en hij dacht niet dat ze er dit jaar wel iets aan zouden doen.

Harry liep door de donkere kamer naar het open raam, langs Hedwigs grote, lege kooi. Hij leunde op het raamkozijn en genoot van de koele avondlucht op zijn gezicht, na die uren onder de dekens. Hedwig had zich al twee nachten niet laten zien. Niet dat Harry zich zorgen maakte; ze was al eerder zo lang weggebleven, maar hij hoopte wel dat ze gauw zou terugkomen – ze was het enige levende wezen in huis dat niet geschrokken terugdeinsde als ze hem zag.

Hoewel Harry nog steeds vrij klein en tenger was voor zijn leeftijd, was hij het afgelopen jaar wel een paar centimeter gegroeid, maar zijn pikzwarte haar was nog altijd even slordig, hoe vaak hij het ook kamde. De ogen achter zijn brillenglazen waren felgroen en op zijn voorhoofd, duidelijk zichtbaar onder zijn haar, had hij een dun litteken in de vorm van een bliksemflits.

Er waren veel ongewone dingen aan Harry, maar dat litteken spande de kroon. Het was niet, zoals de Duffelingen tien jaar lang stug hadden volgehouden, een gevolg van het auto-ongeluk waarbij

Harry's ouders waren omgekomen, omdat Lily en James Potter helemaal niet waren verongelukt. Ze waren vermoord, vermoord door Voldemort, de meest gevreesde Duistere Tovenaar van de laatste honderd jaar. Harry had aan die aanval alleen het litteken overgehouden omdat Voldemorts vloek teruggekaatst was en hem zelf had getroffen. Voldemort was gevlucht, op sterven na dood...

Desondanks had Harry op Zweinstein oog in oog met hem gestaan. Terwijl hij bij het donkere raam stond dacht Harry terug aan hun laatste confrontatie en moest hij toegeven dat hij van geluk mocht spreken dat hij zijn dertiende verjaardag had gehaald.

Hij speurde de sterrenhemel af, op zoek naar Hedwig, die misschien trots terug zou komen vliegen met een slappe, dode muis in haar snavel en dan complimentjes zou verwachten. Harry staarde afwezig over de daken en het duurde een paar seconden voor het tot hem doordrong wat hij zag.

Afgetekend tegen de gouden maan zag hij een groot, merkwaardig scheefhangend wezen, dat met trage wiekslagen op hem af vloog en steeds groter werd. Harry bleef stokstijf staan en keek hoe het steeds verder daalde – een fractie van een seconde aarzelde hij, met zijn hand op de klink en vroeg zich af of hij het raam gauw moest dichtslaan – maar toen zeilde het bizarre schepsel over een van de straatlantaarns in de Ligusterlaan en besefte Harry wat het was. Hij sprong haastig opzij.

Er doken drie uilen door het raam naar binnen. Twee ervan ondersteunden de middelste uil, die bewusteloos scheen te zijn. Met een zachte *plof* landden ze op Harry's bed en de middelste uil, die groot en grijs was, viel meteen omver en bleef roerloos liggen. Er zat een groot pak aan zijn poten gebonden.

Harry herkende de bewusteloze uil onmiddellijk – hij heette Egidius en was van de familie Wemel. Harry rende direct naar het bed, maakte het touw om de poten van Egidius los, greep het pak en droeg Egidius naar de kooi van Hedwig. Egidius deed één dof oog open, stootte een flauw, dankbaar gekras uit en begon grote slokken water te drinken.

Harry keek naar de andere uilen. Het grote, sneeuwwitte vrouwtje was zijn eigen uil, Hedwig. Ze had ook een pak bij zich en leek erg in haar sas. Ze pikte Harry liefdevol in zijn hand toen hij haar pak losmaakte, vloog naar haar kooi en ging naast Egidius zitten.

De derde uil, een fraaie, geelbruine vogel, herkende Harry niet, maar hij besefte meteen waar hij vandaan kwam, want behalve een derde pak had hij ook een brief met het wapen van Zweinstein bij zich. Toen Harry deze uil van zijn post bevrijdde, streek hij gewichtig zijn veren glad, spreidde zijn vleugels en vloog het duister weer in.

Harry ging op zijn bed zitten en greep het pak van Egidius. Hij trok het bruine papier eraf en zag een gouden pakje en de eerste verjaarskaart die hij ooit van zijn leven had gekregen. Met trillende vingers maakte hij de envelop open. Er vielen twee dingen uit – een brief en een krantenknipsel.

Het knipsel kwam duidelijk uit de *Ochtendprofeet*, de tovenaarskrant, want de mensen op de zwart-witfoto bewogen. Harry streek het knipsel glad en las:

AMBTENAAR OP MINISTERIE VAN TOVERKUNST
WINT HOOFDPRIJS
Arthur Wemel, Hoofd van de Afdeling Misbruikpreventie van Dreuzelvoorwerpen, heeft de jaarlijkse Grote Gouden Galjoenenloterij van de Ochtendprofeet *gewonnen.*
Tegen verslaggevers van deze krant zei een opgetogen meneer Wemel: 'We gaan van het goud met vakantie naar Egypte. Onze oudste zoon, Bill, werkt daar als vloekbreker voor Goudgrijp, de tovenaarsbank.'
De Wemels blijven een maand in Egypte en keren voor aanvang van het nieuwe schooljaar terug. Vijf kinderen van het gezin studeren momenteel aan Zweinstein.

Harry keek naar de bewegende foto en grijnsde breed toen hij alle negen Wemels verwoed naar hem zag zwaaien, met een grote piramide op de achtergrond. Mevrouw Wemel, mollig en klein, meneer Wemel, dun en kalend, zes zoons en een dochter, allemaal (hoewel dat op de zwart-witfoto niet te zien was) met vuurrood haar. In het midden stond Ron, lang en slungelig, met zijn rat Schurfie op zijn schouder en een arm om zijn zusje Ginny.

Harry kon niemand bedenken die het meer verdiende om een berg goud te winnen, want de Wemels waren ontzettend aardig en straatarm. Hij pakte Rons brief en vouwde hem open.

Beste Harry,
Gefeliciteerd met je verjaardag!
Hoor eens, het spijt me echt van dat telefoontje. Ik hoop dat die Dreuzels je het leven niet al te zuur hebben gemaakt. Ik heb het aan pa gevraagd en volgens

hem had ik niet zo hard moeten schreeuwen.

Het is fantastisch in Egypte. Bill heeft ons alle graftombes laten zien en de vloeken die die ouwe Egyptische tovenaars erover hebben uitgesproken zijn echt ongelooflijk. Ginny mocht het laatste graf niet in van ma, omdat er allerlei gemuteerde geraamtes lagen, van Dreuzels die hadden ingebroken en extra hoofden hadden gekregen en zo.

Ik kon het gewoon niet geloven toen pa die loterij van de Ochtendprofeet *won. Zevenhonderd Galjoenen! Het meeste is opgegaan aan de vakantie, maar ik krijg wel een nieuwe toverstaf.*

Harry herinnerde zich nog maar al te goed hoe Rons oude toverstaf doormidden was gebroken toen de auto waarin ze vorig jaar samen naar Zweinstein waren gevlogen tegen een boom op het schoolterrein was gebotst.

We komen ongeveer een week voor school weer begint terug en gaan dan naar Londen om die toverstok en nieuwe boeken te kopen. Kunnen we daar niet afspreken?
Laat die Dreuzels je niet gek maken!
Probeer of je ook naar Londen kunt komen,
Ron.

PS: Percy is hoofdmonitor geworden. Hij kreeg vorige week bericht.

Harry keek opnieuw naar de foto. Percy, die in zijn zevende en laatste jaar zat, zag er nog zelfvoldaner uit dan gewoonlijk. Een splinternieuwe zilveren badge glom op de fez die zwierig op zijn netjes gekamde haar stond. Zijn hoornen bril blonk in de Egyptische zon.

Harry pakte zijn cadeautje uit. Het pakje bevatte een soort kleine glazen tol en een tweede briefje van Ron.

Harry – dit is een Zakgluiposcoop. Als er een onbetrouwbaar iemand in de buurt is, hoort hij licht te geven en rond te draaien. Volgens Bill is het rotzooi die speciaal gemaakt wordt voor tovertoeristen en is het ding onbetrouwbaar, omdat het gisteren onder het eten steeds oplichtte. Hij wist alleen niet dat Fred en George torren in zijn soep hadden gedaan.
Groetjes
Ron.

Harry zette de Gluiposcoop op het nachtkastje, waar hij roerloos op zijn punt bleef staan en de lichtgevende wijzers van de wekker reflecteerde. Hij keek er een paar tellen blij naar en richtte zijn aandacht toen op het pak dat Hedwig had meegebracht.

Dat bevatte ook een fraai verpakt cadeau, een kaart en een brief, maar nu van Hermelien.

Lieve Harry,

Ron heeft me verteld over zijn telefoontje met je oom Herman. Ik hoop dat je er geen last mee hebt gekregen.

We zijn op het moment op vakantie in Frankrijk en ik wist eerst niet hoe ik dit moest versturen – stel dat de douane het had opengemaakt? – maar toen kwam Hedwig plotseling opdagen! Volgens mij wilde ze graag dat jij ook eens iets voor je verjaardag kreeg. Ik heb je cadeautje gekocht per uil-order; er stond een advertentie in de Ochtendprofeet (daar ben ik tegenwoordig op geabonneerd, het is nuttig te weten wat er in de toverwereld gebeurt). Heb je vorige week die foto van Ron en zijn familie gezien? Ik wed dat hij massa's dingen leert. Ik ben echt jaloers – die oude Egyptische tovenaars zijn fascinerend. Hier bestaat ook een interessante plaatselijke tovertraditie. Ik heb m'n hele werkstuk voor Geschiedenis van de Toverkunst herschreven, om de dingen die ik ontdekt heb erin te kunnen verwerken. Ik hoop dat het niet te lang is geworden; het is twee rollen perkament meer dan professor Kist gevraagd had.

Ron schreef dat hij in de laatste week van de vakantie in Londen is. Kun jij dan ook komen? Mag dat van je oom en tante? Ik hoop dat het lukt – zo niet, dan zie ik je op 1 september in de Zweinsteinexpres!

Veel liefs,

Hermelien.

PS: Ron schreef ook dat Percy hoofdmonitor is geworden. Ik wil wedden dat Percy in de wolken is. Ron leek heel wat minder blij.

Harry lachte opnieuw terwijl hij de brief van Hermelien weglegde en haar cadeautje pakte. Het was heel zwaar... Hermelien kennende, zou het waarschijnlijk een groot boek vol ongelooflijk moeilijke spreuken zijn – maar dat was het niet. Zijn hart sprong op toen hij het papier er afscheurde en een glanzend zwartleren etui zag, met in zilveren letters de woorden *Luxe Onderhoudskit voor Uw Bezem* .

'Wauw, Hermelien!' fluisterde Harry en hij ritste snel het etui open om te kijken wat erin zat.

Hij zag een grote pot *Splinters Supersteelglans*, een glimmende zilveren Staartsnoeier, een klein koperen kompasje dat je voor lange reizen aan je bezemsteel kon bevestigen en een *Handboek voor Bezemonderhoud*.

Harry miste Zwerkbal bijna net zo erg als zijn vrienden van Zweinstein. Het was de populairste sport van de tovenaarswereld – gevaarlijk, opwindend en gespeeld op bezemstelen. Harry was toevallig heel goed in Zwerkbal; hij was de jongste speler sinds honderd jaar in het afdelingsteam van Griffoendor. En een van Harry's kostbaarste bezittingen was zijn Nimbus 2000 racebezemsteel.

Harry legde het leren etui neer en bekeek zijn laatste pakje. Hij herkende de slordige hanenpoten op het bruine papier direct – het was van Hagrid, de jachtopziener van Zweinstein. Hij scheurde de buitenste laag papier weg en zag iets groens en leerachtigs, maar voor hij het helemaal kon uitpakken, begon het pak te trillen en maakte de onbekende inhoud een hard, happend geluid – alsof het kaken had.

Harry verstijfde. Hij wist dat Hagrid hem nooit opzettelijk iets gevaarlijks zou sturen, maar Hagrids opvattingen over wat gevaarlijk was verschilden nogal van die van de meeste mensen. Hagrid had vriendschap gesloten met monsterlijke spinnen, had valse, driekoppige honden gekocht van mensen in cafés en illegale drakeneieren zijn huisje binnengesmokkeld.

Harry porde nerveus met zijn vinger tegen het pak, dat opnieuw een bijtend geluid maakte. Harry pakte de zaklantaarn van zijn nachtkastje, hield hem stevig met één hand beet en hief hem op, klaar om toe te slaan. Vervolgens greep hij met zijn andere hand de rest van het pakpapier en trok.

En uit het papier viel – een boek. Harry kon nog net de gouden letters op de fraaie, groene omslag lezen: *Het Monsterlijke Monsterboek*. Toen ging het boek plotseling op zijn zijkant staan en sprintte schuin weg over het bed, als een bizarre krab.

'O-o,' mompelde Harry.

Met een doffe plof viel het boek van het bed en schuifelde snel weg door de kamer. Harry sloop er voorzichtig achteraan. Het verstopte zich in de donkere ruimte onder het bureau. Harry, die vurig hoopte dat de Duffelingen nog sliepen, sloop naar zijn bureau, liet zich op handen en knieën zakken en stak zijn hand uit.

'Au!'

Het boek sloeg dicht, met Harry's vingers ertussen en fladderde snel op zijn omslag langs hem heen. Harry draaide zich vliegensvlug om, wierp zich op het boek en wist het plat tegen de grond te drukken. In de aangrenzende kamer hoorde hij oom Herman slaperig brommen.

Hedwig en Egidius keken geïnteresseerd toe terwijl Harry het tegenspartelende boek tegen zijn borst klemde, haastig naar zijn ladekast liep, er een riem uit haalde en die strak om het boek gespte. Het Monsterboek trilde nijdig, maar kon niet meer flapperen of happen. Harry smeet het op bed en las Hagrids kaartje.

Beste Harry,
Gefeliciteerd met je verjaardag!
Misschien komt dit in het nieuwe schooljaar van pas. Ik schrijf er verder niks over, dat hoor je wel als ik je zie.
Ik hoop dat die Dreuzels je een beetje fatsoenlijk behandelen.
Het beste,
Hagrid.

Harry vond het nogal onheilspellend dat Hagrid dacht dat een bijtend boek van pas zou kunnen komen, maar hij zette Hagrids kaart naast die van Ron en Hermelien, met een bredere grijns dan ooit. Nu was er alleen nog de brief van Zweinstein.

Harry zag dat de envelop dikker was dan normaal. Hij maakte hem open, haalde het eerste vel perkament eruit en las:

Geachte heer Potter,
Zoals u weet, begint het nieuwe schooljaar op 1 september. De Zweinstein-expres vertrekt om elf uur vanuit Londen, van perron 9 3/4.
Het is derdejaars toegestaan om in bepaalde weekeinden het dorpje Zweinsveld te bezoeken. Het bijgesloten toestemmingsformulier moet ondertekend worden door een ouder of voogd.
Tevens treft u een lijst met boeken voor het komende schooljaar aan.

Hoogachtend,
Professor M. Anderling,
Plaatsvervangend Schoolhoofd

Harry haalde het toestemmingsformulier voor Zweinsveld uit de envelop en bekeek het, maar grijnsde niet meer. Het zou geweldig zijn om in de weekends een bezoek aan Zweinsveld te brengen; hij wist dat in dat dorp alleen tovenaars woonden en hij was er nog nooit ge-

weest. Maar hoe moest hij oom Herman of tante Petunia in vredesnaam zover krijgen dat ze het formulier ondertekenden?

Hij keek op zijn wekker: het was inmiddels twee uur 's nachts.

Harry besloot dat hij zich de volgende dag wel zorgen zou maken
om het formulier. Hij stapte in bed en zette een kruisje op de zelfgemaakte kalender waarop hij de dagen aftelde voor hij terug mocht
naar Zweinstein. Hij deed zijn bril af, ging liggen en staarde naar zijn
drie verjaarskaarten.

Harry Potter mocht dan een bijzonder ongewone jongen zijn, op
dat moment voelde hij zich net als iedereen – blij dat het zijn verjaardag was, voor het eerst van zijn leven.

HOOFDSTUK 2

TANTE MARGOTS GROTE VERGISSING

*T*oen Harry de volgende ochtend naar beneden kwam, zaten de drie Duffelingen al aan het ontbijt. Ze keken naar een splinternieuwe tv, een welkomstcadeautje voor Dirk, die luidkeels had geklaagd over de lange afstanden die hij moest afleggen tussen de koelkast en de tv in de woonkamer. Dirk had het grootste gedeelte van de zomervakantie in de keuken doorgebracht, waar hij met kleine varkensoogjes naar het scherm staarde en met zijn vijf schommelende onderkinnen aan één stuk door eten naar binnen propte.

Harry ging tussen Dirk en zijn oom zitten. Oom Herman was groot en dik, bijna zonder nek maar met een reusachtige snor. In plaats van Harry te feliciteren met zijn verjaardag, deden de Duffelingen alsof ze niet eens gemerkt hadden dat hij binnen was gekomen, maar daar was Harry al zo aan gewend dat het hem niets meer kon schelen. Hij pakte een stuk toast en keek ook naar de nieuwslezer, die een bericht voorlas over een ontsnapte gevangene.

'... benadrukken dat Zwarts gewapend en levensgevaarlijk is. Er is een speciaal telefoonnummer ingesteld en indien Zwarts gesignaleerd wordt, moet dat zo snel mogelijk worden gemeld.'

'Alsof je niet direct ziet dat dat een crimineel is!' snoof oom Herman, die over zijn krant naar de foto van de gevangene staarde. 'Moet je kijken hoe hij erbij loopt, de ongewassen nietsnut! Moet je dat haar zien!'

Hij keek vals uit zijn ooghoeken naar Harry, wiens slordige haar hem een eeuwige doorn in het oog was, maar vergeleken met de man op tv, wiens hologige gezicht omringd werd door een klitterige, verwarde massa haar tot op zijn ellebogen, vond Harry dat hij er zelf keurig uitzag.

Het gezicht van de nieuwslezer verscheen weer.

'Het ministerie van Landbouw maakte vandaag bekend dat –'

'Ho eens even!' blafte oom Herman, die woedend naar de nieuwslezer staarde. 'Je hebt niet gezegd uit welke gevangenis die maniak ontsnapt is! Wat hebben we daar nou aan? Wie weet sluipt die halvegare op dit moment wel bij ons door de straat!'

Tante Petunia, die mager en knokig was en veel op een paard leek, draaide zich snel om en tuurde door de vitrage voor het keukenraam. Harry wist dat tante Petunia dolgraag het speciale nummer zou bellen. Ze was zo ongeveer de nieuwsgierigste vrouw die er bestond en besteedde het grootste gedeelte van haar tijd aan het bespioneren van haar saaie en oerdegelijke buren.

'Wanneer beseft de regering nou eindelijk eens dat ophangen het enige is dat nog een beetje helpt bij dat soort lui?' zei oom Herman terwijl hij met een grote paarse vuist op tafel bonkte.

'Zeg dat wel,' zei tante Petunia, die nog steeds tussen de pronkboontjes van hun buurman door probeerde te gluren.

Oom Herman dronk zijn thee op, keek op zijn horloge en zei: 'Laat ik maar gaan, Petunia. Margots trein arriveert om tien uur.'

Harry, die in gedachten boven was geweest, bij de onderhoudskit voor zijn bezem, werd met een onaangename schok uit zijn dagdroom gewekt.

'Tante Margot?' flapte hij eruit. 'Ze – ze komt toch niet *logeren*, hè?'

Tante Margot was de zus van oom Herman. Ze was geen bloedverwante van Harry (wiens moeder de zus was geweest van tante Petunia), maar desondanks had hij haar altijd 'tante' moeten noemen. Tante Margot woonde buiten, in een huis met een grote tuin, waar ze buldoggen fokte. Ze kwam niet vaak in de Ligusterlaan logeren, omdat ze haar geliefde honden niet in de steek wilde laten, maar de keren dat ze op bezoek was geweest hadden een onuitwisbare, afschuwelijke indruk op Harry gemaakt.

Op Dirks vijfde verjaardag had Margot Harry met haar wandelstok op zijn schenen geslagen, zodat hij niet van Dirk zou winnen met de stoelendans. Een paar jaar later, met Kerstmis, had ze Dirk een radiografisch bestuurde straaljager gegeven en Harry een doos hondenbrokjes. De laatste keer dat ze op bezoek was geweest, het jaar voor Harry naar Zweinstein was gegaan, was Harry per ongeluk op de staart van haar lievelingshond gaan staan. Grompie had Harry een boom in de achtertuin ingejaagd en tante Margot was pas na middernacht bereid geweest hem terug te roepen. Als Dirk daaraan terugdacht, kreeg hij nog steeds tranen in zijn ogen van het lachen.

'Margot blijft een week,' snauwde oom Herman. 'En nu we het er toch over hebben –' hij wees dreigend met een dikke vinger naar

Harry – 'wil ik graag een paar dingetjes duidelijk maken voor ik haar op ga halen.'

Dirk grijnsde breed en scheurde zijn blik los van het scherm. Kijken hoe Harry werd afgeblaft door oom Herman was nog leuker dan tv.

'Ten eerste wil ik dat je netjes en beleefd doet tegen Margot,' gromde oom Herman.

'Ja, oké,' zei Harry verbitterd. 'Als ze ook netjes en beleefd tegen mij doet.'

'Ten tweede,' vervolgde oom Herman, alsof hij Harry niet had gehoord, 'weet Margot niets van je *afwijking* en daarom wil ik geen – *rare streken* als ze er is. Je gedraagt je, hoor je?'

'Als zij zich ook gedraagt,' zei Harry met opeengeklemde kaken.

'En ten derde,' zei oom Herman, wiens venijnige oogjes nu smalle spleetjes waren in zijn dikke paarse gezicht, 'hebben we tegen Margot gezegd dat je op St. Walpurga's Gesloten Inrichting voor Onverbeterlijke Jonge Criminelen zit.'

'*Wat?*' riep Harry.

'En je houdt je aan dat verhaal, jongeman, of er zwaait wat voor je!' snauwde oom Herman.

Harry staarde oom Herman doodsbleek en woedend aan. Hij kon zijn oren niet geloven. Een week lang tante Margot te logeren – dat was het ergste verjaarscadeau dat de Duffelingen hem ooit hadden gegeven en dan rekende hij dat afgedankte paar sokken van oom Herman mee.

'Oké, Petunia, ik ga naar het station,' zei oom Herman, die log overeind kwam. 'Heb je zin om mee te gaan, Dirkie?'

'Nee,' zei Dirk, die weer volledig op de tv was geconcentreerd nu Harry niet meer door zijn vader werd afgebekt.

'Dirkmans moet zich mooi maken voor tante,' zei Petunia, die Dirks dikke blonde haar gladstreek. 'Mammie heeft een prachtige nieuwe vlinderdas voor hem gekocht.'

Oom Herman sloeg Dirk op zijn vlezige schouder.

'Nou, tot zo dan,' zei hij en hij ging naar buiten.

Harry, die in een soort shocktoestand had verkeerd, kreeg plotseling een idee. Hij gooide zijn toast neer, stond vlug op en volgde oom Herman naar de voordeur.

Oom Herman was bezig om zijn jas aan te trekken.

'Als je maar niet denkt dat *jij* mee mag,' gromde hij, toen hij zich omdraaide en Harry zag.

'Alsof ik daar zin in heb,' zei Harry koeltjes. 'Nee, ik wil iets vragen.'

Oom Herman keek hem achterdochtig aan.

'De derdejaars op Zwein... op mijn school... mogen af en toe naar een dorpje in de buurt,' zei Harry.

'Nou en?' snauwde oom Herman, die zijn autosleutels van een haakje naast de deur pakte.

'U moet het toestemmingsformulier ondertekenen,' zei Harry.

'En waarom zou ik?' sneerde oom Herman.

'Nou,' zei Harry, die zijn woorden zorgvuldig woog, 'het wordt lastig om tegen tante Margot vol te houden dat ik op St. Huppeldepups –'

'St. Walpurga's Gesloten Inrichting voor Onverbeterlijke Jonge Criminelen!' bulderde oom Herman, maar Harry hoorde tot zijn genoegen iets van paniek in zijn stem doorklinken.

'Ja, precies,' zei Harry, die kalm naar het grote, donkerrood aangelopen gezicht van oom Herman keek. 'Dat is een hele mondvol om te onthouden. Het moet tenslotte overtuigend klinken, nietwaar? Stel dat ik er per ongeluk iets anders uitflap?'

'*Dan sla ik je bont en blauw!*' brulde oom Herman. Hij stapte met opgeheven vuist op Harry af, maar die liet zich niet intimideren.

'Zelfs bont en blauw kan ik tante Margot heel interessante dingen vertellen,' zei hij grimmig.

Oom Herman bleef staan, met geheven vuist en een gezicht dat nu een onaangename, paarsrode kleur had.

'Maar als u dat formulier tekent,' ging Harry vlug verder, 'dan zweer ik dat ik me zal herinneren waar ik zogenaamd op school zit en dat ik me zal gedragen als een brave Dreu... alsof ik normaal ben.'

Harry zag dat oom Herman erover nadacht, ondanks zijn ontblote tanden en de kloppende, gezwollen ader bij zijn slaap.

'Nou, goed dan!' beet hij Harry uiteindelijk toe. 'Ik hou je heel goed in de gaten terwijl Margot hier logeert. Als je je netjes gedraagt en je aan het verhaal houdt, teken ik dat stomme formulier!'

Hij draaide zich met een ruk om, deed de voordeur open en smeet die met zo'n kracht dicht dat een van de kleine bovenruitjes eruit viel.

Harry ging niet terug naar de keuken, maar de trap op naar zijn slaapkamer. Als hij zich als een echte Dreuzel moest gedragen, kon hij daar beter zo snel mogelijk mee beginnen. Langzaam en verdrietig verzamelde hij zijn verjaarskaarten en cadeautjes en verstopte ze onder de losse plank bij zijn huiswerk. Vervolgens liep hij naar de kooi van Hedwig. Blijkbaar was Egidius weer hersteld; hij en Hedwig zaten te slapen, met hun kop onder hun vleugel. Harry zuchtte, maar gaf ze toen een por om ze wakker te maken.

'Hedwig,' zei hij somber, 'ik ben bang dat je een weekje weg moet. Ga maar met Egidius mee. Ron zorgt wel voor je. Ik zal een briefje schrijven om het uit te leggen. En kijk me niet zo aan.' Hedwigs grote, amberkleurige ogen stonden verwijtend. 'Het is mijn schuld niet. Dit is de enige manier om toestemming te krijgen om samen met Ron en Hermelien naar Zweinsveld te gaan.'

Tien minuten later vlogen Egidius en Hedwig (met een briefje voor Ron aan haar poot) het raam uit en verdwenen uit het zicht. Harry, die zich inmiddels behoorlijk ellendig voelde, borg de lege kooi op in de kleerkast.

Harry had echter niet veel tijd om te piekeren. Al een paar tellen later, leek het wel, krijste tante Petunia onder aan de trap dat Harry naar beneden moest komen om klaar te staan als hun gast arriveerde.

'En doe iets aan je haar!' snauwde tante Petunia toen Harry de trap af kwam.

Harry wist dat het zinloos was om zijn haar te kammen. Tante Margot deed niets liever dan op hem vitten, dus hoe onverzorgder hij eruitzag, hoe gelukkiger ze zou zijn.

Maar al te gauw knerpte buiten het grind onder de banden van oom Hermans auto, gevolgd door het gebonk van portieren en voetstappen op het tuinpad.

'Doe open!' siste tante Petunia tegen Harry.

Met een hol en uiterst somber gevoel in zijn maag deed Harry de deur open.

Tante Margot stond op de drempel. Ze leek sprekend op oom Herman; ze was ook groot en dik, met een paars gezicht en zelfs een snor, al was die niet zo borstelig als de zijne. In haar ene hand had ze een enorme koffer en met de andere klemde ze een oude, slechtgehumeurde buldog tegen zich aan.

'Waar is Dirkmansje?' bulderde tante Margot. 'Waar is m'n lieve kleine neefje?'

Dirk kwam de hal in waggelen. Zijn blonde, ingevette haar lag plat op zijn dikke hoofd en onder zijn vele onderkinnen was nog net een vlinderdas zichtbaar. Tante Margot smeet haar koffer tegen Harry's maag zodat hij naar adem hapte, omhelsde Dirk stevig met één arm en zoende hem hartelijk op zijn wang.

Harry wist dat Dirk zich dat geknuffel alleen liet welgevallen omdat hij er flink voor betaald kreeg, en toen ze elkaar weer los\-lieten hield Dirk inderdaad een knisperend briefje van twintig pond in zijn dikke vuist.

'Petunia!' galmde tante Margot, die met grote passen langs Harry heen liep, alsof hij een kapstok was. Tante Margot en tante Petunia kusten elkaar, of liever gezegd, tante Margot bonkte met haar vier\-kante kaak tegen tante Petunia's ingevallen wang.

Oom Herman kwam ook binnen en deed met een joviale glimlach de deur dicht.

'Thee, Margot?' zei hij. 'En wat wil Grompie?'

'Ik geef Grompie wel wat thee op m'n schoteltje,' zei tante Margot, terwijl ze met z'n allen naar de keuken gingen en Harry met Margots koffer in de hal achterlieten. Maar dat vond Harry niet erg; elk excuus om niet in het gezelschap van tante Margot te hoeven zijn was mee\-genomen en hij begon haar koffer zo langzaam mogelijk de trap op te zeulen naar de logeerkamer.

Toen hij uiteindelijk ook in de keuken verscheen, was Margot al voorzien van thee en vruchtencake en zat Grompie luidruchtig te slobberen in de hoek. Harry zag tante Petunia's gezicht vertrekken toen er een regen van theedruppels en kwijl neerdaalde op haar schone vloer. Tante Petunia had een bloedhekel aan beesten.

'Wie zorgt er voor je andere honden, Margot?' vroeg oom Herman.

'O, kolonel Vunzelaer past op ze,' bulderde tante Margot. 'Hij is met pensioen en het is goed voor hem als hij iets om handen heeft. Maar Grompie kon ik niet achterlaten. Die arme ouwe schat kwijnt weg als hij niet bij me is.'

Grompie begon te grommen toen Harry ging zitten, waardoor tan\-te Margot voor het eerst oog kreeg voor Harry.

'Zo!' blafte ze. 'Dus jij bent er ook nog steeds?'

'Ja,' zei Harry.

'Zeg dat niet op zo'n ondankbaar toontje!' baste tante Margot. 'Het is verrekte aardig van Herman en Petunia dat ze je in huis wil\-len hebben. Dat had ik nooit gedaan. Als je bij *mij* op de stoep was gedumpt, was je linea recta naar het weeshuis gegaan.'

Harry wilde dolgraag zeggen dat hij honderd keer liever in een weeshuis zou wonen dan bij de Duffelingen, maar werd daarvan weerhouden door de gedachte aan het toestemmingsformulier voor Zweinsveld. Hij dwong zichzelf tot een pijnlijke glimlach.

'En grijns niet zo brutaal!' galmde tante Margot. 'Je gedrag is er niet op vooruitgegaan sinds de laatste keer dat ik je gezien heb. Ik had gehoopt dat ze je op school wat manieren zouden bijbrengen.' Ze nam een grote slok thee, veegde haar snor af en zei: 'Waar hadden jullie hem ook alweer naartoe gestuurd, Herman?'

'St. Walpurga,' zei oom Herman snel. 'Een eersteklas inrichting voor hopeloze gevallen.'

'Aha,' zei tante Margot. 'Krijgen jullie lijfstraffen op St. Walpurga, jongen?' blafte ze over tafel heen.

'Eh –'

Oom Herman knikte even achter de rug van tante Margot.

'Ja,' zei Harry. Hij bedacht dat hij het maar beter meteen goed kon doen en voegde eraan toe: 'Voor het minste of geringste.'

'Uitstekend,' zei tante Margot. 'Bij mij hoef je niet aan te komen met dat softe geitenwollensokkengezever dat mensen geen baat zouden hebben bij een flink pak ransel. In negenennegentig van de honderd gevallen is een fikse aframmeling precies wat een kind nodig heeft. Ben *jij* vaak geslagen?'

'Jazeker,' zei Harry. 'Ik ben de tel kwijtgeraakt.'

Tante Margot staarde hem met half toegeknepen ogen aan.

'Dat toontje van je bevalt me niet, jongen,' zei ze. 'Als je zo luchtig over die aframmelingen kunt spreken, is het duidelijk dat ze niet hard genoeg slaan. Als ik jou was zou ik die school een brief schrijven, Petunia. Maak duidelijk dat in het geval van deze jongen extreem geweld gerechtvaardigd is.'

Misschien was oom Herman bang dat Harry hun afspraak zou vergeten; in elk geval veranderde hij nogal abrupt van onderwerp.

'Heb je vanochtend het nieuws gezien, Margot? Wat vind je van die ontsnapte gevangene?'

Toen tante Margot een paar dagen in de Ligusterlaan gelogeerd had, betrapte Harry zichzelf erop dat hij steeds vaker verlangend terugdacht aan het leven zonder haar. Oom Herman en tante Petunia zagen Harry liefst zo min mogelijk en dat vond Harry helemaal niet erg. Tante Margot daarentegen, wilde dat Harry constant in de buurt was, zodat ze luidkeels afkeurende opmerkingen kon maken. Ze vond het prachtig om Harry met Dirk te vergelijken en nog veel fijner om peperdure cadeaus voor Dirk te kopen en Harry dan woedend aan te kijken, alsof ze hem uitdaagde haar te vragen waarom hij niets kreeg. Ook maakte ze voortdurend duistere toespelingen op de redenen waarom Harry zo'n onbevredigend persoon was.

'Jullie moeten jezelf geen verwijten maken dat het fout is gelopen met die knul, Herman,' zei ze op de derde dag tijdens de lunch. 'Als een slecht karakter *aangeboren* is, kan een buitenstaander daar niets aan veranderen.'

Harry probeerde zich op het eten te concentreren, maar zijn handen beefden en zijn gezicht gloeide van woede. *Denk aan het formulier,* hield hij zichzelf voor. *Denk aan Zweinsveld. Zeg niets. Ga er niet op* –

Tante Margot pakte haar glas wijn.

'Elke fokker weet dat,' zei ze. 'Je ziet het bij honden ook vaak. Als er iets mis is met het teefje, mankeert er ook iets aan haar puppies –'

Op dat moment spatte het glas dat tante Margot in haar hand had uit elkaar. Glassplinters vlogen in het rond en tante Margot sputterde en knipperde met haar ogen. De wijn drupte van haar grote, rode gezicht.

'Margot!' piepte tante Petunia. 'Margot, gaat het?'

'Maak je geen zorgen,' gromde tante Margot, die haar gezicht met haar servet afveegde. 'Ik zal wel te hard geknepen hebben. Dat is me laatst bij kolonel Vunzelaer ook overkomen. Maak je niet druk, Petunia, ik heb gewoon veel kracht in m'n handen –'

Maar tante Petunia en oom Herman keken Harry achterdochtig aan. Die besloot dat hij het toetje beter kon overslaan en zo snel mogelijk van tafel gaan.

Buiten op de gang leunde hij tegen de muur en haalde diep adem. Het was lang geleden sinds hij voor het laatst zijn zelfbeheersing had verloren en iets had laten ontploffen. Dat kon hij zich niet nog een keer veroorloven. Dat formulier voor Zweinsveld was niet het enige wat op het spel stond – als hij vaker dat soort dingen uithaalde, kreeg hij het ook aan de stok met het Ministerie van Toverkunst.

Harry was een minderjarige tovenaar en mocht volgens het Magisch Wetboek buiten school niet toveren. Bovendien had hij al het nodige op zijn kerfstok. Vorige zomer had hij een officiële waarschuwing gekregen waarin hem duidelijk was gemaakt dat hij van Zweinstein gestuurd zou worden als ze op het Ministerie merkten dat er opnieuw getoverd was in de Ligusterlaan.

Hij hoorde de Duffelingen van tafel gaan en ging gauw naar boven zodat hij ze niet hoefde te zien.

Harry wist de volgende drie dagen door te komen door zichzelf te dwingen aan zijn *Handboek voor Bezemonderhoud* te denken als tante Margot weer begon te vitten. Dat werkte goed, maar blijkbaar kreeg hij wel een glazige blik in zijn ogen, want Margot begon steeds vaker te verkondigen dat hij geestelijk gestoord was. Ten langen leste brak de laatste avond van Margots logeerpartij aan. Tante Petunia kookte extra uitgebreid en oom Herman trok verschillende flessen wijn open. Terwijl ze de soep en de zalm verorberden werd er niet één keer over Harry's vele tekortkomingen gesproken; toen de citroentaart op tafel kwam verveelde oom Herman hen met een lang verhaal over Drillings, het bedrijf waar hij werkte en waar ze boormachines maakten. Daarna ging tante Petunia koffie zetten en haalde oom Herman een fles cognac te voorschijn.

'Ook een glaasje, Margot?'

Tante Margot had al behoorlijk veel wijn gedronken en haar enorme gezicht was rood aangelopen.

'Nou, een klein glaasje dan,' giechelde ze. 'Ietsje meer graag, nog ietsje – ja, prima.'

Dirk was aan zijn vierde stuk taart bezig en tante Petunia nam met opgeheven pink een slokje koffie. Harry was het liefst naar zijn kamer gegaan, maar hij zag de vinnige oogjes van oom Herman naar hem kijken en besefte dat hij het uit zou moeten zitten.

'Aah,' zei tante Margot smakkend en zette het lege cognacglas neer. 'Uitstekende maaltijd, Petunia. Meestal flans ik 's avonds gauw iets in elkaar. Als je twaalf honden te verzorgen hebt... ' Ze liet een harde boer en klopte op haar kolossale, in tweed gehulde buik. 'Pardon. Maar ik mag graag een gezonde jongen zien,' vervolgde ze met een knipoog naar Dirk. 'Jij wordt een flinke, stevige kerel, Dirkmans, net als je vader. Ja, doe nog maar een glaasje, Herman. Nee, dan hij...'

Ze gebaarde met haar hoofd naar Harry, die een hol gevoel in zijn maag kreeg. *Handboek voor Bezemonderhoud,* dacht hij snel.

'Dat is typisch zo'n vals, miezerig mormel. Dat zie je ook bij honden. Vorig jaar heb ik er nog eentje door kolonel Vunzelaer laten verdrinken. Ook zo'n mager klein misbaksel. Zwak. Niet raszuiver.'

Harry probeerde zich pagina 12 van het handboek te herinneren: *Een Spreuk voor Bezems die Dwarsliggen.*

'Het zit allemaal in het bloed, zoals ik laatst al zei. Slecht bloed komt altijd boven. Ik wil je familie niet afkraken, Petunia –' ze klopte met een hand als een kolenschop op de knokige hand van tante Petunia '– maar je zus deugde van geen kant, laten we wel wezen.

Dat komt in de beste families voor. En toen legde ze het ook nog aan met een of andere nietsnut en het resultaat zien we hier voor ons.'

Harry staarde strak naar zijn bord. Er klonk een vreemd gesuis in zijn oren. *Pak uw bezem stevig bij de staart*, dacht hij, maar hij kon zich niet herinneren wat er daarna kwam. Het was alsof de stem van tante Margot in zijn hoofd boorde, net als een van de machines van oom Herman.

'Jullie hebben nooit gezegd wat die Potter nou eigenlijk uitvoerde,' riep tante Margot luid. Ze greep de cognac en schonk een forse scheut in haar glas en over het tafelkleed.

Oom Herman en tante Petunia maakten een bijzonder gespannen indruk. Zelfs Dirk liet zijn taart even voor wat hij was en staarde zijn ouders met open mond aan.

'Hij – hij deed niks,' zei oom Herman met een snelle, zijdelingse blik op Harry. 'Werkeloos...'

'Dacht ik het niet!' zei tante Margot, die een enorme slok cognac nam en haar kin afveegde met haar mouw. 'Een waardeloze, luie, steuntrekkende profiteur die –'

'Niet waar!' zei Harry plotseling. Het werd doodstil aan tafel. Harry trilde van top tot teen. Hij was nog nooit van zijn leven zo kwaad geweest.

'MEER COGNAC!' schreeuwde oom Herman, die doodsbleek was geworden. Hij schonk de fles leeg in het glas van tante Margot. 'Naar boven jij!' snauwde hij tegen Harry. 'Naar je kamer, vooruit –'

'Nee, Herman,' hikte tante Margot. Ze stak haar hand op en hield Harry's blik vast met haar bloeddoorlopen oogjes. 'Ga verder, jongen, ga verder. Dus je bent trots op je ouders? Ze rijden zich dood (zullen wel dronken zijn geweest) en –'

'Ze hebben zich niet doodgereden!' zei Harry, die overeind was gesprongen.

'Ze hebben zich wel doodgereden, lelijke leugenaar en daardoor ben jij nu hun fatsoenlijke, hardwerkende familie tot last!' gilde tante Margot, die opzwol van woede. 'Je bent een brutale, ondankbare kleine –'

Plotseling deed tante Margot er het zwijgen toe. Even was het alsof ze geen woorden meer kon vinden. Ze scheen op te zwellen van onbeschrijflijke woede – maar dat zwellen hield niet op. Haar enorme rode gezicht werd steeds boller, haar oogjes puilden uit en haar mond rekte zo ver uit dat ze geen woord meer kon uitbrengen. Vervolgens sprongen de knopen van haar tweedjasje en ketsten tegen de muren. Ze zwol op als een monsterlijke ballon, haar buik knapte uit de band van haar tweedrok, haar vingers werden zo groot als salami's –

'MARGOT!' schreeuwden oom Herman en tante Petunia in koor, toen het lichaam van tante Margot uit haar stoel loskwam en naar het plafond opsteeg. Ze was nu kogelrond, als een soort gigantische strandbal met kleine varkensoogjes en bizar uitstekende handen en voeten. Langzaam zweefde ze omhoog en maakte furieuze, ploppende geluidjes. Grompie kwam woest blaffend de kamer binnenstormen.

'NEEEEEEE!'

Oom Herman greep Margots voet en probeerde haar omlaag te trekken, maar werd zelf bijna ook van de grond getild. Grompie maakte een sprong en boorde zijn tanden in het been van oom Herman.

Voor iemand hem kon tegenhouden holde Harry de eetkamer uit, naar de bezemkast onder de trap. De deur van de kast vloog door toverkracht open en binnen een paar tellen had hij zijn hutkoffer naar de voordeur gesleept. Hij sprintte de trap op, dook onder het bed, rukte de losse plank los en greep het kussensloop met zijn boeken en verjaarscadeautjes. Hij wurmde zich weer onder het bed uit, pakte de lege kooi van Hedwig en stoof de trap af, net op het moment dat oom Herman de eetkamer uit kwam rennen, met een van zijn broekspijpen aan bloederige flarden.

'KOM TERUG!' brulde hij. 'KOM TERUG EN ZORG DAT ZE WEER NORMAAL WORDT!'

Maar Harry was in de greep van een roekeloze woede. Hij schopte zijn hutkoffer open, greep zijn toverstok en richtte die op oom Herman.

'Ze verdiende het,' zei Harry, gejaagd ademhalend. 'Het was haar verdiende loon. Blijf bij me uit de buurt.'

Hij tastte achter zich naar de knip van de deur.

'Ik ga weg,' zei Harry. 'Ik ben het zat.'

En even later sleepte hij zijn zware hutkoffer door de stille, donkere straat, met Hedwigs kooi onder zijn arm.

HOOFDSTUK 3

DE COLLECTEBUS

*P*as een paar straten verder, in de Magnolialaan, zeeg Harry op een laag muurtje neer, hijgend van het gezeul met zijn zware koffer. Hij bleef een tijdje roerloos zitten en luisterde naar het gebonk van zijn hart, nog steeds witheet van woede.

Nadat hij daar tien minuten eenzaam in het donker had gezeten, kreeg echter een nieuwe emotie de overhand: paniek. Hoe hij het ook wendde of keerde, hij had nog nooit zo diep in de puree gezeten. Hij was moederziel alleen, gestrand in de duistere Dreuzelwereld en hij kon nergens heen. En het ergste was dat hij een zware toverspreuk had gebruikt, wat inhield dat hij vrijwel zeker van Zweinstein zou worden gestuurd. Hij had de Wet op de Restrictie van Toverkunst door Minderjarigen met voeten getreden en het verbaasde hem dat hij nog niet was opgepakt door mensen van het Ministerie van Toverkunst.

Harry rilde en staarde door de Magnolialaan. Wat zou er met hem gebeuren? Zou hij gearresteerd worden of gewoon uit de toverwereld worden verbannen? Hij dacht aan Ron en Hermelien en de moed zonk hem nog verder in de schoenen. Harry wist dat Ron en Hermelien hem zouden hebben geholpen, of hij nou een voortvluchtige crimineel was of niet, maar ze zaten allebei in het buitenland en nu Hedwig er niet was, kon hij met geen mogelijkheid contact met hen opnemen.

Bovendien had hij geen Dreuzelgeld. In de geldbuidel onder in zijn hutkoffer zat nog wel wat tovenaarsgoud, maar de rest van het fortuin dat zijn ouders hem hadden nagelaten lag veilig in een kluis van Goudgrijps Tovenaarsbank in Londen. En hij kon die hutkoffer onmogelijk helemaal naar Londen slepen. Tenzij...

Hij keek naar zijn toverstok, die hij nog steeds in zijn hand hield. Als hij toch van school werd gestuurd (zijn hart klopte pijnlijk snel), kon een beetje extra magie geen kwaad. Hij had de Onzichtbaarheidsmantel die hij van zijn vader had geërfd. Als hij zijn hutkoffer nou eens behekste zodat die zo licht werd als een veertje, hem op zijn bezemsteel bond, zijn mantel omdeed en dan naar Londen vloog? Dan kon hij de rest van zijn geld uit de kluis halen en... beginnen aan een leven als verschoppeling. Dat was een afschuwelijk vooruitzicht, maar hij kon ook niet eeuwig op dat muurtje blijven zitten, anders zou hij dadelijk aan een Dreuzelagent moeten uitleggen wat hij midden in de nacht op straat deed met een hutkoffer vol toverboeken en een bezemsteel.

Harry deed zijn koffer open en zocht tussen de inhoud naar zijn Onzichtbaarheidsmantel – maar voor hij die gevonden had, kwam hij plotseling overeind en keek om zich heen.

Hij had een merkwaardig, prikkend gevoel in zijn nek, alsof er iemand naar hem keek, maar de straat leek uitgestorven en de grote, vierkante huizen waren allemaal donker.

Hij boog zich opnieuw over zijn koffer maar kwam vrijwel meteen weer overeind, met zijn toverstok in zijn hand. Hij had het eerder gevoeld dan gehoord: er stond iets of iemand in de smalle opening tussen de garage en het tuinhek achter hem. Harry tuurde naar het donkere pad. Bewoog het nou maar, dan zou hij weten of het gewoon een zwerfkat was of – iets anders.

'Lumos,' mompelde Harry en er verscheen een lichtje aan het uiteinde van zijn toverstaf dat hem haast verblindde. Hij hield zijn staf hoog boven zijn hoofd en de ruwbepleisterde muren van nummer 2 begonnen plotseling te fonkelen; de garagedeur glom en daartussen zag Harry duidelijk de massieve omtrek van iets groots, met enorme, vurige ogen –

Harry deed een stap achteruit, struikelde over zijn hutkoffer en viel. Zijn toverstok vloog uit zijn hand toen hij zijn arm uitstak om zijn val te breken en hij belandde met een klap in de goot. Er klonk een oorverdovende KNAL en Harry hield zijn handen voor zijn gezicht om zijn ogen te beschermen tegen een plotseling, fel licht –

Met een gil wist hij nog net op tijd op de stoep terug te rollen. Een tel later kwamen twee reusachtige wielen piepend tot stilstand op de plaats waar hij zonet nog had gelegen. Toen Harry opkeek, zag hij dat ze bij een pimpelpaarse driedubbeldeksbus hoorden, die zomaar uit het niets was verschenen. Boven de voorruit stond in gouden letters *De Collectebus*.

Heel even vroeg Harry zich af of hij spoken zag door zijn val, maar toen sprong er een conducteur met een paars uniform uit de bus die riep: 'Welkom in de Collectebus, het noodvervoer voor de gestrande heks of tovenaar. Steek uw toverstokhand uit, stap in en wij brengen u naar uw bestemming. Ik ben Sjaak Stuurman en ben vanavond uw conduc –'

De conducteur deed er abrupt het zwijgen toe toen hij Harry op de grond zag zitten. Harry greep haastig zijn toverstok en krabbelde overeind. Van dichtbij zag hij dat Sjaak Stuurman maar een paar jaar ouder was dan hij; hoogstens achttien of negentien, met grote flaporen en een indrukwekkende verzameling puistjes.

'Waddeejje daar?' zei Sjaak, die zijn professionele houding liet varen.

'Ik was gevallen,' zei Harry.

'Wie valter nou zomaar?' gniffelde Sjaak.

'Ik deed het niet expres,' zei Harry geïrriteerd. Hij had een scheur in zijn spijkerbroek en de hand die hij had uitgestoken om zijn val te breken bloedde. Plotseling herinnerde hij zich waarom hij gevallen was. Hij draaide zich snel om en staarde naar het smalle pad tussen de garage en het hek. Het werd fel verlicht door de koplampen van de Collectebus, maar er was niets te zien.

'Waar kijkie naar?' zei Sjaak.

'Er zat daar een groot zwart beest,' zei Harry, die onzeker naar het pad wees. 'Net een hond... maar dan groter...'

Hij keek naar Sjaak, wiens mond openhing. Met een onbehaaglijk gevoel zag Harry dat Sjaaks blik afdwaalde naar het litteken op zijn voorhoofd.

'Wat hebbie op je hoofd?' vroeg Sjaak ineens.

'Niks,' zei Harry, die zijn haar gauw over zijn litteken streek. Als het Ministerie van Toverkunst hem zocht, wilde hij het hen niet gemakkelijker maken dan het al was.

'Hoe heetje?' drong Sjaak aan.

'Marcel Lubbermans,' zei Harry, die er de eerste de beste naam uitflapte die bij hem opkwam. 'Zei – zei je dat die bus me *overal* naartoe kan brengen?' vervolgde hij snel, in de hoop Sjaak daardoor af te leiden.

'Jep,' zei Sjaak trots. 'Waar je maar wilt, zolang 't maar op de vaste wal is. Onder water gaattie niet. Hé, je héb de bus toch aangehouden, issetniet? Je héb je toverstokhand toch uitgestoken?'

'Ja,' zei Harry vlug. 'Zeg, wat kost een enkeltje Londen?'

'Elf Sikkels,' zei Sjaak, 'maar voor dertien krijggie d'r warme chocola bij en voor vijftien een kruik en een tandenborstel in je lievelingskleur.'

Harry rommelde opnieuw in zijn hutkoffer, pakte zijn geldbuidel en duwde wat zilverstukken in Sjaaks hand. Hij en Sjaak sjouwden zijn hutkoffer de bus in, met Hedwigs kooi bovenop.

Er waren geen banken; in plaats daarvan stonden er zes koperen ledikanten naast de raampjes met gordijnen. Naast elk bed brandden kaarsen in wandhouders en het schijnsel viel op de houten lambrisering. Een piepkleine tovenaar met een slaapmuts, die achter in de bus lag, mompelde: 'Nee, nu even niet, ik ben slakken aan het inmaken,' en draaide zich om in zijn slaap.

'Hier, neem jij die maar,' fluisterde Sjaak. Hij schoof Harry's hutkoffer onder het bed achter de chauffeur, die in een leunstoel achter het stuur zat. 'Onze chauffeur, Goof Blikscha. Dittis Marcel Lubbermans, Goof.'

Goof Blikscha, een bejaarde tovenaar met een bril met jampotglazen, knikte tegen Harry, die weer nerveus zijn pony gladstreek en op het bed ging zitten.

'Rijen maar, Goof,' zei Sjaak, die in de leunstoel naast die van Goof plaatsnam.

Er klonk opnieuw een daverende KNAL en een fractie van een seconde later lag Harry languit op bed, achterovergegooid door de vaart van de Collectebus. Harry krabbelde overeind, tuurde uit het raampje en zag dat ze door een totaal andere straat raasden. Sjaak kraaide van plezier bij het zien van Harry's verbijsterde gezicht.

'Hier waren we voor je ons aanhield,' zei hij. 'Waar zijn we, Goof? Ergens in Wales?'

'Jep,' zei Goof.

'Waarom horen de Dreuzels de bus niet?' vroeg Harry.

'Die!' zei Sjaak vol verachting. 'Die luisteren gewoonnie! Kijken ook nooit goed. Zien gewoon helemaal niks, hunnie.'

'Maak madame Teutel effe wakker, Sjaak,' zei Goof. 'We zijn bijna in Abergavenny.'

Sjaak liep langs het bed van Harry en ging een smalle houten trap op. Harry keek uit het raam en begon steeds nerveuzer te worden. Het was alsof Goof nog nooit eerder achter het stuur van een bus had gezeten. De Collectebus reed om de haverklap over het trottoir, maar maakte geen ongelukken; de straatlantaarns, brievenbussen en vuilniscontainers sprongen snel opzij als de bus naderde en keerden op hun oude positie terug als hij voorbij was.

Sjaak kwam weer naar beneden met een enigszins groen uitziende heks met een grote reismantel om.

'We zijn d'r, madame Teutel,' zei Sjaak opgewekt toen Goof keihard remde en alle bedden bijna een halve meter naar voren gleden. Madame Teutel drukte een zakdoek tegen haar mond en wankelde het trapje af. Sjaak gooide haar tas naar buiten en sloeg de deuren dicht; er klonk opnieuw een keiharde KNAL en plotseling denderden ze over een smal landweggetje, terwijl bomen haastig opzijsprongen.

Zelfs als hij niet in een bus had gezeten die steeds oorverdovend knalde en sprongen van honderden kilometers maakte, had Harry toch niet kunnen slapen. Met een wee gevoel in zijn maag dacht hij opnieuw aan wat er met hem zou gebeuren en vroeg zich af of de Duffelingen er al in geslaagd zouden zijn om tante Margot weer aan de grond te krijgen.

Sjaak had de *Ochtendprofeet* opengevouwen en zat te lezen, met zijn tong tussen zijn tanden. Op de voorpagina stond een grote foto van een man met ingevallen wangen en lang, vuil, verward haar, die met langzaam knipperende ogen naar Harry staarde. Om de een of andere reden kwam hij hem bekend voor.

'Die man!' zei Harry, die zijn eigen problemen even vergat. 'Die is op het Dreuzelnieuws geweest!'

Sjaak keek naar de voorpagina en grinnikte.

'Sirius Zwarts,' zei hij knikkend. 'Ja, tuurlijk issie op 't Dreuzelnieuws geweest. Je bent niet echt goed bij, hè Marcel?'

Hij grinnikte nogal neerbuigend toen hij Harry's niet-begrijpende blik zag en gaf hem de voorpagina.

'Je moet de krant 'ns wat vaker lezen, Marcel.'

Harry hield de pagina in het kaarslicht en las:

ZWARTS NOG STEEDS OP VRIJE VOETEN

Sirius Zwarts, misschien wel de beruchtste gedetineerde die ooit gevangen heeft gezeten in Fort Azkaban, is nog steeds voortvluchtig, bevestigde het Ministerie van Toverkunst vandaag.

'We doen er alles aan om Zwarts zo snel mogelijk weer op te pakken en verzoeken de magische gemeenschap om toch vooral kalm te blijven,' verklaarde Cornelis Droebel, de Minister van Toverkunst, hedenmorgen.

Droebel wordt door sommige leden van het Internationaal Overlegorgaan van Heksenmeesters bekritiseerd omdat hij de Dreuzelpremier op de hoogte heeft gesteld van de crisis.

'Nou – ik bedoel – wat had ik dan moeten doen?' verklaarde een geïrriteerde Droebel. 'Zwarts is stapelgek. Hij is een gevaar voor iedereen die zijn pad

kruist, of dat nou een tovenaar is of een Dreuzel. De minister-president heeft
me verzekerd dat hij niets zal loslaten over Zwarts' ware identiteit. En laten we
wel wezen – wie zou hem geloven als hij dat wel deed?'
Dreuzels verkeren in de veronderstelling dat Zwarts bewapend is met een pis-
tool (een soort metalen toverstaf die Dreuzels gebruiken om elkaar uit te moor-
den), maar de magische gemeenschap is bang voor een herhaling van de
slachtpartij van twaalf jaar geleden, toen Zwarts met één enkele vloek dertien
mensen om zeep hielp.

Harry keek naar de diepliggende ogen van Sirius Zwarts; het enige
deel van zijn uitgemergelde gelaat dat leek te leven. Harry had nog
nooit een vampier ontmoet, maar wel plaatjes gezien tijdens lessen
Verweer tegen de Zwarte Kunsten, en Zwarts had met zijn wasachtige, doodsbleke huid veel van een vampier weg.

'Niet iemand die je in een donker steegje tegen 't lijf wil lopen, issetniet?' zei Sjaak, die keek hoe Harry het artikel las.

'Heeft hij *dertien mensen* vermoord met één vloek?' zei Harry, die de
pagina teruggaf aan Sjaak.

'Klopt,' zei Sjaak. 'En met getuigen d'rbij. Op klaarlichte dag. Daar
was een hoop stennis over, wassetniet Goof?'

'Jep,' zei Goof kort en bondig.

Sjaak draaide zich om in zijn leunstoel en legde zijn handen op de
rugleuning, zodat hij Harry beter kon aankijken.

'Zwarts was een aanhanger van Jeweetwel,' zei hij.

'Wat, van Voldemort?' zei Harry, zonder erbij na te denken.

Zelfs Sjaaks puisten verbleekten, en Goof gaf zo'n ruk aan het
stuur dat een hele boerderij opzij moest springen om niet tegen de
bus te botsen.

'Benje niet goed gaar of zo?' piepte Sjaak. 'Waarvoor zeggie die
naam nou?'

'Sorry,' zei Harry haastig. 'Sorry. Dat was ik even vergeten –'

'Vergeten!' zei Sjaak zwakjes. 'Allemachies, moetje m'n hart horen
bonken...'

'Dus – dus Zwarts was een volgeling van Jeweetwel?' vroeg Harry
verontschuldigend.

'Ja,' zei Sjaak, die nog steeds over zijn borst wreef. 'Ja, dat klopt.
Heel dik met Jeweetwel, zeggeze. Maar toen die kleine Harry Potter
Jeweetwel z'n vet gaf –'

Harry streek zenuwachtig zijn pony over zijn voorhoofd.

'– zijn de volgelingen van Jeweetwel ook opgepakt, issetniet Goof?

De meesten wisten dat 't bekeken was toen Jeweetwel zelf d'r niet meer was en gaven zich over, maar Sirius Zwarts niet. Ik heb gehoord dattie dacht dattie onderbaas zou worden als Jeweetwel de boel had overgenomen. Hoe 't ook zij, ze dreven Zwarts klem in een straat vol Dreuzels en toen haaldenie opeens z'n toverstaf tevoorschijn en blies de halve straat op, plus een tovenaar en een stuk of twaalf Dreuzels die toevallig in de weg liepen. Erg, hè? En weetje wat Zwarts toen deed?' vervolgde Sjaak op dramatische fluistertoon.

'Wat?' zei Harry.

'Hij *lachte*,' zei Sjaak. 'Hij bleef gewoon staan lachen. En toen d'r versterking arriveerde van 't Ministerie van Toverkunst, gingie zo mak als een lammetje mee, nog steeds schaterend. Omdattie stapelgek was, hè Goof? Issie niet gek?'

'Als ie dat niet was voor ie naar Azkaban ging, is ie 't nu in elk geval wel,' zei Goof met zijn trage stem. 'Ik zou mezelf nog eerder opblazen dan één voet in die bajes te zetten. Maar 't is natuurlijk wel z'n verdiende loon... na alles wat ie gedaan heeft...'

'Ze hadden d'r een hele kluif aan om 't in de doofpot te stoppen, issetniet Goof?' zei Sjaak. 'De hele straat in puin en al die Dreuzels dood... Wat zeiden ze ook alweer dat 't geweest was?'

'Gasexplosie,' gromde Goof.

'En nou issie weer op vrije voeten,' zei Sjaak, die opnieuw naar de foto van Zwarts' hologige gezicht keek. 'D'r was nog nooit iemand ontsnapt uit Azkaban, hè Goof? Ik snapnie hoe ie dat voor mekaar heeft gekregen. Griezelig. Maar goed, ik denknie dattie 't redt tegen die cipiers van Azkaban. Wat denkie, Goof?'

Goof huiverde plotseling.

'Praat alsjeblieft ergens anders over, Sjaak. Van die bewakers van Azkaban gaan m'n nekharen overeind staan.'

Sjaak legde de krant met tegenzin weg en Harry leunde tegen het raampje van de Collectebus. Hij voelde zich rotter dan ooit. Onwillekeurig moest hij denken aan wat Sjaak over een paar dagen misschien tegen zijn passagiers zou zeggen: 'Hebbie 't gehoord van Harry Potter? Z'n bloedeigen tante opgeblazen! We hebben hem nog in de bus gehad, issetniet Goof? Hij probeerde te vluchten...'

Harry had de tovenaarswetten net zo zwaar overtreden als Sirius Zwarts. Was het opblazen van tante Margot ernstig genoeg om naar Azkaban gestuurd te worden? Harry wist niets van die tovenaarsgevangenis, alleen dat iedereen die er iets over zei dat altijd op dezelfde, angstige toon deed. Hagrid, de jachtopziener van Zweinstein, was vorig jaar per abuis twee maanden naar Azkaban gestuurd. Harry zou de doodsangst op Hagrids gezicht toen hij hoorde wat hem te wachten stond nooit vergeten en Hagrid was een van de dapperste mensen die Harry kende.

De Collectebus reed door het duister en joeg struiken en verkeerszuilen, telefooncellen en bomen opzij terwijl Harry rusteloos op zijn donzen bed lag. Na een tijdje herinnerde Sjaak zich dat Harry betaald had voor warme chocola, maar die morste hij over Harry's kussen toen de bus onverwacht van Anglesea oversprong naar Aberdeen. Een voor een kwamen er heksen en tovenaars met kamerjassen en pantoffels naar beneden om uit te stappen. Zo te zien waren ze allemaal blij dat de rit erop zat.

Uiteindelijk was Harry de enige passagier die overbleef.

'Oké, Marcel,' zei Sjaak handenwrijvend, 'waar motje wezen in Londen?'

'De Wegisweg,' zei Harry.

'Okidoki,' zei Sjaak. 'Hou je vast –'

KNAL!

Ze raasden plotseling over Charing Cross Road. Harry ging overeind zitten en keek hoe gebouwen en bankjes angstig opzij sprongen voor de aanstormende Collectebus. De hemel begon een beetje lichter te worden. Hij zou zich een paar uur verborgen houden tot Goudgrijp opening en dan op weg gaan naar – dat wist hij nog niet.

Goof maakte een noodstop en de Collectebus kwam met piepende remmen tot stilstand voor een klein, haveloos kroegje: de Lekke Ketel. Daarachter bevond zich de magische ingang van de Wegisweg.

'Bedankt,' zei Harry tegen Goof.

Hij sprong uit de bus en hielp Sjaak om zijn hutkoffer en de kooi van Hedwig naar buiten te sjouwen.

'Nou,' zei Harry, 'tot ziens dan maar.'

Sjaak had echter geen aandacht voor hem. Hij stond in de deuropening van de bus en staarde met grote ogen naar de schemerige ingang van de Lekke Ketel.

'Dus *daar* ben je, Harry,' zei een stem.

Voor Harry zich kon omdraaien, voelde hij een hand op zijn schouder en tegelijkertijd schreeuwde Sjaak: 'Allemachies! Goof, kommes kijken! *Vlug!*'

Harry draaide zich om, keek naar de eigenaar van de hand en voelde een emmer vol ijs in zijn maag ploffen – hij was regelrecht in de armen gelopen van Cornelis Droebel, de Minister van Toverkunst.

Sjaak sprong uit de bus en kwam bij hem staan.

'Hoe noemde u Marcel, Minister?' vroeg hij opgewonden.

Droebel, een klein, dik mannetje met een lange mantel met krijt-streep, maakte een verkleumde en vermoeide indruk.

'Marcel?' zei hij fronsend. 'Dit is Harry Potter.'

'Ik wistet wel!' riep Sjaak opgetogen. 'Goof! Goof! Raad es wie Marcel is, Goof! 't Is Harry Potter! Ik zie z'n litteken!'

'Ja,' zei Droebel geïrriteerd. 'Nou, ik ben blij dat Harry door de Collectebus is opgepikt, maar we hebben iets te bespreken in de Lekke Ketel en –'

Droebel greep Harry's schouder nog steviger beet en loodste hem met zachte dwang naar binnen. Door een deur achter de bar ver-scheen een gebogen gedaante met een lantaarn: Tom, de gerimpel-de en tandeloze waard.

'Dus u heeft hem, Minister!' zei Tom. 'Kan ik iets voor u halen? Bier? Cognac?'

'Misschien een pot thee,' zei Droebel, die Harry nog steeds niet had losgelaten.

Achter hem klonk een hoop gehijg en geschraap en Sjaak en Goof verschenen. Ze zeulden Harry's hutkoffer en de kooi van Hedwig mee en keken opgewonden om zich heen.

'Waarom hebbie niet gezegd wie je bent, Marcel?' zei Sjaak met een brede grijns, terwijl Goof uilachtig over zijn schouder keek.

'En een privé-kamer graag, Tom,' zei Droebel met nadruk.

'Tot ziens,' zei Harry neerslachtig tegen Sjaak en Goof toen Tom wenkte en hen voorging naar een gang achter de bar.

'Tot ziens, Marcel!' riep Sjaak.

Droebel nam Harry mee door de donkere gang, achter het licht van Toms lantaarn aan. Ze gingen een kleine zitkamer binnen, Tom knipte met zijn vingers, vlammen laaiden op in de haard en buigend vertrok hij.

'Ga zitten, Harry,' zei Droebel en hij wees op een stoel naast het vuur.

Harry ging zitten en voelde dat hij kippenvel op zijn armen kreeg, ondanks de warmte van het vuur. Droebel deed zijn mantel af, gooi-de hem over een stoel, hees de broek van zijn flesgroene pak op en nam plaats tegenover Harry.

'Harry, ik ben Cornelis Droebel, de Minister van Toverkunst.'

Uiteraard wist Harry dat al; hij had Droebel eerder gezien, maar omdat hij toen zijn vaders Onzichtbaarheidsmantel had gedragen, mocht Droebel dat niet weten.

Tom de waard verscheen weer. Hij had een schort aangetrokken over zijn nachthemd en had een blad met thee en beschuitbollen bij zich. Hij zette het blad op het tafeltje tussen Harry en Droebel, ging weer naar buiten en deed de deur dicht.

'Zo, Harry,' zei Droebel, die thee inschonk. 'We zaten allemaal behoorlijk in de rats, dat wil ik je wel vertellen. Zomaar weglopen bij je oom en tante! Ik was bang dat... maar goed, je bent veilig en daar gaat het om.'

Droebel beboterde een beschuitbol en schoof het bord naar Harry.

'Eet wat, Harry. Je ziet er doodmoe uit. Nou... Je zult blij zijn om te horen dat we de onfortuinlijke opzwelling van Margot Duffeling ongedaan hebben gemaakt. Twee leden van het Traumateam voor Toverongevallen hebben een paar uur geleden de Ligusterlaan bezocht. Juffrouw Duffeling is lekgeprikt en haar geheugen is gewist, zodat ze zich niets meer van het voorval herinnert. Dus dat is ook weer geregeld en gelukkig heeft niemand er iets aan overgehouden.'

Droebel keek Harry glimlachend aan over de rand van zijn kopje, alsof hij een vriendelijke oom was die het tegen zijn favoriete neefje had. Harry, die zijn oren niet kon geloven, deed zijn mond open om iets te zeggen, kon niets bedenken en deed hem maar weer dicht.

'Ja, je bent natuurlijk bang wat je oom en tante zullen zeggen,' zei Droebel. 'Nou, ik zal niet ontkennen dat ze min of meer buiten zichzelf waren van woede, maar ze zijn bereid je volgende zomer toch weer in huis toe te laten, als je met de kerst- en paasvakantie maar op Zweinstein blijft.'

Harry wist eindelijk iets uit te brengen.

'Ik blijf met kerst en Pasen *altijd* op Zweinstein,' zei hij, 'en ik ga nooit meer terug naar de Ligusterlaan!'

'Kom kom, Harry, ik weet zeker dat je daar anders over zult denken als je weer een beetje gekalmeerd bent,' zei Droebel bezorgd. 'Tenslotte blijft het je familie en ik weet zeker dat jullie in wezen best op elkaar gesteld zijn, ergens – eh – héél diep van binnen.'

Harry deed geen poging om Droebel uit de droom te helpen. Hij zat er nog steeds op te wachten wat er met hem zou gebeuren.

'Dus nu hoeven we alleen nog te besluiten waar je de laatste twee weken van de vakantie zult logeren,' zei Droebel, terwijl hij een tweede beschuitbol smeerde. 'Ik stel voor dat je een kamer neemt in de Lekke Ketel en dan –'

'Wacht eens even,' flapte Harry eruit. 'Krijg ik geen straf?'

Droebel knipperde met zijn ogen.

'Straf?'

'Ik heb de wet overtreden!' zei Harry. 'De Wet op de Restrictie van Toverkunst door Minderjarigen!'

'O, dat! Voor zoiets onbenulligs krijg je heus geen straf, hoor!' zei Droebel, ongeduldig met zijn beschuitbol zwaaiend. 'Gewoon een ongelukje! Als we iedereen die wel eens een tante opblaast naar Azkaban moesten sturen...'

Dat strookte helemaal niet met Harry's eerdere ervaringen met het Ministerie van Toverkunst.

'Vorig jaar heb ik nog een officiële waarschuwing gekregen omdat een huis-elf bij mijn oom en tante een pudding op de grond had gegooid!' zei hij fronsend tegen Droebel. 'Toen schreef het Ministerie dat ik van Zweinstein gestuurd zou worden als ik daar nog één keer zou toveren!'

Als Harry zich niet vergiste, voelde Droebel zich plotseling nogal opgelaten.

'De zaken liggen nu heel anders, Harry... we moeten rekening houden met... gezien de situatie... je *wilt* toch niet van school gestuurd worden?'

'Nee, natuurlijk niet,' zei Harry.

'Waarom zou je je dan druk maken?' zei Droebel lachend. 'Neem jij nou maar een beschuitbol en dan kijk ik of Tom een kamer voor je heeft.'

Droebel ging haastig naar buiten en Harry staarde hem na. Er was iets heel raars aan de hand. Waarom had Droebel hem opgewacht bij de Lekke Ketel als hij hem niet had willen straffen? En nu Harry er goed over nadacht, leek het nogal ongebruikelijk dat de Minister zich *persoonlijk* bemoeide met een geval van toverkunst door een minderjarige.

Droebel kwam terug met Tom de waard.

'Kamer 11 was nog vrij, Harry,' zei Droebel. 'Ik weet zeker dat je het naar je zin zult hebben. O ja, nog één ding – dat zul je vast wel begrijpen... ik wil niet dat je rondzwerft door Dreuzel-Londen. Blijf hier, op de Wegisweg. En je moet 's avonds vóór donker binnen zijn. Dat lijkt me redelijk. Ik heb Tom gevraagd of hij een oogje in het zeil wil houden.'

'Ja, goed,' zei Harry langzaam. 'Maar waarom –'

'We willen je niet nog een keer kwijtraken, hè?' zei Droebel met een joviale lach. 'Nee, nee... het is veel beter als we weten waar je bent... ik bedoel...'

Droebel schraapte zijn keel en pakte zijn krijtstreepmantel.

'Nou, dan ga ik maar weer eens. Ik heb nog een hoop te doen...'

'Heeft u Zwarts al opgepakt?' vroeg Harry.

De vingers van Droebel gleden van de zilveren gesp van zijn mantel.

'Wat zei je? Dus je hebt gehoord – eh, nee, nog niet – maar dat is een kwestie van tijd. De cipiers van Azkaban hebben nog nooit gefaald... en ik heb ze nog nooit zó woedend meegemaakt... '

Droebel huiverde licht.

'Nou, tot ziens dan maar, Harry.'

Hij stak zijn hand uit en terwijl Harry die schudde, kreeg hij plotseling een idee.

'Eh – Minister? Mag ik iets vragen?'

'Natuurlijk,' zei Droebel glimlachend.

'Nou, de derdejaars op Zweinstein mogen een bezoek brengen aan Zweinsveld, maar mijn oom en tante hadden het formulier nog niet getekend. Zoudt u misschien –'

Droebel maakte een heel onbehaaglijke indruk.

'O, dat,' zei hij. 'Nee. Nee, het spijt me heel erg, Harry, maar aangezien ik niet je ouder of voogd ben –'

'Maar u bent Minister van Toverkunst,' zei Harry gretig. 'Als u nou toestemming gaf –'

'Nee, Harry. Sorry, maar regels zijn regels,' zei Droebel kortaf. 'Misschien mag je volgend jaar naar Zweinsveld. Het lijkt me trouwens beter als je niet... ja... nou, ik moet gaan. Ik hoop dat je het hier naar je zin zult hebben.'

En na voor de laatste keer Harry's hand te hebben geschud, vertrok Droebel. Tom liep breed glimlachend naar Harry toe.

'Zoudt u me willen volgen, meneer Potter? Ik heb uw spullen al naar boven gebracht...'

Harry volgde Tom naar een fraaie houten trap en een deur met een koperen 11. Tom stak een sleutel in het slot en deed de deur open.

Harry zag een heel comfortabel bed, glanzend gepoetste eiken meubels, een vrolijk knappend haardvuur en op de kleerkast –

'Hedwig!' zei Harry stomverbaasd.

De sneeuwwitte uil klikte met haar snavel, fladderde omlaag en ging op Harry's arm zitten.

'Echt heel slim, die uil van u,' grinnikte Tom. 'Ze arriveerde hoogstens vijf minuten na u. Als u iets nodig heeft vraagt u het maar, meneer Potter.'

Hij boog opnieuw en vertrok.

Harry bleef een hele tijd op bed zitten terwijl hij Hedwig afwezig aaide. Buiten veranderde de hemel van diep, fluweelachtig blauw in kil staalgrijs en toen langzaam in roze, doortrokken van goud. Harry kon nauwelijks geloven dat hij nog maar een paar uur geleden uit de Ligusterlaan was weggelopen, dat hij niet van school was gestuurd en dat hij zich kon verheugen op twee volkomen Duffelingloze weken.

'Het is een heel rare nacht geweest, Hedwig,' zei hij geeuwend.

En zonder zelfs zijn bril maar af te zetten liet hij zich op de kussens neerzakken en viel in slaap.

HOOFDSTUK 4

DE LEKKE KETEL

*H*et duurde een paar dagen voor Harry aan zijn wonderlijke nieuwe vrijheid gewend was. Hij had nog nooit eerder zo lang kunnen uitslapen als hij wilde of eten waar hij trek in had. Hij mocht zelfs naar hartelust buiten rondzwerven, zolang hij maar op de Wegisweg bleef. Die lange, met keitjes geplaveide straat was volgepakt met de meest fascinerende toverwinkels ter wereld en Harry voelde niet één keer de verleiding om zijn belofte aan Droebel te verbreken en stiekem een uitstapje te maken naar de Dreuzelwereld.

Harry ontbeet elke ochtend in de Lekke Ketel. Hij vond het leuk om de andere gasten te observeren: merkwaardige heksjes van het platteland die een dagje kwamen winkelen, waardige grijze tovenaars die heftige discussies voerden over het nieuwste artikel in *Hedendaagse Gedaanteverwisselingen*, wild uitziende heksenmeesters, luidruchtige dwergen en een keer zelfs iemand met een dikke wollen bivakmuts, die verdacht veel op een feeks leek en een bord rauwe lever bestelde.

Na het ontbijt ging Harry naar het achterplaatsje, pakte zijn toverstok, tikte op de derde baksteen van links boven de vuilnisbak en deed dan snel een stapje achteruit, terwijl de poort die toegang gaf tot de Wegisweg in de muur verscheen.

Harry bracht veel zonnige zomerdagen door met grasduinen in de winkels en eten onder de bontgekleurde parasols voor de diverse restaurantjes, waar andere gasten elkaar hun aankopen lieten zien ('Een lunascoop, beste jongen – geen geknoei meer met maankaarten en zo.') of anders het geval van Sirius Zwarts bespraken ('Ik laat de kinderen niet buitenspelen tot hij weer veilig in Azkaban zit.'). Harry hoefde zijn huiswerk niet meer stiekem onder de dekens te maken bij het licht van een zaklantaarn; hij kon nu gewoon lekker voor Florian Fanielje's IJssalon in het zonnetje zitten en rustig zijn opstellen maken, met af en toe wat hulp van Florian Fanielje zelf, die niet alleen veel wist van middeleeuwse heksenverbrandingen, maar Harry ook elk halfuur een gratis sorbet gaf.

Zodra Harry uit zijn kluis bij Goudgrijp zijn geldbuidel had bijgevuld met gouden Galjoenen, zilveren Sikkels en bronzen Knoeten, moest hij al zijn zelfbeheersing aanspreken om niet alles in één keer uit te geven. Hij moest zichzelf er steeds aan herinneren dat hij nog vijf jaar te gaan had op Zweinstein en hoe verschrikkelijk het zou zijn om de Duffelingen om geld voor nieuwe spreukenboeken te moeten vragen. Alleen op die manier wist hij zichzelf ervan te weerhouden om een fraaie set massief gouden Fluimstenen te kopen (gebruikt bij een spel dat veel op knikkeren leek, maar waarbij de knikkers een stinkende vloeistof in het gezicht van de verliezende speler spuwden). Hij werd ook ernstig in verleiding gebracht door een grote glazen bol met een prachtig, bewegend model van het melkwegstelsel, omdat hij dan nooit meer één les Astronomie zou hoeven volgen, maar Harry's zelfbeheersing werd het sterkst op de proef gesteld door iets wat hij een week na zijn aankomst in de Lekke Ketel zag in zijn favoriete winkel, Zwik & Zwachtels Zwerkbalpaleis.

Harry, die benieuwd was waar al die mensen naar staarden, wurmde zich de winkel binnen en wrong zich tussen opgewonden heksen en tovenaars door, tot hij een glimp opving van een podium waarop de schitterendste bezem was uitgestald die hij ooit in zijn leven had gezien.

'Komt net uit de fabriek – een prototype,' zei een tovenaar met een brede, vierkante kaak tegen zijn metgezel.

'Dat is de snelste bezem ter wereld, hè pa?' piepte een ventje dat jonger was dan Harry en dat aan de arm van zijn vader hing.

'De Ierse ploeg heeft net zeven van die beauty's besteld!' verkondigde de eigenaar van de zaak tegen de menigte. 'En Ierland is favoriet op het WK!'

Een dikke heks die voor Harry stond ging opzij en Harry kon het bordje lezen dat naast de bezem stond:

DE VUURFLITS

Deze hypermoderne racebezemsteel is uitgerust met een gestroomlijnde essen steel van absolute topkwaliteit, diamanthard gelakt en voorzien van een handgemaakt, individueel kenteken. Elk speciaal geselecteerd berkentwijgje van de staart is bijgeschuurd tot de hoogste graad van aërodynamische perfectie, waardoor de Vuurflits beschikt over een ongeëvenaarde balans en volmaakte accuratesse. De Vuurflits accelereert in tien seconden vanuit stilstand naar 250 kilometer per uur en is voorzien van een ingebouwde, onverslijtbare rembezwering. Prijs op aanvraag.

Prijs op aanvraag... Harry moest er niet aan denken hoeveel die Vuurflits zou kosten. Hij had nog nooit iets zó graag willen hebben – maar hij had ook nog nooit een Zwerkbalwedstrijd verloren op zijn Nimbus 2000 en wat had het voor zin om zijn kluis bij Goudgrijp te plunderen voor die Vuurflits terwijl hij al een uitstekende bezem had? Harry vroeg niet naar de prijs, maar ging toch bijna iedere dag even naar de Vuurflits kijken.

Er waren genoeg andere dingen die hij wel moest kopen. Bij de Apothekerij vulde hij zijn voorraad toverdrankingrediënten aan en omdat zijn schoolgewaden inmiddels verscheidene centimeters te kort waren, vooral bij de armen en benen, ging hij naar Madame Mallekins Gewaden voor Alle Gelegenheden om nieuwe aan te schaffen. Het belangrijkst waren zijn nieuwe schoolboeken, waaronder die voor zijn twee nieuwe vakken, Verzorging van Fabeldieren en Waarzeggerij.

Harry wist niet wat hij zag toen hij in de etalage van de boekhandel keek. In plaats van de gebruikelijke stapels met goud bedrukte spreukenboeken, zo groot als stoeptegels, stond er nu een grote ijzeren kooi met wel honderd exemplaren van *Het Monsterlijke Monsterboek*. De bladzijden vlogen in het rond terwijl de boeken elkaar te lijf gingen. Ze hapten en beten wild om zich heen en deden verwoede pogingen elkaar tegen de grond te werken.

Harry haalde zijn boekenlijst uit zijn zak en las hem voor de eerste keer door. *Het Monsterlijke Monsterboek* was voorgeschreven literatuur voor Verzorging van Fabeldieren en nu begreep Harry waarom Hagrid dacht dat het van pas zou komen. Hij was opgelucht; hij was bang geweest dat Hagrid misschien zou willen dat hij hielp met een of ander angstaanjagend nieuw huisdier.

Toen Harry de zaak van Klieder & Vlek binnenging, haastte de eigenaar zich direct naar hem toe.

'Zweinstein?' vroeg hij kortaf. 'Kom je nieuwe boeken halen?'

'Ja,' zei Harry. 'Ik moet –'

'Uit de weg,' zei de eigenaar ongeduldig en duwde Harry opzij. Hij trok een paar extra dikke handschoenen aan, pakte een grote, knoestige wandelstok en stapte op het deurtje van de kooi met Monsterboeken af.

'Wacht!' zei Harry vlug. 'Dat boek heb ik al –'

'Echt?' De opluchting droop haast van het gezicht van de eigenaar. 'Godzijdank. Ik ben vanochtend al vijf keer gebeten –'

Er klonk een hard, scheurend geluid; twee Monsterboeken hadden een derde gegrepen en trokken hem aan stukken.

'Hou op! Hou op!' gilde de eigenaar, die zijn wandelstok tussen de tralies van de kooi stak en de boeken uit elkaar sloeg. 'Ik bestel die boeken nooit meer, nooit! Het is een gekkenhuis! Ik dacht dat ik het ergste had gehad toen we tweehonderd exemplaren van *Het Onzichtbare Onzichtbaarheidsboek* hadden besteld – die krengen waren peperduur en we hebben ze nooit teruggevonden... maar goed... kan ik verder nog iets voor u doen?'

'Ja,' zei Harry, die op zijn boekenlijst keek. '*Ontwasem de Toekomst*, door Cassandra Vablatsky.'

'Aha, dus u begint dit jaar met Waarzeggerij?' zei de eigenaar, die zijn handschoenen uitdeed en Harry voorging naar een hoekje achter in de zaak, dat aan waarzeggen was gewijd. Op een tafeltje lagen stapels boeken met titels zoals *Voorspel het Onvoorspelbare: Bescherm Uzelf tegen Vervelende Verrassingen* en *Klodders in het Koffiedik – Als Uw Toekomst Tegenvalt*.

'Alstublieft,' zei de verkoper, die op een trapje was gaan staan om een dik boek met een zwarte omslag te pakken. '*Ontwasem de Toekomst*. Een goede inleiding tot de Waarzeggerij. Alle basismethoden worden behandeld – handlezen, kristallen bollen, vogelingewanden, noem maar op.'

Harry luisterde niet. Zijn blik was op een boek gevallen dat op een ander tafeltje was uitgestald: *Sterfsignalen – Wat te Doen Als Uw Dagen Geteld Zijn*.

'O, dat zou ik maar niet lezen als ik u was,' zei de eigenaar luchtig toen hij Harry zag kijken. 'Dan ziet u dadelijk overal sterfsignalen. Om je dood te schrikken.'

Harry bleef naar het omslag staren; er stond een zwarte hond met vurige ogen op afgebeeld die zo groot was als een beer. Hij kwam Harry merkwaardig bekend voor...

De eigenaar drukte Harry *Ontwasem de Toekomst* in handen.

'Verder nog iets?' zei hij.

'Ja,' zei Harry, die zijn ogen losscheurde van de hond en verward zijn boekenlijst raadpleegde. 'Eh – ik heb ook nog *Gedaanteverwisselingen voor Gevorderden* en *Het Standaard Spreukenboek, Niveau 3* nodig.'

Tien minuten later verliet Harry Klieder & Vlek met zijn nieuwe boeken onder zijn arm en ging terug naar de Lekke Ketel. Hij zag nauwelijks waar hij liep en botste tegen verschillende mensen op. Hij kloste de trap op naar zijn kamer en gooide de boeken op zijn bed. Iemand had de kamer opgeruimd; de ramen stonden open en het zonlicht stroomde naar binnen. Harry hoorde passerende bussen in de onzichtbare Dreuzelstraat achter hem en het geluid van de winkelende menigte beneden op de Wegisweg. Hij zag zijn gezicht in de spiegel boven de wastafel.

'Het kan geen sterfsignaal zijn geweest,' zei hij koppig tegen zijn spiegelbeeld. 'Ik was in paniek toen ik dat beest zag in de Magnolialaan... waarschijnlijk was het gewoon een zwerfhond...'

Hij hief werktuiglijk zijn hand op om zijn haar glad te strijken.

'Ik denk niet dat dat veel zin heeft, schatje,' zei de spiegel krasserig.

Naarmate de dagen verstreken begon Harry steeds vaker uit te kijken naar Ron en Hermelien. Er waren al een hoop leerlingen van Zweinstein op de Wegisweg geweest nu het nieuwe schooljaar naderde. Harry had Simon Filister en Daan Tomas, zijn medeleerlingen van Griffoendor, al gezien bij Zwik & Zwachtels Zwerkbalpaleis waar zij ook verlekkerd naar de Vuurflits stonden te kijken, en hij was de echte Marcel Lubbermans tegen het lijf gelopen bij Klieder & Vlek. Harry maakte maar geen praatje met hem. Marcel was een jongen met een rond gezicht en een geheugen als een zeef, die blijkbaar zijn boekenlijst was vergeten en nu de wind van voren kreeg van zijn vervaarlijk uitziende grootmoeder. Harry hoopte maar dat zij er nooit achter zou komen dat hij gedaan had alsof hij Marcel was, toen hij voor het Ministerie van Toverkunst op de vlucht was.

Toen Harry op de laatste vakantiedag wakker werd, bedacht hij dat hij Ron en Hermelien in elk geval morgen zou zien in de Zweinsteinexpres. Hij stond op, kleedde zich aan, nam voor de laatste keer een kijkje bij de Vuurflits en vroeg zich net af waar hij zou gaan eten, toen hij zijn naam hoorde roepen en zich omdraaide.

'Harry! HARRY!'

Ze zaten allebei op het terras voor Florian Fanielje's IJssalon; Ron was één massa sproeten, Hermelien was ontzettend bruin en ze zwaaiden opgewonden naar hem.

'Hè hè, eindelijk!' zei Ron grijnzend toen Harry ging zitten. 'We waren eerst bij de Lekke Ketel, maar daar zeiden ze dat je al weg was en toen zijn we bij Klieder & Vlek geweest en bij Madame Mallekin en –'

'Ik heb m'n schoolspullen vorige week al gekocht,' legde Harry uit. 'En hoe wisten jullie trouwens dat ik in de Lekke Ketel logeerde?'

'Pa,' zei Ron alleen.

Rons vader werkte op het Ministerie van Toverkunst en had uiteraard ook gehoord wat er met tante Margot was gebeurd.

'Heb je *werkelijk* je tante opgeblazen, Harry?' vroeg Hermelien ernstig.

'Het was niet de bedoeling,' zei Harry, terwijl Ron schaterde van het lachen. 'Ik verloor gewoon m'n zelfbeheersing.'

'Het is niet grappig, Ron,' zei Hermelien bestraffend. 'Hemeltje, het verbaast me dat Harry niet van school is gestuurd.'

'Mij ook,' gaf Harry toe. 'Hoewel, van school gestuurd? Ik dacht dat ik gearresteerd zou worden!' Hij keek naar Ron. 'Weet je vader toevallig waarom Droebel me geen straf heeft gegeven?'

'Waarschijnlijk omdat jij het bent, denk ik,' zei Ron en hij haalde grinnikend zijn schouders op. 'De beroemde Harry Potter en zo. Ik moet er niet aan denken wat het Ministerie met *mij* zou doen als ik een tante opblies. Dan zouden ze me trouwens eerst moeten opgraven, omdat ma me al om zeep zou hebben geholpen. Maar je kunt het vanavond aan pa vragen. Wij slapen vannacht ook in de Lekke Ketel! Je kunt morgen samen met ons naar het station gaan! Hermelien logeert er ook!'

Hermelien knikte glunderend. 'Pa en ma hebben me vanochtend afgezet, met m'n schoolspullen.'

'Geweldig!' zei Harry blij. 'Hebben jullie je nieuwe spullen al?'

'Hier, moet je kijken,' zei Ron, die een lange, smalle doos uit een tasje haalde. 'Een splinternieuwe toverstok. Vijfendertig centimeter, wilgenhout, met de staarthaar van een eenhoorn. En we hebben onze boeken al.' Hij wees op een grote tas onder zijn stoel. 'Die Monsterboeken zijn echt erg, hè? De verkoper barstte bijna in tranen uit toen we zeiden dat we er twee wilden.'

'En wat heb jij daar allemaal, Hermelien?' vroeg Harry, die niet op één, maar drie uitpuilende tassen op de stoel naast haar wees.

'Nou, ik doe meer nieuwe vakken dan jullie,' zei Hermelien. 'Dat zijn boeken voor Voorspellend Rekenen, Verzorging van Fabeldieren, Waarzeggerij, Oude Runen, Dreuzelkunde –'

'Waarom in vredesnaam Dreuzelkunde?' zei Ron met rollende ogen. 'Je bent notabene zelf een Dreuzelkind! Je ouders zijn Dreuzels! Je weet alles van Dreuzels!'

'Maar het lijkt me juist zo fascinerend om ze vanuit tovenaarsstandpunt te bestuderen,' zei Hermelien serieus.

'Was je van plan om dit jaar ook nog te eten en te slapen, Hermelien?' vroeg Harry. Ron gniffelde, maar Hermelien negeerde hem.

'Ik heb nog tien Galjoenen,' zei ze terwijl ze in haar portemonnee keek. 'In september ben ik jarig en pa en ma hebben me geld gegeven, zodat ik vast een cadeautje kan kopen.'

'Wat dacht je van een leuk *boek*?' zei Ron onschuldig.

'Nee, dat denk ik niet,' zei Hermelien kalm. 'Eigenlijk wil ik een uil. Ik bedoel, Harry heeft Hedwig en jij Egidius –'

'Nietes,' zei Ron. 'Egidius is een gezins-uil. Ik heb alleen Schurfie.' Hij haalde zijn rat uit zijn zak. 'Ik wilde hem trouwens laten onderzoeken,' zei hij en zette Schurfie op tafel. 'Volgens mij is Egypte hem niet goed bekomen.'

Schurfie leek magerder dan gewoonlijk en zijn snorharen hingen inderdaad treurig omlaag.

'Een eindje verderop zit een magische dierenwinkel,' zei Harry, die de Wegisweg inmiddels op zijn duimpje kende. 'Misschien hebben ze daar iets voor Schurfie en dan kan Hermelien meteen een uil kopen.'

Ze betaalden hun ijsjes en staken de straat over naar De Betoverende Beestenbazaar.

Binnen was het klein en vol. Het stonk er, en elke vierkante centimeter wand was bedekt met kooien. Horen en zien verging je, omdat de dieren in de kooien allemaal piepten, jankten, floten, gromden of sisten. De heks achter de toonbank vertelde net aan een tovenaar hoe je voor tweestaartige salamanders moest zorgen en dus wachtten Ron, Harry en Hermelien en bekeken de kooien.

Twee reusachtige paarse padden zaten luidruchtig slobberend en smakkend een maaltje dode aasvliegen naar binnen te werken. Een gigantische schildpad met een met juwelen ingelegd schild zat fonkelend bij de etalage, giftige oranje slakken kropen slijmerig tegen de zijwand van hun terrarium en een dik wit konijn veranderde steeds met een knal in een hoge hoed en dan weer terug in een konijn. Er waren katten in alle kleuren, een lawaaierige kooi met raven, een mand vol rare, vanillekleurige haarballen die hard neurieden en, op de toonbank, een grote kooi met glanzende, zwarte ratten die hun lange, haarloze staarten gebruikten om touwtje te springen.

De tovenaar met de tweestaartige salamanders vertrok en Ron liep naar de toonbank.

'Ik kom voor m'n rat,' zei hij tegen de heks. 'Sinds we terug zijn uit

Egypte voelt hij zich niet zo lekker.'

'Zet hem maar op de toonbank,' zei de heks en ze haalde een dikke zwarte bril uit haar zak.

Ron pakte Schurfie uit zijn binnenzak en zette hem naast de kooi met collega-ratten, die ophielden met touwtjespringen en zich voor het gaas verdrongen om Schurfie beter te kunnen bekijken.

Net zoals bijna al Rons spullen was ook Schurfie een afdankertje (hij was eerst van zijn broer Percy geweest) en had hij het nodige te lijden gehad. Naast de glanzende ratten in de kooi zag hij er helemaal haveloos uit.

'Hmm,' zei de heks, die Schurfie oppakte. 'Hou oud is hij?'

'Geen idee,' zei Ron. 'Behoorlijk oud. Hij is van m'n broer geweest.'

'Over wat voor krachten beschikt hij?' vroeg de heks, die Schurfie aandachtig bestudeerde.

'Eh –' zei Ron. Eerlijk gezegd had Schurfie nooit laten blijken dat hij over welke interessante kracht dan ook beschikte. De blik van de heks gleed van het gerafelde linkeroor van Schurfie naar zijn voorpoot, waaraan een teen ontbrak. Ze klikte met haar tong.

'Die heeft het zwaar te verduren gehad,' zei ze.

'Zo zag hij er al uit toen ik hem van Percy kreeg,' verdedigde Ron zich.

'Een gewone huis-, tuin- of keukenrat leeft normaal gesproken niet langer dan een jaar of drie,' zei de heks. 'Als je iets duurzamers zoekt, is dit misschien iets voor je –'

Ze wees op de zwarte ratten, die meteen weer begonnen met touwtjespringen.

'Uitslovers,' mompelde Ron.

'Nou, als je je rat niet wilt inruilen, zou je dit rattentonicum kunnen proberen,' zei de heks, en haalde een klein rood flesje onder de toonbank vandaan.

'Ja, goed,' zei Ron. 'Hoeveel – AU!'

Ron sloeg dubbel toen er een reusachtig oranje beest vanaf de hoogste kooi op zijn hoofd sprong en blazend op Schurfie afschoot.

'NEE, KNIKKEBEEN, NEE!' riep de heks, maar Schurfie schoot als een glibberig stuk zeep tussen haar vingers door, landde met gespreide pootjes op de grond en sprintte naar de deur.

'Schurfie!' riep Ron, die achter hem aan de winkel uit holde. Harry volgde hem.

Het duurde bijna tien minuten voor ze Schurfie weer hadden gevangen, die zich had verstopt onder een afvalbak bij Zwik & Zwachtels Zwerkbalpaleis. Ron propte de trillende rat in zijn zak, kwam overeind en wreef over zijn hoofd.

'Wat wás dat?'

'Een ontzettend grote kat of anders een vrij kleine tijger,' zei Harry.

'Waar is Hermelien?'

'Waarschijnlijk haar uil kopen –'

Ze gingen terug naar De Betoverende Beestenbazaar. Toen ze aan kwamen lopen door de drukke straat, kwam Hermelien naar buiten, maar ze had geen uil bij zich. Ze had haar armen stevig om de reusachtige rode kat geslagen.

'Heb je dat monster *gekocht*?' vroeg Ron met open mond.

'Is het geen *schoonheid*?' zei Hermelien glunderend.

Dat is een kwestie van smaak, dacht Harry. De rode vacht van de kat was dik en pluizig, maar hij had behoorlijk kromme poten en zijn snoet was knorrig en merkwaardig platgedrukt, alsof hij in volle vaart tegen een muur was gebotst. Nu Schurfie uit het zicht was, hing hij echter tevreden spinnend in Hermeliens armen.

'Hermelien, dat beest heeft me zowat gescalpeerd!' zei Ron.

'Dat was een ongelukje, hè Knikkebeen?' zei Hermelien.

'En wat dacht je van Schurfie?' zei Ron, die op de bult in zijn borstzak wees. 'Die heeft rust en ontspanning nodig. Hoe moet hij die krijgen als dat monster steeds rondsluipt?'

'Nu we het er toch over hebben, je was je rattentonicum vergeten,' zei Hermelien, die het rode flesje in Rons hand drukte. 'En maak je niet zo *druk*. Knikkebeen slaapt bij mij op de kamer en Schurfie bij jou. Wat is dan het probleem? Arme Knikkebeen. Die heks zei dat hij al eeuwen te koop was maar dat niemand hem wou hebben.'

'Waarom zou dat nou zijn?' zei Ron sarcastisch terwijl ze op weg gingen naar de Lekke Ketel.

Meneer Wemel zat in de bar, verdiept in de *Ochtendprofeet*.

'Harry!' zei hij glimlachend toen hij opkeek. 'Hoe is het met je?'

'Prima, dank u,' zei Harry. Hij, Ron en Hermelien gingen samen met hun aankopen aan het tafeltje van meneer Wemel zitten.

Meneer Wemel legde de krant neer en Harry zag het inmiddels vertrouwde gezicht van Sirius Zwarts omhoog staren.

'Dus hij is nog steeds niet gearresteerd?' vroeg hij.

'Nee,' zei meneer Wemel, die een bijzonder sombere indruk maakte. 'We zijn allemaal tijdelijk van ons gewone werk op het

Ministerie afgehaald in een poging om hem op te sporen, maar tot nu toe zonder succes.'

'Krijgen we een beloning als we hem vinden?' vroeg Ron. 'Ik zou best wat extra geld kunnen gebruiken.'

'Doe niet zo idioot, Ron,' zei meneer Wemel, die bij nader inzien eerder een gespannen indruk maakte. 'Zwarts laat zich heus niet vangen door een dertienjarige tovenaar. Nee, de bewakers van Azkaban gaan hem grijpen, dat kan ik je verzekeren.'

Op dat moment kwam mevrouw Wemel binnen, afgeladen met boodschappen. Ze werd gevolgd door de tweelingbroers Fred en George, die aan hun vijfde jaar op Zweinstein begonnen, door Percy die pas tot hoofdmonitor was benoemd en door Ginny, het jongste kind van de Wemels en hun enige dochter.

Ginny, die altijd een zwak voor Harry had gehad, leek zich nog minder raad te weten met haar houding dan gewoonlijk, misschien wel omdat hij afgelopen schooljaar haar leven had gered. Ze bloosde hevig en mompelde 'Hallo' zonder hem aan te kijken, maar Percy stak plechtig zijn hand uit, alsof hij Harry nog nooit eerder had ontmoet.

'Harry. Wat leuk om je te zien.'

'Hallo, Percy,' zei Harry, die zijn best moest doen om niet in lachen uit te barsten.

'Alles goed met je, neem ik aan?' zei Percy pompeus en hij schudde Harry's hand. Het was alsof je aan de burgemeester werd voorgesteld.

'Prima, dank je –'

'Harry!' zei Fred. Hij wrong zich langs Percy en maakte een diepe buiging. '*Verdomd* leuk je weer te zien, beste kerel –'

'Fantastisch!' zei George, terwijl hij Fred opzij duwde en Harry's hand greep. 'Werkelijk mieters!'

Percy keek nijdig toe.

'Zo is het wel genoeg,' zei mevrouw Wemel.

'Ma!' zei Fred alsof hij haar nu pas ontdekt had en pakte haar hand. 'Wat ongelóóflijk enig om u weer eens te zien –'

'Zo is het wel genoeg, zei ik,' zei mevrouw Wemel, die haar boodschappen op een stoel legde. 'Hallo, Harry, liefje. Je hebt het grote nieuws zeker wel gehoord?' Ze wees op de splinternieuwe zilveren badge op Percy's borst. 'De tweede hoofdmonitor in de familie!' zei ze trots.

'En de laatste,' mompelde Fred.

'Dat geloof ik graag, ja,' zei mevrouw Wemel en ineens betrok haar gezicht. 'Jullie hebben het nog niet eens tot klassenoudste geschopt.'

'Waarom zouden we in vredesnaam klassenoudste willen zijn?' zei George, die zo te zien al walgde bij het idee. 'Dan zouden we geen greintje lol meer hebben in het leven.'

Ginny giechelde.

'Jullie mogen wel eens een beter voorbeeld zijn voor jullie zusje!' beet mevrouw Wemel hem toe.

'Ginny heeft andere broers aan wie ze een voorbeeld kan nemen, moeder,' zei Percy verheven. 'Ik ga me omkleden voor het avondeten...'

Hij ging naar boven en George zuchtte diep.

'We hebben nog geprobeerd om hem in een piramide op te sluiten,' zei hij tegen Harry. 'Maar ma had ons in de gaten.'

Het avondeten was die dag extra gezellig. Tom de waard schoof drie tafels tegen elkaar en de zeven Wemels, plus Harry en Hermelien, werkten vijf overheerlijke gangen naar binnen.

'Hoe gaan we morgen naar het station, pa?' vroeg Fred terwijl ze van een verrukkelijke chocoladepudding genoten.

'Het Ministerie zorgt voor auto's,' zei meneer Wemel.

De anderen keken op.

'Hoezo?' vroeg Percy nieuwsgierig.

'Vanwege jou, Percy,' zei George serieus. 'Die auto's hebben vast van die kleine vlaggetjes op de motorkap, met H.M. erop –'

'– oftewel Hersenloze Minkukel,' zei Fred.

Iedereen verslikte zich bijna in de chocoladepudding van het lachen, behalve Percy en mevrouw Wemel.

'Waarom zorgt het Ministerie voor auto's, vader?' vroeg Percy waardig.

'Nou, we hebben zelf geen auto meer en tenslotte werk ik daar, dus om me een plezier te doen –'

Hij zei het heel nonchalant, maar Harry merkte dat de oren van meneer Wemel rood werden, net als die van Ron wanneer hij nerveus of gespannen was.

'En dat is maar goed ook,' zei mevrouw Wemel gedecideerd. 'Beseffen jullie hoeveel bagage jullie hebben met zijn allen? Dat zou behoorlijk opvallen in de Dreuzelmetro... hebben jullie alles ingepakt?'

'Ron heeft zijn nieuwe spullen nog niet in zijn hutkoffer gedaan,' zei Percy lijdzaam. 'Hij heeft alles bij mij op bed gegooid.'

'Dan zou ik dat maar gauw inpakken, want morgen hebben we niet veel tijd,' zei mevrouw Wemel tegen Ron, die aan het andere eind van de tafel zat. Ron keek Percy boos aan.

Na het eten was iedereen vol en slaperig. Een voor een gingen ze naar boven om te controleren of ze alles hadden gepakt. Ron en Percy sliepen in de kamer naast die van Harry, en Harry had zijn eigen hutkoffer net op slot gedaan toen hij boze stemmen hoorde. Hij ging de gang op om te kijken wat er aan de hand was.

De deur van nummer 12 stond op een kier en hij hoorde Percy schreeuwen: 'Hij lag *daar*, op het nachtkastje. Ik had hem afgedaan om hem te poetsen –'

'Ik zeg toch dat ik dat ding niet heb aangeraakt!' schreeuwde Ron op zijn beurt.

'Wat is er aan de hand?' vroeg Harry.

'M'n badge is foetsie!' zei Percy, die Harry kwaad aankeek.

'En dat rattentonicum van Schurfie zie ik ook nergens,' zei Ron, die terwijl hij aan het zoeken was allerlei spullen uit zijn hutkoffer gooide. 'Volgens mij heb ik het in de bar laten liggen –'

'Jij blijft hier tot je m'n badge hebt gevonden!' bulderde Percy.

'Ik haal dat flesje van Schurfie wel. Ik heb toch alles al ingepakt,' zei Harry tegen Ron en hij ging naar beneden.

Toen Harry halverwege de aardedonkere gang naar de bar was, hoorde hij opnieuw boze stemmen, maar deze keer kwamen ze uit de eetkamer. Een tel later hoorde hij dat het meneer en mevrouw Wemel waren. Hij aarzelde even, want hij wilde niet laten merken dat hij hen had horen ruziën, maar opeens hoorde hij zijn eigen naam. Stilletjes sloop hij dichter naar de deur van de eetkamer.

'... echt onzin om het geheim te houden,' zei meneer Wemel verhit. 'Harry heeft het recht om het te weten. Ik heb geprobeerd dat aan Droebel duidelijk te maken, maar die blijft Harry als een klein kind behandelen – hij is dertien jaar oud en –'

'Arthur, hij zou doodsbang zijn als hij wist wat er aan de hand was,' zei mevrouw Wemel schril. 'Wil je echt dat Harry naar school gaat in de wetenschap dat hem *dat* boven het hoofd hangt? Lieve hemel, hij is veel *gelukkiger* als hij het niet weet!'

'Ik wil Harry niet bang maken, alleen zorgen dat hij op zijn hoede is!' antwoordde meneer Wemel. 'Je weet zelf hoe Harry en Ron zijn. Ze gaan er constant stiekem op uit – ze zijn al twee keer in het Verboden Bos geweest! Dat mag dit jaar absoluut niet gebeuren! Als ik eraan denk wat Harry had kunnen overkomen toen hij van huis wegliep! Als hij niet door de Collectebus was opgepikt, was hij vast al dood geweest voor het Ministerie hem had gevonden.'

'Maar hij is *niet* dood, het gaat uitstekend met hem, dus wat heeft het voor zin –'

'Molly, ze zeggen dat Sirius Zwarts gek is en misschien is dat wel zo, maar toch was hij slim genoeg om uit Azkaban te ontsnappen en dat zou onmogelijk moeten zijn. Dat is drie weken geleden en sindsdien is hij spoorloos. Droebel mag dan nog zo veel mooie praatjes verkopen aan de *Ochtendprofeet*, maar voorlopig maken we net zo weinig kans om Zwarts te pakken als om zelftoverende toverstokken uit te vinden. Het enige wat we zeker weten is waar Zwarts op uit is –'

'Maar Harry is volkomen veilig op Zweinstein –'

'We dachten dat Azkaban volkomen veilig was. Als Zwarts daarvandaan kan ontsnappen, kan hij ook Zweinstein binnendringen.'

'Maar niemand weet zeker of Zwarts het nou werkelijk op Harry gemunt heeft of niet –'

Er klonk een doffe dreun en Harry vermoedde dat meneer Wemel met zijn vuist op tafel had geslagen.

'Molly, hoe vaak moet ik het nou nog zeggen? Het heeft niet in de krant gestaan omdat Droebel het in de doofpot wilde stoppen, maar de nacht dat Zwarts ontsnapt is, is Droebel meteen naar Azkaban gegaan. De cipiers zeiden dat Zwarts al een tijdje praatte in zijn slaap. Steeds hetzelfde zinnetje: "...hij is op Zweinstein... hij is op Zweinstein." Zwarts is niet goed bij zijn hoofd en hij wil Harry dood hebben. Als je het mij vraagt, denkt hij dat Jeweetwel weer aan de macht zal komen als hij Harry vermoordt. Zwarts is alles kwijtgeraakt op de avond dat Harry Jeweetwel uitschakelde en hij heeft daar twaalf eenzame jaren over kunnen piekeren in Azkaban...'

Er viel een stilte en Harry boog zich dichter naar de deur, ernaar snakkend om meer te horen.

'Nou, Arthur, je moet doen wat je het beste lijkt. Maar je vergeet Albus Perkamentus. Ik denk niet dat Harry iets zal overkomen op Zweinstein zolang Perkamentus schoolhoofd is. Ik neem aan dat hij ook van die toestand op de hoogte is?'

'Ja, natuurlijk. We moesten hem om toestemming vragen om de ingangen van het schoolterrein door de cipiers van Azkaban te laten bewaken. Hij was er niet bepaald blij mee, maar gaf wel permissie.'

'Niet blij? Waarom zou hij daar niet blij mee zijn als het hun taak is om Zwarts te grijpen?'

'Perkamentus heeft het niet zo op de bewakers van Azkaban,' zei meneer Wemel somber. 'Ik ook niet, trouwens... maar als je met een tovenaar als Zwarts te maken hebt, moet je soms de hulp inroepen van bondgenoten die je normaal gesproken liever zou vermijden.'

'Maar als ze Harry's leven redden –'

'Dan zal ik nooit meer één kwaad woord over ze zeggen,' zei meneer Wemel vermoeid. 'Het is laat, Molly. Laten we naar bed gaan...'

Harry hoorde stoelen schrapen. Snel en zo stilletjes mogelijk liep hij de gang uit naar de bar. De deur van de eetkamer ging open en een paar tellen later hoorde hij aan voetstappen op de trap dat meneer en mevrouw Wemel naar boven gingen.

Het flesje rattentonicum lag onder het tafeltje waaraan ze eerder die avond hadden gezeten. Harry wachtte tot hij de slaapkamerdeur van meneer en mevrouw Wemel hoorde dichtgaan en ging toen met het flesje naar boven.

Fred en George zaten gehurkt op de donkere overloop en schudden van het lachen terwijl ze luisterden hoe Percy zijn kamer en die van Ron overhoop haalde, op zoek naar zijn badge.

'Wij hebben hem,' fluisterde Fred tegen Harry. 'We hebben er het nodige aan verbeterd.'

Op de badge stond nu *Leeghoofdmonitor*.

Harry dwong zichzelf om te lachen, gaf het rattentonicum aan Ron, deed zijn eigen kamerdeur op slot en ging op bed liggen.

Dus Sirius Zwarts had het op hem gemunt! Dat verklaarde alles. Droebel was zo vergevingsgezind geweest omdat hij vreselijk opgelucht was dat hij nog leefde. Hij had Harry laten beloven om op de Wegisweg te blijven omdat daar altijd voldoende tovenaars waren die een oogje in het zeil konden houden. En hij had voor twee auto's van het Ministerie gezorgd zodat de Wemels over Harry konden waken tot hij veilig en wel in de trein zat.

Harry luisterde naar het gedempte geschreeuw in de aangrenzende kamer en vroeg zich af waarom hij niet banger was. Sirius Zwarts had dertien mensen vermoord met één vloek; meneer en mevrouw Wemel waren blijkbaar bezorgd dat Harry in paniek zou raken als hij de waarheid hoorde. Maar Harry was het helemaal eens met mevrouw Wemel, die ervan overtuigd was dat het nergens op aarde veiliger was dan waar Albus Perkamentus zich bevond; er werd niet voor niets zo vaak beweerd dat Perkamentus de enige was voor wie Voldemort ooit bang was geweest. Als Zwarts Voldemorts rechterhand was geweest, zou hij toch zeker ook bang voor hem zijn?

En dan had je nog die bewakers van Azkaban waar iedereen het steeds over had. Ze schenen de meeste mensen de stuipen op het lijf te jagen en als zij het schoolterrein bewaakten, leek de kans dat Zwarts binnen zou kunnen komen te verwaarlozen.

Nee, wat Harry nog het meeste dwarszat was dat zijn kans op een bezoekje aan Zweinsveld nu tot nul gereduceerd was. Harry zou het veilige kasteel nooit mogen verlaten tot Zwarts weer was opgepakt; Harry had zelfs zo'n vermoeden dat hij de hele dag zorgvuldig bewaakt zou worden tot het gevaar voorbij was.

Hij staarde kwaad naar het donkere plafond. Dachten ze soms dat hij niet op zichzelf kon passen? Hij was al drie keer aan Voldemort ontsnapt, dus zo slecht bracht hij het er niet van af...

Onwillekeurig kwam het beeld weer bij hem op van dat beest in de schaduwen van de Magnolialaan. *Wat te doen als uw dagen geteld zijn...*

'Ik *laat* me niet vermoorden!' zei Harry hardop.

'Zo mag ik het horen, schatje,' zei de spiegel slaperig.

HOOFDSTUK 5

DE DEMENTOR

*T*om maakte Harry de volgende ochtend wakker met een kop thee en zijn gebruikelijke tandeloze grijns. Harry kleedde zich aan en deed net een poging om een knorrige Hedwig in haar kooi te krijgen toen Ron Harry's kamer kwam binnenstampen. Hij had zijn sweatshirt half over zijn hoofd en maakte een nijdige indruk.

'Wat zal ik blij zijn als ik in die trein zit!' zei hij. 'Op Zweinstein ben ik tenminste van Percy verlost! Nu beweert hij weer dat ik expres thee heb gemorst op z'n foto van Patricia Hazelaar. Je weet wel,' zei Ron, die een gezicht trok, 'z'n *vriendinnetje*. Ze houdt haar gezicht verborgen onder de lijst omdat ze pukkeltjes op haar neus heeft...'

'Ik moet je iets zeggen...' begon Harry, maar hij werd in de rede gevallen door Fred en George, die Ron kwamen feliciteren omdat hij er opnieuw in was geslaagd Percy woedend te maken.

Ze gingen naar beneden om te ontbijten. Meneer Wemel zat fronsend de voorpagina van de *Ochtendprofeet* te lezen en mevrouw Wemel vertelde Hermelien en Ginny over een Liefdesdrank die ze had gemaakt toen ze jong was. Ze deden alledrie nogal giechelig.

'Wat wilde je zeggen?' vroeg Ron aan Harry terwijl ze gingen zitten.

'Straks,' mompelde Harry toen Percy binnenkwam.

Harry had geen gelegenheid iets tegen Ron of Hermelien te zeggen tijdens de chaos die voorafging aan hun vertrek; ze hadden het veel te druk met hun hutkoffers de smalle trappen van de Lekke Ketel afzeulen. Ze stapelden de koffers hoog op bij de deur, met de kooien van Hedwig en Hermes, de kerkuil van Percy, erbovenop. Naast de berg koffers stond een rieten mandje waaruit luid geblaas opklonk.

'Rustig maar, Knikkebeen,' kirde Hermelien door het rieten deurtje. 'Als we in de trein zitten, mag je eruit.'

'Geen sprake van!' snauwde Ron. 'Hoe moet het dan met Schurfie?'

Hij wees op zijn borstzak. Uit een flinke bult bleek dat Schurfie opgekruld lag te slapen.

Meneer Wemel, die buiten had staan wachten op de auto's van het Ministerie, stak zijn hoofd om de deur.

'Ze zijn er,' zei hij. 'Kom, Harry –'

Het was maar een paar meter naar de twee ouderwetse, donker-groene auto's, die beide bestuurd werden door schichtig om zich heen kijkende tovenaars in smaragdgroene fluwelen pakken, maar toch liep meneer Wemel met Harry mee naar de voorste wagen.

'Instappen, Harry,' zei meneer Wemel, die zijn blik door de drukke straat liet gaan.

Harry ging achterin zitten en kreeg gezelschap van Hermelien en Ron en, tot Rons walging, ook van Percy.

De rit naar het station verliep rimpelloos vergeleken met Harry's reis met de Collectebus. De auto's van het Ministerie leken haast normaal, al merkte Harry dat ze door kleine openingen in het verkeer konden glijden op een manier die oom Hermans nieuwe auto van de zaak beslist niet had kunnen evenaren. Ze arriveerden twintig minuten voor het vertrek van de trein bij het station; de chauffeurs van het Ministerie haalden bagagewagentjes, laadden hun hutkoffers uit, tikten beleefd tegen hun hoeden en reden weer weg, waarbij ze er op de een of andere manier in slaagden om plotseling vooraan een lange rij wachtende auto's bij een stoplicht te staan.

Meneer Wemel bleef vlak bij Harry terwijl ze het station binnen-gingen.

'Nou, laten we maar met twee tegelijk gaan, nu we met zo veel zijn,' zei hij en hij keek om zich heen. 'Ik ga eerst, samen met Harry.'

Meneer Wemel wandelde naar het hek tussen de perrons 9 en 10. Hij duwde het karretje van Harry en leek erg geïnteresseerd in Inter-city 125, die net gearriveerd was op perron 9. Met een veelbeteke-nende blik op Harry leunde hij nonchalant tegen het hek en Harry volgde zijn voorbeeld.

Een tel later waren ze door het massieve metaal heengevallen en bevonden ze zich op perron 9 3/4. Toen ze opkeken zagen ze de Zweinsteinexpres, een vuurrode stoomtrein die rookwolkjes uitblies aan een perron dat afgeladen was met heksen en tovenaars die af-scheid kwamen nemen van hun kinderen.

Percy en Ginny verschenen plotseling achter Harry. Ze hijgden en waren blijkbaar in volle vaart door het hek gerend.

'Ah, daar heb je Patricia!' zei Percy, die zijn haar gladstreek en rood werd. Ginny keek naar Harry en ze wendden hun gezicht af om hun lachen te verbergen. Percy liep haastig naar een meisje met lang, krullend haar, met zijn borst vooruit zodat ze zijn glimmende badge niet over het hoofd kon zien.

Zodra de rest van de Wemels en Hermelien ook op het perron waren, gingen Harry en meneer Wemel hen voor naar de achterkant van de trein. Ze liepen langs volgepakte coupés tot ze bij een rijtuig kwamen dat nog redelijk leeg was, hesen hun hutkoffers naar binnen, zetten Hedwig en Knikkebeen in het bagagerek en stapten weer uit om afscheid te nemen van meneer en mevrouw Wemel.

Mevrouw Wemel kuste al haar kinderen, toen Hermelien en ten slotte Harry. Hij voelde zich opgelaten maar was eigenlijk ook best blij toen ze hem extra stevig omhelsde.

'Pas goed op jezelf, Harry,' zei ze toen ze weer overeind kwam, met merkwaardig vochtige ogen. Ze deed haar enorme handtas open. 'Ik heb voor iedereen brood gemaakt... alsjeblieft, Ron... nee, het is geen cornedbeef... Fred? Waar is Fred? Alsjeblieft, liefje...'

'Harry,' zei meneer Wemel zacht, 'kom eens even mee –'

Hij gebaarde met zijn hoofd naar een pilaar en Harry volgde hem, terwijl de anderen om mevrouw Wemel heen stonden.

'Ik moet je iets zeggen voor de trein vertrekt –' zei meneer Wemel gespannen.

'Maakt u zich maar geen zorgen, meneer Wemel,' zei Harry. 'Ik weet het al.'

'Weet je het al? Hoe kan dat?'

'Ik – eh – ik hoorde u en mevrouw Wemel gisteren toevallig praten. Het spijt me –' voegde Harry er vlug aan toe.

'Ik had liever niet gehad dat je het zo te weten was gekomen,' zei meneer Wemel ongerust.

'Nee – echt, dat geeft niks. Nu heeft u uw belofte aan Droebel gehouden en weet ik toch wat er aan de hand is.'

'Harry, je moet doodsangsten uitstaan –'

'Nee, echt niet,' zei Harry oprecht. '*Echt* niet,' voegde hij eraan toe, omdat meneer Wemel nogal ongelovig keek. 'Ik probeer heus niet de held uit te hangen of zo, maar Sirius Zwarts kan moeilijk erger zijn dan Voldemort, nietwaar?'

Het gezicht van meneer Wemel vertrok een beetje bij het horen van die naam, maar verder reageerde hij niet.

'Harry, ik wist dat je – hoe zal ik het zeggen? – steviger in je schoenen staat dan Droebel blijkbaar denkt en ik ben natuurlijk blij dat je niet bang bent, maar –'

'Arthur!' riep mevrouw Wemel, die de anderen de trein in loodste. 'Arthur, wat sta je daar te smoezen? De trein vertrekt zo!'

'Hij komt eraan, Molly!' zei meneer Wemel. Hij wendde zich opnieuw tot Harry en praatte vlug verder, haastiger en zachter. 'Hoor eens, ik wil dat je belooft –'

'– dat ik braaf zal zijn en op het kasteel zal blijven?' zei Harry terneergeslagen.

'Niet helemaal,' zei meneer Wemel, die serieuzer keek dan Harry hem ooit had zien doen. 'Harry, beloof me dat je niet *op zoek* gaat naar Zwarts.'

Harry staarde hem aan. 'Wat?'

Er snerpte een fluitje. De conducteurs liepen langs de trein en sloegen de deuren dicht.

'Beloof dat, Harry,' zei meneer Wemel nog gehaaster. 'Wat er ook gebeurt –'

'Waarom zou ik op zoek gaan naar iemand die me wil vermoorden?' vroeg Harry verbluft.

'Zweer dat, wat je ook hoort –'

'Arthur, snel!' riep mevrouw Wemel.

Stoomwolken kolkten uit de trein; hij begon te rijden. Harry rende naar de deur van zijn coupé en Ron gooide hem open en stapte snel opzij om Harry binnen te laten. Ze leunden uit het raampje en zwaaiden naar meneer en mevrouw Wemel, tot de trein de bocht om ging en ze hen niet meer konden zien.

'Ik moet jullie onder vier ogen spreken,' mompelde Harry tegen Ron en Hermelien terwijl de trein vaart begon te maken.

'Maak dat je wegkomt, Ginny,' zei Ron.

'O, wat zijn we weer aardig!' zei Ginny beledigd en ze liep met grote passen weg.

Harry, Ron en Hermelien besloten op zoek te gaan naar een lege coupé en hun bagage mee te nemen. Alle coupés waren echter vol, behalve de allerlaatste, waar één man bij het raam zat te slapen. Ze bleven even in de deuropening staan. Gewoonlijk reisden er alleen leerlingen met de Zweinsteinexpres en ze hadden nog nooit een volwassene gezien, behalve de heks die met het etenskarretje rondging.

De onbekende man droeg een haveloos gewaad dat op verschillende plaatsen versteld was. Hij zag er ziek en vermoeid uit en hoewel hij nog jong was, zaten er al grijze strepen in zijn lichtbruine haar.

'Wie zou dat zijn?' siste Ron, terwijl ze zo ver mogelijk van het raam gingen zitten en de deur dichtschoven.

'Professor R. J. Lupos,' fluisterde Hermelien meteen.

'Hoe weet jij dat?'

'Dat staat op z'n koffer,' antwoordde Hermelien en ze wees op het bagagerek waar een klein, gehavend koffertje lag dat met een heleboel netjes geknoopte touwtjes bij elkaar werd gehouden. In een hoekje stond in bladderende letters Professor R. J. Lupos gestempeld.

'Wat voor vak zou hij geven?' zei Ron, die fronsend naar het bleke profiel van professor Lupos keek.

'Dat lijkt me duidelijk,' fluisterde Hermelien. 'Volgens mij was er maar één vacature. Verweer tegen de Zwarte Kunsten.'

Harry, Ron en Hermelien hadden al twee leraren Verweer tegen de Zwarte Kunsten versleten, die het allebei maar één jaar hadden volgehouden. Er gingen geruchten dat er een vloek rustte op die baan.

'Nou, ik hoop dat hij het aankan,' zei Ron twijfelachtig. 'Als je hem zo ziet, zou je denken dat één fikse vervloeking hem al fataal zou kunnen zijn. Maar goed...' Hij wendde zich tot Harry. 'Wat wou je zeggen?'

Harry vertelde over de ruzie tussen meneer en mevrouw Wemel en de waarschuwing die meneer Wemel zonet had gegeven. Toen hij was uitgesproken, leek Ron met stomheid geslagen en drukte Hermelien haar handen tegen haar mond. Uiteindelijk liet ze die weer zakken en zei:

'Is Sirius Zwarts ontsnapt om op zoek te gaan naar jou? O Harry, wees alsjeblieft heel, heel voorzichtig. Stort je niet in de problemen...'

'Ik stort me nooit in de problemen!' zei Harry gepikeerd. 'De problemen storten zich meestal op mij.'

'Harry zou wel achterlijk moeten zijn om op zoek te gaan naar een of andere halvegare die hem wil vermoorden,' zei Ron beverig.

Ze waren veel geschokter door het nieuws dan Harry had gedacht. Zowel Ron als Hermelien was blijkbaar banger voor Zwarts dan Harry zelf.

'Niemand weet hoe hij uit Azkaban ontsnapt is,' zei Ron onbehaaglijk. 'Dat is nog nooit iemand gelukt. En hij was een van de zwaarstbewaakte gevangenen.'

'Maar ze zullen hem toch wel weer oppakken?' zei Hermelien. 'Ik bedoel, de Dreuzels zijn ook naar hem op zoek...'

'Wat hoor ik toch?' zei Ron plotseling.

Er klonk ergens een zachte, blikkerige fluittoon. Ze doorzochten de coupé.

'Het komt uit jouw koffer, Harry,' zei Ron, die opstond en zijn hand in het bagagerek stak. Een tel later haalde hij de Gluiposcoop tussen Harry's gewaden uit. Hij tolde razendsnel rond op Rons handpalm en straalde een fel licht uit.

'Is dat een *Gluiposcoop?*' zei Hermelien geïnteresseerd en ze ging staan om beter te kunnen kijken.

'Ja... maar een heel goedkope,' zei Ron. 'Hij raakte totaal van slag toen ik hem aan de poot van Egidius wilde binden om hem aan Harry op te sturen.'

'Deed je op dat moment iets wat niet mocht?' vroeg Hermelien scherpzinnig.

'Nee! Nou... eigenlijk mocht ik Egidius niet gebruiken. Je weet dat lange vluchten te veel voor hem zijn... maar hoe moest ik dat cadeau anders bij Harry krijgen?'

'Stop maar terug in m'n koffer,' raadde Harry hem aan, omdat de Gluiposcoop doordringend bleef fluiten. 'Dadelijk wordt hij nog wakker.'

Hij knikte naar professor Lupos. Ron stopte de Gluiposcoop in een afzichtelijk paar afgedankte sokken van oom Herman om het geluid te dempen en sloeg het deksel van de hutkoffer dicht.

'We kunnen hem laten nakijken in Zweinsveld,' zei Ron, die weer ging zitten. 'Ze verkopen dat soort dingen bij Bernsteen & Sulferblom – magische instrumenten en zo. Dat hoorde ik van Fred en George.'

'Wat weet je van Zweinsveld?' vroeg Hermelien geïnteresseerd. 'Ik heb gelezen dat het de enige volkomen Dreuzelvrije nederzetting van het land is –'

'Ja, volgens mij ook,' zei Ron achteloos, 'maar dat zal me worst wezen. Ik wil alleen naar Zacharinus!'

'Wat is dat nou weer?' vroeg Hermelien.

'Een Zoetwarenhuis waar ze echt *alles* hebben,' zei Ron met een dromerige blik in zijn ogen. 'Peperduiveltjes – als je erop kauwt, slaan de rookwolken uit je mond – en grote dikke Chocoballen vol aardbeiencrème en slagroom en ontzettend lekkere Suikerveren, waar je op kunt zuigen tijdens de les en dan lijkt het net alsof je gewoon probeert te bedenken wat je op moet schrijven –'

'Maar Zweinsveld is toch een heel interessant dorp?' drong Hermelien aan. 'In *Historische Toverplaatsen* las ik dat de herberg als hoofdkwartier diende tijdens de Koboldopstand van 1612 en het Krijsende Krot zou het huis met de meeste spoken van het hele land zijn –'

'– en reusachtige wijnballen waarvan je een paar centimeter boven de grond gaat zweven als je erop zuigt!' zei Ron, die duidelijk absoluut niet naar Hermelien had geluisterd.

Hermelien wendde zich tot Harry.

'Lijkt het je ook niet leuk om even weg te zijn van school en Zweinsveld te verkennen?'

'Ja, enig,' zei Harry somber. 'Vertel me maar hoe het was als jullie terugkomen.'

'Hoe bedoel je?' zei Ron.

'Ik mag niet weg. De Duffelingen hebben m'n formulier niet getekend en Droebel wilde het ook al niet doen.'

Ron staarde hem vol ontzetting aan.

'*Mag je niet mee*? Maar – dat kan toch niet – ik bedoel, Anderling geeft vast wel toestemming –'

Harry lachte honend. Professor Anderling, het hoofd van Griffoendor, was vreselijk streng.

'– of anders vragen we het aan Fred en George, die kennen iedere geheime gang in het kasteel –'

'Ron!' zei Hermelien op scherpe toon. 'Ik vind niet dat Harry moet proberen stiekem de school te verlaten nu Zwarts op vrije voeten is.'

'Ja, dat zal Anderling ook wel zeggen als ik haar om toestemming vraag,' zei Harry bitter.

'Maar als *wij* bij hem zijn durft Zwarts vast niet –' zei Ron vol overtuiging tegen Hermelien.

'Hè, Ron, zit toch niet zo dom te kletsen,' snauwde Hermelien. 'Zwarts heeft een hele rits mensen vermoord, midden in een drukke straat. Denk je echt dat hij Harry niet te lijf zal gaan omdat *wij* er toevallig bij zijn?'

Terwijl ze dat zei, friemelde ze aan de riempjes van Knikkebeens mand.

'Laat dat beest alsjeblieft niet los!' zei Ron, maar hij was te laat; Knikkebeen sprong soepel uit zijn mand, rekte zich uit, geeuwde en sprong op Rons schoot; de bult in Rons borstzak trilde angstig en hij duwde Knikkebeen nijdig op de grond.

'Vooruit, rot op!'

'Ron, laat dat!' zei Hermelien boos.

Ron wilde haar net van repliek dienen toen professor Lupos zich bewoog. Ze keken angstig naar hem, maar hij draaide alleen zijn hoofd om en sliep verder, met zijn mond een beetje open.

De Zweinsteinexpres reed gestaag naar het noorden en het landschap werd steeds wilder en duisterder en het wolkendek dichter. Mensen liepen heen en weer langs de deur van hun coupé. Knikkebeen had zich behaaglijk op een lege plaats genesteld. Zijn platgedrukte snoet was op Ron gefixeerd en zijn gele ogen staarden naar zijn borstzak.

Om één uur deed de mollige heks met het etenskarretje de deur van hun coupé open.

'Moeten we hem wakker maken?' vroeg Ron ongemakkelijk, met een knikje naar professor Lupos. 'Zo te zien kan hij best iets te eten gebruiken.'

Hermelien schuifelde voorzichtig naar professor Lupos.

'Eh – professor?' zei ze. 'Neemt u me niet kwalijk – professor?'

Hij verroerde zich niet.

'Maak je maar geen zorgen, liefje,' zei de heks terwijl ze Harry een grote stapel Ketelkoeken gaf. 'Als hij honger heeft als hij wakker wordt dan zit ik voorin, bij de machinist.'

'Ik hoop dat hij inderdaad alleen maar slaapt,' zei Ron zacht toen de heks de deur van de coupé weer dichtschoof. 'Ik bedoel – hij is toch niet dood, hè?'

'Nee, nee, hij ademt nog,' fluisterde Hermelien, die de Ketelkoek pakte die Harry haar aangaf.

Professor Lupos was niet bepaald levendig gezelschap, maar toch kwam zijn aanwezigheid goed van pas. Halverwege de middag, net toen het was gaan regenen en de heuvels buiten vervaagden, hoorden ze opnieuw voetstappen op de gang en verschenen hun drie minst favoriete personen: Draco Malfidus, geflankeerd door zijn maatjes Vincent Korzel en Karel Kwast.

Draco Malfidus en Harry waren vanaf hun allereerste treinreis naar Zweinstein gezworen vijanden geweest. Malfidus, met zijn bleke, spitse, schampere gezicht, zat bij Zwadderich en was Zoeker voor hun Zwerkbalteam, dezelfde positie die Harry in de ploeg van Griffoendor had. Korzel en Kwast leken nooit iets anders te doen dan de bevelen van Malfidus opvolgen. Ze waren allebei groot en gespierd; Korzel was langer, met een bloempotkapsel en een enorm dikke nek; Kwast had stekeltjeshaar en lange, aapachtige armen.

'Wel, wel, kijk eens wie we daar hebben,' zei Malfidus op zijn gebruikelijke, lijzige toon terwijl hij de deur van de coupé opendeed.

'Pottermans en de Wezel.'

Korzel en Kwast grinnikten trolachtig.

'Ik las dat je vader van de zomer eindelijk een paar goudstukken te pakken heeft weten te krijgen, Wemel,' zei Malfidus. 'Is die schok je moeder niet fataal geworden?'

Ron sprong zo snel overeind dat hij de mand van Knikkebeen op de grond gooide. Professor Lupos snoof.

'Wie is dat?' zei Malfidus, die gauw een stap achteruit deed toen hij Lupos opmerkte.

'Nieuwe leraar,' zei Harry, die ook snel was opgestaan voor het geval hij Ron in bedwang moest houden. 'Wat zei je, Malfidus?'

Malfidus' bleke ogen versmalden zich; hij was niet zo stom om ruzie te zoeken onder de neus van een leraar.

'Kom op,' mompelde hij nijdig tegen Korzel en Kwast en ze gingen er vandoor.

Harry en Ron gingen weer zitten en Ron wreef over zijn knokkels.

'Dit jaar pik ik níks meer van Malfidus,' zei hij boos. 'Dat meen ik. Als hij nog één keer zo'n rotgeintje maakt over m'n familie, dan pak ik hem bij z'n kop en –'

Ron maakte een gewelddadig gebaar.

'Ron!' siste Hermelien en ze wees op professor Lupos. 'Wees *voorzichtig* –'

Maar professor Lupos sliep gewoon door.

Het begon harder te regenen terwijl de trein verder naar het noorden reed; door de ramen zagen ze alleen nog een grijs, glimmerend waas dat geleidelijk donkerder werd, tot op de gangen en boven de bagagerekken lantaarns flakkerend tot leven kwamen. De trein ratelde, de regen roffelde, de wind bulderde en professor Lupos sliep nog steeds door.

'We moeten er bijna zijn,' zei Ron, die langs professor Lupos leunde om uit het inmiddels inktzwarte raam te kijken.

Hij had dat nauwelijks gezegd of de trein minderde vaart.

'Goed zo,' zei Ron, die opstond en voorzichtig langs professor Lupos schuifelde om te kijken of hij buiten iets kon zien. 'Ik val om van de honger. Ik heb echt trek in dat feestmaal...'

'We kunnen er nog niet zijn,' zei Hermelien, die op haar horloge keek.

'Waarom stoppen we dan?'

De trein remde steeds meer af. Het geluid van de zuigers stierf weg, maar daardoor beukten de regen en de wind des te harder tegen de ramen.

Harry, die het dichtst bij de deur zat, stond op om buiten op de gang te kijken. Overal staken mensen nieuwsgierig hun hoofden uit de coupés.

De trein kwam met een schok tot stilstand en aan een hoop gedreun en gekletter hoorden ze dat er bagage uit de rekken was gevallen. Toen gingen zonder enige waarschuwing plotseling alle lichten uit en werd het aardedonker.

'Wat gebeurt er?' vroeg de stem van Ron achter Harry.

'Au!' zei Hermelien, naar adem snakkend. 'Ron, dat was m'n voet!'

Harry ging op de tast terug naar zijn zitplaats.

'Zouden we pech hebben of zo?'

'Geen idee...'

Harry hoorde een piepend geluid en zag de vage zwarte omtrek van Ron, die een stukje van het raam schoonveegde en naar buiten tuurde.

'Ik zie iets bewegen,' zei Ron. 'Volgens mij stappen er mensen in...'

De deur van hun coupé ging plotseling open en iemand viel met een smak tegen Harry's benen.

'Sorry – weten jullie wat er aan de hand is? – Au – Sorry –'

'Hallo, Marcel,' zei Harry, die om zich heen tastte in het duister en Marcel aan zijn mantel overeind trok.

'Harry? Ben jij dat? Wat gebeurt er?'

'Geen idee – ga zitten –'

Ze hoorden geblaas en een schel pijnkreetje; Marcel was op Knikkebeen gaan zitten.

'Ik ga de machinist vragen wat er aan de hand is,' zei Hermelien. Harry voelde haar langs hem heen schuifelen, hoorde de deur weer openglijden en toen een bonk en twee kreten van pijn.

'Wie is dat?'

'Wie is *dat*?'

'Ginny?'

'Hermelien?'

'Wat doe je daar?'

'Ik zocht Ron –'

'Kom binnen en ga zitten –'

'Niet hier!' zei Harry haastig. 'Ik zit hier!'

'Au!' zei Marcel.

'Stil!' zei een hese stem plotseling.

Blijkbaar was professor Lupos eindelijk wakker geworden. Harry hoorde iets bewegen in zijn hoekje. Iedereen deed er het zwijgen toe.

Er klonk een zacht, knetterend geluid en een flakkerend licht vulde de coupé. Professor Lupos bleek een handvol vlammen beet te houden. Ze verlichtten zijn vermoeide, grauwe gelaat, maar zijn ogen waren alert en waakzaam.

'Blijf waar je bent,' zei hij met zijn hese stem en hij kwam langzaam overeind, zijn handvol vlammen voor zich uit houdend.

Voor Lupos bij de deur kon komen, ging die echter al open.

In de deuropening, verlicht door het flikkerende schijnsel in de hand van Lupos, stond een gedaante in een zwarte mantel, die met zijn hoofd bijna het plafond raakte. Zijn gezicht ging schuil onder de kap van zijn mantel. Harry's blik flitste omlaag en zijn maag draaide om. Er stak een hand uit de mantel en die was glanzend, grijsachtig, slijmerig en overdekt met zweren, als iets doods dat in het water had liggen rotten.

Die aanblik duurde maar een fractie van een seconde. Het was alsof het wezen voelde dat Harry hem aanstaarde, want de hand verdween abrupt weer onder de plooien van de zwarte mantel.

En toen haalde het ding, wat het dan ook was, traag en diep en rochelend adem, alsof het meer dan alleen lucht probeerde op te zuigen uit zijn omgeving.

Een intense kou golfde door hen heen. Harry voelde zijn eigen adem stokken. Die kou ging dieper dan alleen zijn huid. Hij drong door tot in zijn borst, tot diep in zijn hart...

Harry's ogen rolden omhoog. Hij kon niets meer zien. Hij verdronk in ijzige kou. Het ruiste in zijn oren, alsof hij onder water was. Hij werd mee naar beneden gesleurd, het geruis werd luider...

En toen hoorde hij in de verte iemand gillen: vreselijke, smekende gillen van doodsangst. Hij wilde die persoon helpen en probeerde zijn armen te bewegen, maar dat lukte niet – een dichte witte mist kolkte om hem heen, door hem heen –

'Harry! Harry! Is alles goed met je?'

Iemand sloeg hem in zijn gezicht.

'W-wat?'

Harry deed zijn ogen open. Hij zag lantaarns boven zich en de vloer trilde – de Zweinsteinexpres reed weer en de lichten waren aangegaan. Blijkbaar was hij van de bank op de grond gegleden: Ron en Hermelien zaten geknield naast hem en boven hen zag hij Marcel en professor Lupos. Harry was heel erg misselijk en toen hij zijn hand uitstak om zijn bril terug te duwen, voelde hij het koude zweet op zijn gezicht.

Ron en Hermelien hesen hem terug op zijn plaats.

'Gaat het weer een beetje?' vroeg Ron nerveus.

'Ja,' zei Harry, die vlug naar de deur keek. Het wezen met de mantel was verdwenen. 'Wat is er gebeurd? Waar is dat – dat ding? Wie hoorde ik zo gillen?'

'Niemand gilde,' zei Ron, nog zenuwachtiger.

Harry liet zijn blik door de felverlichte coupé gaan. Ginny en Marcel, die allebei doodsbleek waren, staarden hem aan.

'Maar ik hoorde gegil –'

Ze maakten een sprongetje van schrik toen er een knakkend geluid klonk. Professor Lupos brak een enorme plak chocola in stukken.

'Alsjeblieft,' zei hij en hij gaf een extra groot stuk aan Harry. 'Eet op. Dat helpt.'

Harry pakte de chocola aan, maar at hem niet op.

'Wat was dat voor iets?' vroeg hij aan Lupos.

'Een Dementor,' zei Lupos, terwijl hij aan iedereen chocola uitdeelde. 'Een Dementor van Azkaban.'

Ze staarden hem aan. Professor Lupos verfrommelde de wikkel van de chocola en stopte hem in zijn zak.

'Eet op,' herhaalde hij. 'Dat helpt. Ik moet de machinist even spreken, neem me niet kwalijk –'

Hij liep langs Harry heen en ging de gang op.

'Gaat het echt weer, Harry?' vroeg Hermelien bezorgd.

'Ik snap het niet... wat is er gebeurd?' zei Harry, die opnieuw het zweet van zijn gezicht veegde.

'Nou – dat ding – die Dementor – stond daar en keek om zich heen (dat denk ik tenminste, want ik kon z'n gezicht niet zien) – en jij – jij –'

'Ik dacht dat je een soort toeval kreeg,' zei Ron, nog steeds angstig. 'Je werd helemaal stijf en je viel op de grond en begon te stuiptrekken –'

'En toen stapte professor Lupos over je heen en liep op die Dementor af en pakte z'n toverstok,' zei Hermelien. 'Hij zei: "Niemand van ons houdt Sirius Zwarts verborgen onder zijn mantel. Ga." Maar die Dementor verroerde zich niet en toen mompelde Lupos iets en schoot er een zilverachtig ding uit zijn toverstok en de Dementor draaide zich om en gleed weg...'

'Het was afschuwelijk,' zei Marcel met een nog hogere stem dan normaal. 'Voelden jullie ook hoe koud het werd toen hij binnenkwam?'

'Ik voelde me heel vreemd,' zei Ron, die onbehaaglijk met zijn schouders trok. 'Alsof ik nooit meer blij zou zijn...'

Ginny, die ineengedoken in een hoekje zat en er bijna net zo beroerd uitzag als Harry zich voelde, snikte zacht. Hermelien liep naar haar toe en sloeg een troostende arm om haar heen.

'Maar is er verder niemand – op de grond gevallen?' vroeg Harry opgelaten.

'Nee,' zei Ron, die ongerust naar Harry keek. 'Ginny zat wel vreselijk te rillen...'

Harry snapte er niets van. Hij voelde zich slap en bibberig, alsof hij een zware griep achter de rug had en hij voelde ook een soort schaamte omhoogkruipen. Waarom was hij als enige zo vreselijk overstuur geraakt?

Professor Lupos kwam terug. Hij bleef even in de deuropening staan, keek om zich heen en zei met een flauwe glimlach: 'Ik heb die chocola echt niet vergiftigd, hoor.'

Harry nam een hapje en merkte tot zijn stomme verbazing dat een warme gloed zich plotseling door zijn lichaam verspreidde, tot in de toppen van zijn vingers en tenen.

'Over tien minuten zijn we bij Zweinstein,' zei professor Lupos. 'Gaat het weer een beetje, Harry?'

Harry vroeg niet hoe professor Lupos zijn naam wist.

'Ja, prima,' mompelde hij opgelaten.

Tijdens het laatste stukje van de reis werd er niet veel gezegd. Uiteindelijk stopte de trein op het stationnetje van Zweinsveld en verdrongen de leerlingen zich in de gangen in hun haast om buiten te komen; uilen krasten, katten mauwden en Marcels pad kwaakte luid onder zijn pet. Het was ijskoud op het piepkleine perronnetje en de regen striemde in ijzige vlagen op hen neer.

'Eerstejaars hierheen!' bulderde een vertrouwde stem. Harry, Ron en Hermelien draaiden zich om en zagen het reusachtige silhouet van Hagrid aan de andere kant van het perron. Hij wenkte de doodsbange nieuwe leerlingen, die mee moesten voor hun traditionele tocht over het meer.

'Alles kits?' brulde Hagrid over de hoofden van de leerlingen heen. Ze zwaaiden naar hem, maar kregen geen kans om iets te zeggen omdat de mensenmassa hen meevoerde naar het uiteinde van het perron. Harry, Ron en Hermelien volgden de andere leerlingen naar een oneffen, modderig karrenspoor waar minstens honderd koetsen stonden te wachten. Ze werden voortgetrokken door onzichtbare paarden of dat veronderstelde Harry tenminste, want toen ze in een koets waren geklommen en de deur hadden dichtgedaan, gingen de koetsen uit zichzelf op weg, hotsend en slingerend, in een lange stoet.

Het rook vaag naar schimmel en stro in de koets. Harry voelde zich wat beter na die chocola, maar was nog wel zwak. Ron en Hermelien hielden hem stiekem in de gaten, alsof ze bang waren dat hij weer van zijn stokje zou gaan.

Terwijl de koets naar een prachtig smeedijzeren hek rolde, geflankeerd door stenen zuilen met gevleugelde everzwijnen erop, zag Harry twee reusachtige, in mantel en kap gehulde Dementors aan weerszijden van het hek op wacht staan. Een golf van kou en misselijkheid dreigde hem opnieuw te overweldigen; hij leunde tegen de bobbelige bank en kneep zijn ogen dicht tot ze het hek gepasseerd waren. De koets begon sneller te rijden op de lange, zacht glooiende oprit naar het kasteel; Hermelien boog zich uit het kleine raam en keek hoe de vele torens en torentjes van Zweinstein dichterbij kwamen. Uiteindelijk kwam de koets wiegend tot stilstand en stapten Ron en Hermelien uit.

Toen Harry ook de koets uitkwam, klonk plotseling een lijzige stem in zijn oor.

'Ben je *flauwgevallen*, Potter? Is het waar wat Lubbermans zegt? Ben je echt *flauwgevallen*?'

Malfidus wrong zich langs Hermelien heen, ging onder aan het stenen bordes voor het kasteel staan en versperde Harry de weg. Hij leek opgetogen en zijn bleke ogen glinsterden boosaardig.

'Rot op, Malfidus!' siste Ron met op elkaar geklemde kaken.

'Ben jij ook flauwgevallen, Wemel?' riep Malfidus. 'Was je ook zo bang van die enge Dementor?'

'Is er iets?' zei een milde stem. Professor Lupos was net uit de volgende koets gestapt.

Malfidus staarde brutaal naar professor Lupos en liet zijn blik over zijn verstelde gewaad en haveloze koffertje gaan. Met een vleugje sarcasme zei hij: 'Nee hoor – eh – *professor*.' Hij grijnsde tegen Korzel en Kwast en ging hen voor naar binnen.

Hermelien gaf Ron een por om hem een beetje te laten opschieten en ze voegden zich bij de massa leerlingen die het bordes opstroomde naar de reusachtige eiken deuren en de enorme, galmende hal, die verlicht werd door vlammende toortsen en waar een schitterende marmeren trap naar de bovenverdiepingen leidde.

Rechts stond de deur naar de Grote Zaal open; Harry volgde de rest van de leerlingen, maar had nog nauwelijks een glimp opgevangen van het betoverde plafond van de zaal, dat die avond donker en bewolkt was, toen een stem riep: 'Potter! Griffel! Ik wil jullie spreken!'

Harry en Hermelien keken verbaasd om. Ze werden geroepen door professor Anderling, lerares Gedaanteverwisselingen en hoofd van Griffoendor. Professor Anderling was een streng uitziende heks met haar in een knotje en priemende ogen achter een bril met vierkant montuur. Harry wrong zich nerveus door de menigte; professor Anderling gaf hem altijd het gevoel dat hij van alles misdaan had.

'Kijk niet zo ongerust – ik wil jullie alleen even spreken in mijn kantoortje,' zei ze. 'Loop jij maar door, Wemel.'

Ron staarde hen na terwijl professor Anderling Harry en Hermelien wegloodste uit het luidruchtige gezelschap, naar de marmeren trap. Ze gingen naar boven en liepen een gang uit.

Zodra ze in haar kantoortje waren, een kleine kamer met een groot, knappend haardvuur, gebaarde professor Anderling dat Harry en Hermelien moesten gaan zitten. Zelf nam ze achter haar bureau plaats en zei abrupt: 'Professor Lupos heeft een uil vooruit gestuurd om te zeggen dat je onwel werd in de trein, Potter.'

Voor Harry iets kon zeggen werd er zacht op de deur geklopt en kwam madame Plijster binnen, de verpleegster.

Harry voelde dat hij rood werd. Het was al erg genoeg dat hij was flauwgevallen, of wat er dan ook precies gebeurd was, zonder dat iedereen ook nog eens zo'n hoop heisa maakte.

'Ik voel me prima,' zei hij. 'Ik hoef echt niet –'

'O, ben jij het?' zei madame Plijster, die zijn protest negeerde en hem aandachtig bekeek. 'Zeker weer gevaarlijke fratsen uitgehaald, hè?'

'Het was een Dementor, Poppy,' zei professor Anderling.

Ze wisselden duistere blikken uit en madame Plijster klakte afkeurend met haar tong.

'Een school laten bewaken door Dementors!' mompelde ze terwijl ze Harry's haar wegstreek en zijn voorhoofd voelde. 'Hij zou niet de eerste zijn die flauwvalt. Ja, hij is helemaal klam. Het zijn verschrikkelijke wezens en het effect dat ze hebben op mensen die toch al zwakjes zijn –'

'Ik ben niet zwakjes!' zei Harry gepikeerd.

'Nee, natuurlijk niet,' zei madame Plijster afwezig en ze voelde zijn pols.

'Wat raad je aan?' zei professor Anderling. 'Bedrust? Misschien een nachtje op de ziekenzaal?'

'Ik voel me *prima*!' zei Harry, die overeind sprong. De gedachte aan wat Draco Malfidus zou zeggen als hij naar de ziekenzaal moest, was onverdraaglijk.

'Nou, hij moet in elk geval chocola eten. Dat is wel het minste,' zei madame Plijster, die in Harry's ogen probeerde te turen.

'Heb ik al gedaan,' zei Harry. 'Professor Lupos heeft me een stuk gegeven. Iedereen, trouwens.'

'Werkelijk?' zei madame Plijster goedkeurend. 'Dus we hebben eindelijk een leraar Verweer tegen de Zwarte Kunsten die zijn remedies kent?'

'Weet je echt zeker dat je je weer goed voelt, Potter?' zei professor Anderling op scherpe toon.

'*Ja*,' zei Harry.

'Nou, goed. Wees dan zo vriendelijk om buiten te wachten terwijl ik met juffrouw Griffel haar lesrooster doorneem en dan gaan we samen naar beneden voor het feestmaal.'

Harry ging naar buiten, samen met madame Plijster, die zachtjes mompelend terugkeerde naar de ziekenzaal. Al na een paar minuten kwam Hermelien naar buiten, die zo te zien heel erg in haar sas was, gevolgd door professor Anderling. Gedrieën liepen ze de marmeren trap af naar de Grote Zaal.

Die was een zee van zwarte punthoeden; de lange tafels waren rondom bezet met leerlingen wier gezichten glommen in het licht van de duizenden kaarsen die boven de tafels zweefden. Professor Banning, een piepklein tovenaartje met een grote bos wit haar, bracht net een stokoude hoed en een krukje met drie poten naar buiten.

'O, jammer,' zei Hermelien zacht. 'We hebben de Sorteerceremonie gemist!'

Nieuwe leerlingen van Zweinstein werden over de diverse afdelingen verdeeld door de Sorteerhoed, die luid riep bij welke afdeling ze pasten (Griffoendor, Ravenklauw, Huffelpuf of Zwadderich). Professor Anderling liep met grote passen naar haar plaats aan de oppertafel en Harry en Hermelien liepen zo onopvallend mogelijk in de tegenovergestelde richting, naar de tafel van Griffoendor. Veel mensen keken om toen ze langs de achtermuur schuifelden en een paar wezen zelfs op Harry. Had het gerucht dat hij was flauwgevallen door toedoen van de Dementor zo snel de ronde gedaan? Hij en Hermelien gingen aan weerszijden van Ron zitten, die twee plaatsjes had vrijgehouden.

'Wat was dat allemaal?' mompelde hij tegen Harry.

Die wilde het fluisterend gaan uitleggen, maar op dat moment stond het schoolhoofd op om een toespraak te houden en deed hij er het zwijgen toe.

Professor Perkamentus was stokoud, maar leek altijd even energiek en vitaal. Zijn zilvergrijze haar en baard waren bijna een meter lang, hij droeg een brilletje met halfronde glazen en had een ontzettend scheve neus. Hij werd vaak de grootste tovenaar van de moderne tijd genoemd, maar dat was niet de reden waarom Harry zo veel respect voor hem had. Je kon niet anders dan Albus Perkamentus vertrouwen en toen Harry hem met een brede glimlach naar de leerlingen zag kijken, voelde hij zich voor het eerst sinds die Dementor hun coupé was binnengekomen weer helemaal kalm.

'Welkom!' zei Perkamentus. Het kaarslicht glimmerde in zijn baard. 'Welkom voor een nieuw schooljaar op Zweinstein. Ik heb een paar mededelingen en een daarvan is nogal ernstig. Het lijkt me beter om die maar meteen te doen, voor iedereen beneveld raakt door dit uitmuntende feestmaal...'

Perkamentus schraapte zijn keel en vervolgde: 'Zoals jullie ongetwijfeld weten, omdat ze de Zweinsteinexpres al hebben doorzocht, verblijven enkele Dementors van Azkaban op ons schoolterrein, in opdracht van het Ministerie van Toverkunst.'

Hij zweeg even en Harry herinnerde zich dat meneer Wemel had gezegd dat Perkamentus niet bepaald blij was dat de school door Dementors bewaakt werd.

'Ze zijn bij alle ingangen van het terrein gestationeerd,' vervolgde Perkamentus, 'en ik wil benadrukken dat, zolang ze hier zijn, niemand de school zonder toestemming mag verlaten. Dementors laten zich niet foppen door trucs of vermommingen – en zelfs niet door Onzichtbaarheidsmantels,' voegde hij er terloops aan toe, terwijl Harry en Ron elkaar aankeken. 'Een Dementor is ongevoelig voor smeekbeden of excuses. Zo is zijn aard. Daarom waarschuw ik iedereen: geef ze geen aanleiding om iemand kwaad te doen. Ik vertrouw erop dat de klassenoudsten en onze twee nieuwe Hoofdmonitors, zowel bij de jongens als de meisjes, ervoor zorgen dat er geen leer-lingen met de Dementors in aanvaring komen.'

Percy, die een paar plaatsen van Harry vandaan zat, stak zijn borst uit en keek gewichtig om zich heen. Perkamentus zweeg opnieuw even; hij liet zijn blik ernstig door de zaal gaan en niemand verroer-de zich of gaf een kik.

'Om op een wat vrolijker onderwerp over te stappen,' zei hij, 'zou ik graag twee nieuwe leraren in ons midden willen verwelkomen. Om te beginnen professor Lupos, die bereid was om de vacante post van leraar Verweer tegen de Zwarte Kunsten op zich te nemen.'

Hier en daar werd geapplaudisseerd, maar erg enthousiast klonk het niet. Alleen de leerlingen die in dezelfde coupé hadden gezeten als professor Lupos klapten hard, waaronder Harry. Naast de andere leraren, in hun beste gewaden, stak Lupos wel heel sjofel af.

'Moet je Sneep zien!' siste Ron in Harry's oor.

Professor Sneep, hun leraar Toverdranken, staarde naar professor Lupos, die een eindje verder aan de oppertafel zat. Iedereen wist dat Sneep zelf graag leraar Verweer tegen de Zwarte Kunsten wilde worden maar zelfs Harry, die Sneep niet kon luchten of zien, schrok van de uitdrukking op Sneeps magere, tanige gezicht; dat was niet vertrokken van gewone woede, maar van pure walging. Harry kende die uitdrukking maar al te goed; zo keek Sneep ook altijd als hij Harry zag.

'Wat de tweede benoeming betreft,' vervolgde Perkamentus toen het lauwe applaus was weggestorven, 'moet ik jullie helaas meede-len dat professor Staartjes, onze leraar Verzorging van Fabeldieren, aan het eind van vorig schooljaar met pensioen is gegaan om meer tijd te kunnen doorbrengen met zijn resterende ledematen. Tot mijn genoegen zal zijn plaats echter worden ingenomen door niemand minder dan Rubeus Hagrid, die erin heeft toegestemd om naast zijn werk als jachtopziener ook deze baan als leraar op zich te nemen.'

Harry, Ron en Hermelien keken elkaar verbijsterd aan, maar slo-ten zich toen aan bij het donderende applaus dat vooral aan de ta-fel van Griffoendor opklonk. Harry boog zich naar voren om Hagrid te kunnen zien, die zo rood was als een biet en naar zijn enorme han-den staarde. Zijn brede grijns ging half schuil achter zijn warrige zwarte baard.

'We hadden het kunnen weten!' brulde Ron, die op tafel bonsde. 'Wie zou er anders een bijtend boek op de lijst hebben gezet?'

Harry, Ron en Hermelien hielden als laatsten op met klappen en toen professor Perkamentus weer het woord nam, zagen ze dat Hagrid zijn ogen afveegde aan het tafelkleed.

'Nou, dat waren alle belangrijke mededelingen,' zei Perkamentus. 'Laat het feestmaal beginnen!'

De gouden borden en bekers die voor hen stonden werden plotseling gevuld met eten en drinken. Harry, die opeens verging van de honger, schepte van alles waar hij bij kon wat op en begon te eten.

Het was een verrukkelijk feestmaal; de zaal galmde van het gepraat en gelach en het gerinkel van bestek. Harry, Ron en Hermelien wilden echter dat de maaltijd zo snel mogelijk afgelopen zou zijn, zodat ze met Hagrid konden praten. Ze wisten wat het voor hem betekende dat hij nu leraar was geworden. Hagrid was geen volledig bevoegde tovenaar; hij was in zijn derde schooljaar van Zweinstein gestuurd wegens een misdaad die hij niet had begaan. Vorig jaar waren Harry, Ron en Hermelien erin geslaagd om Hagrids naam te zuiveren.

Ten slotte, toen de laatste kruimels pompoentaart van de gouden borden waren weggesmolten, verkondigde Perkamentus dat het bedtijd was en kregen ze eindelijk hun kans.

'Gefeliciteerd, Hagrid!' piepte Hermelien terwijl ze naar de oppertafel holden.

'Ik heb 't allemaal aan jullie te danken,' zei Hagrid, die zijn glimmende gezicht afveegde met zijn servet. 'Ik ken 't nog niet geloven... Perkamentus is echt zó'n peer... hij kwam meteen naar m'n huissie toen professor Staartjes zei dat ie 't zat was... da's wat ik altijd gewild heb...'

Overmand door emotie begroef hij zijn gezicht in zijn servet en professor Anderling stuurde hen weg.

Harry, Ron en Hermelien voegden zich bij de overige Griffoendors die de marmeren trap opstroomden en sjokten doodmoe door diverse gangen en nog meer trappen op, tot ze uiteindelijk bij de geheime ingang van de toren van Griffoendor waren. Een groot portret van een dikke dame met een roze jurk vroeg: 'Wachtwoord?'

'Ik kom, ik kom eraan,' riep Percy over de hoofden van de mensen heen. 'Het nieuwe wachtwoord is *Fortuna Major!*'

'O nee!' zei Marcel Lubbermans triest. Het kostte hem altijd moeite om de wachtwoorden te onthouden.

De jongens en meisjes klommen door het portretgat en gingen naar hun afzonderlijke trappen, aan weerszijden van de leerlingenkamer. Harry liep de wenteltrap op zonder ook maar een enkele gedachte in zijn hoofd, behalve hoe blij hij was om weer terug te zijn.

In de vertrouwde ronde slaapzaal met de vijf hemelbedden keek hij om zich heen en had het gevoel dat hij eindelijk thuis was.

HOOFDSTUK 6

KLAUWEN EN THEEBLADEREN

*T*oen Harry, Ron en Hermelien de volgende ochtend naar de Grote Zaal gingen om te ontbijten, werden ze direct geconfronteerd met Draco Malfidus, die zo te zien een grappig verhaal vertelde aan een groepje Zwadderaars. Op het moment dat ze langsliepen gaf Malfidus een bespottelijke imitatie van iemand die flauwviel en er klonk bulderend gelach.

'Niks van aantrekken,' zei Hermelien, die achter Harry liep. 'Gewoon negeren. Hij is het niet waard...'

'Hé, Potter!' krijste Patty Park, een meisje van Zwadderich met een gezicht als een pekinees. 'Potter! De Dementors komen, Potter! *Boeeeee!*'

Harry plofte aan de tafel van Griffoendor neer, naast George Wemel.

'De lesroosters voor derdejaars,' zei George, terwijl hij ze doorgaf. 'Wat is er, Harry?'

'Malfidus,' zei Ron, die aan de andere kant van George ging zitten en woedend naar de tafel van Zwadderich staarde.

George keek ook en zag Malfidus opnieuw doen alsof hij flauwviel van angst.

'Kleine etter!' zei hij kalm. 'Gisteravond, toen de Dementors ons deel van de trein doorzochten, had hij niet zo'n grote bek, hè Fred?'

'Hij deed 't bijna in z'n broek,' zei Fred, die vol verachting naar Malfidus keek.

'Ik voelde me zelf ook niet zo lekker,' zei George. 'Die Dementors zijn echt vreselijk...'

'Net alsof ze je bevriezen van binnen, hè?' zei Fred.

'Maar jullie zijn niet van je stokje gegaan,' zei Harry zacht.

'Maak je niet zo druk, Harry,' zei George troostend. 'Pa moest ook een keer voor z'n werk naar Azkaban, weet je nog wel, Fred? Hij zei dat hij nog nooit in zo'n afschuwelijk oord was geweest. Toen hij terugkwam was hij helemaal slap en trillerig... Dementors zuigen alle geluk weg uit hun omgeving. De meeste gevangenen worden al gauw gek.'

'En ik wil Malfidus nog wel eens zien lachen na onze eerste partij Zwerkbal,' zei Fred. 'Griffoendor tegen Zwadderich is de openings- wedstrijd van het seizoen, weet je nog?'

De enige keer dat Harry en Malfidus rechtstreeks de strijd hadden aangebonden op het Zwerkbalveld, had Malfidus duidelijk aan het kortste eind getrokken. Harry begon zich ietsje vrolijker te voelen en schepte worstjes en gebakken tomaten op.

Hermelien bestudeerde haar nieuwe lesrooster.

'Hè fijn, we beginnen direct met een paar nieuwe vakken,' zei ze blij.

'Hermelien,' zei Ron, die fronsend over haar schouder keek, 'ze hebben een potje gemaakt van je lesrooster. Moet je zien – je staat genoteerd voor tien vakken per dag. Daar heb je gewoon niet genoeg *tijd* voor.'

'O, dat lukt best. Ik heb het geregeld met professor Anderling.'

'Maar moet je kijken,' zei Ron lachend. 'Vanochtend, bijvoor- beeld. Negen uur: Waarzeggerij. En daaronder, ook om negen uur: Dreuzelkunde. En –' Ron boog zich vol ongeloof over haar lesrooster. 'Moet je zien – daaronder staat Voorspellend Rekenen, óók om ne- gen uur. Ik bedoel, je bent goed, Hermelien, maar niemand is zó goed. Hoe wou je in drie lokalen tegelijk zijn?'

'Doe niet zo stom,' zei Hermelien kortaf. 'Natuurlijk kan ik niet in drie lokalen tegelijk zijn.'

'Nou dan –'

'Geef me de jam eens aan,' zei Hermelien.

'Maar –'

'Hè Ron, wat kan het jou nou schelen of m'n lesrooster een beet- je vol is of niet?' beet Hermelien hem toe. 'Ik zeg toch dat ik het heb geregeld met professor Anderling?'

Op dat moment kwam Hagrid de Grote Zaal binnen. Hij droeg zijn lange jas van mollenvel en had een dode bunzing in zijn reusachtige handen, waar hij verstrooid mee zwaaide.

'Alles kits?' zei hij gretig, terwijl hij even bleef staan op weg naar de oppertafel. 'M'n aller- allereerste les is aan jullie! Meteen na 't middageten! Ik ben al vanaf vijf uur vanochtend uit m'n nest, om de boel voor te bereiden... ik hoop dat 't goed gaat... ik een leraar... wie had dat kennen denken...'

Breed grijnzend liep hij naar de oppertafel, nog steeds zwaaiend met zijn bunzing.

'Ik vraag me af wat hij heeft voorbereid!' zei Ron enigszins ongerust.

De zaal begon leeg te stromen en de leerlingen gingen op weg naar hun eerste les. Ron keek op zijn rooster.

'Laten we maar vast gaan. Waarzeggerij is helemaal boven in de Noordertoren. Daar doen we minstens tien minuten over...'

Haastig aten ze de rest van hun ontbijt op, namen afscheid van Fred en George en liepen naar de uitgang van de zaal. Toen ze langs de tafel van Zwadderich kwamen, deed Malfidus opnieuw alsof hij flauwviel. Zelfs in de hal hoorde Harry het daverende gelach nagalmen.

Het was een hele wandeling. Ook na twee jaar Zweinstein wisten ze nog niet alles van het kasteel en in de Noordertoren waren ze nog nooit geweest.

'Er – móét – een – kortere – weg – zijn!' hijgde Ron toen ze de zevende trap opsjokten en uitkwamen op een onbekende overloop, waar alleen een groot schilderij van een grasveld aan de stenen muur hing.

'Volgens mij moeten we hierheen,' zei Hermelien, die naar de uitgestorven gang aan hun rechterkant tuurde.

'Dat kan niet,' zei Ron. 'Dan ga je naar het zuiden. Kijk maar, je kunt een stuk van het meer zien als je uit het raam kijkt –'

Harry had meer aandacht voor het schilderij. Een dikke, appelgrijze pony was het beeld ingestruind en stond nu kalm te grazen. Harry was eraan gewend dat de afbeeldingen op de schilderijen in Zweinstein bewogen en soms hun lijsten verlieten om bij elkaar op bezoek te gaan, maar toch vond hij het nog altijd leuk om naar te kijken. Een paar tellen later kwam een korte, gedrongen, geharnaste ridder kletterend het schilderij binnenhollen, op zoek naar zijn paard. Aan de grasvlekken op zijn metalen knieën te zien, was hij daar net van afgevallen.

'Aha!' riep hij toen hij Harry, Ron en Hermelien in de gaten kreeg. 'Wat ziet mijn oog? Geboefte, waagt ge het om mijn grondgebied binnen te dringen? Komt ge u wellicht verkneukelen om mijn val? Verdedigt u, schoelje en schorriemorrie!'

Verbijsterd keken ze hoe het riddertje met veel moeite zijn zwaard uit zijn schede sjorde en er vervaarlijk mee zwaaide, op en neer dansend van woede, maar het zwaard was te lang voor hem en na een extra heftige zwiep verloor hij zijn evenwicht en smakte languit tegen het gras.

'Gaat het een beetje?' vroeg Harry en hij liep naar het schilderij toe.

'Achteruit, verachtelijke schavuit! Achteruit, hondsvot!'

De ridder greep zijn zwaard weer en probeerde zichzelf overeind te duwen, maar het lemmet zonk diep in het gras en hoewel hij uit alle macht rukte en trok, kon hij het niet meer loskrijgen. Uiteindelijk plofte hij uitgeput neer en moest zijn vizier opendoen om zijn bezwete gezicht af te vegen.

'Hoor eens,' zei Harry, nu de ridder even stil was, 'we zijn op zoek naar de Noordertoren. Weet u soms waar die is?'

'Een queeste!' De woede van de ridder verdween als sneeuw voor de zon en hij kwam rammelend overeind. 'Volg me, lieve vrienden en dan zullen we ons doel bereiken of anders dapper sneuvelen in de strijd!'

Hij gaf een laatste, vruchteloze ruk aan zijn zwaard, probeerde al even tevergeefs om weer op zijn dikke pony te klimmen, staakte zijn pogingen en riep: 'Dan maar te voet, nobele heren en edele vrouwe! Op pad! Op pad!'

Rinkelend rende hij naar de linkerkant van de lijst en verdween uit het zicht.

Ze volgden hem haastig door de gang en gingen op het geluid van zijn harnas af. Zo nu en dan zagen ze hem een eindje verderop door een ander schilderij rennen.

'Houdt moed, want het ergste moet nog komen!' brulde de ridder en hij draafde langs een groepje geschrokken vrouwen met hoepelrokken op een schilderij dat aan de muur van een smalle wenteltrap hing.

Hijgend en puffend klommen Harry, Ron en Hermelien de smalle trap op en werden alsmaar duizeliger, tot ze uiteindelijk het gemurmel van stemmen hoorden en wisten dat ze bij het klaslokaal waren.

'Vaarwel!' riep de ridder, die zijn hoofd om de lijst van een schilderij van een sinister groepje monniken stak. 'Vaarwel, mijn wapenbroeders! Als ge ooit behoefte hebt aan een nobel hart en gestaalde spieren, schroom dan niet om heer Palagon om hulp te vragen!'

'Zullen we zeker doen,' mompelde Ron toen de ridder verdween. 'Als we ooit behoefte hebben aan een volslagen idioot!'

Ze liepen de laatste paar treden op en bereikten een kleine overloop, waar de meeste andere leerlingen al stonden te wachten. Er kwamen geen deuren uit op de overloop, maar Ron gaf Harry een por en wees op het plafond, waar zich een rond luik met een koperen naamplaatje bevond.

'Sybilla Zwamdrift, lerares Waarzeggerij,' las Harry. 'Maar hoe moeten we boven komen?'

Het was alsof iemand zijn vraag had gehoord, want plotseling ging het luik open en kwam er een zilveren ladder naar beneden tot aan Harry's voeten. Iedereen werd stil.

'Na jou,' zei Ron grijnzend en Harry klom als eerste naar boven.

Hij kwam uit in het vreemdste lokaal dat hij ooit had gezien. Het leek eigenlijk helemaal niet op een lokaal, meer op een kruising tussen een rommelzolder en een ouderwetse tearoom. De ruimte was volgepropt met minstens twintig kleine, ronde tafeltjes, die omringd werden door gebloemde fauteuils en bolle poefjes. Het lokaal werd gevuld door een vaag rood licht; de gordijnen waren dicht en over de vele schemerlampen waren donkerrode doeken gedrapeerd. Het was snikheet en uit het brandende haardvuur onder de overvolle schoorsteenmantel, waar een grote, koperen ketel boven pruttelde, steeg een weeïge, zoete geur op. De planken aan de ronde muren waren afgeladen met stoffige veren, kaarsstompjes, vele pakken beduimelde speelkaarten, talloze zilverachtige kristallen bollen en een gigantische verscheidenheid aan theekopjes.

De andere leerlingen klommen ook naar boven en praatten fluisterend met elkaar. Ron kwam naast Harry staan.

'Waar is ze?' zei Ron.

Plotseling klonk er een stem op uit de schaduwen; een zachte, dromerige stem.

'Welkom,' zei de stem. 'Wat fijn om jullie eindelijk in jullie fysieke verschijningsvorm te zien.'

Harry's eerste indruk was die van een groot, glinsterend insect. Professor Zwamdrift ging in het licht van het haardvuur staan en ze zagen dat ze broodmager was; haar enorme bril vergrootte haar ogen diverse keren en ze had een doorschijnende, met pailletjes bespikkelde omslagdoek om haar schouders. Ontelbare kettingen en colliers hingen om haar dunne nek en haar armen en handen gingen zowat schuil achter de armbanden en ringen.

'Ga zitten, kinderen, ga zitten,' zei ze en ze hesen zich ongemakkelijk in een fauteuil of ploften op een poef neer. Harry, Ron en Hermelien gingen samen aan een rond tafeltje zitten.

'Welkom bij Waarzeggerij,' zei professor Zwamdrift, die in een oorfauteuil bij de haard was gaan zitten. 'Ik ben professor Zwamdrift.

Waarschijnlijk hebben jullie me nog nooit gezien. Ik heb gemerkt dat de scherpte van mijn Innerlijk Oog afneemt als ik me te vaak blootstel aan de drukte en herrie in het hoofdgebouw.'

Niemand reageerde op die bizarre mededeling. Professor Zwamdrift deed fijntjes haar omslagdoek goed en vervolgde: 'Dus jullie hebben besloten om Waarzeggerij te bestuderen, de moeilijkste van alle toverkunsten? Laat ik jullie meteen waarschuwen dat ik je, als je het Zicht niet hebt, maar weinig zal kunnen leren. Op mijn vakgebied hebben boeken slechts beperkte waarde...'

Zowel Harry als Ron keek grijnzend naar Hermelien, die zo te zien behoorlijk geschrokken was van de mededeling dat ze bij dit vak niet veel aan boeken zou hebben.

'Veel heksen en tovenaars die wellicht getalenteerd zijn op het gebied van stank, harde knallen en plotselinge verdwijningen, zijn desondanks niet in staat om de geheimen van de toekomst te ontrafelen,' vervolgde professor Zwamdrift terwijl haar enorme, glanzende ogen van het ene nerveuze gezicht naar het andere gleden. 'Dat is een Gave die slechts aan weinigen wordt verleend. Jij daar, jongen –' zei ze plotseling tegen Marcel, die haast van zijn poef viel, '– is alles goed met je grootmoeder?'

'Ik dacht van wel,' zei Marcel trillerig.

'Daar zou ik maar niet zo zeker van zijn, liefje,' zei professor Zwamdrift en het schijnsel van het haardvuur werd weerkaatst door haar lange oorbellen van smaragd. Marcel slikte moeizaam, maar professor Zwamdrift vervolgde kalm: 'Dit jaar houden we ons met de basismethoden van de Waarzeggerij bezig. Het eerste semester is gewijd aan het ontraadselen van de theebladeren. Volgend semester gaan we dan verder met handlezen. O ja, liefje, voor ik het vergeet...' zei ze opeens tegen Parvati Patil. 'Hoed je voor een roodharige man!'

Parvati keek geschrokken naar Ron, die vlak achter haar zat en schoof haar stoel een eindje weg.

'Tijdens het zomersemester stappen we over op de kristallen bol,' zei professor Zwamdrift. 'Als we dan tenminste al klaar zijn met de voortekens in het vuur. Helaas zullen er in februari enkele lessen uitvallen door een griepepidemie. Zelf zal ik mijn stem kwijtraken. En rond Pasen zullen we iemand uit deze klas voorgoed moeten missen.'

Er volgde een gespannen stilte na die uitspraak, maar daar scheen professor Zwamdrift zich niet van bewust te zijn.

'Zou je iets voor me willen doen, liefje?' zei ze tegen Belinda

Broom, die het dichtst bij haar zat en zo ver mogelijk achteruit deinsde. 'Zou je me de grootste zilveren theepot willen aangeven?'

Belinda stond opgelucht op, pakte een enorme theepot van een plank en zette hem op het tafeltje van professor Zwamdrift.

'Dank je, liefje. O, tussen haakjes – datgene waar je zo bang voor bent zal op vrijdag 16 oktober plaatsvinden.'

Belinda huiverde.

'Goed. Ik wil dat jullie je opsplitsen in paren. Pak een theekopje van de plank en kom naar mij, dan schenk ik het vol. Ga dan zitten en drink de thee op, tot alleen de droesem nog over is. Laat die met je linkerhand drie keer ronddraaien, keer je kop om op het schoteltje, wacht tot de laatste thee is weggelekt en geef je kopje dan aan je partner, zodat die de bladeren kan lezen. Jullie interpreteren de voortekenen aan de hand van pagina 5 en 6 uit *Ontwasem de Toekomst*. Ik loop door de klas en geef hulp en advies. O ja, liefje –' ze pakte Marcel bij zijn arm toen hij wilde opstaan, 'zou je een blauwgebloemd kopje willen pakken als je het eerste gebroken hebt? Aan het roze ben ik nogal gehecht.'

En inderdaad, Marcel had zijn hand nog maar nauwelijks uitgestoken naar de plank met theekopjes of er klonk gerinkel van brekend porselein. Professor Zwamdrift schreed naar hem toe, gaf hem stoffer en blik en zei: 'Dus nu graag een blauw kopje, als je het niet erg vindt... dank je...'

Toen de kopjes van Harry en Ron waren volgeschonken gingen ze terug naar hun tafeltje en probeerden de gloeiendhete thee snel op te drinken. Ze lieten de droesem ronddraaien, zoals professor Zwamdrift had gezegd, goten de resterende thee weg en ruilden van kopje.

'Oké,' zei Ron, terwijl ze hun boeken opensloegen bij pagina 5 en 6. 'Wat zie je in mijn kopje?'

'Een hoop kleffe bruine smurrie,' zei Harry. De zware, zoetige rook in de kamer maakte hem duf en slaperig.

'Zet de deuren van jullie geest open en probeer door het Aardse heen te kijken, liefjes!' riep professor Zwamdrift vanuit het schemerduister.

Harry trachtte zich te concentreren.

'Nou, goed dan. Ik zie een raar soort kruis...' Hij keek in *Ontwasem de Toekomst*. 'Dat betekent dat je "beproevingen en leed" te wachten staan – sorry – maar ik zie ook iets wat een zon zou kunnen zijn... wacht even... en dat betekent "gelukzaligheid"... dus ik denk dat je vreselijk zult lijden maar heel gelukkig zult zijn...'

'Volgens mij heb je ook een bril nodig voor je Innerlijke Oog,' zei Ron en ze smoorden gauw een lach toen professor Zwamdrift verstoord in hun richting keek.

'Mijn beurt...' Ron staarde aandachtig en fronsend naar het kopje van Harry. 'Ik zie een klodder die iets wegheeft van een bolhoed,' zei hij. 'Misschien ga je later voor het Ministerie van Toverkunst werken...'

Hij draaide het kopje honderdtachtig graden.

'Maar als je het zo houdt, lijkt het meer op een eikel... wat betekent dat?' Hij keek in *Ontwasem de Toekomst*. '"Een meevaller, een onverwachte som goud." Hartstikke goed, dan kun je mij wat lenen... en hier zie ik iets' – hij draaide het kopje weer – 'wat op een beest lijkt... ja, als dat de kop was... dan zou het een nijlpaard kunnen zijn... of nee, eerder een schaap...'

Professor Zwamdrift draaide zich abrupt om toen Harry moest lachen.

'Laat mij eens kijken, liefje,' zei ze vermanend tegen Ron. Ze schreed naar hun tafeltje en griste het kopje uit Rons hand. Iedereen deed er het zwijgen toe en keek.

Professor Zwamdrift staarde naar het kopje en draaide het rond, tegen de wijzers van de klok in.

'Een valk... beste jongen, je hebt een doodsvijand.'

'Dat weet iedereen,' zei Hermelien op doordringende fluistertoon. Professor Zwamdrift staarde haar aan.

'Nou, dat is toch zo?' zei Hermelien. 'Iedereen weet hoe het zit met Harry en Jeweetwel.'

Harry en Ron staarden haar met een mengeling van verbazing en bewondering aan. Zo hadden ze Hermelien nog nooit tegen een leraar horen praten. Professor Zwamdrift deed echter alsof ze niets gehoord had. Ze richtte haar reusachtige ogen weer op Harry's kopje en bleef het ronddraaien.

'Een knots... dat wijst op fysiek geweld. O jee, o jee, dit is niet bepaald een vrolijk kopje...'

'Ik dacht dat het een bolhoed was,' zei Ron schaapachtig.

'Een schedel... gevaren op je pad, liefje...'

Iedereen staarde gefascineerd naar professor Zwamdrift, die het kopje nog één keer liet ronddraaien, naar adem snakte en een gil slaakte.

Opnieuw klonk gerinkel van brekend porselein; Marcel had zijn tweede kopje laten vallen. Professor Zwamdrift zonk in een lege fauteuil neer, met gesloten ogen en haar fonkelende hand tegen haar hart gedrukt.

'Ach, arme jongen... arme, lieve jongen... nee... ik kan het beter niet zeggen... nee... vraag me alsjeblieft niet...'

'Wat is er, professor?' vroeg Daan Tomas onmiddellijk. Iedereen was overeind gesprongen en verzamelde zich rond het tafeltje van Harry en Ron, waar ze zich verdrongen rond de stoel van professor Zwamdrift om Harry's kopje beter te kunnen zien.

'Beste jongen,' zei professor Zwamdrift, die haar enorme ogen plotseling dramatisch opensperde, 'je hebt de Grim!'

'De wat?' zei Harry.

Hij zag dat hij niet de enige was die het niet begreep; Daan Tomas haalde zijn schouders op en Belinda Broom keek verbaasd, maar verder sloeg iedereen vol afschuw zijn hand voor zijn mond.

'De Grim, beste jongen, de Grim!' riep professor Zwamdrift, die zo te zien nog het meest geschokt was dat Harry dat niet direct begreep. 'De reusachtige spookhond die kerkhoven onveilig maakt! Beste jongen, dat is het allerergste voorteken – een voorteken – van de *dood*!'

Harry's maag keerde om. Die hond op de omslag van *Sterfsignalen* bij Klieder & Vlek – de hond in de schaduwen van de Magnolialaan... Belinda Broom drukte nu ook haar handen tegen haar mond. Iedereen staarde naar Harry, iedereen behalve Hermelien, die was omgelopen en achter de stoel van professor Zwamdrift was gaan staan.

'*Ik* vind helemaal niet dat het op een Grim lijkt,' zei ze kortaf.

Professor Zwamdrift staarde Hermelien met toenemende afkeer aan.

'Neem me niet kwalijk dat ik het zeg, liefje, maar ik bespeur bij jou maar heel weinig aura. Heel weinig ontvankelijkheid voor de resonanties van de toekomst.'

Simon Filister boog zijn hoofd eerst naar links en toen naar rechts.

'Zo lijkt het inderdaad op een Grim,' zei hij, met zijn ogen half dichtgeknepen, 'maar als je je hoofd zo houdt, lijkt het meer op een ezel,' voegde hij eraan toe en hij boog zijn hoofd weer naar links.

'En, hebben jullie al besloten of ik binnenkort doodga of niet?' zei Harry, die zelf schrok van zijn uitbarsting. Nu was het alsof niemand hem nog wilde aankijken.

'Hier kunnen we het voor vandaag beter bij laten,' zei professor Zwamdrift met haar vaagste stem. 'Ja... als jullie je spullen nu op zouden willen ruimen...'

Zwijgend gaven de leerlingen hun kopjes aan professor Zwamdrift terug, pakten hun boeken en deden hun tassen dicht. Zelfs Ron meed angstvallig Harry's blik.

'Moge het geluk met jullie zijn tot we elkaar opnieuw treffen,' murmelde professor Zwamdrift. 'O ja, liefje –' ze wees op Marcel, 'volgende keer kom je te laat, dus zou je vast extra hard willen werken om dat in te halen?'

Harry, Ron en Hermelien daalden zwijgend de ladder en de wenteltrap af en gingen naar het lokaal van professor Anderling voor hun les Gedaanteverwisselingen. Het duurde zo lang voor ze haar lokaal gevonden hadden dat ze maar net op tijd waren, ook al was Waarzeggerij eerder afgelopen dan normaal.

Harry ging helemaal achter in de klas zitten, met het gevoel alsof er een oogverblindende schijnwerper op hem gericht was; de andere leerlingen keken hem steeds stiekem aan, alsof hij elk moment dood kon neervallen. Hij hoorde nauwelijks wat professor Anderling vertelde over Faunaten (tovenaars die de gedaante van een dier konden aannemen) en hij keek niet eens toen ze in een cyperse kat veranderde, met brilvormige strepen rond haar ogen.

'Hè, wat hebben jullie toch vandaag?' zei professor Anderling, die met een ploppend geluidje weer in een mens veranderde en de leerlingen aanstaarde. 'Niet dat het er iets toe doet hoor, maar dit is de eerste keer dat er niemand geklapt heeft na mijn transformatie.'

Iedereen keek naar Harry maar niemand zei iets, tot Hermelien haar hand opstak.

'Professor, we hebben vandaag onze eerste les Waarzeggerij gehad en toen we de theebladeren moesten lezen –'

'Ach, natuurlijk,' zei professor Anderling, die haar voorhoofd fronste. 'Ik weet genoeg, juffrouw Griffel. Wie van jullie gaat er dit jaar dood?'

Iedereen staarde haar aan.

'Ik,' zei Harry ten slotte.

'Aha,' zei professor Anderling, die Harry doordringend aankeek met haar kraaloogjes. 'Dan is het misschien prettig om te weten, Potter, dat Sybilla Zwamdrift sinds haar aanstelling aan deze school jaarlijks de dood van minstens één leerling heeft voorspeld. Niet eentje is ook werkelijk gestorven. Sterfsignalen zien is haar favoriete manier om een nieuwe klas te begroeten. Het is dat ik nooit kwaadspreek over collega's –'

Professor Anderling deed er abrupt het zwijgen toe en ze zagen dat haar neusvleugels bleek waren. Op kalmere toon vervolgde ze: 'Waarzeggerij is een van de onnauwkeurigste onderdelen van de toverkunst en jullie mogen gerust weten dat ik er weinig mee op heb. Ware Zieners zijn uiterst zeldzaam en professor Zwamdrift –'

Ze zweeg weer even en zei toen nuchter: 'Ik vind je er kerngezond uitzien, Potter, dus neem me niet kwalijk dat ik je vandaag gewoon huiswerk geef. Mocht je onverwacht doodgaan, dan hoef je het niet in te leveren.'

Hermelien lachte en Harry voelde zich ietsje beter. Weg van het rode schemerlicht en de versuffende zoete geur in het lokaal van professor Zwamdrift was het een stuk moeilijker om bang te zijn voor een handje theeblaadjes. Maar niet iedereen was overtuigd; Ron keek nog steeds ongerust en Belinda fluisterde: 'Maar dat kopje van Marcel dan?'

Toen Gedaanteverwisselingen erop zat, voegden ze zich bij de rumoerige massa leerlingen op weg naar de Grote Zaal voor het middageten.

'Kijk niet zo somber, Ron,' zei Hermelien, terwijl ze hem een terrine met stamppot toe schoof. 'Je hoorde toch wat professor Anderling zei?'

Ron schepte op en pakte zijn vork, maar at niet.

'Harry,' zei hij zacht en ernstig, 'je hebt toevallig toch niet echt een grote zwarte hond gezien, hè?'

'Jawel,' zei Harry. 'Op de avond dat ik wegliep bij de Duffelingen.'

Ron liet zijn vork kletterend vallen.

'Waarschijnlijk gewoon een zwerfhond,' zei Hermelien kalm.

Ron staarde Hermelien aan alsof ze stapelgek was geworden.

'Hermelien, als Harry een Grim heeft gezien dan is – dan is dat heel erg,' zei hij. 'M'n – m'n oom Virus heeft er ook een gezien en – en vierentwintig uur later was hij dood!'

'Toeval,' zei Hermelien luchtig en ze schonk een glas pompoensap in.

'Je weet niet waar je het over hebt!' zei Ron, die nijdig begon te worden. 'De meeste tovenaars schrikken zich een ongeluk als ze een Grim zien!'

'Zie je wel?' zei Hermelien neerbuigend. 'Ze zien die Grim en schrikken zich dan letterlijk dood. Die Grim is geen voorteken, maar de doodsoorzaak! En Harry leeft nog omdat hij, toen hij dat beest zag, niet zo stom was om te denken, o jee, nu kan ik maar beter de pijp uitgaan!'

Ron staarde met open mond naar Hermelien, die haar tas opendeed, haar nieuwe boek van Voorspellend Rekenen tevoorschijn haalde en dat tegen de sapkan zette.

'Ik vind Waarzeggerij maar vaag gedoe,' zei ze terwijl ze de bladzijde opzocht waar ze was gebleven. 'Puur giswerk, als je het mij vraagt.'

'Er was anders niks vaags aan die Grim in dat kopje!' zei Ron boos.

'Je was heel wat minder stellig toen je Harry vertelde dat het een schaap was,' zei Hermelien kil.

'Professor Zwamdrift zei al dat je geen aura had! Je kunt het gewoon niet uitstaan dat je eindelijk ergens niets van kunt!'

Dat was tegen het zere been; Hermelien smeet haar boek met zo'n klap op tafel dat de stukjes vlees en wortel hen om de oren vlogen.

'Als goed zijn in Waarzeggerij betekent dat ik net moet doen alsof ik fatale voortekens zie in klonters theeblaadjes, dan denk ik dat ik dat vak gauw laat vallen! Het was puur natte-vingerwerk, vergeleken met Voorspellend Rekenen!'

Ze griste haar tas van de grond en liep met nijdige passen weg.

Ron keek haar fronsend na.

'Waar heeft ze het over?' zei hij tegen Harry. 'Ze heeft nog helemaal geen Voorspellend Rekenen gehad!'

Harry was blij dat ze na het eten naar buiten mochten. De regen van gisteren was overgewaaid; de lucht was heldergrijs en het vochtige gras veerde onder hun voeten toen ze op weg gingen naar hun allereerste les Verzorging van Fabeldieren.

Ron en Hermelien praatten niet tegen elkaar. Harry liep zwijgend naast hen terwijl ze over de glooiende gazons naar Hagrids huisje aan de rand van het Verboden Bos wandelden. Pas toen hij een eindje verderop drie maar al te bekende achterhoofden opmerkte, besefte hij dat ze de les blijkbaar samen met Zwadderich hadden. Malfidus praatte geanimeerd met Korzel en Kwast, die dom grinnikten. Harry kon wel bedenken waar ze het over hadden.

Hagrid wachtte de leerlingen bij de deur van zijn huisje op. Hij droeg zijn lange jas van mollenvel en Muil, zijn wolfshond, stond naast hem. Zo te zien was hij nogal ongeduldig.

'Vooruit, opschieten!' riep hij toen de leerlingen kwamen aanlopen. 'Ik heb iets hartstikke leuks voor jullie! 't Wordt echt een fijne les! Is iedereen d'r? Oké, kom mee!'

Eén onaangenaam moment dacht Harry dat Hagrid hen zou meenemen naar het Verboden Bos; daar had Harry al zo veel vreselijke dingen meegemaakt dat hij er voor de rest van zijn leven genoeg van had, maar Hagrid wandelde langs de bosrand en vijf minuten later kwamen ze bij een omheind stuk wei. Er was geen beest te bekennen.

'Iedereen bij het hek!' riep Hagrid. 'Ja, mooi zo – ken iedereen 't zien? – oké, sla eerst je boek open –'

'Hoe?' zei de kille, lijzige stem van Malfidus.

'Hè?' zei Hagrid.

'Hoe moeten we dat boek openslaan?' herhaalde Malfidus. Hij liet zijn exemplaar van Het Monsterlijke Monsterboek zien, dat hij had dichtgebonden met een stuk touw. Andere mensen lieten hun boek ook zien; sommigen hadden er, net als Harry, een riem omheen gedaan, anderen hadden ze in kleine tasjes gepropt en weer anderen hielden ze gesloten met behulp van zware clips.

'Heb – heb niemand z'n boek open kennen krijgen?' zei Hagrid, die nogal beteuterd keek.

Alle leerlingen schudden hun hoofd.

'Je mot ze aaien,' zei Hagrid, alsof dat zo klaar was als een klontje. 'Kijk –'

Hij pakte het boek van Hermelien en scheurde de Fantastape waarmee het was dichtgeplakt los. Het boek probeerde te bijten, maar Hagrid liet zijn reusachtige wijsvinger over de rug van het boek gaan, dat rilde, openviel en stilletjes in zijn hand bleef liggen.

'O, wat dom van ons!' sneerde Malfidus. 'We hadden ze moeten aaien! Dat we daar zelf niet aan gedacht hebben!'

'Ik – ik vond ze wel geinig,' zei Hagrid onzeker tegen Hermelien.

'Ja, vreselijk geinig!' zei Malfidus. 'Echt ontzettend geinig, om ons boeken te laten kopen die je vingers proberen af te bijten!'

'Hou je kop, Malfidus!' zei Harry zacht. Hagrid leek erg terneergeslagen en Harry wilde dat zijn eerste les een succes zou zijn.

'Nou, oké,' zei Hagrid, die blijkbaar de draad even kwijt was. 'Dus – dus jullie hebben je boek en – en nou motten die fabeldieren nog komen. Ja. Oké, ik ga ze halen. Effe wachten...'

Hij liep met grote passen het bos in en verdween uit het zicht.

'Allemachtig, de school gaat echt naar de haaien,' zei Malfidus luid. 'Dat die sukkel ons les mag geven! M'n vader krijgt een rolberoerte als hij dat hoort –'

'Hou je kop, Malfidus,' herhaalde Harry.

'Pas op, Potter, er staat een Dementor achter je –'

'Ooooooh!' piepte Belinda Broom en ze wees naar de andere kant van het omheinde stuk wei.

Een stuk of twaalf van de bizarste wezens die Harry ooit had gezien liepen op een drafje in hun richting. Ze hadden het lichaam, de staart en achterpoten van een paard, maar de voorpoten, vleugels en kop van een reusachtige adelaar, met wrede, staalkleurige snavels en grote, feloranje ogen. De klauwen aan hun voorpoten waren minstens vijftien centimeter lang en zagen er vervaarlijk uit. De dieren hadden allemaal een dikke leren halsband om, waar een lange ketting aan was bevestigd, en de uiteinden van die kettingen werden vastgehouden door de enorme knuisten van Hagrid, die achter de wezens aanholde naar de omheining.

'Hola!' brulde hij. Hij schudde aan de kettingen en loodste de dieren naar het hek waar de leerlingen stonden. Iedereen deinsde achteruit toen Hagrid de wezens aan het hek bond.

'Hippogriefen!' bulderde Hagrid vrolijk en hij gebaarde naar de wezens. 'Wat een prachtbeesten, hè?'

Harry snapte wat Hagrid bedoelde. Zodra je bekomen was van de eerste schok die de aanblik van iets wat half paard en half vogel was veroorzaakte, zag je hoe mooi de glanzende vachten van de Hippogriefen waren, die vloeiend overgingen van veren in haar. Ze waren allemaal verschillend van kleur: stormachtig grijs, bronskleurig, roze-achtig bruin, glanzend kastanjebruin en pikzwart.

'Nou,' zei Hagrid, die in zijn handen wreef en glunderend om zich heen keek, 'als jullie wat dichterbij komen –'

Daar voelde blijkbaar niemand iets voor. Harry, Ron en Hermelien liepen voorzichtig naar het hek.

'Kijk, 't eerste wat je van Hippogriefen mot weten is dat ze hartstikke trots zijn,' zei Hagrid. 'Hippogriefen hebben verdomd lange tenen. Wees nooit zo stom om d'r eentje te beledigen, want dat zou best wel es 't laatste kennen wezen wat je doet.'

Malfidus, Korzel en Kwast luisterden niet; ze stonden te smoezen en Harry had het onaangename gevoel dat ze beraamden hoe ze de les het beste in het honderd konden laten lopen.

'Je mot altijd wachten tot de Hippogrief 't initiatief neemt,' vervolgde Hagrid. 'Da's beleefd, snappie? Je loopt naar hem toe en dan maak je een buiging en wacht af. Als hij ook buigt, mag je hem aanraken. Als ie niet buigt maak je dat je wegkomt, want die klauwen bennen niet mals. Oké, wie wil als eerste?'

De meeste leerlingen reageerden door nog verder terug te deinzen. Zelfs Harry, Ron en Hermelien hadden hun bedenkingen. De Hippogriefen zwaaiden met hun felle koppen en bewogen hun enorme vleugels; ze vonden het blijkbaar maar niets dat ze vastgebonden waren.

'Niemand?' zei Hagrid, die de leerlingen smekend aankeek.

'Ik ga wel,' zei Harry.

Achter hem hoorde hij mensen naar adem snakken en zowel Belinda als Parvati fluisterde: 'Oooh, Harry, denk aan je theebladeren!'

Harry negeerde hen en klom over de omheining.

'Zo mag ik 't zien, Harry!' brulde Hagrid. 'Oké – es kijken of je met Scheurbek overweg ken.'

Hij maakte een van de kettingen los, trok de grijze Hippogrief weg bij zijn soortgenoten en deed zijn leren kraag af. De leerlingen aan de andere kant van het hek hielden hun adem in. De ogen van Malfidus waren boosaardige spleetjes.

'Kallempies aan, Harry,' zei Hagrid zacht. 'Zoek oogcontact... probeer niet te knipperen... Hippogriefen hebben 't niet op lui die te veel met hun ogen knipperen...'

Harry's ogen begonnen meteen te tranen, maar hij hield ze opengesperd. Scheurbek had zijn grote, vervaarlijke kop omgedraaid en staarde Harry met één feloranje oog aan.

'Zo gaat ie goed,' zei Hagrid. 'Zo gaat ie goed, Harry... en nu buigen...'

Harry voelde er weinig voor om Scheurbek zijn onbeschermde nek toe te keren, maar hij deed wat Hagrid zei. Hij maakte een kleine buiging en keek weer op.

De Hippogrief staarde hem nog steeds hooghartig aan. Hij verroerde zich niet.

'Oei,' zei Hagrid nogal ongerust. 'Oké – loop langzaam achteruit, Harry, rustig an –'

Tot Harry's stomme verbazing zakte de Hippogrief echter plotseling door zijn geschubde knieën en zonk hij neer in een onmiskenbare buiging.

'Hartstikke goed, Harry!' zei Hagrid opgetogen. 'Oké – nou ken je hem aanraken! Aai hem maar over z'n snavel!'

Harry, die eigenlijk vond dat voorzichtig wegschuifelen een betere beloning zou zijn geweest, liep langzaam naar de Hippogrief en stak zijn hand uit. Hij klopte diverse keren op de snavel van de Hippogrief en die sloot loom zijn ogen, alsof hij ervan genoot.

Alle leerlingen klapten, behalve Malfidus, Korzel en Kwast, die zwaar teleurgesteld leken.

'Oké, Harry,' zei Hagrid, 'volgens mijn mag je 'm wel berijden!' Daar had Harry niet op gerekend. Hij was gewend aan een bezem, maar hij betwijfelde of een Hippogrief hetzelfde zou zijn.

'Klim maar op z'n rug, net achter 't vleugelgewricht,' zei Hagrid. 'En zorg dat je geen veren uittrekt. Dat vindt ie niet geinig...'

Harry zette zijn voet op Scheurbeks vleugel en hees zichzelf op zijn rug. Scheurbek stond op. Harry wist niet goed waar hij zich moest vasthouden; alles was bedekt met veren.

'Vooruit met de geit!' bulderde Hagrid, die een klap op het achterwerk van de Hippogrief gaf.

Volkomen onverwacht ontvouwde zich links en rechts van Harry een vier meter lange vleugel; hij had nog net tijd om zijn armen om de nek van de Hippogrief te slaan voor ze omhoogwiekten. Het was heel anders dan vliegen op een bezemsteel en Harry wist wel wat hij liever deed; de vleugels van de Hippogrief flapten onbehaaglijk dicht naast hem op en neer en sloegen steeds tegen de onderkant van zijn benen, zodat hij het gevoel had dat hij eraf zou vallen; de glanzende veren glipten uit zijn vingers en hij durfde ze niet steviger beet te grijpen; in tegenstelling tot de soepele vlucht van zijn Nimbus 2000 schommelde hij nu voor- en achteruit, omdat de achterhand van de Hippogrief rees en daalde op het ritme van zijn wiekslagen.

Scheurbek maakte één rondje boven de omheinde wei en daalde toen weer; dat was het moment waar Harry het meest tegenop had gezien. Hij leunde achterover toen Scheurbek zijn gladde hals liet zakken en was bang dat hij over zijn snavel heen zou glijden. Met een zware, doffe dreun kwamen de vier slecht bij elkaar passende poten op de grond, maar Harry slaagde er op het nippertje in om zijn evenwicht niet te verliezen en ging weer recht overeind zitten.

'Tof, Harry!' bulderde Hagrid toen iedereen behalve Malfidus, Korzel en Kwast juichte. 'Wie wil d'r ook een keer?'

Aangemoedigd door Harry's succes klommen de overige leerlingen behoedzaam over de omheining. Hagrid maakte de Hippogriefen een voor een los en al gauw stond iedereen nerveus te buigen. Marcel schuifelde een paar keer haastig weg bij zijn Hippogrief, die blijkbaar weigerde om door de knieën te gaan, en Ron en Hermelien oefenden op het kastanjebruine beest terwijl Harry toekeek.

Malfidus, Korzel en Kwast hadden Scheurbek overgenomen. De Hippogrief had een buiging gemaakt voor Malfidus, die hem nu neerbuigend op de snavel klopte.

'Niks aan,' zei Malfidus lijzig en zo hard dat Harry hem kon verstaan. 'Dat dacht ik al. Als Potter het kan... ik wil wedden dat je helemaal niet gevaarlijk bent, hè?' zei hij tegen de Hippogrief. 'Of wel soms, lelijk rotbeest?'

Het gebeurde in een bliksemsnelle flits van staalharde klauwen; Malfidus slaakte een hoge gil en een tel later deed Hagrid snel de leren halsband om de nek van Scheurbek, die nog steeds verwoed probeerde bij Malfidus te komen. Hij lag dubbelgevouwen op het gras en het bloed stroomde over zijn gewaad.

'Ik ga dood!' gilde Malfidus terwijl de andere leerlingen in paniek toekeken. 'Ik ga dood! Dat beest heeft me vermoord!'

'Je gaat helemaal niet dood!' zei Hagrid, die doodsbleek was. 'Iemand mot effe helpen – ik mot 'm weg zien te krijgen –'

Hermelien holde naar het hek en deed dat open terwijl Hagrid Malfidus moeiteloos optilde. Toen ze langskwamen zag Harry dat Malfidus een lange, diepe snee in zijn arm had; bloedspetters drupten op het gras terwijl Hagrid de helling oprende naar het kasteel.

Diep geschokt volgden de leerlingen. De Zwadderaars scholden allemaal op Hagrid.

'Ze moesten hem op staande voet ontslaan!' zei Patty Park, die in tranen was.

'Het was Malfidus' eigen schuld!' snauwde Daan Tomas. Korzel en Kwast lieten hun spieren dreigend opbollen.

Ze liepen het bordes op naar de verlaten hal.

'Ik ga kijken hoe het met hem is!' zei Patty en de anderen keken hoe ze de marmeren trap oprende. Nog steeds mompelend over Hagrid dropen de Zwadderaars af naar hun leerlingenkamer in de kerkers; Harry, Ron en Hermelien gingen de trap op, naar de toren van Griffoendor.

'Zou het weer goed komen met hem?' vroeg Hermelien nerveus.

'Ja, natuurlijk. Madame Plijster kan dat soort snijwonden in twee tellen genezen,' zei Harry. Hij had zelf veel ergere verwondingen gehad, die de verpleegster ook met toverkracht genezen had.

'Het is wel erg dat dat net tijdens Hagrids eerste les moest gebeuren, hè?' zei Ron bezorgd. 'Je had op je vingers kunnen natellen dat Malfidus de boel zou saboteren...'

Ze arriveerden vrijwel als eersten in de Grote Zaal, in de hoop dat ze Hagrid zouden zien, maar die was nergens te bekennen.

'Je denkt toch niet dat ze hem ontslaan?' zei een ongeruste Hermelien, die nog geen hap van haar vleespastei had genomen.

'Het is ze geraden van niet,' zei Ron, die ook nog geen hap had genomen.

Harry keek naar de tafel van Zwadderich. Een grote groep leerlingen, onder wie Korzel en Kwast, had de koppen bij elkaar gestoken en praatte druk met elkaar. Harry was ervan overtuigd dat ze hun eigen versie van hoe Malfidus gewond was geraakt aan het bekokstoven waren.

'Nou, je kunt niet zeggen dat het geen interessante eerste schooldag was,' zei Ron somber.

Na het eten gingen ze naar de drukke leerlingenkamer van Griffoendor en probeerden het huiswerk te maken dat professor Anderling had opgegeven, maar ze legden alledrie om de haverklap hun veren neer en keken dan snel even uit het torenraampje.

'Er brandt licht bij Hagrid,' zei Harry plotseling.

Ron keek op zijn horloge.

'Als we een beetje opschieten kunnen we gauw even bij hem langsgaan. Het is nog vroeg.'

'Ik weet niet...' zei Hermelien langzaam en Harry zag dat ze hem aankeek.

'Ik mag wel op het *schoolterrein* komen,' zei hij. 'Sirius Zwarts is toch niet langs die Dementors gekomen, of wel?'

En dus borgen ze hun schoolspullen op en klommen ze door het portretgat. Ze waren blij dat ze op weg naar de voordeur niemand tegenkwamen, want ze wisten niet zeker of ze wel buiten mochten zijn.

Het gras was nog nat en leek haast zwart in de schemering. Toen ze bij Hagrids huisje waren, klopten ze aan en gromde een stem: 'Kom d'rin.'

Hagrid zat in hemdsmouwen aan zijn schoongeschrobde houten tafel en Muil, zijn wolfshond, lag met zijn kop op Hagrids schoot. Ze zagen direct dat Hagrid had gedronken; een tinnen kroes ter grootte van een kleine emmer stond op tafel en het kostte hem blijkbaar de nodige moeite om scherp te zien.

'Zal wel een soortement record wezen,' zei hij met dubbele tong toen hij zag wie het waren. 'Denknie dat een leraar ooit na één dag al de zak heb gekregen.'

'Je bent toch niet ontslagen, Hagrid?' zei Hermelien ontzet.

'Nog niet,' zei Hagrid en hij nam een enorme slok van wat er ook in zijn kroes zat. 'Maar da's een kwestie van tijd... die Malfidus...'

'Hoe gaat het met hem?' zei Ron en ze gingen zitten. 'Het viel wel mee, hè?'

'Madam Plijster heb 'm zo goed mogelijk opgelapt,' zei Hagrid dof. 'Hij zegt dattie vergaat van de pijn... een en al verband... steunen en kreunen...'

'Allemaal nep!' zei Harry gedecideerd. 'Madame Plijster kan bijna alles genezen. Vorig jaar heeft ze ongeveer de helft van m'n botten laten teruggroeien. Natuurlijk probeert Malfidus het zo erg mogelijk te laten lijken.'

''t Schoolbestuur weet d'rvan,' zei Hagrid neerslachtig. 'Ze zeggen dat ik te hard van stapel ben gelopen. Ik had die Hippogriefen voor later motten bewaren... eerst motten beginnen met iets makkelijkers... Flubberwurmen of zo... ik dacht gewoon dat 't een leuke eerste les zou wezen... m'n eigen stomme rotschuld...'

'Het is de schuld van *Malfidus*, Hagrid!' zei Hermelien.

'Wij waren getuige,' zei Harry. 'Je zei dat Hippogriefen agressief kunnen worden als je ze beledigt. Het is de schuld van Malfidus dat hij niet heeft opgelet. Wij zeggen wel tegen Perkamentus hoe het werkelijk gegaan is.'

'Ja, maak je geen zorgen, Hagrid. Je kunt op ons rekenen,' zei Ron.

Tranen biggelden uit Hagrids rimpelige ooghoeken. Hij greep Harry en Ron beet en omhelsde hen zo stevig dat hun botten kraakten.

'Volgens mij heb je meer dan genoeg gedronken, Hagrid,' zei Hermelien kordaat. Ze pakte de kroes en nam hem mee naar buiten om hem leeg te gooien.

'Misschien heb ze gelijk,' zei Hagrid. Hij liet Harry en Ron los, die wankelend over hun zere ribben wreven. Hagrid hees zich moeizaam overeind en volgde Hermelien slingerend naar buiten. Ze hoorden een hoop geplons.

'Wat was dat?' zei Harry nerveus, toen Hermelien met de lege kroes terugkwam.

'Hagrid die z'n hoofd in de regenton stak,' zei Hermelien en zette de kroes weg.

Hagrid kwam terug. Zijn lange haar en baard waren kletsnat en hij veegde het water uit zijn keverzwarte ogen.

'Da's beter,' zei hij, terwijl hij zijn hoofd schudde als een hond en iedereen doorweekte. 'Hoor 'ns, 't was heel lief van jullie om te kommen. Ik vin echt –'

Hagrid deed er abrupt het zwijgen toe en staarde naar Harry, alsof hij nu pas besefte dat hij er was.

'WAT MOT DAT HIER?' bulderde hij plotseling, zodat ze alledrie bijna een halve meter in de lucht sprongen van schrik. 'JE MAG NA DONKER NIET BUITEN KOMMEN, HARRY! EN DAT DAT VAN JULLIE TWEEËN MAG!'

Hagrid liep met grote passen naar Harry, greep hem bij zijn arm en sleurde hem naar de deur.

'Kom op!' zei Hagrid nijdig. 'Ik breng jullie terug naar school en ik wil niet dat jullie na donker nog een keer naar mijn toe kommen. Dat ben ik niet waard!'

HOOFDSTUK 7

DE BOEMAN IN DE
KLEERKAST

*P*as donderdagochtend laat, toen de Zwadderaars en Griffoendors er de helft van hun blokuur Toverdranken op
hadden zitten, liet Malfidus zich weer in de klas zien. Hij
kwam arrogant de kerker binnenstruinen, met zijn ver-
bonden rechterarm in een mitella, alsof hij de heldhaftige overle-
vende van een vreselijke veldslag was, dacht Harry.

'Hoe is het ermee, Draco?' vroeg Patty Park met een kleffe glimlach. 'Doet het nog erg pijn?'

'Ja,' zei Malfidus met een dappere grimas, maar Harry zag hem
knipogen tegen Korzel en Kwast toen Patty niet keek.

'Kom binnen, kom binnen,' zei Sneep tolerant.

Harry en Ron keken elkaar nijdig aan; als *zij* te laat waren gekomen, zou Sneep niet gewoon 'kom binnen' hebben gezegd, maar hen
direct strafwerk hebben gegeven. Maar Malfidus had altijd ongestraft
zijn gang kunnen gaan tijdens Toverdrankles; Sneep was hoofd van
Zwadderich en trok zijn eigen leerlingen onbeschaamd voor.

Ze waren die ochtend met een nieuwe toverdrank begonnen, een
Slinksap. Malfidus zette zijn ketel vlak naast die van Harry en Ron,
zodat ze hun ingrediënten aan dezelfde tafel bereidden.

'Professor,' riep Malfidus. 'Professor, iemand moet me helpen die
madeliefjeswortels klein te snijden. M'n arm –'

'Wemel, snij de wortels van Malfidus klein,' zei Sneep zonder op
te kijken.

Ron werd vuurrood.

'Er mankeert niks aan je arm!' siste hij tegen Malfidus. Die keek
hem grijnzend aan.

'Je hebt professor Sneep toch gehoord, Wemel? Snij die wortels
klein.'

Ron greep zijn mes, veegde de worteltjes van Malfidus naar zich
toe en begon ze ruw klein te hakken, zodat de stukjes allemaal verschillend van formaat waren.

'Professor,' zei Malfidus lijzig, 'Wemel maakt een zooitje van m'n wortels.'

Sneep liep naar hun tafel, staarde van onder zijn slierterige zwarte haar naar de worteltjes en glimlachte toen venijnig naar Ron.

'Wissel van wortels met Malfidus, Wemel.'

'Maar professor –!'

Ron was een kwartier lang bezig geweest om zijn eigen wortels zorgvuldig klein te snijden, zodat alle stukjes precies even groot waren.

'Nu!' zei Sneep, op zijn dreigendste toon.

Ron gooide zijn eigen, prachtig kleingesneden worteltjes naar Malfidus en greep zijn mes weer.

'En iemand moet m'n Schrompelvijg schillen, professor,' zei Malfidus met een boosaardige lach in zijn stem.

'Potter, schil de Schrompelvijg van Malfidus,' zei Sneep, met de blik van diepe afkeer die hij speciaal voor Harry bewaarde.

Harry greep de Schrompelvijg van Malfidus terwijl Ron een poging deed om de schade te herstellen aan de wortels die hij nu moest gebruiken. Hij schilde de vijg zo snel mogelijk en smeet hem zonder iets te zeggen naar Malfidus, die breder grijnsde dan ooit.

'Hebben jullie de afgelopen dagen nog iets van jullie maatje Hagrid gehoord?' vroeg hij zacht.

'Gaat je niks aan,' zei Ron schokkerig en zonder op te kijken.

'Ik ben bang dat hij niet lang meer leraar zal zijn,' zei Malfidus met geveinsde spijt. 'Vader was niet bepaald blij dat ik naar de ziekenzaal moest –'

'Ga zo door, Malfidus en dan lig je dadelijk heel wat langer op de ziekenzaal,' snauwde Ron.

'Hij heeft geklaagd bij het schoolbestuur. En het Ministerie van Toverkunst. Vader heeft een hoop invloed, weet je. En in het geval van zulk blijvend letsel –' hij sloeg een gemaakt droevige toon aan. 'Het is maar de vraag of ik m'n arm ooit weer normaal zal kunnen gebruiken.'

'Dus daarom speel je toneel?' zei Harry, die per ongeluk een dode rups onthoofdde omdat zijn handen beefden van woede. 'Zodat Hagrid wordt ontslagen?'

'Tja,' fluisterde Malfidus, 'voor een *deel*, Potter. Maar het heeft ook andere voordelen. Wemel, hak die rupsen 'ns fijn, wil je?'

Een paar ketels verderop was Marcel in de problemen. Marcel raakte regelmatig in paniek tijdens Toverdrankles; het was zijn slechtste vak en zijn angst voor professor Sneep maakte het er nog tien keer erger op. Zijn sap, dat eigenlijk fel gifgroen had moeten zijn, was –

'Oranje, Lubbermans,' zei Sneep, die een lepel opschepte en weer in Marcels ketel goot, zodat iedereen het kon zien. 'Oranje! Dringt er dan werkelijk nooit iets door die dikke schedel van je, jongen? Heb je me niet luid en duidelijk horen zeggen dat je maar één rattenmilt nodig had? Heb ik niet omstandig uitgelegd dat een *scheutje* bloedzuigersap voldoende was? Hoe kan ik je in vredesnaam iets aan je minieme verstand brengen, Lubbermans?'

Marcel was rood en bibberig en stond zo te zien op het punt om in tranen uit te barsten.

'Alstublieft professor,' zei Hermelien, 'ik kan Marcel helpen om zijn drank goed te krijgen –'

'Ik geloof niet dat ik u gevraagd heb om de grote geleerde uit te hangen, juffrouw Griffel,' zei Sneep ijzig en Hermelien werd even rood als Marcel. 'Aan het eind van de les zullen we een paar druppels van je drank aan je pad voeren en kijken wat er gebeurt, Lubbermans. Misschien let je de volgende keer dan beter op.'

Sneep liep verder en liet Marcel ademloos van angst achter.

'Help me!' kreunde hij tegen Hermelien.

'Zeg Harry,' zei Simon Filister, die zich voorover boog om Harry's koperen weegschaal te lenen, 'heb je het gehoord? Volgens de *Ochtendprofeet* is Sirius Zwarts gesignaleerd.'

'Waar?' zeiden Harry en Ron in koor. Aan de andere kant van de tafel keek Malfidus op en luisterde aandachtig.

'Niet zo ver hiervandaan,' zei Simon opgewonden. 'Hij is gezien door een Dreuzel. Natuurlijk begreep die het niet echt. Dreuzels denken dat hij een gewone misdadiger is, hè? Daarom belde ze het speciale telefoonnummer en tegen de tijd dat het Ministerie van Toverkunst arriveerde, was hij verdwenen.'

'Niet zo ver hiervandaan...' herhaalde Ron, met een veelbetekenende blik op Harry. Hij draaide zich om en zag Malfidus kijken. 'Wat nou weer, Malfidus? Moet er iets geschild worden?'

Maar de ogen van Malfidus blonken venijnig en staarden naar Harry. Hij boog zich over tafel.

'Was je van plan om Zwarts eigenhandig te grazen te nemen, Potter?'

'Ja, natuurlijk,' zei Harry nonchalant.

Malfidus' dunne lippen krulden om in een valse glimlach.

'Als ik in jouw schoenen had gestaan, had ik allang iets ondernomen,' zei hij zacht. 'Dan was ik niet braaf op school gebleven. Nee, dan was ik naar hem op zoek gegaan.'

'Waar heb je het over, Malfidus?' zei Ron kortaf.

'Weet je het dan niet, Potter?' fluisterde Malfidus. Zijn bleke ogen waren spleetjes.

'Wat?'

Malfidus lachte zacht en schamper.

'Misschien heb je geen zin om je nek uit te steken,' zei hij. 'Je laat het liever aan de Dementors over, hè? Nou, als ik jou was, zou ik wraak willen. Dan zou ik hem persoonlijk opsporen.'

'Waar heb je het over?' zei Harry kwaad, maar op dat moment riep Sneep: 'Iedereen hoort nu alle ingrediënten te hebben toegevoegd. Deze drank moet een tijdje sudderen voor hij gedronken kan worden; ruim jullie spullen op terwijl de drank opstaat en dan testen we dadelijk die van Lubbermans.'

Korzel en Kwast lachten en keken hoe een zwetende Marcel koortsachtig in zijn ketel roerde. Hermelien mompelde zachtjes aanwijzingen uit haar mondhoek, zodat Sneep het niet zou merken. Harry en Ron borgen hun ongebruikte ingrediënten op en wasten hun handen en lepels in de stenen wasbak in de hoek.

'Wat bedoelde Malfidus?' mompelde Harry tegen Ron terwijl hij zijn handen onder de ijskoude straal hield die uit de bek van een waterspuwer stroomde. 'Waarom zou ik wraak willen nemen op Zwarts? Hij heeft me tenslotte niets misdaan – nog niet.'

'Hij zei maar wat,' zei Ron woedend. 'Hij wil gewoon dat je iets stoms doet...'

De les zat er bijna op. Sneep beende naar Marcel, die trillend bij zijn ketel stond.

'Iedereen in een kring,' zei Sneep en zijn zwarte ogen fonkelden. 'Dan kunnen jullie zien wat er met de pad van Lubbermans gebeurt. Als hij erin geslaagd is Slinksap te maken, krimpt hij tot een kikkervisje. Als hij er een zooitje van heeft gemaakt, wat me heel wat waarschijnlijker lijkt, heb je grote kans dat zijn pad vergiftigd wordt.'

De Griffoendors keken angstig toe, maar de Zwadderaars leken eerder opgewonden. Sneep pakte Willibrord de pad met zijn linkerhand beet en doopte een klein lepeltje in de drank van Marcel, die inmiddels groen was. Hij liet een paar druppels in de bek van Willibrord vallen.

Er volgde een angstige stilte terwijl Willibrord slikte; toen klonk er een zacht, ploppend geluidje en wriemelde Willibrord het kikkervis-je op de handpalm van Sneep.

De Griffoendors klapten uitbundig. Een zuur kijkende Sneep haal-de een flesje uit de zak van zijn gewaad en goot een scheutje op Willibrord, die plotseling weer groot werd.

'Vijf punten aftrek voor Griffoendor!' zei Sneep, zodat hun grijn-zen abrupt van hun gezicht verdwenen. 'Had ik niet gezegd dat u niet mocht helpen, juffrouw Griffel? Jullie kunnen gaan.'

Harry, Ron en Hermelien liepen de trap op naar de hal. Harry dacht nog steeds aan wat Malfidus had gezegd en Ron was razend op Sneep.

'Vijf punten aftrek voor Griffoendor omdat die drank in orde was! Waarom heb je niet gelogen, Hermelien? Je had moeten zeggen dat Marcel het helemaal in z'n eentje had gedaan!'

Hermelien gaf geen antwoord en Ron keek om.

'Waar is ze?'

Harry draaide zich ook om. Ze stonden boven aan de trap en ke-ken hoe de rest van de klas passeerde, op weg naar de Grote Zaal voor het middageten.

'Ze liep vlak achter ons,' zei Ron fronsend.

Malfidus kwam langs, geflankeerd door Korzel en Kwast. Hij grijnsde breed tegen Harry en verdween.

'Daar is ze,' zei Harry.

Hermelien kwam hijgend de trap opgehold; met haar ene hand hield ze haar tas beet en met de andere scheen ze iets onder de voorpand van haar gewaad te stoppen.

'Hoe deed je dat?' zei Ron.

'Wat?' zei Hermelien toen ze bij hen was.

'Het ene moment liep je vlak achter ons en het volgende stond je weer onder aan de trap.'

'Wat?' herhaalde Hermelien, die er een beetje verward uitzag. 'O – ik was iets vergeten en moest even terug. O nee –'

Een naad van Hermeliens tas had het begeven. Dat verbaasde Harry niets; hij zag dat hij was volgepropt met minstens twaalf dikke, zware boeken.

'Waarom sleep je al die boeken mee?' vroeg Ron.

'Je weet toch hoeveel vakken ik heb gekozen?' zei Hermelien bui-ten adem. 'Zou je deze even willen vasthouden?'

'Maar –' Ron draaide de boeken die ze hem had gegeven om en bekeek de omslagen. 'Die vakken staan vandaag helemaal niet op het programma. We hebben vanmiddag alleen Verweer tegen de Zwarte Kunsten.'

'O ja,' zei Hermelien vaag, maar ze stopte de boeken toch terug in haar tas. 'Ik hoop dat ze iets lekkers hebben. Ik val om van de honger.' Ze liep vlug naar de Grote Zaal.

'Heb jij ook het gevoel dat Hermelien iets voor ons verborgen houdt?' vroeg Ron aan Harry.

Professor Lupos was niet in de klas toen ze arriveerden voor hun eerste les Verweer tegen de Zwarte Kunsten. Iedereen ging zitten, legde zijn boeken, veren en perkament neer en zat te kletsen toen hij eindelijk binnenkwam. Lupos glimlachte vaag en zette zijn oude, haveloze koffertje op zijn bureau. Hij zag er nog even sjofel uit als in de trein maar ook ietsje gezonder, alsof hij een paar keer goed had gegeten.

'Goeiemiddag,' zei hij. 'Zouden jullie je boeken weer willen opbergen? We beginnen vandaag met een praktijkles. Jullie hebben alleen je toverstaf nodig.'

De leerlingen wisselden nieuwsgierige blikken uit terwijl ze hun boeken opborgen. Ze hadden nog nooit een praktijkles Verweer tegen de Zwarte Kunsten gehad, of je moest de memorabele les tijdens het afgelopen schooljaar meetellen toen hun vorige leraar een kooi vol aardmannetjes in de klas had losgelaten.

'Goed,' zei professor Lupos toen iedereen klaar was, 'zouden jullie me willen volgen?'

Verbaasd maar geïnteresseerd stonden de leerlingen op en volgden hem naar buiten. Hij ging hen voor door de verlaten gang en toen ze de hoek omgingen zagen ze Foppe de klopgeest, die ondersteboven in de lucht zweefde en het dichtstbijzijnde sleutelgat volstopte met kauwgom.

Foppe keek pas op toen professor Lupos op een halve meter afstand was; toen wiebelde hij met zijn kromme tenen en begon te zingen: 'Leipe linke Lupos, leipe linke Lupos, leipe linke –'

Foppe was vrijwel altijd grof en onhandelbaar, maar had meestal toch enig respect voor de leraren. Iedereen keek naar professor Lupos om te zien hoe hij zou reageren; tot hun verbazing glimlachte hij alleen.

'Ik zou die kauwgom maar uit dat sleutelgat halen als ik jou was, Foppe,' zei hij vriendelijk. 'Anders kan meneer Vilder niet bij zijn bezems.'

Argus Vilder was de conciërge van Zweinstein: een humeurige, mislukte tovenaar die een niet aflatende strijd tegen de leerlingen voerde en ook tegen Foppe. Foppe deed echter of hij professor Lupos niet gehoord had en maakte een geluid alsof hij een harde, natte wind liet.

Professor Lupos zuchtte en pakte zijn toverstok.

'Dit is een nuttig spreukje,' zei hij over zijn schouder tegen de leerlingen. 'Let goed op.'

Hij hief zijn stok op, zei: '*Gommibommi!*' en richtte hem op Foppe.

De kauwgom schoot met de kracht van een kogel uit het sleutelgat en verdween in Foppes linkerneusgat; die keerde zich om, zodat hij weer recht hing en zoefde vloekend weg.

'Cool, professor!' zei Daan Tomas verbaasd.

'Dank je, Daan,' zei professor Lupos, die zijn toverstaf weer wegstopte. 'Zullen we verdergaan?'

Ze liepen door, maar de leerlingen keken met veel meer respect naar die sjofele professor Lupos. Hij ging hen voor door een tweede gang en bleef staan bij de deur van de leraarskamer.

'Naar binnen, graag,' zei professor Lupos, die de deur opendeed en opzij stapte.

De leraarskamer, een lang vertrek met donkere lambrisering en een hoop niet bij elkaar passende stoelen, was verlaten, op één leraar na. Professor Sneep zat in een lage fauteuil en keek om toen de leerlingen binnenkwamen. Zijn ogen fonkelden en er speelde een onaangename, smalende grijns om zijn mond. Toen professor Lupos ook binnenkwam en de deur dicht wilde doen zei Sneep: 'Laat maar open, Lupos. Ik ben hier liever geen getuige van.'

Hij stond op en beende met wapperend zwart gewaad langs de leerlingen naar de deur. In de deuropening draaide hij zich om en zei: 'Misschien ben je nog niet gewaarschuwd, Lupos, maar in deze klas zit een zekere Marcel Lubbermans. Ik raad je aan om hem vooral niets moeilijks te laten doen, tenzij juffrouw Griffel constant aanwijzingen in zijn oor sist.'

Marcel werd vuurrood en Harry keek Sneep woedend aan; het was al erg genoeg dat hij Marcel tijdens zijn eigen lessen kleineerde, zonder dat ook nog eens in het bijzijn van andere leraren te doen.

Professor Lupos trok zijn wenkbrauwen op.

'Ik had juist gehoopt dat Marcel me zou assisteren tijdens de eerste fase van de les en ik weet zeker dat hij dat naar volle tevredenheid zal doen,' zei hij.

Marcels gezicht werd zo mogelijk nog roder. Sneeps bovenlip krulde om, maar hij ging naar buiten en trok de deur met een klap achter zich dicht.

'Goed,' zei professor Lupos, die gebaarde dat de leerlingen moesten meekomen naar de verste hoek van de kamer, waar een oude kleerkast stond waarin de docenten hun reservegewaden bewaarden. Professor Lupos ging naast de kast staan, die plotseling begon te schommelen en tegen de muur sloeg.

'Maak je geen zorgen,' zei professor Lupos kalm, omdat een paar mensen geschrokken achteruit waren gedeinsd. 'Er zit een Boeman in.'

De meeste leerlingen vonden dat blijkbaar wel degelijk een reden om je zorgen te maken. Marcel keek professor Lupos doodsbenauwd aan en Simon Filister staarde geschrokken naar de rammelende deurkruk.

'Boemannen houden van donkere, besloten ruimtes,' zei professor Lupos. 'Kleerkasten, de ruimte onder het bed, gootsteenkastjes – ik heb er zelfs eentje meegemaakt die zich in een staande klok had weten te wurmen. Dit exemplaar heeft zich gisteren in deze kast genesteld en ik heb het schoolhoofd gevraagd of het personeel hem wilde laten zitten, zodat ik m'n derdejaars erop los kon laten. De eerste vraag die we ons moeten stellen is: wat is een Boeman precies?'

Hermelien stak haar hand op.

'Een wezen dat van gedaante kan veranderen,' zei ze. 'Het neemt de vorm aan van wat ons volgens hem de meeste angst inboezemt.'

'Ik had het zelf niet beter kunnen zeggen,' zei professor Lupos en Hermelien glunderde. 'Dus de Boeman die daar in het donker zit, heeft nog geen gedaante aangenomen. Hij weet nog niet waar degene die de kast opendoet bang voor is. Niemand weet hoe een Boeman eruitziet als hij alleen is, maar als ik hem loslaat, verandert hij in wat wij het meeste vrezen.' Professor Lupos negeerde Marcels sputterende geluidje van angst en vervolgde: 'En dat betekent dat we direct één groot voordeel hebben tegenover die Boeman. Weet jij welk voordeel, Harry?'

Proberen om antwoord te geven op een vraag als Hermelien naast je op en neer danste met haar hand in de lucht was erg ontmoedigend, maar toch probeerde Harry het.

'Eh – omdat we met zoveel zijn, weet hij niet wat voor vorm hij moet aannemen?'

'Precies,' zei professor Lupos en Hermelien liet teleurgesteld haar hand zakken. 'Het is altijd verstandig om iemand bij je te hebben als je met een Boeman te maken hebt. Dan raakt hij in de war. Moet hij nou een onthoofd lijk worden of een vleesetende slak? Ik heb ooit een Boeman gezien die precies die fout maakte – hij probeerde twee mensen tegelijk bang te maken en veranderde in een onthoofde slak. Daar schrok natuurlijk niemand van. De bezwering om een Boeman af te weren is eenvoudig, maar vereist veel wilskracht. Wat voor een Boeman fataal is, is namelijk *gelach*. Jullie moeten hem dwingen om een vorm aan te nemen die jullie grappig vinden. Laten we die bezwering eerst oefenen zonder toverstokken. Zeg me na... *ridiculus!*'

'Ridiculus!' zeiden de leerlingen in koor.

'Goed zo,' zei professor Lupos. 'Heel goed. Maar dat was het gemakkelijke gedeelte. Het woord alleen is niet genoeg. Zoals jij nu gaat demonstreren, Marcel.'

De kast beefde opnieuw, maar lang niet zo erg als Marcel, die naar voren sjokte alsof hij op weg was naar het schavot.

'Goed, Marcel,' zei professor Lupos. 'Om met het begin te beginnen: waar ben je het aller- allerbangst voor?'

Marcels lippen bewogen, maar er kwam geen geluid uit.

'Sorry, Marcel, ik verstond je niet,' zei professor Lupos monter.

Marcel staarde enigszins verwilderd om zich heen, alsof hij de anderen om hulp smeekte, maar fluisterde toen nauwelijks hoorbaar: 'Professor Sneep.'

Bijna iedereen lachte en zelfs Marcel grijnsde verontschuldigend, maar professor Lupos keek bedachtzaam.

'Professor Sneep... hmmm... je woont bij je grootmoeder, nietwaar Marcel?'

'Eh – ja,' zei Marcel nerveus. 'Maar – maar ik wil ook niet dat die Boeman in m'n oma verandert.'

'Nee, nee, dat bedoelde ik niet,' zei Lupos glimlachend. 'Zou je ons willen vertellen wat voor kleren je grootmoeder meestal draagt?'

Marcel keek hem stomverbaasd aan, maar zei toen: 'Nou... altijd dezelfde hoed. Een hoge, met een opgezette gier erop. En een lange jurk... groen, normaal gesproken... en soms een stola van vossenbont...'

'En een tas?' spoorde professor Lupos hem aan.

'Ja, een grote rooie,' zei Marcel.

'Prima,' zei professor Lupos. 'Kun je die kleren voor je zien, Marcel? Kun je ze voor je geestesoog halen?'

103

'Ja,' zei Marcel onzeker. Het was duidelijk dat hij zich angstig afvroeg wat de volgende stap zou zijn.

'Als die Boeman uit de kast springt en jou ziet, Marcel, zal hij de vorm aannemen van professor Sneep,' zei Lupos. 'En dan hef jij je toverstok op – zo – en roep je "Ridiculus!" – en concentreer je je uit alle macht op je grootmoeders kleren. Als alles goed gaat, zullen we zien dat professor Boeman Sneep plotseling die hoed met die gier opheeft, die groene jurk draagt en die grote rode tas in zijn hand heeft.'

Iedereen schaterde van het lachen en de kleerkast schommelde nog heftiger heen en weer.

'Als Marcel succes heeft, zal de Boeman waarschijnlijk zijn aandacht een voor een op de anderen richten,' zei professor Lupos. 'Ik wil dat jullie nu vast bedenken waar jullie het allerbangst voor zijn en hoe jullie dat er dan komisch uit kunnen laten zien...'

Het werd stil in de kamer. Harry dacht na... waar was hij het allerbangst voor?

Eerst dacht hij aan Voldemort – een Voldemort die zijn oude kracht terughad. Maar voor hij ook maar een begin kon maken met een tegenaanval op de Boeman-Voldemort, kwam er een gruwelijk beeld bij hem bovendrijven...

Een rottende, glinsterende hand, die zich glibberend terugtrok onder een zwarte mantel... een langgerekte, rochelende ademtocht uit een onzichtbare mond... en toen zo'n doordringende kou dat het was alsof hij verdronk...

Harry huiverde en keek om zich heen, in de hoop dat niemand hem gezien had. Veel mensen hadden hun ogen stijf dichtgeknepen. Ron mompelde iets over 'al zijn poten eraf'. Harry wist wel wat hij bedoelde. Ron was als de dood voor spinnen.

'Is iedereen klaar?' zei professor Lupos.

Harry voelde een golf van angst. Hij was helemaal niet klaar. Hoe kon je een Dementor minder angstaanjagend maken? Maar hij wilde niet om meer tijd vragen; iedereen knikte en rolde zijn mouwen op.

'Marcel, wij gaan een stukje achteruit,' zei professor Lupos. 'Zodat jij de ruimte hebt, ja? Ik zeg wel wie als volgende aan de beurt is... achteruit, iedereen, zodat Marcel goed kan mikken –'

De andere leerlingen schuifelden achteruit en gingen tegen de muren staan, zodat Marcel eenzaam achterbleef bij de kleerkast. Hij zag er bleek en angstig uit, maar had de mouwen van zijn gewaad opgestroopt en hield zijn toverstok in de aanslag.

'Ik tel tot drie, Marcel,' zei professor Lupos, die met zijn eigen stok op de knop van de kast wees. 'Een – twee – drie – *af!*'

Een vonkenstraal spoot uit de punt van Lupos' toverstaf naar de deurknop. De kleerkast vloog open en professor Sneep stapte naar buiten. Zijn fonkelende ogen staarden dreigend naar Marcel.

Marcel deinsde achteruit, met opgeheven toverstok en lippen die geluidloos bewogen. Sneep stapte op hem af en stak zijn hand in zijn gewaad.

'R-r-ridiculus!' piepte Marcel.

Er klonk een geluid als een zweepslag. Sneep struikelde; hij droeg plotseling een lange, met kant afgezette jurk en een torenhoge hoed met een mottige gier erbovenop. Aan zijn hand bungelde een enorme, vuurrode tas.

Iedereen schaterde; de Boeman bleef verward staan en professor Lupos riep: 'Parvati! Jouw beurt!'

Parvati stapte vastberaden naar voren. Sneep keerde zich dreigend naar haar toe; er klonk opnieuw een knal en in plaats van Sneep stond er nu een bebloede, in windsels gehulde mummie; zijn oogloze gezicht was op Parvati gericht en hij begon heel langzaam op haar af te lopen, met slepende voeten en stijve armen die traag werden opgeheven –

'Ridiculus!' riep Parvati.

Een beenwindsel van de mummie ging los; zijn voeten raakten verstrikt, hij viel met een smak op de grond en zijn hoofd rolde weg.

'Simon!' brulde professor Lupos.

Simon liep om Parvati heen.

Beng! Waar de mummie had gelegen, stond nu een vrouw met zwart haar tot op de grond en een uitgemergeld, groenachtig gezicht – een feeks. Ze sperde haar mond open en een akelig geluid galmde door de kamer, een langgerekt, jammerend gekrijs waardoor Harry's haar overeind ging staan –

'Ridiculus!' riep Simon.

De feeks maakte een rasperig geluid en greep naar haar keel; ze was haar stem kwijt.

Beng! De feeks veranderde in een rat, die in een kringetje achter zijn eigen staart aan rende en toen – *beng!* in een ratelslang die rondgleed en kronkelde voor hij – *beng!* – één enkele, bloederige oogbol werd.

'Hij is in de war!' riep Lupos. 'We zijn er bijna! Daan!'

Beng! De oogbol werd een afgehakte hand, die zich omdraaide en als een krab over de grond begon te kruipen.

'Ridiculus!' schreeuwde Daan.

Opnieuw een knal en de hand werd gevangen in een muizenval.

'Uitstekend. Ron, jij bent!'

Ron sprong naar voren.

Beng!

Er werd flink gegild. Een reusachtige, harige spin van wel twee meter groot kwam op Ron af, met dreigend klikkende kaken. Even dacht Harry dat Ron verstijfd was van schrik, maar toen brulde hij: 'Ridiculus!' De poten van de spin verdwenen; hij rolde om en om en Belinda Broom slaakte een kreetje en sprong haastig achteruit. De spin bleef vlak bij Harry liggen en die hief zijn staf op, maar –

'Hier!' riep professor Lupos, die plotseling toesnelde.

Beng!

De pootloze spin was verdwenen. Even staarde iedereen verwilderd om zich heen en keek waar hij was gebleven, maar toen zagen ze een zilverwitte bol in de lucht hangen, voor de ogen van Lupos, die haast loom 'Ridiculus!' zei.

Beng!

'Kom op, Marcel, geef hem de genadeklap!' zei Lupos, toen de Boeman in de vorm van een kakkerlak op de grond plofte.

Beng! Daar was Sneep weer, maar dit keer liep Marcel vastberaden op hem af.

'Ridiculus!' riep hij en heel even zagen ze Sneep in zijn met kant afgezette jurk, voor Marcel in luid geschater uitbarstte. De Boeman ontplofte, spatte in duizend rooksliertjes uiteen en was verdwenen.

'Uitstekend!' riep professor Lupos en iedereen klapte. 'Uitstekend, Marcel. Goed gedaan... eens kijken... vijf punten voor Griffoendor voor iedereen die de Boeman heeft aangepakt – tien voor Marcel omdat hij dat twee keer heeft gedaan... en vijf punten voor Hermelien en voor Harry.'

'Maar ik heb niks gedaan,' zei Harry.

'Jij en Hermelien hebben m'n vragen aan het begin van de les correct beantwoord, Harry,' zei Lupos luchtig. 'Goed gedaan, allemaal, een prima les. Huiswerk: lees het hoofdstuk over Boemannen en maak een samenvatting... maandag inleveren. Dat was het voor vandaag.'

Opgewonden pratend verlieten de leerlingen de leraarskamer. Harry was echter helemaal niet blij. Professor Lupos had hem opzettelijk bij de Boeman vandaan gehouden. Waarom? Omdat hij Harry in de trein had zien flauwvallen en dacht dat hij niet veel waard was? Was hij bang geweest dat Harry opnieuw van zijn stokje zou gaan?

Verder scheen niemand iets gemerkt te hebben.

'Zagen jullie hoe ik die feeks haar vet gaf?' riep Simon.

'En die hand!' zei Daan, die met zijn eigen hand zwaaide.

'En Sneep met die hoed!'

'En mijn mummie!'

'Ik vraag me af waarom professor Lupos bang is voor kristallen bollen?' zei Belinda bedachtzaam.

'Dat was de beste les Verweer tegen de Zwarte Kunsten die we ooit gehad hebben, vinden jullie ook niet?' zei Ron opgewonden toen ze terugliepen naar het lokaal om hun tassen te halen.

'Hij lijkt me een prima leraar,' zei Hermelien goedkeurend. 'Alleen jammer dat ik niet de kans kreeg om die Boeman...'

'Waar zou hij bij jou in veranderd zijn?' zei Ron honend. 'In een proefwerk waar je maar een negen voor had gekregen in plaats van een tien?'

HOOFDSTUK 8

DE VLUCHT VAN DE
DIKKE DAME

*B*innen de kortste keren was Verweer tegen de Zwarte Kunsten vrijwel iedereens lievelingsvak. Alleen Draco Malfidus en zijn Zwadderaars hadden iets op professor Lupos aan te merken.
'Moet je dat gewaad van hem zien!' zei Malfidus vaak op doordringende fluistertoon als professor Lupos langskwam. 'Hij loopt er net zo bij als onze oude huis-elf.'

Verder kon het niemand iets schelen dat de gewaden van professor Lupos gerafeld en versteld waren. Zijn volgende lessen waren even interessant als de eerste. Na de Boeman bestudeerden ze Roodkopjes, akelige, koboldachtige wezentjes die zich schuilhielden op plaatsen waar bloed vergoten was, zoals in de kerkers van kastelen of in kuilen op verlaten slagvelden, waar ze wachtten om verdwaalde reizigers neer te knuppelen. Na de Roodkopjes gingen ze verder met Kappa's, griezelige waterbewoners die eruitzagen als geschubde apen, en handen met zwemvliezen hadden die jeukten om argeloze pootjebaders in hun vijvers te wurgen.

Harry had graag gewild dat hij zijn andere vakken net zo leuk vond. Het ergst waren de Toverdranklessen. Sneep was de laatste weken in een extra wraakzuchtige bui en iedereen wist waarom. Het verhaal dat de Boeman de vorm van Sneep had aangenomen en dat Marcel hem de kleren van zijn grootmoeder had aangetrokken, had als een lopend vuurtje de ronde gedaan. Sneep kon er blijkbaar de humor niet van inzien. Zijn ogen schoten vuur als hij ook maar de naam van professor Lupos hoorde en hij blafte Marcel erger af dan ooit.

Harry begon ook als een berg op te zien tegen de uren in de verstikkende torenkamer van professor Zwamdrift, waar hij vormeloze omtrekken en symbolen ontcijferde en zijn best deed er niet op te letten hoe de grote ogen van zijn lerares steeds volschoten met tranen als ze naar hem keek. Hij kon professor Zwamdrift onmogelijk sympathiek vinden, ook al werd ze door veel leerlingen met groot ontzag, ja zelfs verering behandeld. Parvati Patil en Belinda Broom hingen tegenwoordig vaak met lunchtijd in de torenkamer van professor Zwamdrift rond en keken altijd ergerlijk superieur als ze terugkwamen, alsof zij op de hoogte waren van dingen die de anderen niet wisten. Ze begonnen ook op een soort eerbiedige fluistertoon tegen Harry te praten, alsof hij al op zijn sterfbed lag.

Niemand hield echt van Verzorging van Fabeldieren, dat na die veelbewogen eerste les oersaai was geworden. Hagrid had blijkbaar al zijn zelfvertrouwen verloren en ze leerden nu les na les hoe ze Flubberwurmen moesten verzorgen, die zo ongeveer de saaiste wezens waren die je je kon indenken.

'Waarom zou iemand de *moeite* nemen om voor die beesten te zorgen?' zei Ron, nadat ze weer een uur lang fijngehakte sla in de slijmerige kelen van de Flubberwurmen hadden geprop.

Begin oktober kreeg Harry echter iets anders aan zijn hoofd, iets dat zo leuk was dat het ruimschoots opwoog tegen al die vervelende vakken. Het Zwerkbalseizoen naderde met rasse schreden en Olivier Plank, de aanvoerder van Griffoendor, riep zijn spelers op donderdagavond bijeen om de tactiek voor het nieuwe seizoen door te spreken.

Een Zwerkbalploeg bestond uit zeven spelers: drie Jagers, die moesten zien te scoren door de Slurk (een rode bal ter grootte van een voetbal) door een van de op vijftien meter hoogte geplaatste ringen aan weerszijden van het veld te gooien; twee Drijvers, die waren uitgerust met knuppels om de Beukers af te weren (twee zware, zwarte ballen die door de lucht zoefden en spelers probeerden aan te vallen); de Wachter, die de doelpalen verdedigde en de Zoeker, die de moeilijkste taak had: hij moest de Gouden Snaai zien te grijpen, een piepklein, gevleugeld balletje zo groot als een walnoot. Als die was veroverd was de wedstrijd ten einde en kreeg het team van de winnende Zoeker honderdvijftig punten extra.

Olivier Plank was een potige jongen van zeventien, die aan zijn zevende en laatste jaar op Zweinstein bezig was. Er klonk een soort stille wanhoop door in zijn stem toen hij zijn zes ploeggenoten toesprak in de kille kleedkamers aan de rand van het schemerige Zwerkbalveld.

'Dit is onze laatste kans – *mijn* laatste kans – om de Zwerkbalcup te winnen,' zei hij terwijl hij door de kleedkamer ijsbeerde. 'Ik zit in m'n laatste jaar. Zo'n kans krijg ik nooit meer. Griffoendor is al zeven jaar geen kampioen geweest. Toegegeven, we hebben vreselijke pech gehad – allerlei blessures – en toen werd vorig jaar ook het hele kampioenschap nog afgelast...' Plank slikte moeizaam, alsof hij nog steeds een brok in zijn keel kreeg als hij daaraan terugdacht. 'Maar we weten dat we verdorie *het – beste – team – van – de – school – hebben.*' Hij sloeg met zijn vuist op zijn handpalm en die vertrouwde, maniakale schittering verscheen weer in zijn ogen.

'We hebben drie *magnifieke* Jagers.'

Plank wees op Angelique Jansen, Alicia Spinet en Katja Bel.

'We hebben twee haast *onverslaanbare* Drijvers.'

'Hou op, Olivier. Je maakt ons nog verlegen,' zeiden Fred en George Wemel in koor en ze deden alsof ze bloosden.

'En we hebben een Zoeker die *tot nu toe al onze wedstrijden voor ons heeft gewonnen!*' gromde Plank en hij staarde fel naar Harry, met een soort woedende trots. 'Plus ikzelf,' voegde hij eraan toe, alsof dat nu pas bij hem opkwam.

'Wij vinden jou ook heel goed hoor, Olivier,' zei George.

'Een eersteklas Wachter,' zei Fred.

'Het punt is,' zei Plank, die weer begon te ijsberen, 'dat we die cup eigenlijk al twee jaar achter elkaar hadden moeten winnen. Toen Harry erbij kwam, dacht ik dat het kat in het bakkie was. Maar het is niet gelukt en dit is onze laatste kans om die rotbeker eindelijk te veroveren...'

Plank klonk zo neerslachtig dat zelfs Fred en George hem meelevend aankeken.

'Dit wordt ons jaar, Olivier,' zei Fred.

'Dit jaar lukt het ons, Olivier,' zei Angelique.

'Reken maar,' zei Harry.

Vastberaden begon de ploeg drie keer per week te trainen. Het werd kouder en natter en de duisternis viel steeds vroeger in, maar geen enkele hoeveelheid wind, regen of modder kon Harry's hartverwarmende visioen van het eindelijk winnen van de enorme, zilveren Zwerkbalbeker bederven.

Op een avond, toen Harry na de training naar de toren van Griffoendor terugkeerde, stijf en verkleumd maar tevreden over hoe de training was gegaan, klonk er opgewonden geroezemoes in de leerlingenkamer.

'Wat is er?' vroeg hij aan Ron en Hermelien, die in twee van de beste stoelen bij de haard zaten en de laatste hand legden aan een sterrenkaart voor Astronomie.

'Het eerste weekend dat we naar Zweinsveld mogen,' zei Ron, die

op een briefje wees dat op het gehavende prikbord was verschenen.
'Eind oktober. Halloween.'

'Goed zo,' zei Fred, die na Harry door het portretgat was geklommen. 'Ik moet nodig bij Zonko langs. M'n Stinkkorrels zijn op.'

Harry plofte naast Ron neer en zijn goede humeur ebde snel weg. Hermelien scheen zijn gedachten te lezen.

'Volgende keer mag je vast ook mee, Harry,' zei ze. 'Het is een kwestie van tijd voor ze Zwarts oppakken. Ze hebben hem al een keer gesignaleerd.'

'Zwarts zou heus niet zo stom zijn om iets te flikken in Zweinsveld,' zei Ron. 'Vraag Anderling of je mee mag. Misschien duurt het eeuwen voor we weer een keertje gaan –'

'Ron!' zei Hermelien. 'Harry hoort op school te blijven!'

'Hij mag toch niet de enige derdejaars zijn die achterblijft?' zei Ron. 'Vooruit, Harry, vraag het aan Anderling.'

'Ja, misschien doe ik dat wel,' zei Harry, die een besluit nam.

Hermelien deed haar mond open om te protesteren, maar op dat moment sprong Knikkebeen op haar schoot. Er bungelde een grote, dode spin uit zijn bek.

'Moet hij die per se voor onze neus opvreten?' zei Ron nors.

'Knappe Knikkebeen, heb je die helemaal alleen gevangen?' zei Hermelien.

Knikkebeen peuzelde de spin langzaam op, met zijn gele ogen brutaal op Ron gericht.

'Als je hem maar bij je houdt,' zei Ron geïrriteerd en hij concentreerde zich weer op zijn sterrenkaart. 'Schurfie ligt in m'n schooltas te slapen.'

Harry geeuwde. Eigenlijk wilde hij naar bed, maar hij moest zijn eigen sterrenkaart nog afmaken. Hij trok zijn tas naar zich toe, pakte inkt, veer en perkament en ging aan de slag.

'Je kan de mijne wel overtekenen,' zei Ron, die zwierig de naam van de laatste ster bijschreef en zijn kaart naar Harry schoof.

Hermelien, die niet van overschrijven hield, tuitte afkeurend haar lippen maar zei niets. Knikkebeen staarde nog steeds gefixeerd naar Ron en zwiepte met het puntje van zijn pluizige staart. Opeens, zonder enige waarschuwing, sloeg hij toe.

'Hé!' brulde Ron, die zijn tas greep terwijl Knikkebeen er zijn klauwen in zette en verwoed begon te krabben. 'DONDER OP, STOM ROTBEEST!'

Ron probeerde de tas weg te grissen, maar Knikkebeen klampte zich blazend en klauwend vast.

'Doe hem geen pijn, Ron!' piepte Hermelien. Alle leerlingen in de kamer keken. Ron zwaaide zijn tas in het rond, maar Knikkebeen bleef zich verwoed vastklampen. Opeens vloog Schurfie eruit.

'GRIJP DIE KAT!' schreeuwde Ron terwijl Knikkebeen zijn klauwen loshaakte uit de restanten van de tas, over de tafel sprong en achter de doodsbange rat aan joeg.

George Wemel dook naar Knikkebeen, maar miste; Schurfie stoof tussen twintig paar benen door en schoot onder een oude ladekast; Knikkebeen kwam slippend tot stilstand, zakte half door zijn kromme poten en begon woedend met zijn voorpoot onder de kast heen en weer te maaien.

Ron en Hermelien holden erheen; Hermelien greep Knikkebeen om zijn middel en trok hem weg; Ron gooide zich op zijn buik neer en wist Schurfie met de grootste moeite aan zijn staart onder de kast uit te trekken.

'Moet je hem zien!' zei hij woedend tegen Hermelien, terwijl hij Schurfie voor haar gezicht liet bungelen. 'Hij is vel over been! Zorg dat die rotkat bij hem uit de buurt blijft!'

'Knikkebeen snapt niet dat dat verkeerd is!' zei Hermelien met trillende stem. 'Alle katten jagen op ratten, Ron!'

'Er is iets raars aan dat beest!' zei Ron, die een heftig tegenspartelende Schurfie in zijn borstzak probeerde te duwen. 'Hij hoorde me zeggen dat Schurfie in m'n schooltas zat!'

'Wat een onzin!' zei Hermelien ongeduldig. 'Knikkebeen *rook* hem gewoon, Ron. Hoe denk je dat hij anders –'

'Die kat heeft het op Schurfie gemunt!' zei Ron, zonder zich iets aan te trekken van de mensen om hem heen, die begonnen te gniffelen. 'En Schurfie was er eerder en hij is nog ziek ook!'

Ron stampte de kamer uit en de trap op naar de jongensslaapzalen.

Ron was de volgende dag nog steeds kwaad op Hermelien. Hij zei geen woord tegen haar met Kruidenkunde, ook al werkten hij, Harry en Hermelien samen aan dezelfde Pufpeul.

'Hoe is het met Schurfie?' vroeg Hermelien schuchter terwijl ze dikke roze peulen plukten en de glanzende bonen in een houten emmer gooiden.

'Hij heeft zich trillend aan het voeteneinde van m'n bed verstopt,' zei Ron nijdig. Hij miste de emmer en strooide bonen over de vloer van de kas.

'Voorzichtig, Wemel, voorzichtig!' riep professor Stronk toen de bonen onmiddellijk in bloeiende planten veranderden.

Hun volgende les was Gedaanteverwisselingen. Harry had zich voorgenomen om na de les aan professor Anderling te vragen of hij ook naar Zweinsveld mocht, en hij ging in de rij staan voor het klaslokaal terwijl hij bedacht wat voor argumenten hij het beste zou kunnen gebruiken. Hij werd echter afgeleid door opschudding voor in de rij.

Zo te zien huilde Belinda Broom. Parvati had haar arm om haar heen en legde iets uit aan Simon Filister en Daan Tomas, die heel ernstig keken.

'Wat is er, Belinda?' vroeg Hermelien bezorgd toen zij, Harry en Ron zich ook bij het groepje voegden.

'Ze heeft vanochtend een brief gehad van thuis,' fluisterde Parvati. 'Binkie, haar konijn, is opgegeten door een vos.'

'O,' zei Hermelien. 'Wat erg voor je, Belinda.'

'Ik had het kunnen weten!' zei Belinda tragisch. 'Weet je wat voor dag het vandaag is?'

'Eh –'

'Zestien oktober! "Datgene waar je zo bang voor bent zal op zestien oktober plaatsvinden!" Weet je nog wel? Ze had gelijk, ze had gelijk!'

De hele klas stond nu om Belinda heen. Simon schudde ernstig zijn hoofd. Hermelien aarzelde even en zei toen: 'Was – was je bang dat Binkie gedood zou worden door een vos?'

'Nou, niet per se door een *vos*,' zei Belinda, die Hermelien met betraande ogen aankeek, 'maar ik was natuurlijk wel bang dat hij dood zou gaan. Dat spreekt voor zich.'

'O,' zei Hermelien. Ze zweeg even en zei toen: 'Was Binkie een *oud* konijn?'

'N-nee!' snikte Belinda. 'H-hij was nog maar een jonkie!'

Parvati omhelsde Belinda extra stevig.

'Waarom was je dan bang dat hij dood zou gaan?' zei Hermelien.

Parvati keek haar nijdig aan.

'Nou ja, laten we wel wezen,' zei Hermelien tegen de overige leerlingen. 'Ik bedoel, Binkie heeft niet eens vandaag het loodje gelegd. Nee toch? Belinda heeft het vandaag alleen gehoord –' Belinda jammerde luid '- en ze kan er niet bang voor zijn geweest, want het was een schok voor haar –'

'Luister maar niet naar Hermelien, Belinda,' riep Ron. 'Die vindt de dieren van andere mensen gewoon niet zo belangrijk.'

Op dat moment deed professor Anderling de deur van het lokaal open, wat misschien maar goed was; Ron en Hermelien keken elkaar vuil aan en toen ze binnen waren, gingen ze aan weerszijden van Harry zitten en zeiden de hele les geen woord tegen elkaar.

Harry had nog steeds niet besloten wat hij tegen professor Anderling zou zeggen toen de bel ging, maar zij begon als eerste over Zweinsveld.

'Momentje!' riep ze toen de leerlingen aanstalten maakten om de klas te verlaten. 'Omdat jullie allemaal tot mijn afdeling behoren, zou ik graag willen dat jullie je bezoekformulier voor Zweinsveld vóór Halloween bij mij inleveren. Geen formulier betekent ook geen bezoek aan het dorp, dus denk eraan, niet vergeten!'

Marcel stak zijn hand op.

'Professor, ik – ik geloof dat ik niet meer weet waar –'

'Je grootmoeder heeft je formulier rechtstreeks aan mij opgestuurd, Lubbermans,' zei professor Anderling. 'Ze dacht blijkbaar dat dat veiliger zou zijn. Goed, dat was het. Jullie kunnen gaan.'

'Vraag het nu,' siste Ron tegen Harry.

'O, maar –' begon Hermelien.

'Gewoon proberen, Harry!' zei Ron koppig.

Harry wachtte tot de meeste leerlingen weg waren en liep toen zenuwachtig naar het bureau van professor Anderling.

'Ja, Potter?'

Harry haalde diep adem.

'Professor, mijn oom en tante zijn – eh – vergeten om dat formulier te tekenen,' zei hij.

Professor Anderling keek hem aan over de rand van haar vierkante bril, maar zei niets.

'Dus – eh – is het goed als – ik bedoel, mag ik ook naar – naar Zweinsveld?'

Professor Anderling keek naar de papieren op haar bureau en begon die recht te leggen.

'Ik ben bang van niet, Potter,' zei ze. 'Je hoorde wat ik zei. Geen formulier betekent ook niet naar het dorp. Dat zijn de regels.'

'Maar – professor – m'n oom en tante – u weet dat het Dreuzels zijn. Ze snappen niet echt hoe het zit met – met formulieren van Zweinstein en zo,' zei Harry, terwijl Ron bemoedigend knikte. 'Als u nou zegt dat ik mag gaan –'

'Maar dat zeg ik niet,' zei professor Anderling, die opstond en haar

114

papieren in een nette stapel in een la deed. 'Op het formulier staat duidelijk dat een ouder of voogd toestemming moet geven.' Ze keek hem aan, met een merkwaardige uitdrukking op haar gezicht. Was het medelijden? 'Het spijt me, Potter, maar daar valt helaas niets aan te veranderen. En nu zou ik maar gaan, anders ben je nog te laat voor je volgende les.'

Er was niets aan te doen. Ron gebruikte een hoop termen voor professor Anderling waar Hermelien zich groen en geel aan ergerde; Hermelien trok een 'misschien-is-het-maar-beter-zo' gezicht waar Ron nog woedender door werd en Harry moest lijdzaam aanhoren hoe de anderen luid en opgewekt bespraken wat ze in Zweinsveld zouden gaan doen.

'Gelukkig heb je het feestmaal nog,' zei Ron, in een poging Harry op te beuren. 'Je weet wel, op de avond van Halloween.'

'Ja,' zei Harry somber. 'Geweldig.'

Het feestmaal op Halloween wás ook altijd geweldig, maar het zou nog veel beter smaken na een dagje Zweinsveld, samen met de anderen. Ondanks alle opbeurende woorden bleef hij diep ongelukkig dat hij niet mee mocht. Daan Tomas, die goed overweg kon met een ganzenveer, bood aan om de handtekening van oom Herman te vervalsen, maar Harry had al tegen professor Anderling gezegd dat het formulier niet ondertekend was, dus die mogelijkheid viel af. Ron suggereerde enigszins weifelend dat hij misschien zijn Onzichtbaarheidsmantel kon gebruiken, maar Hermelien drukte die suggestie de kop in door Ron erop te wijzen dat Dementors daar volgens Perkamentus dwars doorheen konden kijken. Percy deed ook een duit in het zakje, met waarschijnlijk de onhandigste woorden van troost die je je kon indenken.

'Iedereen doet alsof Zweinsveld zo fantastisch is, maar dat valt heus wel mee hoor, Harry,' zei hij ernstig. 'Goed, die snoepzaak is het einde en in Zonko's Fopmagazijn kan het soms levensgevaarlijk zijn en ik geef toe dat het Krijsende Krot altijd een bezoekje waard is, maar afgezien daarvan mis je niet veel.'

Op de ochtend van Halloween werd Harry tegelijk met de anderen wakker en ging uiterst somber naar beneden, ook al deed hij zijn best om normaal te doen.

'We nemen een heleboel snoep voor je mee van Zacharinus,' zei Hermelien, die zo te zien vreselijk met Harry te doen had.

'Ja, een hele berg,' zei Ron. Hij en Hermelien waren door Harry's problemen eindelijk hun ruzie om Knikkebeen vergeten.

'Maak je geen zorgen,' zei Harry, in de hoop nonchalant te klinken. 'Tot vanavond, bij het banket. Veel plezier.'

Hij liep met hen mee naar de hal. Vilder, de conciërge, stond bij de voordeur, streepte namen af van een lange lijst, staarde iedereen wantrouwig aan en zorgde dat mensen die geen toestemming hadden niet stiekem naar buiten konden glippen.

'Blijf jij hier, Potter?' riep Malfidus, die samen met Korzel en Kwast in de rij stond. 'Durf je niet langs de Dementors?'

Harry deed alsof hij hem niet hoorde. Hij liep in zijn eentje de marmeren trap op en sjokte door de verlaten gangen naar de toren van Griffoendor.

'Wachtwoord?' zei de Dikke Dame, die wakker schrok uit een hazenslaapje.

'Fortuna Major,' zei Harry lusteloos.

Het portretgat zwaaide open en Harry klom de leerlingenkamer binnen, die vol zat met rumoerige eerste- en tweedejaars en een paar oudere leerlingen, die blijkbaar al zo vaak in Zweinsveld waren geweest dat de lol eraf was.

'Harry! Harry! Hé, Harry!'

Het was Kasper Krauwel, een tweedejaars met een diep ontzag voor Harry, die nooit een gelegenheid om hem te spreken voorbij liet gaan.

'Ga je niet naar Zweinsveld, Harry? Waarom niet? Hé –' Kasper keek gretig achterom naar zijn vrienden, '– je kunt bij ons komen zitten als je wilt, Harry!'

'Eh – nee, dank je, Kasper,' zei Harry, die geen zin had om gefascineerd aangestaard te worden door mensen die alleen maar oog hadden voor het litteken op zijn voorhoofd. 'Ik – ik moet eigenlijk nog even naar de bieb. Ik heb nog een hoop te doen.'

Toen hij dat gezegd had, was hij wel gedwongen om terug te lopen naar het portretgat en weer naar buiten te klimmen.

'Wat had het dan voor zin om me wakker te maken?' riep de Dikke Dame hem knorrig na.

Harry slenterde neerslachtig in de richting van de bibliotheek, maar halverwege bedacht hij zich; hij had helemaal geen zin om huiswerk te maken. Hij draaide zich om en stond oog in oog met Argus Vilder, die blijkbaar net de laatste bezoekers aan Zweinsveld had uitgelaten.

'Wat doe jij hier?' gromde Vilder wantrouwig.

'Niks,' zei Harry waarheidsgetrouw.

'Niks!' snauwde Vilder en zijn kwabbige kaken lilden onsmakelijk. 'Dat zal wel! Stiekem door de gangen sluipen! Waarom ben je niet naar Zweinsveld, om Stinkkorrels en Boerpoeder en Wervelwormen te kopen, net als die etterige vriendjes van je?'

Harry haalde zijn schouders op.

'Nou, maak dat je wegkomt! Terug naar je leerlingenkamer, waar je thuishoort!' beet Vilder hem toe en hij keek Harry woedend na tot hij de hoek om was.

Harry ging echter niet terug naar de leerlingenkamer; hij liep de trap op, met het vage idee om misschien naar de Uilenvleugel te gaan en een bezoekje aan Hedwig te brengen. Toen hij door een volgende gang liep zei een stem in een van de kamers plotseling: 'Harry?'

Harry liep terug om te zien wie het was en zag professor Lupos om de deur van zijn kamer kijken.

'Wat doe jij hier?' zei Lupos, maar op heel andere toon dan Vilder. 'Waar zijn Ron en Hermelien?'

'Zweinsveld,' zei Harry met geveinsde nonchalance.

'Aha,' zei Lupos. Hij keek Harry even aan. 'Kom je binnen? Er is net een Wierling afgeleverd voor onze volgende les.'

'Een wat?' zei Harry.

Hij ging de kamer van Lupos binnen. In de hoek stond een heel groot aquarium. Een bleekgroen wezen met scherpe horentjes drukte zijn gezicht tegen het glas, trok gekke bekken en boog zijn lange, dunne vingers.

'Een waterduivel,' zei Lupos, die bedachtzaam naar de Wierling keek. 'Na die Kappa's zou hij geen probleem moeten zijn. De truc is om zijn greep te verbreken. Zie je die abnormaal lange vingers? Sterk, maar ook heel broos.'

De Wierling ontblootte zijn groene tanden en verborg zich vlug in een warrige massa waterplanten in een hoek.

'Thee?' zei Lupos, terwijl hij zijn ketel zocht. 'Ik wilde net gaan zetten.'

'Graag,' zei Harry een beetje opgelaten.

Lupos tikte met zijn toverstaf op de ketel en er spoot direct een stoomwolk uit de tuit.

'Ga zitten,' zei Lupos, die het deksel van een stoffig blik draaide. 'Ik heb helaas alleen theezakjes – maar waarschijnlijk ben je theeblaadjes sowieso zat?'

Harry keek hem aan. De ogen van Lupos twinkelden vrolijk.

'Hoe weet u dat?' vroeg Harry.

'Van professor Anderling,' zei Lupos en hij reikte Harry een gehavende beker aan. 'Je maakt je toch geen zorgen, hè?'

'Nee,' zei Harry.

Hij overwoog even om Lupos te vertellen over de hond die hij in de Magnolialaan had gezien, maar besloot dat niet te doen. Hij wilde Lupos niet de indruk geven dat hij een lafaard was, vooral omdat Lupos blijkbaar dacht dat hij niet tegen een Boeman was opgewassen.

Blijkbaar waren Harry's gedachten af te lezen van zijn gezicht, want Lupos zei: 'Is er iets, Harry?'

'Nee,' loog Harry. Hij nam een slokje thee en keek hoe de Wierling zijn vuist naar hem schudde. 'Ja,' zei hij plotseling en hij zette zijn thee op het bureau van Lupos. 'Weet u nog, die les met die Boeman?'

'Ja,' zei Lupos langzaam.

'Waarom mocht ik het niet tegen hem opnemen?' zei Harry abrupt.

Lupos trok zijn wenkbrauwen op.

'Dat lijkt me nogal duidelijk, Harry,' zei hij verbaasd.

Harry, die verwacht had dat Lupos zou ontkennen dat hij hem in bescherming had genomen, was even uit het veld geslagen.

'Waarom?' herhaalde hij.

'Nou,' zei Lupos met een frons, 'ik ging ervan uit dat, als jij met die Boeman geconfronteerd werd, hij de vorm van Voldemort zou aannemen.'

Harry staarde hem aan. Dat was niet alleen het laatste antwoord dat hij had verwacht, maar Lupos had ook de naam van Voldemort uitgesproken. De enige die Harry dat ooit had horen doen (afgezien van hemzelf) was professor Perkamentus.

'Dat was dus verkeerd gedacht,' zei Lupos, die Harry nog steeds fronsend aankeek. 'Het leek me niet zo'n goed idee als Voldemort plotseling in de leraarskamer zou materialiseren. Ik dacht dat er misschien paniek zou uitbreken.'

'Ik dacht eerst wel aan Voldemort,' zei Harry eerlijk. 'Maar daarna – dacht ik aan een Dementor.'

'Juist, ja,' zei Lupos bedachtzaam. 'Wel wel... ik ben onder de indruk.' Hij glimlachte flauwtjes bij het zien van Harry's verbaasde gezicht. 'Dat betekent dat je grootste angst – de angst zelf is. Heel verstandig, Harry.'

Harry wist niet wat hij moest zeggen en nam nog maar een slok thee.

'Dus jij dacht dat ik je niet in staat achtte om het tegen die Boeman op te nemen?' zei Lupos scherpzinnig.

'Nou... ja,' zei Harry. Hij voelde zich plotseling een stuk opgewekter. 'Professor Lupos, over Dementors gesproken –'

Hij zweeg toen er op de deur werd geklopt.

'Binnen,' zei Lupos.

De deur ging open en Sneep kwam binnen. Hij had een dampende beker in zijn hand en bleef staan toen hij Harry zag. Zijn zwarte ogen versmalden zich.

'Ah, Severus,' zei Lupos glimlachend. 'Dank je. Zou je het op m'n bureau willen zetten?'

Sneep zette de rokende beker neer en zijn blik dwaalde van Harry naar Lupos en weer terug.

'Ik liet Harry net m'n Wierling zien,' zei Lupos vriendelijk en hij wees op het aquarium.

'Fascinerend,' zei Sneep zonder te kijken. 'Je moet dat eigenlijk direct opdrinken, Lupos.'

'Ja, ja, doe ik,' zei Lupos.

'Ik heb een hele ketel gemaakt,' vervolgde Sneep. 'Voor het geval je meer nodig mocht hebben.'

'Misschien is het verstandig om morgen nog een bekertje te nemen. Bedankt, Severus.'

'Geen dank,' zei Sneep, maar de blik in zijn ogen stond Harry niet aan. Met een strak gelaat schuifelde hij achterwaarts de kamer uit.

Harry keek nieuwsgierig naar de beker en professor Lupos glimlachte.

'Professor Sneep is zo vriendelijk geweest om een drank voor me te brouwen,' zei hij. 'Ik was nooit een kei in toverdranken en deze is juist uitzonderlijk ingewikkeld.' Hij pakte de beker en rook eraan. 'Jammer dat hij met suiker erin niet werkt.' Hij nam een slokje en huiverde.

'Waarom –' begon Harry. Lupos keek hem aan en beantwoordde de onuitgesproken vraag.

'Ik voel me de laatste tijd een beetje slapjes,' zei hij. 'Deze drank is het enige dat helpt. Ik bof dat professor Sneep m'n collega is; maar weinig tovenaars kunnen dit maken.'

Professor Lupos nam nog een slokje en Harry voelde de idiote aandrang om de beker uit zijn handen te slaan.

'Professor Sneep heeft veel belangstelling voor Zwarte Kunst,' flapte hij eruit.

'O ja?' zei Lupos niet echt geïnteresseerd terwijl hij nog een slok nam.

'Sommige mensen denken –' Harry aarzelde even en ging toen roekeloos verder, '– sommige mensen denken dat hij tot alles bereid is om leraar Verweer tegen de Zwarte Kunsten te kunnen worden.'

Lupos dronk de beker leeg en trok een gezicht.

'Getver,' zei hij. 'Nou, Harry, ik moet weer aan het werk. Ik zie je vanavond wel bij het feestmaal.'

'Ja, goed,' zei Harry en hij zette zijn theekop neer.

De lege toverdrankbeker rookte nog steeds.

'Alsjeblieft,' zei Ron. 'Zo veel als we dragen konden.'

Een regen van felgekleurd snoepgoed daalde op Harry's schoot neer. De schemering was ingevallen en Ron en Hermelien waren net de leerlingenkamer binnengekomen, met rode gezichten van de koude wind. Zo te zien hadden ze de tijd van hun leven gehad.

'Bedankt,' zei Harry, die een doosje zwarte Peperduiveltjes pakte. 'Hoe is Zweinsveld? Waar zijn jullie allemaal geweest?'

Zo te horen – overal. Bij Bernsteen & Sulferblom, de zaak in toverartikelen, Zonko's Fopmagazijn, de Drie Bezemstelen, waar ze schuimende kroezen warm Boterbier hadden gedronken en nog veel meer.

'Als je dat postkantoor had gezien, Harry! Lange planken met wel tweehonderd uilen, allemaal met een kleurcode, afhankelijk van hoe snel je je brief wilt laten bezorgen!'

'Bij Zacharinus hadden ze een nieuw soort toffee. Je mocht gratis proeven. Kijk, ik heb wat meegenomen –'

'We *denken* dat we een wildeman hebben gezien. Echt, er komen de raarste wezens in de Drie Bezemstelen –'

'Ik wou dat we een Boterbiertje hadden kunnen meenemen. Daar krijg je het pas echt warm van –'

'En jij?' vroeg Hermelien bezorgd. 'Heb je nog wat aan je huiswerk kunnen doen?'

'Nee,' zei Harry. 'Ik heb thee gedronken bij Lupos. En toen kwam Sneep binnen...'

Harry vertelde over de beker met toverdrank. Rons mond viel open.

'*Heeft Lupos het opgedronken?*' bracht hij moeizaam uit. 'Is hij helemaal *gek* geworden?'

Hermelien keek op haar horloge.

'We kunnen beter naar beneden gaan. Het feestmaal begint over vijf minuten...' Ze klommen haastig door het portretgat en sloten zich bij de menigte aan, nog steeds druk pratend over Sneep.

'Maar als hij – je weet wel –' Hermelien liet haar stem dalen en keek nerveus om zich heen. 'Als hij écht wilde proberen om – om Lupos te vergiftigen – dan zou hij dat toch niet gedaan hebben waar Harry bij was?'

'Misschien niet,' zei Harry toen ze in de hal aankwamen en naar de Grote Zaal liepen. Die was versierd met honderden en nog eens honderden pompoenen met kaarsen erin, met een zwerm rondfladderende vleermuizen en knaloranje linten die traag kronkelend onder het stormachtige plafond dreven, als felgekleurde waterslangen.

Het eten was heerlijk; zelfs Hermelien en Ron, die zich hadden volgepropt met snoep van Zacharinus, slaagden erin overal twee keer van op te scheppen. Harry keek vaak even naar de oppertafel. Professor Lupos leek opgewekt en zag er eigenlijk gezonder uit dan ooit. Hij praatte geanimeerd met de piepkleine professor Banning, hun leraar Bezweringen. Harry liet zijn blik naar Sneep gaan. Verbeeldde hij het zich, of flitsten Sneeps ogen opvallend vaak in de richting van Lupos?

Het feestmaal eindigde met een voorstelling door de spoken van Zweinstein, die plotseling uit muren en tafels te voorschijn kwamen om een demonstratie formatiezweven te houden; Haast Onthoofde Henk, de geest van Griffoendor, had veel succes met het naspelen van zijn eigen mislukte onthoofding.

Het was zo'n fijne avond dat Harry zijn goede humeur zelfs niet liet bederven door Malfidus, die bij het verlaten van de zaal boven iedereen uit riep: 'Je moet de hartelijke groeten hebben van de Dementors, Potter!'

Harry, Ron en Hermelien volgden de rest van de Griffoendors naar hun toren, maar toen ze in de gang kwamen die uitkwam bij het portret van de Dikke Dame, stond die tjokvol leerlingen.

'Waarom gaat niemand naar binnen?' vroeg Ron nieuwsgierig.

Harry tuurde over de hoofden heen. Het portretgat scheen gesloten te zijn.

'Laat me erdoor,' zei de stem van Percy, die zich gewichtig door de menigte wrong. 'Wat is dat voor opstopping? Jullie zijn toch niet allemaal het wachtwoord vergeten – opzij, ik ben Hoofdmonitor –'

Plotseling viel er een stilte die vooraan begon, zodat een kille golf zich door de gang leek te verspreiden. Percy zei op scherpe toon: 'Haal professor Perkamentus. Vlug!'

Mensen keken om; de achterste leerlingen stonden op hun tenen. 'Wat gebeurt er?' zei Ginny, die net gearriveerd was.

Een paar tellen later verscheen professor Perkamentus, die op het portret afstevende; de Griffoendors gingen opzij om hem door te laten en Harry, Ron en Hermelien schuifelden gauw wat verder naar voren om te kunnen zien wat er aan de hand was.

'O hemel –' zei Hermelien en ze greep Harry's arm.

De Dikke Dame was uit haar portret verdwenen, dat zo was toegetakeld dat her en der repen linnen op de grond lagen; grote stukken van het doek waren compleet weggerukt.

Perkamentus wierp één blik op het vernielde schilderij en draaide zich toen somber om, op het moment dat Anderling, Lupos en Sneep ook haastig kwamen aanlopen.

'We moeten haar vinden,' zei Perkamentus. 'Professor Anderling, zoudt u meneer Vilder willen halen en zeggen dat hij elk schilderij in het kasteel moet afzoeken naar de Dikke Dame?'

'Dat zal niet meevallen!' zei een kakelende stem.

Foppe de klopgeest dobberde op en neer boven de menigte en genoot zichtbaar, zoals altijd als er sprake was van schade of vervelende gebeurtenissen.

'Hoe bedoel je, Foppe?' zei Perkamentus rustig en Foppes grijns werd minder. Tegen Perkamentus durfde hij niet brutaal te zijn. Op een kruiperige toon die geen haar beter was dan zijn gekakel zei hij: 'Ze schaamt zich dood, Uwe Schoolhoofdheid. Ze wil niet dat iemand haar ziet, zo vreselijk is ze toegetakeld. Ik zag haar tussen de bomen door rennen op dat landschap op de vierde verdieping. Ze huilde tranen met tuiten,' zei hij opgewekt. 'Arme stakker,' voegde hij er weinig overtuigend aan toe.

'Zei ze ook wie het gedaan had?' vroeg Perkamentus kalm.

'Welzeker, geachte Hoofdprof,' zei Foppe, alsof hij op het punt stond een grote bom tot ontploffing te brengen. 'Hij ging vreselijk tekeer toen ze hem niet binnen wilde laten, ziet u.' Foppe ging op zijn kop staan en grijnsde tussen zijn benen door naar Perkamentus. 'Een slechtgehumeurd heerschap, die Sirius Zwarts.'

HOOFDSTUK 9

BITTER VERLIES

*P*rofessor Perkamentus stuurde alle Griffoendors terug naar de Grote Zaal, waar ze tien minuten later gezelschap kregen van de leerlingen van Huffelpuf, Ravenklauw en Zwadderich. Zo te zien snapte niemand er iets van.

'De leraren en ik moeten het kasteel grondig doorzoeken,' zei Perkamentus tegen de leerlingen toen professor Anderling en Banning de deuren van de zaal dichtdeden. 'Ik ben bang dat jullie hier moeten overnachten, in het belang van jullie eigen veiligheid. De klassenoudsten bewaken de deuren en de twee Hoofdmonitoren krijgen de leiding. Als er iets gebeurt, moet dat direct aan mij worden gemeld,' zei hij tegen Percy, die enorm trots en gewichtig keek. 'Stuur maar een van de spoken met een bericht.'

Bij de deur van de zaal bleef professor Perkamentus even staan en zei: 'O ja, jullie hebben uiteraard behoefte aan...'

Hij zwaaide achteloos met zijn toverstok en de lange tafels vlogen naar de zijkanten van de zaal en gingen tegen de wanden staan; nog een zwaai en de vloer was bezaaid met honderden zachte, vormeloze paarse slaapzakken.

'Welterusten,' zei professor Perkamentus en hij deed de deur achter zich dicht.

Onmiddellijk barstte er een opgewonden geroezemoes los; de Griffoendors vertelden de andere leerlingen wat er gebeurd was.

'Iedereen in een slaapzak!' riep Percy. 'Vooruit, geen gepraat meer! Over tien minuten gaat het licht uit!'

'Kom op,' zei Ron tegen Harry en Hermelien; ze pakten drie slaapzakken en sleepten die naar een hoek.

'Denk je dat Zwarts nog in het kasteel is?' fluisterde Hermelien ongerust.

'Perkamentus denkt blijkbaar dat dat zou kunnen,' zei Ron.

'Nog een geluk dat hij juist deze avond gekozen heeft,' zei Hermelien terwijl ze zich met hun kleren aan in hun slaapzakken wurmden en op hun ellebogen steunden om nog even te kunnen praten. 'Net die ene avond dat we niet in de toren waren...'

'Ik denk dat hij geen besef van tijd meer heeft, omdat hij al zo lang op de vlucht is,' zei Ron. 'Hij realiseerde zich niet dat het Halloween was, anders was hij vast de Grote Zaal binnen komen stormen.'

Hermelien huiverde.

Overal om hen heen stelde iedereen elkaar dezelfde vraag – 'Hoe is hij binnengekomen?'

'Misschien is hij in staat om te Verschijnselen,' zei een Ravenklauw die een metertje verderop lag. 'Je weet wel, gewoon uit het niets opduiken.'

'Ik denk eerder dat hij zich vermomd heeft,' zei een vijfdejaars van Huffelpuf.

'Hij zou ook naar binnen gevlogen kunnen zijn,' opperde Daan Tomas.

'Allemachtig, ben ik dan de enige die de moeite heeft genomen om Een Beknopte Beschrijving van Zweinstein te lezen?' zei Hermelien boos tegen Harry en Ron.

'Waarschijnlijk,' zei Ron. 'Hoezo?'

'Omdat het kasteel beschermd wordt door meer dan alleen muren,' zei Hermelien. 'Het is ook van allerlei bezweringen voorzien, zodat mensen niet stiekem kunnen binnendringen. Je kunt hier niet zomaar Verschijnselen. En hij moet zich verrekte goed vermomd hebben om de Dementors om de tuin te leiden. Die bewaken alle mogelijke ingangen van het terrein. Als hij aan was komen vliegen, zouden ze dat ook gezien hebben. En Vilder kent alle geheime gangen, die houden ze natuurlijk ook in de gaten...'

'Het licht gaat uit!' riep Percy. 'Iedereen in zijn slaapzak en stil zijn!'

Alle kaarsen gingen tegelijk uit. Het enige licht kwam van de zilverachtige, rondzwevende spoken die ernstig met de klassenoudsten spraken, en van het betoverde plafond, waar net als buiten her en der sterren straalden. Daardoor, en door het zachte gefluister dat nog steeds door de zaal ging, had Harry het gevoel dat hij buiten sliep en dat er een zachte wind woei.

Elk uur kwam er even een leraar kijken, om te controleren of alles rustig was. Rond drie uur 's ochtends, toen veel leerlingen eindelijk sliepen, kwam professor Perkamentus binnen. Harry zag hem rondkijken, op zoek naar Percy, die tussen de slaapzakken patrouilleerde en mensen die nog kletsten op hun donder gaf. Percy stond vlak bij

Harry, Ron en Hermelien, die vlug deden alsof ze sliepen toen ze de voetstappen van Perkamentus hoorden naderen.

'Heeft u iets gevonden, professor?' fluisterde Percy.

'Nee. Is alles hier in orde?'

'Alles onder controle, professor.'

'Goed zo. Het heeft geen zin om ze nu nog terug te sturen. Ik heb een tijdelijke bewaker gevonden voor het portretgat van Griffoendor. Morgenochtend kun je ze terugbrengen naar hun toren.'

'En de Dikke Dame, Professor?'

'Die houdt zich schuil in een kaart van Schotland op de tweede verdieping. Blijkbaar weigerde ze om Zwarts binnen te laten zonder wachtwoord en viel hij haar aan. Ze is nog steeds erg van streek, maar zodra ze een beetje gekalmeerd is, zal ik vragen of meneer Vilder haar wil restaureren.'

Harry hoorde de deur van de zaal krakend opengaan en toen opnieuw voetstappen.

'Professor Perkamentus?' Het was Sneep. Harry bleef doodstil liggen en luisterde aandachtig. 'De derde verdieping is helemaal doorzocht. Daar is hij niet. En Vilder heeft de kerkers gedaan; daar was hij ook niet.'

'En de Astronomietoren? De kamer van professor Zwamdrift? De Uilenvleugel?'

'Allemaal doorzocht...'

'Goed, Severus. Ik had ook niet echt verwacht dat Zwarts hier nog zou rondhangen.'

'Heeft u enig idee hoe Zwarts binnengekomen kan zijn, professor?' vroeg Sneep.

Harry hief zijn hoofd, dat op zijn armen lag, een klein eindje op, zodat hij ook met zijn andere oor kon luisteren.

'Een heleboel ideeën, Severus, maar het ene is nog onwaarschijnlijker dan het andere.'

Harry deed zijn ogen een stukje open en tuurde omhoog; Perkamentus stond met zijn rug naar hem toe, maar hij zag het gezicht van Percy, die gefascineerd luisterde en het profiel van Sneep, die er kwaad uitzag.

'Herinnert u zich ons gesprek van vlak voor – eh – vlak voor aanvang van het schooljaar, professor?' zei Sneep, die zijn lippen nauwelijks bewoog, alsof hij Percy buiten het gesprek wilde houden.

'Jazeker, Severus,' zei Perkamentus, met een soort waarschuwende ondertoon in zijn stem.

'Het lijkt – haast onmogelijk – dat Zwarts binnengekomen kan zijn zonder hulp uit het kasteel. Ik had destijds al mijn bedenkingen tegen de benoeming van –'

'Ik kan van werkelijk niemand in dit kasteel geloven dat hij Zwarts zou helpen om binnen te komen,' zei Perkamentus en uit zijn toon bleek zo duidelijk dat het onderwerp afgesloten was dat Sneep er het zwijgen toe deed. 'Ik moet bij de Dementors langs,' zei Perkamentus. 'Ik heb gezegd dat ik zou laten weten als het kasteel doorzocht was.'

'Wilden ze niet helpen, professor?' zei Percy.

'Jazeker,' zei Perkamentus koel. 'Maar zolang ik schoolhoofd ben, zet geen Dementor hier één voet over de drempel.'

Percy keek een beetje beteuterd. Perkamentus liep snel en geruisloos naar buiten en Sneep staarde het schoolhoofd na, met een uitdrukking van intense rancune. Toen verliet ook hij de zaal.

Harry keek naar Ron en Hermelien, die ook wakker waren. De sterren op het plafond werden weerspiegeld in hun ogen.

'Wat was dat allemaal?' fluisterde Ron geluidloos.

Een paar dagen lang kon de school nergens anders over praten dan Sirius Zwarts. De theorieën over hoe hij het kasteel was binnengedrongen werden wilder en wilder; tijdens hun eerstvolgende les Kruidenkunde vertelde Hannah Albedil van Huffelpuf aan iedereen die maar wilde luisteren dat Zwarts zichzelf in een bloeiende heester kon veranderen.

Het toegetakelde doek van de Dikke Dame was verwijderd en vervangen door het portret van heer Palagon en zijn dikke pony. Daar was niemand echt blij mee. Heer Palagon daagde constant mensen uit tot een duel en verdeed de rest van de tijd met het bedenken van belachelijk ingewikkelde wachtwoorden die hij minstens twee keer per dag veranderde.

'Hij is zo gek als een deur!' mopperde Simon Filister tegen Percy. 'Kunnen we niemand anders krijgen?'

'Geen enkel ander schilderij wilde deze baan,' zei Percy. 'Ze zijn geschrokken van wat er met de Dikke Dame is gebeurd. Heer Palagon was als enige dapper genoeg om zich vrijwillig te melden.'

Heer Palagon was echter Harry's minste zorg. Hij merkte dat hij constant in de gaten werd gehouden. Leraren verzonnen allerlei smoesjes om met hem mee te kunnen lopen door de gang en Percy Wemel (in opdracht van zijn moeder, vermoedde Harry), volgde hem overal, als een enorme, pompeuze waakhond. Als klap op de vuurpijl vroeg professor Anderling of Harry op haar kantoortje wilde komen, met zo'n somber gezicht dat Harry dacht dat er iemand dood was.

'Het heeft geen zin om het nog langer geheim te houden, Potter,' zei ze ernstig. 'Ik weet dat het een schok voor je zal zijn, maar Sirius Zwarts –'

'Heeft het op mij gemunt. Dat weet ik,' zei Harry vermoeid. 'Dat hoorde ik Rons vader tegen zijn moeder zeggen. Meneer Wemel werkt op het Ministerie van Toverkunst.'

Professor Anderling was even volkomen verbouwereerd. Ze staarde Harry een paar tellen aan en zei toen: 'Juist, ja! Nou, in dat geval zul je begrijpen dat het me geen goed idee lijkt dat je 's avonds naar de Zwerkbaltraining gaat. Daar op dat veld, met alleen je ploeggenoten – veel te open en bloot –'

'Maar zaterdag is onze eerste wedstrijd!' zei Harry ontzet. 'Ik moet toch trainen, professor!'

Professor Anderling keek hem aandachtig aan. Harry wist dat ze zeer geïnteresseerd was in de prestaties van Griffoendor; tenslotte was zij het die hem oorspronkelijk als Zoeker had voorgedragen. Hij wachtte met ingehouden adem af.

'Hmmm...' Professor Anderling stond op en staarde uit het raam naar het Zwerkbalveld, dat nog net zichtbaar was door de regenvlagen. 'Tja... ik bedoel... ik zou dolgraag willen dat we eindelijk weer eens die beker winnen... maar toch... ik zou me geruster voelen als er een docent bij was, Potter. Ik zal madame Hooch vragen of ze toezicht wil houden op jullie trainingen.'

Het weer werd steeds slechter terwijl hun eerste Zwerkbalwedstrijd naderde, maar de Griffoendors lieten zich niet afschrikken en trainden harder dan ooit, onder het toeziend oog van madame Hooch. Na hun laatste training voor de wedstrijd op zaterdag had Olivier Plank slecht nieuws voor zijn team.

'We spelen niet tegen Zwadderich!' zei hij woedend. 'Hork was er net. We spelen nu tegen Huffelpuf!'

'Waarom?' riep de rest van de ploeg in koor.

'De smoes van Hork was dat hun Zoeker nog last heeft van z'n arm,' zei Plank, die woedend met zijn tanden knarste. 'Maar het is duidelijk wat er werkelijk achter zit. Ze willen gewoon niet spelen met dat slechte weer. Ze denken dat dat hun kansen nadelig zal beïnvloeden...'

Het had de hele dag al hard gewaaid en gegoten van de regen en toen Plank dat zei, hoorden ze in de verte het gerommel van onweer. 'Er mankeert helemaal *niks* aan die arm van Malfidus!' zei Harry razend. 'Hij doet maar alsof!'

'Dat weet ik ook wel, maar dat kunnen we niet bewijzen,' zei Plank verbitterd. 'En al onze trainingen en tactieken waren afgestemd op Zwadderich en nu spelen we opeens tegen Huffelpuf en die hebben een totaal andere stijl. Ze hebben ook een nieuwe aanvoerder en Zoeker, Carlo Kannewasser –'

Angelique, Alicia en Katja giechelden plotseling.

'Wat?' zei Plank, geïrriteerd door zo veel luchthartigheid.

'Dat is toch die lange, knappe jongen?' zei Angelique.

'Sterk maar zwijgzaam,' zei Katja en ze giechelden opnieuw.

'Hij is alleen maar zwijgzaam omdat hij te stom is om twee woorden achter elkaar te zeggen,' zei Fred ongeduldig. 'Ik snap niet waar je je druk om maakt, Olivier. Huffelpuf is een eitje! De laatste keer dat we tegen ze speelden, had Harry de Snaai binnen vijf minuten te pakken, weet je nog wel?'

'Toen speelden we onder totaal andere omstandigheden!' brulde Plank, wiens ogen uit zijn hoofd puilden. 'Kannewasser heeft een ijzersterk team op de been gebracht! Hij is een uitstekende Zoeker! Ik was al bang dat jullie het zo zouden opvatten! We mogen niet verslappen! We moeten geconcentreerd blijven! Zwadderich probeert ons beentje te lichten! We *moeten* winnen!'

'Kalm, Olivier, kalm!' zei Fred een beetje geschrokken. 'We nemen Huffelpuf echt serieus. *Serieus.*'

De dag voor de wedstrijd wakkerde de wind aan tot stormkracht en kletterde de regen harder neer dan ooit. Het was zo donker in de lokalen en op de gangen dat er extra fakkels en lantaarns werden aangestoken. De ploeg van Zwadderich maakte een uiterst zelfvoldane indruk en Malfidus al helemaal.

'Helaas, helaas. Was m'n arm maar weer de oude!' verzuchtte hij terwijl de stormwind tegen de ramen beukte.

Harry kon aan niets anders denken dan de wedstrijd van morgen. Olivier Plank schoot hem tussen de lessen door steeds aan om nuttige tips te geven. De derde keer dat dat gebeurde, hield Plank hem zo lang aan de praat dat Harry plotseling besefte dat hij al tien minuten te laat was voor Verweer tegen de Zwarte Kunsten. Hij rende haastig naar het klaslokaal terwijl Plank hem naschreeuwde:

'Kannewasser kan heel snel zwenken, Harry. Misschien is het verstandig om nog gauw je looping te oefenen –'

Harry holde zo snel mogelijk naar de klas, gooide de deur open en schoot naar binnen.

'Sorry dat ik te laat ben, professor Lupos, ik –'

Het was echter niet Lupos die hem aanstaarde van achter het bureau, maar Sneep.

'Deze les is tien minuten geleden begonnen, Potter, dus laten we er maar tien punten aftrek voor Griffoendor van maken. Ga zitten.'

Harry verroerde zich niet.

'Waar is professor Lupos?' zei hij.

'Hij beweerde dat hij zich te ziek voelt om vandaag les te kunnen geven,' zei Sneep met een verwrongen glimlach. 'Had ik niet gezegd dat je moest gaan zitten?'

Maar Harry bleef in de deuropening staan.

'Wat mankeert hem?'

Sneeps zwarte ogen fonkelden.

'Niets levensbedreigends,' zei hij op een toon alsof hem dat speet. 'Nog eens vijf punten aftrek voor Griffoendor en als ik nog één keer moet zeggen dat je moet gaan zitten, worden dat er vijftig.'

Harry liep langzaam naar zijn plaats en ging zitten. Sneep keek naar de klas.

'Zoals ik net zei alvorens Potter ons stoorde, heeft professor Lupos blijkbaar nergens bijgehouden welke onderwerpen jullie behandeld hebben –'

'We hebben tot dusver Roodkopjes, Boemannen, Kappa's en Wierlingen gedaan,' zei Hermelien vlug. 'En we zouden beginnen met –'

'Stil!' zei Sneep kil. 'Ik vroeg niet om informatie: ik sprak alleen mijn verbazing uit over de bedroevend slechte organisatie van professor Lupos.'

'Hij is anders wel de beste leraar Verweer tegen de Zwarte Kunsten die we ooit hebben gehad,' zei Daan Tomas dapper en de overige leerlingen mompelden instemmend. Sneep keek dreigender dan ooit.

'Dan is een kinderhand inderdaad gauw gevuld. Lupos vergt bepaald niet veel van jullie – ik zou verwachten dat zelfs een eerstejaars al geen moeite meer heeft met Roodkopjes en Wierlingen. Laten we het vandaag eens hebben over –'

Harry keek hoe hij hun lesboek doorbladerde tot hij bij het laatste hoofdstuk was. Hij moest weten dat ze dat nog niet behandeld hadden.

'– weerwolven,' zei Sneep.

'Maar professor,' zei Hermelien, die zich blijkbaar niet kon inhouden, 'we zijn nog lang niet aan weerwolven toe. We zouden verdergaan met Zompelaars –'

'Juffrouw Griffel,' zei Sneep ijzig kalm, 'ik dacht toch echt dat ík hier de leiding had en niet u en ik zeg dat jullie bladzijde 394 moeten opslaan.' Hij liet zijn blik opnieuw door de klas gaan. '*Allemaal! Nu!*'

Met veel verbitterde blikken en opstandig gemompel sloegen de leerlingen hun boeken open.

'Wie kan me vertellen hoe we een echte wolf van een weerwolf kunnen onderscheiden?' zei Sneep.

Iedereen zat er zwijgend en roerloos bij, behalve Hermelien, wier hand, zoals zo vaak, direct omhoog was geschoten.

'Niemand?' zei Sneep, die Hermelien negeerde. Hij glimlachte opnieuw op die verwrongen manier. 'Moet ik werkelijk geloven dat professor Lupos jullie niet eens zoiets fundamenteels heeft geleerd als het onderscheid –'

'We zeiden toch dat we nog lang niet bij weerwolven zijn?' zei Parvati plotseling. 'We zijn pas bij –'

'*Stil!*' snauwde Sneep. 'Wel, wel, wel. Ik had niet gedacht dat ik ooit nog eens een klas vol derdejaars zou tegenkomen die niet eens in staat zijn om een weerwolf te herkennen. Ik zal professor Perkamentus laten weten dat jullie vér achter zijn...'

'Er zijn diverse kleine verschillen tussen de echte wolf en de weerwolf, professor,' zei Hermelien, die haar hand nog steeds opgestoken had. 'De snuit van de weerwolf –'

'Dat is de tweede keer dat u ongevraagd uw mening spuit, juffrouw Griffel,' zei Sneep koeltjes. 'Nog eens vijf punten aftrek voor Griffoendor omdat u zo'n onuitstaanbare betweter bent.'

Hermelien werd vuurrood, liet haar hand zakken en staarde naar de grond, met tranen in haar ogen. Je kon merken wat een vreselijke hekel de klas aan Sneep had aan hun woedende blikken, terwijl iedereen Hermelien minstens één keer zelf een betweter had genoemd. Ron, die Hermelien gemiddeld twee keer per week een betweter noemde, zei luid: 'U stelde een vraag en zij gaf antwoord! Waarom vraagt u iets als u toch geen antwoord wilt hebben?'

De klas besefte onmiddellijk dat hij te ver was gegaan. Sneep liep langzaam naar Ron toe en iedereen hield zijn adem in.

'Dat wordt strafwerk, Wemel,' zei Sneep zacht, met zijn gezicht vlak bij dat van Ron. 'En als je nog één keer kritiek hebt op de manier waarop ik lesgeef, zal dat je heel erg berouwen.'

De rest van de les gaf niemand een kik. Ze maakten aantekeningen over weerwolven uit hun boek terwijl Sneep langs de tafeltjes sloop en het werk bekeek dat ze bij professor Lupos hadden gemaakt.

'Heel slecht uitgelegd... dat klopt niet, de Kappa komt veel meer voor in Mongolië... heeft professor Lupos daar een acht voor gegeven? Van mij kreeg je nog geen drie...'

Toen ten langen leste de bel ging, gebaarde Sneep dat ze moesten blijven zitten.

'Jullie schrijven een opstel over de manieren waarop je een weerwolf kunt herkennen en doden, en leveren dat bij mij in. Ik wil twee rollen perkament per leerling en wel maandagochtend vroeg. Het wordt hoog tijd dat iemand voor een beetje discipline zorgt in deze klas. Wemel, jij blijft hier. We moeten het nog over je strafwerk hebben.'

Harry en Hermelien gingen samen met de andere leerlingen naar buiten, wachtten tot ze buiten gehoorsafstand waren en barstten toen los in een woedende tirade op Sneep.

'Zo heeft Sneep nooit gedaan tegen andere leraren Verweer tegen de Zwarte Kunsten, ook al had hij het op hun baantje gemunt,' zei Harry tegen Hermelien. 'Waarom heeft hij zo'n hekel aan Lupos? Zou dat door die Boeman komen?'

'Geen idee,' zei Hermelien bedachtzaam. 'Maar ik hoop dat professor Lupos gauw beter is...'

Vijf minuten later kregen ze gezelschap van een withete Ron.

'Weet je wat ik moet doen van die –' (hij gebruikte een woord waardoor Hermelien geschrokken uitriep: 'Ron!') 'ik moet de ondersteken op de ziekenzaal schoonboenen. *Zonder te toveren!*' Hij haalde gejaagd adem en zijn vuisten waren gebald. 'Waarom heeft Zwarts zich niet in het kantoortje van Sneep verborgen? Dan had hij hém kunnen afmaken!'

Harry werd de volgende ochtend extreem vroeg wakker; zo vroeg dat het nog donker was. Even dacht hij dat hij wakker was geschrokken door het gieren van de wind, maar toen voelde hij een koude luchtstroom in zijn nek en ging hij abrupt overeind zitten – Foppe de

131

klopgeest had naast hem gezweefd en hard in zijn oor geblazen.

'Vind je dat nou leuk?' zei Harry woedend.

Foppe bolde zijn wangen, blies en zoefde kakelend achterwaarts de kamer uit.

Harry tastte naar zijn wekker en keek hoe laat het was. Half vijf. Hij vervloekte Foppe, draaide zich om en probeerde weer in slaap te komen, maar nu hij eenmaal wakker was, was het moeilijk om de donder die boven het kasteel rommelde, de wind die tegen de muren beukte en het flauwe gekraak van de bomen in het Verboden Bos te negeren. Over een paar uur zou hij op het Zwerkbalveld zijn en die storm moeten trotseren. Uiteindelijk besloot hij dat het geen zin had om nog langer te blijven liggen. Hij stond op, kleedde zich aan, pakte zijn Nimbus 2000 en verliet stilletjes de slaapzaal.

Toen Harry de deur opendeed, streek er iets langs zijn been. Hij bukte zich nog net op tijd om Knikkebeen bij het puntje van zijn dikke staart te grijpen en naar buiten te sleuren.

'Ik geloof dat Ron gelijk had wat jou betreft,' zei Harry achterdochtig tegen Knikkebeen. 'Er lopen hier meer dan genoeg muizen rond. Ga die maar vangen. Vooruit,' voegde hij eraan toe en duwde Knikkebeen met zijn voet de wenteltrap af, 'laat Schurfie met rust.'

Het geraas van de storm klonk nog harder in de leerlingenkamer, maar Harry wist dat de wedstrijd niet zou worden afgelast; Zwerkbal-wedstrijden werden niet geschrapt wegens zoiets onbenulligs als noodweer. Desondanks begon hij een beetje ongerust te worden. Plank had Carlo Kannewasser aangewezen op de gang; Kannewasser was een vijfdejaars en een stuk groter dan Harry. Zoekers waren meestal licht en snel, maar met dit weer was Kannewassers gewicht een voordeel omdat hij niet zo snel uit de koers geblazen zou worden.

Harry bleef urenlang voor de haard zitten tot de zon opkwam en stond zo nu en dan op om Knikkebeen, die steeds stiekem naar de jongensslaapzaal wilde sluipen, weg te jagen bij de trap. Uiteindelijk dacht Harry dat het tijd moest zijn om te ontbijten en klom hij in zijn eentje door het portretgat.

'Blijf staan en verdedig je, vermaledijde schurk!' riep heer Pala-gon.

'O, hou je klep,' zei Harry geeuwend.

Hij kwam weer een beetje bij na een groot bord havermout en tegen de tijd dat hij aan zijn toast begon, was ook de rest van het team verschenen.

'Dit gaat lastig worden,' zei Plank, die geen hap door zijn keel kreeg.

'Maak je toch niet zo druk, Olivier,' zei Alicia sussend. 'We kunnen heus wel tegen een beetje regen.'

Het was echter aanzienlijk meer dan alleen een beetje regen. Zwerkbal was zo populair dat de hele school naar het stadion ging om de wedstrijd te kunnen volgen, zoals altijd, maar ze renden wel haastig over de gazons naar het Zwerkbalveld, met hun hoofden gebogen tegen de gierende wind die de paraplu's uit hun handen rukte. Net toen Harry de kleedkamers binnenging, ving hij een glimp op van Malfidus, Korzel en Kwast, die onder een enorme paraplu op weg waren naar het stadion en lachend naar hem wezen.

Het team trok hun vuurrode gewaden aan en wachtte op Planks gebruikelijke peptalk, maar die kwam niet. Hij deed diverse keren een poging om iets te zeggen, maakte uiteindelijk een raar, slikkend geluidje, schudde neerslachtig zijn hoofd en gebaarde dat ze hem moesten volgen.

Er stond zo'n harde wind dat ze wankelden toen ze het veld opkwamen en als het publiek juichte, was dat onhoorbaar door het gerommel van de donder. Regendruppels spatten op Harry's bril. Hoe moest hij met dit weer in vredesnaam de Snaai zien te vinden?

De Huffelpufs kwamen vanaf de andere kant het veld op, in hun kanariegele gewaden. De aanvoerders liepen naar elkaar toe en gaven elkaar een hand; Kannewasser glimlachte, maar Plank zag eruit alsof hij kaakkramp had en knikte alleen maar. Harry zag dat madame Hooch 'op uw bezems' riep, maar kon haar niet horen. Hij trok zijn rechtervoet met een zuigend geluid uit de modder en zwaaide hem over zijn Nimbus 2000. Madame Hooch stak haar fluitje in haar mond en blies. Het klonk schril en flauwtjes – maar de wedstrijd was begonnen.

Harry steeg snel op, maar zijn Nimbus werd door de wind uit de koers geblazen. Hij hield hem zo goed mogelijk in balans en maakte een bocht, zijn ogen dichtknijpend tegen de regen.

Na vijf minuten was Harry van top tot teen doorweekt en verkleumd. Zelfs zijn ploeggenoten kon hij nauwelijks zien, laat staan de piepkleine Snaai. Hij vloog heen en weer over het veld, langs wazige rode en gele gedaanten en had geen flauw idee hoe de wedstrijd verder verliep. Door het gebulder van de wind kon hij het commentaar niet horen. De toeschouwers gingen schuil onder een zee van mantels en gehavende paraplu's. Harry werd twee keer bijna onderuitgehaald door een Beuker; zijn zicht was zo wazig door de regen op zijn bril dat hij ze niet zag aankomen.

Hij verloor alle besef van tijd. Het werd steeds moeilijker om zijn bezem recht te houden en de hemel werd alsmaar donkerder, alsof de duisternis besloten had vervroegd in te vallen. Harry vloog ook twee keer bijna tegen een andere speler op, zonder te weten of het een ploeggenoot was of een tegenstander; iedereen was zo nat en de regenvlagen waren zo hevig dat hij ze nauwelijks uit elkaar kon houden...

Toen de eerste bliksemschicht omlaagflitste, klonk ook het fluitje van madame Hooch; Harry kon door de neergutsende regen nog net het silhouet van Plank onderscheiden, die gebaarde dat ze moesten landen. Het hele team streek spetterend neer in de modder.

'Ik heb een time-out aangevraagd!' brulde Plank tegen zijn team. 'Vooruit, kom hier staan –'

Ze scholen dicht tegen elkaar aan onder een grote paraplu aan de rand van het veld. Harry deed zijn bril af en veegde hem haastig af aan zijn gewaad.

'Hoeveel staat het?'

'We staan vijftig punten voor,' zei Plank, 'maar als we die Snaai niet gauw te pakken krijgen, spelen we vannacht nog.'

'Ik maak geen schijn van kans met dit ding op m'n neus!' zei Harry, die nijdig met zijn bril zwaaide.

Op dat moment verscheen Hermelien plotseling; ze hield haar mantel over haar hoofd en keek hem vreemd genoeg stralend aan.

'Ik heb een idee, Harry! Geef me je bril, vlug!'

Harry gaf haar zijn bril en terwijl de ploeg stomverbaasd toekeek tikte Hermelien er met haar toverstok op en zei: 'Nonpluvius!'

'Alsjeblieft!' zei ze en gaf Harry zijn bril terug. 'Nu is hij waterafstotend!'

Plank keek haar aan alsof hij haar wilde zoenen.

'Briljant!' riep hij haar schor na terwijl ze het publiek weer indook. 'Oké, team, we gaan ervoor!'

Hermeliens spreuk had gewerkt. Harry was nog steeds verkleumd en natter dan hij ooit van zijn leven geweest was, maar hij kon nu tenminste zien. Vol nieuwe vastberadenheid stuurde hij zijn bezem door de winderige lucht. Hij tuurde om zich heen naar de Snaai, ontweek een Beuker, dook onder Kannewasser door, die in de andere richting suisde...

Opnieuw klonk er een donderslag, onmiddellijk gevolgd door een gevorkte bliksemflits. Het werd steeds gevaarlijker. Harry moest de Snaai zo snel mogelijk te pakken zien te krijgen –

Hij keerde, met het idee om terug te vliegen naar het midden van het veld, maar op dat moment zag Harry in het licht van een nieuwe bliksemflits iets op de tribunes waardoor hij alle aandacht voor de wedstrijd verloor – het silhouet van een reusachtige, harige zwarte hond, die roerloos op de lege bovenste rij zat en duidelijk afstak tegen de grauwe hemel.

Harry's gevoelloze handen gleden van zijn bezemsteel en zijn Nimbus zakte abrupt een paar meter. Hij schudde zijn doorweekte haar uit zijn gezicht en staarde aandachtig naar de tribune. De hond was verdwenen.

'Harry!' riep Plank wanhopig bij de doelpalen van Griffoendor, 'Harry, achter je!'

Harry keek verwilderd om zich heen. Carlo Kannewasser stoof op volle snelheid in zijn richting en door de neerkletterende regen zag hij een minuscuul gouden vlekje schitteren –

In paniek gooide Harry zich plat op zijn bezem en spurtte naar de Snaai.

'Vooruit!' gromde hij tegen zijn Nimbus, terwijl de regen in zijn gezicht striemde. 'Sneller!'

Maar er gebeurde iets heel vreemds. Er viel een akelige stilte in het stadion. De wind gierde nog even hard als eerst, maar maakte geen lawaai meer. Het was alsof iemand het geluid had uitgezet, alsof Harry plotseling doof was geworden – wat was er aan de hand?

En toen stroomde er een afschuwelijke, bekende kou over hem heen, door hem heen, op het moment dat hij besefte dat er beneden op het veld iets bewoog...

Zonder erbij na te denken scheurde Harry zijn blik los van de Snaai en keek omlaag.

Minstens honderd Dementors stonden onder hem en staarden hem aan met hun verborgen gezichten. Het was alsof er ijskoud water opborrelde in zijn borst, dat zijn binnenste bevroor. En toen hoorde hij het weer... iemand gilde in zijn hoofd... een vrouw...

'Nee, niet Harry, niet Harry, alsjeblieft, niet Harry!'

'Opzij, dom wicht... vooruit, opzij...'

'Nee, niet Harry, alsjeblieft! Neem mij, dood mij –'

Een verdovende witte nevel kolkte door Harry's brein... wat deed hij daar? Waarom vloog hij? Hij moest haar helpen... ze ging sterven... ze zou vermoord worden...

Hij viel, viel door een ijzige mist.

'Niet Harry! Alsjeblieft... genade... genade...'

Een schrille stem lachte, de vrouw gilde en het werd zwart voor Harry's ogen.

'Een geluk dat het veld zo zacht was.'

'Ik dacht echt dat hij dood was.'

'Maar zelfs z'n bril is nog heel.'

Harry hoorde stemmen fluisteren, maar wat ze zeiden sloeg nergens op. Hij had geen flauw idee waar hij was of hoe hij daar terecht was gekomen. Hij wist alleen dat alles hem pijn deed, alsof hij een ongenadig pak ransel had gehad.

'Dat was het engste wat ik ooit van m'n leven heb gezien.'

Eng... het engste... gedaanten met zwarte mantels... kou... gegil...

Harry deed zijn ogen open. Hij lag op de ziekenzaal. De hele Zwerkbalploeg van Griffoendor stond rond zijn bed, van top tot teen onder de modder. Ron en Hermelien waren er ook en zagen eruit alsof ze net uit een zwembad waren geklommen.

'Harry!' zei Fred, die doodsbleek was onder alle modder. 'Hoe voel je je?'

Het was alsof Harry's geheugen versneld terugspoelde. De bliksem... de Grim... de Snaai... en de Dementors...

'Wat is er gebeurd?' vroeg hij en hij ging zo abrupt overeind zitten dat ze allemaal naar adem snakten.

'Je viel van je bezem,' zei Fred. 'Van minstens – wat zal het geweest zijn – vijftien meter hoogte.'

'We dachten dat je dood was,' zei Alicia rillend.

Hermelien maakte een piepend geluidje. Haar ogen waren rood en bloeddoorlopen.

'En de wedstrijd?' zei Harry. 'Hoe is die afgelopen? Wordt hij overgespeeld?'

Niemand zei iets. De verschrikkelijke waarheid drong met een verlammende klap tot Harry door.

'We hebben toch niet – verloren?'

'Kannewasser wist de Snaai te grijpen,' zei George. 'Vlak nadat je van je bezem was gevallen. Hij wist niet wat er gebeurd was. Toen hij omkeek en jou op de grond zag liggen, wilde hij de wedstrijd eigenlijk afbreken en laten overspelen, maar ze hebben eerlijk gewonnen... zelfs Plank geeft dat toe.'

'Waar is Plank?' zei Harry, die besefte dat hij er niet bij was.

'Nog steeds onder de douche,' zei Fred. 'We denken dat hij zich probeert te verdrinken.'

Harry drukte zijn gezicht tegen zijn knieën en greep naar zijn haar. Fred pakte hem bij zijn schouders en schudde hem door elkaar.

'Vooruit, Harry! Kop op! Je hebt de Snaai nog nooit eerder gemist.'

'Het moest een keertje gebeuren,' zei George.

'Het is nog niet voorbij,' zei Fred. 'We hebben met honderd punten verschil verloren, ja? Dus als Huffelpuf verliest van Ravenklauw en wij Ravenklauw en Zwadderich verslaan –'

'Dan moet Huffelpuf met minstens tweehonderd punten verschil verliezen,' zei George.

'Maar als ze Ravenklauw verslaan –'

'Vergeet het maar. Ravenklauw is veel te goed. Maar als Zwadderich nou verliest van Huffelpuf...'

'Het hangt allemaal af van de punten – honderd meer of minder kan net het verschil maken –'

Harry was weer gaan liggen en deed er het zwijgen toe. Ze hadden verloren... voor de allereerste keer had hij een Zwerkbalwedstrijd verloren.

Na een minuut of tien kwam madame Plijster binnen, die zei dat het team hem met rust moest laten.

'We komen later nog wel even langs,' zei Fred. 'Maak jezelf geen verwijten, Harry. Je bent nog steeds de beste Zoeker die we ooit hebben gehad.'

Het team dromde naar buiten, met achterlating van veel modderige voetstappen. Madame Plijster deed met een afkeurend gezicht de deur achter hen dicht en Ron en Hermelien gingen dichter aan Harry's bed zitten.

'Perkamentus was echt ziedend,' zei Hermelien met trillende stem. 'Ik heb hem nog nooit zo meegemaakt. Hij rende het veld op toen je viel en zwaaide met zijn toverstok en remde je een beetje af voor je de grond raakte. En toen gebaarde hij met zijn toverstok naar de Dementors en schoot een zilverachtig iets op ze af. Ze gingen direct weg... hij was woest dat ze op het schoolterrein waren gekomen, dat hoorden we hem zeggen –'

'En toen toverde hij je op een brancard en liep met je naar school, terwijl jij voor hem uit zweefde,' zei Ron. 'Iedereen dacht dat je...'

Zijn stem stokte, maar dat hoorde Harry nauwelijks. Hij dacht aan wat de Dementors met hem hadden gedaan... aan die overslaande stem. Hij keek op en zag Ron en Hermelien zo bezorgd naar hem kijken dat hij gauw iets nuchters en zakelijks probeerde te zeggen.

'Heeft iemand m'n Nimbus meegenomen?'

Ron en Hermelien keken elkaar aan.

'Eh –'

'Wat?' zei Harry, die van de een naar de ander keek.

'Nou... toen je viel, werd je bezem weggeblazen door de wind,' zei Hermelien aarzelend.

'En?'

'En toen botste hij tegen – tegen – o Harry, hij botste tegen de Beukwilg!'

Harry's maag voelde plotseling hol aan. De Beukwilg was een uiterst gewelddadige boom die helemaal apart stond, midden op het schoolterrein.

'En?' zei hij, hoewel hij het antwoord helemaal niet wilde horen.

'Nou, je kent de Beukwilg,' zei Ron. 'Hij – hij vindt het niet leuk als hij door dingen wordt geraakt.'

'Vlak voor je bijkwam bracht professor Banning dit,' zei Hermelien met een klein stemmetje.

Langzaam pakte ze een tas die naast het bed stond, keerde hem om en schudde een stuk of tien splintertjes hout en gebroken twijgjes op het bed, de allerlaatste resten van Harry's trouwe, eindelijk verslagen bezem.

HOOFDSTUK 10

DE SLUIPWEGWIJZER

*M*adame Plijster stond erop dat Harry de rest van het weekend op de ziekenzaal bleef. Hij protesteerde niet en klaagde niet, maar wilde ook niet dat ze de versplinterde resten van zijn Nimbus 2000 weggooide. Hij wist dat dat stom was en dat de Nimbus onmogelijk gerepareerd kon worden, maar Harry kon er niets aan doen; het was alsof hij een van zijn beste vrienden was kwijtgeraakt.

Hij kreeg een stroom van bezoek en iedereen was vastbesloten om hem op te vrolijken. Hagrid stuurde een grote bos bloemen die net gele bloemkolen leken en vol oorwurmen zaten, en een hevig blozende Ginny bracht een zelfgemaakte beterschapskaart die aan een stuk door schril bleef zingen, tenzij Harry er zijn fruitmand bovenop zette. Zondagochtend kwam de ploeg van Griffoendor opnieuw en nu met Plank erbij, die met een holle grafstem zei dat hij Harry absoluut geen verwijten maakte. Ron en Hermelien hielden trouw de wacht aan zijn bed en gingen pas 's avonds weg, maar toch kon Harry niet worden opgevrolijkt, wat ze ook zeiden of deden, omdat ze maar half wisten wat hem dwarszat.

Hij had niemand over de Grim verteld, zelfs Ron en Hermelien niet, omdat hij wist dat Ron in paniek zou raken en Hermelien schamper zou doen. Het bleef echter een feit dat het beest twee keer was verschenen en dat die verschijningen waren gevolgd door bijna fatale ongelukken: de eerste keer was hij op een haar na overreden door de Collectebus en de tweede keer had hij een val van vijftien meter gemaakt. Zou die Grim hem blijven achtervolgen tot hij werkelijk doodging? Zou hij de rest van zijn leven angstig over zijn schouder moeten kijken of hij dat beest zag?

En dan had je de Dementors nog. Steeds als Harry aan ze dacht, voelde hij zich misselijk en vernederd. Iedereen zei weliswaar dat Dementors afschuwelijk waren, maar verder viel niemand flauw als er eentje te dicht in de buurt kwam... verder hoorde niemand de stemmen van zijn stervende ouders door zijn hoofd galmen.

Want Harry wist nu wie er zo gilde. Hij had haar woorden talloze malen gehoord als hij 's nachts in de ziekenzaal wakker lag en naar het maanlicht op het plafond staarde. Als die Dementors in de buurt kwamen, hoorde hij de laatste momenten van zijn moeders leven, haar pogingen om hem te beschermen tegen Voldemort en Voldemorts gelach voor hij haar vermoordde... Harry sliep onrustig. Af en toe zonk hij weg in een droom vol klamme, rottende handen en doodsbange smeekbedes en als hij weer wakker schrok, kon hij het geluid van zijn moeders stem niet uit zijn hoofd zetten.

Het was een opluchting toen hij maandag terug mocht naar de drukte en herrie van school, waar hij gedwongen was aan andere dingen te denken, ook al moest hij zich het gesar van Draco Malfidus laten welgevallen. Malfidus was haast buiten zichzelf van vreugde omdat Griffoendor had verloren. Hij had eindelijk zijn verband afgedaan en vierde het feit dat hij beide armen weer kon gebruiken door geanimeerd na te spelen hoe Harry van zijn bezem was gevallen. Tijdens hun eerstvolgende les Toverdranken besteedde Malfidus, die aan de andere kant van de kerker werkte, een groot deel van de tijd aan het imiteren van Dementors, tot Ron zich niet meer kon beheersen en een groot, glibberig krokodillenhart naar Malfidus smeet. Hij raakte hem vol in het gezicht, wat voor Sneep aanleiding was om vijftig punten van Griffoendor af te trekken.

'Als Sneep opnieuw invalt bij Verweer tegen de Zwarte Kunsten, meld ik me ziek,' zei Ron toen ze na het middageten naar het lokaal van Lupos gingen. 'Kijk eens wie het is, Hermelien.'

Hermelien stak haar hoofd om de deur van het lokaal.

'Sein veilig!'

Professor Lupos was terug. Zo te zien was hij inderdaad ziek geweest. Zijn oude gewaad zat slobberiger dan ooit en hij had donkere wallen onder zijn ogen, maar desondanks glimlachte hij toen de leerlingen gingen zitten. Hij moest onmiddellijk een lawine aan klachten over het invallen van Sneep aanhoren.

'Het is niet eerlijk, hij viel alleen maar in. Waarom moet hij ons huiswerk geven?'

'We weten niks van weerwolven –'

'– twee rollen perkament!'

'Hebben jullie tegen professor Sneep gezegd dat we nog niet zo ver waren?' vroeg Lupos met een lichte frons.

Het rumoer barstte weer los.

'Ja, maar hij zei dat we vreselijk achter waren –'

'– hij wou niet luisteren –'

'– *twee rollen perkament!*'

Professor Lupos glimlachte bij het zien van al die verontwaardigde gezichten.

'Maak je maar geen zorgen. Ik zal met professor Sneep praten. Jullie hoeven dat opstel niet te maken.'

'O *nee*,' zei Hermelien teleurgesteld. 'Ik had het al af!'

Het werd een heel leuke les. Professor Lupos had een glazen kistje met een Zompelaar meegebracht, een klein, eenbenig wezentje dat zo te zien voornamelijk uit sliertjes rook bestond en broos en onschadelijk leek.

'Hij lokt eenzame reizigers het moeras in,' zei professor Lupos, terwijl de klas aantekeningen maakte. 'Zien jullie dat lantaarntje in zijn hand? Hij hinkelt voor mensen uit – die volgen het lichtje – en dan –'

De Zompelaar drukte zijn gezicht tegen het glas en maakte een afschuwelijk, blubberend geluid.

Toen de bel ging pakte iedereen zijn tas en liep naar de deur, Harry ook, maar –

'Wacht even, Harry,' riep Lupos. 'Ik wil je spreken.'

Harry liep terug en keek hoe Lupos een doek over het kistje van de Zompelaar hing.

'Ik heb over de wedstrijd gehoord,' zei Lupos, die naar zijn bureau liep en boeken in zijn koffertje begon te stoppen. 'Zonde van je bezem. Kan hij nog gemaakt worden?'

'Nee,' zei Harry. 'Die boom heeft hem aan gruzelementen geslagen.'

Lupos zuchtte.

'Die Beukwilg is geplant in m'n eerste jaar op Zweinstein. De leerlingen maakten er een spel van om te kijken wie de stam kon aanraken. Uiteindelijk raakte een jongen, Onno Nozel, bijna een oog kwijt en mochten we er niet meer in de buurt komen.'

'Heeft u ook gehoord over de Dementors?' bracht Harry moeizaam uit.

Lupos wierp hem een snelle blik toe.

'Ja. Ik geloof niet dat professor Perkamentus ooit zo kwaad is geweest. Ze zijn al een tijdje onrustig... boos omdat hij weigert ze op het schoolterrein toe te laten... dat was zeker de reden waarom je bent gevallen?'

'Ja,' zei Harry. Hij aarzelde even en flapte de vraag die hij wilde stellen er toen pardoes uit, voor hij zichzelf kon weerhouden: '*Waar-om*? Waarom grijpen ze me zo aan? Ben ik –'

'Het heeft niets met zwakte te maken,' zei professor Lupos op scherpe toon, alsof hij Harry's gedachten kon lezen. 'Jij wordt sterker beïnvloed door Dementors omdat jij in je vroege jeugd gruwelen hebt meegemaakt die anderen bespaard zijn gebleven.'

Een streep winters zonlicht viel door het lokaal en scheen op Lupos' grijze haren en de lijnen in zijn nog jonge gezicht.

'Dementors behoren tot de afschuwelijkste wezens die er bestaan. Ze vermenigvuldigen zich op de donkerste, smerigste plaatsen, ze zijn dol op verderf en wanhoop en ze zuigen alle vrede, hoop en geluk weg uit de lucht om hen heen. Zelfs Dreuzels voelen hun aanwezigheid, ook al kunnen ze hen niet zien. Als je te dicht bij een Dementor komt, worden alle goede gevoelens, alle gelukkige gedachten, onherroepelijk uit je weggezogen. Als ze de kans krijgen, voeden ze zich net zo lang met je tot je net zo wordt als zij – ziel-loos en genadeloos. Alleen de herinnering aan het allerergste wat je ooit hebt meegemaakt blijft over. En het ergste wat *jij* hebt meegemaakt, Harry, is zó erg dat iedereen daardoor van zijn of haar bezem zou vallen. Daar hoef je je echt niet voor te schamen.'

'Als ze dicht bij me komen –' Harry staarde naar het bureau van Lupos, met een brok in zijn keel, '– dan hoor ik hoe Voldemort mijn moeder vermoordt.'

Lupos maakte een gebaar alsof hij zijn arm om Harry's schouder wilde slaan, maar hij bedacht zich. Er volgde een korte stilte en toen –

'Waarom waren ze dan ook bij die wedstrijd?' vroeg Harry verbitterd.

'Ze beginnen honger te krijgen,' zei Lupos koeltjes en hij klikte zijn koffertje dicht. 'Perkamentus wil ze niet op het schoolterrein hebben en daarom zijn ze door hun voorraad aan menselijke prooi heen... ze konden gewoon geen weerstand bieden aan die menigte in het Zwerkbalstadion. Al die opwinding... die hoog oplopende emoties... dat is hun idee van een feestmaal.'

'Azkaban moet verschrikkelijk zijn,' mompelde Harry en Lupos knikte grimmig.

'Het fort ligt op een piepklein eilandje, ver in zee, maar ze hebben geen water of muren nodig om de gevangenen in bedwang te houden, niet als die in hun eigen hoofd gevangen zitten en niet in staat zijn tot ook maar één opgewekte gedachte. De meesten worden binnen een paar weken gek.'

'Maar Sirius Zwarts is ontsnapt,' zei Harry langzaam. 'Die heeft weten te ontkomen...'

Het koffertje van Lupos gleed van zijn bureau; hij moest zich snel bukken om het op te vangen.

'Ja,' zei hij terwijl hij weer overeind kwam. 'Zwarts moet een manier hebben gevonden om zich te verzetten. Ik dacht dat dat onmogelijk was... ze zeggen altijd dat Dementors een tovenaar van al zijn kracht beroven als hij te lang in hun nabijheid verkeert...'

'Maar u heeft die Dementor in de trein toch weggejaagd?' zei Harry plotseling.

'Er zijn – bepaalde verdedigingsmiddelen,' zei Lupos. 'Maar in de trein ging het om één Dementor. Met hoe meer ze zijn, hoe moeilijker het wordt om weerstand te bieden.'

'Wat voor verdedigingsmiddelen?' vroeg Harry gretig. 'Kunt u me die leren?'

'Ik pretendeer niet dat ik een expert ben in het afweren van Dementors, Harry... integendeel zelfs...'

'Maar stel dat ze opnieuw naar een Zwerkbalwedstrijd komen? Dan moet ik me toch kunnen verdedigen...?'

Lupos keek naar Harry's vastberaden gezicht, aarzelde even en zei toen: 'Nou... goed dan. Ik zal proberen om je te helpen. Maar ik ben bang dat dat tot volgend semester moet wachten. Ik moet nog een heleboel doen voor de vakantie. Ik heb een heel slecht moment uitgekozen om ziek te worden.'

Omdat Lupos had beloofd hem anti-Dementorlessen te geven en hij het vooruitzicht had de dood van zijn moeder misschien nooit meer te hoeven herbeleven, en door de verpletterende Zwerkbal-overwinning van Ravenklauw op Huffelpuf eind november, werd Harry's stemming stukken beter. Griffoendor was nog niet uitgeschakeld, hoewel ze het zich niet konden veroorloven om nogmaals te verliezen. Plank kreeg zijn oude, manische energie terug en beulde zijn team net zo hard af als eerst, in de kille, mistige motregen die hardnekkig tot in december voortduurde. Harry ving nergens meer een glimp op van een Dementor; gedwongen door een woedende Perkamentus schenen ze nu op hun post te blijven, bij de ingangen.

Twee weken voor het einde van het semester klaarde het weer op. De hemel werd oogverblindend, opaalachtig wit en op een ochtend was het modderige terrein opeens met een glinsterende laag rijp bedekt. In het kasteel heerste al een echte kerstsfeer. Professor Banning, hun docent Bezweringen, had zijn klas versierd met glimmerende lichtjes die levende, fladderende elfjes bleken te zijn. De leerlingen bespraken vrolijk wat ze tijdens de vakantie zouden doen. Zowel Ron als Hermelien had besloten om op Zweinstein te blijven en hoewel Ron beweerde dat hij geen zin had in twee weken Percy en Hermelien volhield dat ze de bibliotheek niet kon missen, wist Harry wel beter; ze bleven om hem gezelschap te houden en daar was hij hen heel dankbaar voor.

Tot grote vreugde van iedereen behalve Harry, bleek dat er in het laatste weekend voor de vakantie opnieuw een uitstapje naar Zweinsveld op het programma stond.

'Dan kan ik daar mooi m'n kerstcadeautjes kopen!' zei Hermelien. 'Pa en ma zouden die Flossende Flintmints van Zacharinus heerlijk vinden!'

Harry, die zich erbij had neergelegd dat hij opnieuw de enige derdejaars zou zijn die achterbleef, leende De *Bezemkampioen* van Plank en nam zich voor zich wat meer te verdiepen in de verschillende types bezemstelen. Tijdens de trainingen gebruikte hij nu een schoolbezem, een stokoude Vallende Ster die traag en schokkerig was; hij had dringend behoefte aan een nieuwe.

Op de zaterdagochtend van het uitstapje naar Zweinsveld nam Harry afscheid van Hermelien en Ron, die dik ingepakt waren in mantels en sjaals en liep toen in zijn eentje de marmeren trap op, terug naar de toren van Griffoendor. Buiten dwarrelde sneeuw neer en binnen was alles doodstil.

'Psst – Harry!'

Halverwege de gang op de derde verdieping draaide hij zich om en zag Fred en George om het standbeeld van een eenogige heks met een bochel gluren.

'Wat doen jullie daar?' vroeg Harry nieuwsgierig. 'Moeten jullie niet naar Zweinsveld?'

'We wilden jou eerst even in kerststemming brengen,' zei Fred met een mysterieuze knipoog. 'Kom mee...'

Hij knikte naar een leeg lokaal links van het beeld en Harry volgde hen. George deed de deur dicht, keerde zich om en keek Harry grijnzend aan.

'We hebben alvast een kerstcadeautje voor je, Harry,' zei hij.

Met een zwierig gebaar haalde Fred iets onder zijn mantel vandaan en legde dat op een tafeltje. Het was een groot, vierkant en versleten vel perkament, waar niets op stond. Harry, die een grap van Fred en George vermoedde, staarde ernaar.

'Wat moet dat voorstellen?'

'Dit, Harry, is het geheim van ons succes,' zei George, die liefdevol op het perkament klopte.

'Het kost moeite om er afstand van te doen,' zei Fred, 'maar gisteravond besloten we dat jij er meer behoefte aan hebt dan wij.'

'En bovendien kennen we het toch al uit ons hoofd,' zei George. 'We laten het aan jou na. Wij hebben het niet echt meer nodig.'

'Wat moet ik met een stuk oud perkament?' vroeg Harry.

'Een stuk oud perkament!' zei Fred, die een gezicht trok en zijn ogen dichtkneep alsof Harry hem zwaar beledigd had. 'Leg jij maar uit, George.'

'Nou... toen wij eerstejaars waren, Harry – jong, zorgeloos en onschuldig –'

Harry snoof. Hij betwijfelde sterk of Fred en George ooit onschuldig waren geweest.

'– of in elk geval onschuldiger dan we nu zijn – kwamen we op een keer in aanvaring met Vilder.'

'We hadden een Mestbom afgestoken op de gang en om de een of andere reden vond hij dat niet leuk –'

'En dus sleurde hij ons mee naar z'n kantoortje en bedreigde ons met het gebruikelijke –'

'– strafwerk –'

'– vierendelen –'

'– maar plotseling viel ons oog op een la van een archiefkast, een la met het opschrift *Geconfisqueerd en Levensgevaarlijk*.'

'Je gaat me toch niet vertellen –' zei Harry met een grijns.

'Nou ja, wat zou jij hebben gedaan?' zei Fred. 'George zorgde voor afleiding door nog een Mestbom te gooien en ik trok gauw die la open en griste daar – *dit* uit.'

'Het is niet zo gevaarlijk als je zou denken,' zei George. 'Volgens ons is Vilder er nooit achter gekomen hoe het werkte, maar waarschijnlijk vermoedde hij wel wat het was, anders zou hij het niet in beslag hebben genomen.'

'En jullie weten wel hoe het werkt?'

'Uiteraard!' zei Fred grijnzend. 'We hebben van dit prachtexemplaar meer geleerd dan van alle leraren bij elkaar.'

'Ga weg,' zei Harry, die naar het rafelige perkament keek.

'O ja?' zei George.

Hij pakte zijn toverstok, tikte zacht op het perkament en zei: '*Ik zweer plechtig dat ik snode plannen heb.*'

Onmiddellijk begonnen zich vanaf de plek waar George getikt had dunne inktlijntjes over het perkament te verspreiden. Ze sloten zich aaneen, ze kruisten elkaar, ze drongen tot in alle hoeken van het perkament door en toen begonnen er bovenaan letters te verschijnen, grote, groene, krullerige letters, die verkondigden:

De heren Maanling, Wormstaart, Sluipvoet en Gaffel
Toeleveraars van Technische Trucs voor Toverstreken
presenteren met gepaste trots
DE SLUIPWEGWIJZER

Het was een plattegrond waarop het kasteel en het schoolterrein tot in de kleinste details waren afgebeeld, maar het opmerkelijkst waren de minuscule inktstipjes die over de kaart bewogen en die stuk voor stuk in piepkleine lettertjes een naam droegen. Verbijsterd boog Harry zich over de kaart. Volgens het opschrift bij een stipje in de linkerbovenhoek ijsbeerde professor Perkamentus op dat moment door zijn studeerkamer; sloop mevrouw Norks, de kat van de conciërge, rond op de tweede verdieping en danste Foppe de klopgeest door de prijzenkamer. En terwijl Harry zijn blik over de vertrouwde lokalen en gangen liet gaan, viel hem nog iets op: op de kaart stond een heel gangenstelsel afgebeeld waar hij nog nooit geweest was en diverse gangen leidden zo te zien rechtstreeks –

'Rechtstreeks naar Zweinsveld,' zei Fred, die de loop van een gang volgde met zijn vinger. 'In totaal zijn er zeven. Vilder weet van deze vier –' hij wees ze aan – 'maar we zijn ervan overtuigd dat wij de enigen zijn die *deze* drie kennen. Die achter de spiegel op de vierde verdieping hoef je niet te proberen. Die hebben we tot aan vorige winter gebruikt, maar hij is ingestort – totaal geblokkeerd. En we denken dat nooit iemand gebruik maakt van deze gang, omdat ze de Beukwilg precies boven de ingang hebben geplant. Maar deze loopt rechtstreeks naar de kelder van Zacharinus. Zo zijn we heel vaak gegaan. En zoals je misschien al gezien hebt, bevindt de ingang zich vlak bij dit lokaal, namelijk achter de bochel van die ouwe heks.'

'Maanling, Wormstaart, Sluipvoet en Gaffel,' verzuchtte George, die op de titel van de kaart klopte. 'We zijn hun veel dank verschuldigd.'

'Nobele mannen, die onvermoeibaar hebben gezwoegd om een nieuwe generatie wetsovertreders van dienst te zijn,' zei Fred plechtig.

'Oké,' zei George. 'Vergeet vooral niet om hem schoon te vegen als je hem gebruikt hebt –'

'– anders kan iedereen hem lezen,' voegde Fred er waarschuwend aan toe.

'Je tikt er gewoon opnieuw op en zegt: "Snode plannen uitgevoerd!" en dan wordt hij weer blanco.'

'Dus, Harry, jonge vriend,' zei Fred, die een griezelig goede imitatie van Percy gaf, 'zorg dat je je gedraagt!'

'En we zien je wel bij Zacharinus,' zei George met een knipoog.

Voldaan grijnzend verlieten ze het lokaal.

Harry bleef nog even achter en staarde naar de wonderbaarlijke kaart. Hij zag hoe de piepkleine, getekende mevrouw Norks linksaf sloeg en aan iets op de grond snoof. Als Vilder die gang echt niet kende... dan hoefde hij helemaal niet langs de Dementors...

Maar terwijl hij dat opgewonden bedacht, welde iets wat meneer Wemel ooit had gezegd op in zijn geheugen.

Vertrouw nooit iets wat zelf kan denken als je niet kunt zien waar zijn brein zich bevindt.

Die kaart was duidelijk een van die gevaarlijke magische voorwerpen waar meneer Wemel voor gewaarschuwd had... *Technische Trucs voor Toverstreken*... maar hij wilde hem alleen gebruiken om bij Zacharinus' Zoetwarenhuis te komen, redeneerde Harry. Hij was niet van plan om iets te stelen of iemand aan te vallen... en Fred en George hadden hem blijkbaar jarenlang gebruikt zonder dat er iets vreselijks was gebeurd...

Harry ging met zijn vinger langs de geheime gang naar Zacharinus.

Plotseling, alsof hij een bevel had gekregen, rolde hij de kaart op, stopte hem in zijn gewaad, liep haastig naar de deur van het lokaal en opende hem op een kiertje. Niemand te zien. Heel voorzichtig ging hij naar buiten en sloop achter het standbeeld van de eenogige heks.

Wat nu? Hij haalde de kaart weer te voorschijn en zag tot zijn verbijstering dat er een nieuw getekend figuurtje was verschenen, met het bijschrift *Harry Potter*. Het figuurtje stond precies waar de echte Harry ook stond, ongeveer halverwege de gang op de derde verdieping. Harry bekeek de kaart aandachtig. Het was alsof zijn kleine, getekende evenbeeld met een minuscuul toverstokje op de heks tikte.

Harry pakte zijn echte toverstok en tikte op de heks. Er gebeurde niets. Hij keek opnieuw op de kaart en zag dat er een haast microscopisch tekstballonnetje naast het figuurtje was verschenen. Het woord in het ballonnetje was: 'Dissendium.'

'Dissendium!' fluisterde Harry en hij tikte opnieuw op de stenen heks.

De bochel van het standbeeld ging direct ver genoeg open om een niet te dikke persoon door te laten. Harry keek snel door de gang, stopte de kaart weg, hees zich in het gat en kroop met zijn hoofd vooruit naar binnen.

Hij gleed een heel eind omlaag door iets wat als een gladde stenen koker aanvoelde en landde toen op kille, vochtige aarde. Hij stond op en keek om zich heen, maar het was pikkedonker. Hij hief zijn toverstaf op, fluisterde: 'Lumos!' en zag dat hij zich in een smalle, lage aarden tunnel bevond. Hij hief de kaart op, tikte erop met de punt van zijn toverstok en mompelde: 'Snode plannen uitgevoerd!' De kaart werd direct weer blanco. Hij vouwde hem zorgvuldig op, stopte hem in zijn gewaad en ging op weg, met een hart dat bonsde van opwinding en verwachting.

De gang slingerde en kronkelde en had nog het meest weg van het hol van een reusachtig konijn. Harry liep zo snel mogelijk, met zijn toverstok uitgestoken, af en toe struikelend over oneffenheden in de vloer.

Het duurde eeuwen, maar Harry werd gesterkt door de gedachte aan Zacharinus. Na wat wel een uur leek, begon de gang glooiend omhoog te gaan. Hijgend versnelde Harry zijn pas. Zijn gezicht gloeide, maar zijn voeten waren ijskoud.

Tien minuten later kwam hij bij een oude, uitgesleten stenen trap die in de duisternis boven hem verdween. Heel voorzichtig, zodat hij geen geluid zou maken, sloop Harry de trap op. Honderd treden, tweehonderd treden – hij raakte de tel kwijt terwijl hij klom en goed keek waar hij zijn voeten neerzette. Toen, volkomen onverwacht, stootte hij zijn hoofd tegen iets hards.

Het bleek een luik te zijn. Harry bleef staan, wreef over zijn kruin en luisterde. Hij hoorde niets. Heel langzaam duwde hij het luik open en keek over de rand.

Hij was in een kelder vol dozen en kratten. Harry klom door het luik en deed het weer dicht – het paste zo perfect in de stoffige vloer dat je het niet kon zien. Langzaam sloop Harry naar de houten trap die naar boven leidde. Nu hoorde hij wel stemmen, plus het gerinkel van een bel en een deur die open- en dichtging.

Terwijl hij zich afvroeg wat hij moest doen, hoorde hij veel dichterbij ook een deur opengaan; er kwam iemand naar beneden.

'En pak ook een doos Dropslakken, schat, die zijn bijna op,' zei een vrouwenstem.

Harry zag voeten de trap afdalen. Snel sprong hij achter een grote kist en wachtte tot de voetstappen gepasseerd waren. Hij hoorde de man dozen verplaatsen die tegen de muur tegenover de trap stonden. Misschien was dit zijn enige kans –

Snel en geruisloos verliet Harry zijn schuilplaats en liep de trap op; toen hij omkeek zag hij een reusachtig achterwerk en een glimmend, kaal hoofd dat in een kist verdween. Boven aan de trap was een deur. Harry glipte door de deuropening en zag dat hij achter de toonbank stond in Zacharinus' Zoetwarenhuis. Hij dook gauw omlaag, kroop om de toonbank heen en kwam overeind.

Er waren zo veel leerlingen van Zweinstein in de winkel dat Harry totaal niet opviel. Hij mengde zich tussen de andere scholieren, keek om zich heen en moest lachen bij de gedachte aan de uitdrukking op de dikke varkenskop van Dirk Duffeling, als hij kon zien waar Harry nu was.

Hij zag schappen vol met het heerlijkste snoepgoed dat je je kon voorstellen. Roomwitte brokken noga, glanzende, vierkante blokken roze kokosijs, dikke honingkleurige toffees en honderden verschillende soorten chocola, in keurige rijen; er stond een grote ton met Smekkies In Alle Smaken en ook een met Ballonbruisballen, de wijnballen waar Ron het over had gehad en waar je van ging zweven; aan de andere kant van de zaak was het snoep met speciale eigenschappen uitgestald – Slobbers Beste Bubbelgum (waarmee je een kamer vol hyacintblauwe bellen kon blazen die dagenlang bleven zweven), eigenaardige, splinterachtige Flossende Flintmints, piepkleine zwarte Peperduiveltjes ('Spuw vuur voor je vrienden!'), IJsmuizen ('Hoor je tanden klapperen en piepen tegelijk!'), munttoffees in de vorm van padden ('Springen levensecht in de maag!'), broze ganzenveren van gesponnen suiker en Knalbonbons.

Harry wurmde zich door een groep zesdejaars en zag in de verste hoek van de zaak een bord met het opschrift *Bijzondere Smaken*. Ron en Hermelien stonden onder het bord en keken naar een doos lolly's met bloedsmaak. Harry ging stiekem achter hen staan.

'Getver, nee, die lust Harry vast niet. Ik denk dat die voor vampiers zijn of zo,' zei Hermelien.

'En deze dan?' zei Ron, die een pot Kakkerlak Krunchies onder Hermeliens neus duwde.

'Liever niet,' zei Harry.

Ron liet de pot bijna vallen.

'*Harry*!' piepte Hermelien. 'Wat doe jij hier? Hoe – hoe –?'

'Wauw!' zei Ron, diep onder de indruk. 'Je hebt leren Verschijnselen!'

'Natuurlijk niet,' zei Harry. Zachtjes, zodat de zesdejaars het niet zouden horen, vertelde hij over de Sluipwegwijzer.

'Waarom hebben Fred en George die nooit aan *mij* gegeven?' zei Ron diep verontwaardigd. 'Ik ben nota bene hun broer!'

'Maar Harry houdt hem toch niet!' zei Hermelien, alsof het idee alleen al belachelijk was. 'Hij levert hem in bij professor Anderling, hè Harry?'

'Nee, natuurlijk niet!' zei Harry.

'Ben je gek?' zei Ron, die Hermelien met grote ogen aanstaarde. 'Zoiets moois inleveren?'

'Als ik hem inlever, moet ik zeggen hoe ik eraan kom! Dan weet Vilder dat Fred en George hem gejat hebben!'

'Maar Sirius Zwarts dan?' siste Hermelien. 'Wie weet gebruikt die een van de gangen op de kaart om het kasteel binnen te komen. Dat moeten de leraren weten!'

'Die kan hij niet gebruiken,' zei Harry vlug. 'Er staan zeven geheime gangen op de kaart, oké? Fred en George gaan ervan uit dat Vilder van vier op de hoogte is. En van die overige drie is er één ingestort en onbruikbaar en bij een ander staat de Beukwilg precies boven de ingang, zodat je er niet uit kunt. En de gang die ik heb gebruikt – nou, het is heel moeilijk om het luik in de kelder te zien – dus tenzij Zwarts wist dat dat er was –'

Harry aarzelde. Stel dat Zwarts inderdaad van die gang afwist? Ron schraapte echter veelbetekenend zijn keel en wees op een papier dat op de deur van de snoepwinkel was geplakt.

IN NAAM VAN HET MINISTERIE VAN TOVERKUNST
Alle klanten worden eraan herinnerd dat, tot nader order, Dementors iedere avond na zonsondergang door de straten van Zweinsveld zullen patrouilleren. Deze maatregel is genomen in het belang van de veiligheid van de inwoners van Zweinsveld en wordt pas opgeheven na de arrestatie van Sirius Zwarts. We raden u aan om ervoor te zorgen dat u uw boodschappen ruimschoots voor donker in huis hebt.
Vrolijk kerstfeest!

'Zie je wel?' zei Ron zacht. 'Hoe moet Zwarts in vredesnaam bij Zacharinus inbreken als het hier krioelt van de Dementors? En bovendien zouden de eigenaars het horen als er iemand probeerde in te breken, of niet? Ze wonen boven de winkel.'

'Ja, maar – maar –' Hermelien scheen haar uiterste best te doen om nieuwe bedenkingen te verzinnen. 'Maar toch mag Harry niet in Zweinsveld komen! Hij heeft geen getekend formulier! Als iemand erachter komt, zit hij diep in de puree! En het is nog niet donker – stel dat Zwarts overdag verschijnt? Nu?'

'Ik denk niet dat hij Harry gauw zal zien met dit weer,' zei Ron, die door de kleine ruitjes naar de dichte sneeuwvlagen knikte. 'Vooruit, Hermelien, het is kerst. Laat Harry ook eens genieten.'

Hermelien keek nog steeds bezorgd.

'Wou je me aangeven?' vroeg Harry grijnzend.

'O – natuurlijk niet – maar Harry –'

'Heb je de Ballonbruisballen gezien?' zei Ron, die Harry bij zijn arm pakte en meetrok naar de ton. 'En de Dropslakken? En de Zoutzuurtjes? Fred heeft me er ooit eentje gegeven toen ik zeven was en die brandde haast een gat in m'n tong. Ik weet nog goed dat ma hem een pak slaag gaf met haar bezemsteel.' Ron staarde peinzend naar de doos met Zoutzuurtjes. 'Denk je dat Fred die Kakkerlak Krunchies zou opeten als ik zei dat er pinda's inzaten?'

Toen Ron en Hermelien hun snoepgoed hadden afgerekend, verlieten ze het Zoetwarenhuis van Zacharinus en stapten de sneeuwstorm in die buiten woedde.

Zweinsveld leek net een kerstkaart; de kleine huisjes en winkeltjes met hun rieten daken waren bedekt met dikke lagen verse sneeuw; er hingen hulstkransen op de deuren en de bomen waren versierd met snoeren betoverde kaarsjes.

Harry rilde; in tegenstelling tot de anderen had hij zijn mantel niet bij zich. Ze liepen de straat uit, met hun hoofden gebogen tegen de wind. Ron en Hermelien riepen door hun sjaals heen: 'Kijk, daar heb je het postkantoor –'

'En daar is de winkel van Zonko –'

'We zouden naar het Krijsende Krot kunnen gaan –'

'Weet je wat?' zei Ron klappertandend. 'Laten we eerst een beker Boterbier drinken in de Drie Bezemstelen.'

Daar had Harry wel oren naar; de wind gierde en zijn handen waren verkleumd. Ze staken de straat over en gingen een paar minuten later de kleine herberg binnen.

Het was enorm druk, rumoerig, warm en rokerig. Een vrouw met een knap gezicht en een weelderig figuur bediende een luidruchtig groepje heksenmeesters aan de bar.

'Dat is madame Rosmerta,' zei Ron. 'Zal ik het bier halen?' voegde hij eraan toe en hij werd een tikkeltje rood.

Helemaal achter in de zaak was nog een tafeltje vrij, tussen het raam en de mooie kerstboom naast de haard. Harry en Hermelien gingen vast zitten en Ron kwam vijf minuten later terug met drie schuimende kroezen warm Boterbier.

'Vrolijk kerstfeest!' zei Ron opgewekt en hij hief zijn kroes.

Harry nam een grote slok. Hij had nog nooit zoiets heerlijks gedronken en het was alsof het bier hem van top tot teen verwarmde.

Plotseling streek er een windvlaag door zijn haar. De deur van de Drie Bezemstelen was opengegaan. Harry keek over de rand van zijn beker naar de deur en verslikte zich.

Professor Anderling en professor Banning waren binnengekomen, vergezeld van een vlaag sneeuwvlokken. Een paar tellen later werden ze gevolgd door Hagrid, die diep in gesprek was met een gezette heer met een lindegroene bolhoed en een mantel met krijtstreep – Cornelis Droebel, de Minister van Toverkunst.

In een oogwenk hadden zowel Ron als Hermelien hun handen op Harry's kruin gelegd en hem van zijn kruk geduwd. Kletsnat van het Boterbier hurkte Harry onder de tafel, waar niemand hem kon zien. Met zijn lege kroes in zijn hand keek hij hoe de voeten van de leraren en Droebel eerst naar de bar liepen, daar even bleven staan en toen recht op hem afkwamen.

Boven hem fluisterde Hermelien: '*Mobiliarbus!*'

De kerstboom naast hun tafeltje kwam een paar centimeter van de grond, zweefde een stukje opzij en landde met een zachte plof voor hun tafel, zodat ze niet gezien konden worden. Harry, die door de onderste takken van de boom gluurde, zag de poten van vier stoelen achteruit schrapen bij het tafeltje naast het hunne en hoorde het zachte gegrom en gezucht van de leraren en de Minister terwijl ze gingen zitten.

Even later zag hij opnieuw twee voeten naderen, gestoken in glitterende, turkooisblauwe schoenen met hoge hakken en hoorde hij een vrouwenstem zeggen: 'Eén glaasje violierwater –'

'Voor mij,' zei de stem van professor Anderling.

'Vier pinten gloeiwijn –'

'Bedankt, Rosmerta,' zei Hagrid.

'Een kersensiroop met soda, ijs en een parasolletje –'

'Hmmm!' zei professor Banning, die met zijn lippen smakte.

'En dan is die rodebessenrum voor u, Minister.'

'Dank je, Rosmerta,' zei Droebel. 'Echt leuk om je weer te zien. Neem zelf ook wat. Kom er toch bij zitten...'

'Nou, graag. Dank u, Minister.'

Harry keek hoe de glitterende hakken wegliepen en weer terugkwamen. Zijn hart bonsde onbehaaglijk in zijn keel. Waarom had hij er niet aan gedacht dat dit ook voor de leraren het laatste weekend voor de schoolvakantie was? Hoe lang zouden ze daar blijven zitten? Hij had tijd nodig om naar Zacharinus terug te sluipen, als hij vanavond tenminste weer op school wilde zijn... naast hem bewoog Hermelien nerveus met haar benen.

'Wat brengt u naar dit afgelegen oord, Minister?' hoorde hij madame Rosmerta zeggen.

Harry zag het dikke onderlichaam van Droebel heen en weer draaien in zijn stoel, alsof hij keek of er iemand meeluisterde. Zachtjes zei hij: 'Sirius Zwarts, uiteraard. Wie anders? Je zult wel gehoord hebben wat er met Halloween op school is gebeurd?'

'Ik heb wel een gerucht gehoord, ja,' gaf madame Rosmerta toe.

'Moest de hele kroeg het weer horen, Hagrid?' zei professor Anderling geïrriteerd.

'Denkt u dat Zwarts nog steeds in de buurt is, Minister?' fluisterde madame Rosmerta.

'Dat weet ik wel zeker,' zei Droebel kortaf.

'Weet u ook dat mijn café al twee keer doorzocht is door die Dementors?' zei madame Rosmerta geërgerd. 'Ze jagen al m'n klanten weg... dat is heel slecht voor de zaken, Minister.'

'Rosmerta, meisje, ik heb het evenmin op die Dementors,' zei Droebel onbehaaglijk. 'Een noodzakelijke voorzorgsmaatregel... betreurenswaardig, maar onvermijdelijk... ik kwam er net een paar tegen. Ze zijn woedend op Perkamentus – hij weigert ze toe te laten tot het schoolterrein.'

'En maar goed ook!' zei professor Anderling op scherpe toon. 'Lesgeven wordt toch totaal onmogelijk als die monsters door de school zweven.'

'Zeg dat wel!' piepte professor Banning, wiens voeten minstens dertig centimeter boven de grond bengelden.

'Allemaal goed en wel, maar ze zijn hier om jullie te beschermen tegen iets veel ergers,' bracht Droebel ertegenin. 'We weten waar

Zwarts toe in staat is...'

'Weet u dat ik dat nog steeds niet kan geloven?' zei madame Rosmerta bedachtzaam. 'Van alle mensen die ik ken, was Zwarts wel de laatste van wie ik gedacht had dat hij over zou lopen naar de Duistere Zijde. Ik bedoel, ik weet nog goed toen hij een jongen was op Zweinstein. Als u toen gezegd had wat hij later zou worden, had ik gedacht dat u te veel gloeiwijn op had.'

'En dan weet je nog niet eens alles, Rosmerta,' zei Droebel kortaf. 'Zijn ergste daad is niet algemeen bekend.'

'Zijn ergste daad?' zei madame Rosmerta, met een stem die droop van de nieuwsgierigheid. 'Nog erger dan de moord op al die arme mensen, bedoelt u?'

'Inderdaad, ja,' zei Droebel.

'Dat geloof ik gewoon niet. Wat kan er nog erger zijn?'

'Je zegt dat je Zwarts gekend hebt toen hij op Zweinstein zat, Rosmerta,' zei professor Anderling zacht. 'Weet je ook nog wie zijn beste vriend was?'

'Ja, natuurlijk,' zei madame Rosmerta met een lachje. 'Ze waren onafscheidelijk. Hoe vaak ze hier niet geweest zijn – o, ik moest altijd zo om ze lachen! Ja, ze waren echt een komisch duo. Sirius Zwarts en James Potter.'

Harry liet zijn beker met een dreun vallen. Ron gaf hem een schop.

'Precies,' zei professor Anderling. 'Zwarts en Potter. De leiders van hun kleine bende. Allebei hoogst intelligent – uitzonderlijk intelligent, zelfs – maar ik geloof niet dat we ooit een stel grotere lastposten hebben gehad.'

'Nou, kweenie,' zei Hagrid grinnikend. 'Fred en George Wemel kommen aardig in de buurt.'

'Het was alsof Zwarts en Potter broers waren!' voegde professor Banning eraan toe. 'Onafscheidelijk!'

'Ja, inderdaad,' zei Droebel. 'Potter vertrouwde Zwarts meer dan al zijn andere vrienden. Dat bleef ook na hun schooltijd zo. Zwarts was getuige toen James met Lily trouwde. En ze vroegen of hij Harry's peetvader wilde zijn. Dat weet Harry natuurlijk niet. Jullie kunnen je indenken wat een kwelling dat idee voor hem zou zijn.'

'Omdat later bleek dat Zwarts onder één hoedje speelde met Jeweetwel?' fluisterde madame Rosmerta.

'Nog erger, liefje...' Droebel begon nog zachter te praten en vervolgde mompelend: 'Maar weinig mensen weten dat de Potters heel goed beseften dat Jeweetwel het op hen had gemunt. Perkamentus, die een niet aflatende strijd tegen Jeweetwel voerde, had een aantal nuttige spionnen. Eentje tipte hem en hij liet dat onmiddellijk aan James en Lily weten. Hij raadde hen aan om onder te duiken. Natuurlijk was het niet eenvoudig om je schuil te houden voor Jeweetwel. Perkamentus zei dat ze het beste de Fideliusbezwering konden gebruiken.'

'Wat houdt die in?' vroeg madame Rosmerta ademloos. Professor Banning schraapte zijn keel.

'Een ongelooflijk ingewikkelde bezwering,' zei hij pieperig, 'waarbij een geheim op magische wijze verborgen wordt in één levende ziel. Die informatie gaat dan schuil in de uitverkoren persoon, oftewel Geheimhouder, en kan onmogelijk opgespoord worden – tenzij de Geheimhouder besluit om de informatie prijs te geven. Zolang de Geheimhouder weigerde zijn mond open te doen, kon Jeweetwel jarenlang het dorpje waar Lily en James woonden afzoeken zonder hen ooit te vinden, zelfs niet als hij met zijn neus tegen het raam van hun woonkamer gedrukt stond!'

'Dus Zwarts was de Geheimhouder van de Potters?' fluisterde madame Rosmerta.

'Uiteraard,' zei professor Anderling. 'James Potter zei tegen Perkamentus dat Zwarts nog eerder zijn eigen leven zou geven dan verraden waar zij zich schuilhielden en dat Zwarts van plan was zelf ook onder te duiken... maar toch zat het Perkamentus niet lekker. Ik weet nog dat hij aanbood om zelf als Geheimhouder van de Potters op te treden.'

'Wantrouwde hij Zwarts?' bracht madame Rosmerta moeizaam uit.

'Hij was ervan overtuigd dat iemand uit de vriendenkring van de Potters Jeweetwel op de hoogte hield van hun doen en laten,' zei professor Anderling duister. 'Hij vermoedde al een tijdje dat iemand uit ons kamp een verrader was en informatie aan Jeweetwel doorspeelde.'

'Maar toch wilde James Potter per se Zwarts gebruiken.'

'Inderdaad,' zei Droebel somber. 'En toen, nauwelijks een week na het uitspreken van de Fideliusbezwering –'

'Verraadde Zwarts hen?' fluisterde madame Rosmerta.

'Klopt. Zwarts begon zijn rol als dubbelspion beu te worden. Hij was bereid openlijk zijn steun te verklaren aan Jeweetwel en was dat blijkbaar van plan ten tijde van de moord op de Potters. Maar zoals we allemaal weten werd dat Jeweetwels ondergang, door toedoen van die kleine Harry Potter. Van zijn macht beroofd en vreselijk verzwakt sloeg hij op de vlucht. En daardoor kwam Zwarts in een buitengewoon onaangename positie te verkeren. Zijn meester was verslagen op het moment dat hij, Zwarts, openlijk had laten blijken dat hij een verrader was. Hij had geen keuze en moest ook de benen nemen –'

'De vuile, smerige draaikont!' zei Hagrid zo hard dat de helft van de mensen in de bar omkeek.

'Ssst!' zei professor Anderling.

'Ik heb 'm nog gezien!' gromde Hagrid. 'Ik denk dat ik 'm als laatste gezien heb voor ie al die arme stakkers om zeep hielp! Ik heb Harry uit 't huis van Lily en James gered nadat ze vermoord waren! Ik had hem net tussen 't puin vandaan gehaald, 't arme schaap, met een joekel van een snee in z'n kop en z'n ouders morsdood... en toen kwam Sirius Zwarts opeens aanvliegen op die motorfiets van hem. Nooit heb ik me afgevraagd wat ie daar deed. Ik wis niet dat ie de Geheimhouder van Lily en James was. Ik dach dat ie gewoon over die aanval had gehoord en kwam kijken of ie wat kon doen. Hij was lijkbleek en stond te trillen op z'n benen. En weet je wat ik toen heb gedaan? IK HEB DIE VUILE MOORDDADIGE VERRAAIER GETROOST!' bulderde Hagrid.

'Alsjeblieft, Hagrid! Ietsje zachter mag ook wel!' zei professor Anderling.

'Hoe most ik weten dat 't 'm niks kon schelen van Lily en James? Hij maakte zich alleen maar druk om Jeweetwel! En toen zegtie tegen mijn, hij zegt: "Geef Harry maar aan mijn, Hagrid, ik ben z'n peetvader, ik zorg wel voor 'm" – Ha! Maar ik had opdracht van Perkamentus en ik zei tegen Zwarts dat Perkamentus had gezegd dat Harry naar z'n oom en tante most. Zwarts ging d'r eerst tegenin, maar uiteindelijk gaf ie toe. Ik mocht z'n motor lenen om Harry naar z'n familie te brengen. "Ik heb 'm toch niet meer nodig," zei ie. Toen had ik direct motten snappen dat d'r iets niet in de haak was. Hij was helemaal gek van die motor. Waarom zou ie hem dan opeens aan mijn geven? Waarom had ie hem niet meer nodig? Omdat ie veels te gemakkelijk op te sporen was, tuurlijk. Perkamentus wist dat ie de Geheimhouder van de Potters was en Zwarts wist dat ie diezelfde avond nog de benen most nemen, dat 't hoogstens een paar uur kon duren voor 't Ministerie achter hem aankwam. *Maar stel dat ik Harry aan hem had gegeven?* Ik wed dat ie hem dan ergens boven zee van z'n motor had gekiept! 't Zoontje van z'n beste maat! Maar als een tovenaar eenmaal overloopt naar de Duistere Zijde, ken niks en niemendal ze meer een moer schelen...'

Er volgde een lange stilte na Hagrids verhaal, maar toen zei madame Rosmerta met enige voldoening: 'Maar het is hem niet gelukt om te verdwijnen, hè? Het Ministerie van Toverkunst kreeg hem de volgende dag al te pakken!'

'Helaas, was dat maar waar,' zei Droebel verbitterd. 'Wij hebben hem niet gevonden, maar die kleine Peter Pippeling – ook een vriend van de Potters. Gek van verdriet en in de wetenschap dat Zwarts de Geheimhouder van de Potters was geweest, probeerde hij Zwarts zelf te grazen te nemen.'

'Pippeling... dat dikke ventje dat altijd achter hen aan liep op Zweinstein?' zei madame Rosmerta.

'Zwarts en Potter waren zijn grote helden,' zei professor Anderling. 'Qua tovertalent kon hij zich niet met hen meten. Ik was niet altijd even aardig tegen hem. Jullie kunnen je wel indenken wat – wat een spijt ik daar nu van heb...' Ze klonk alsof ze plotseling een neusverkoudheid had opgelopen.

'Kom, kom, Minerva,' zei Droebel vriendelijk. 'Pippeling is een heldendood gestorven. Ooggetuigen – Dreuzels, uiteraard, we hebben hun geheugen later moeten wissen – vertelden hoe Pippeling Zwarts in het nauw dreef. Hij snikte: "Lily en James, Sirius! Hoe kon je!" en toen probeerde hij zijn toverstok te trekken. Zwarts was natuurlijk een stuk sneller en schoot Pippeling aan flarden...'

Professor Anderling snoot haar neus en zei gesmoord: 'Domme jongen... sukkel... Hij was altijd al hopeloos slecht in duelleren... Hij had het aan het Ministerie moeten overlaten...'

'Nou, als ik Zwarts in handen had gekregen voor Pippeling 'm had gevonden, had ik niet moeilijk gedaan met toverstokkies en zo – dan had ik 'm gewoon in – hele – kleine – stukkies – gescheurd!' gromde Hagrid.

'Je weet niet waar je het over hebt, Hagrid!' zei Droebel. 'Alleen getrainde Scherpspreukers van het Magische Arrestatie Team hadden kans gemaakt toen Zwarts eenmaal in het nauw was gedreven. Ik was destijds onderminister bij het Departement van Magische Catastrofes en was als een van de eersten ter plekke nadat Zwarts al die mensen had vermoord. Dat – dat vergeet ik nooit meer. Soms droom ik er nog van. Een grote krater in de straat, zo diep dat de riolering was gebarsten, overal lijken, gillende Dreuzels en Zwarts die daar stond te lachen met de schamele resten van Pippeling aan zijn voeten... een hoopje bloederige kleding en wat – wat stukjes en beetjes –'

Droebel deed er abrupt het zwijgen toe en er klonk het geluid van vijf neuzen die gesnoten werden.

'Zo ging het dus, Rosmerta,' zei Droebel gesmoord. 'Zwarts werd afgevoerd door twintig leden van het Magische Arrestatie Team en Pippeling kreeg postuum het Grootkruis van de Orde van Merlijn, Eerste Klas, wat hopelijk een kleine troost was voor zijn arme moeder. Sindsdien heeft Zwarts in Azkaban gezeten.'

Madame Rosmerta zuchtte diep.

'Klopt het dat hij krankzinnig is, Minister?'

'Ik wou dat ik dat kon zeggen,' zei Droebel langzaam. 'Ik geloof wel dat hij door de nederlaag van zijn meester een tijdje de kluts kwijt was. De moord op Pippeling en al die Dreuzels was de daad van een wanhopige en in het nauw gedreven man – wreed en zinloos. Maar ik heb Zwarts ontmoet tijdens mijn laatste inspectie van Azkaban. De meeste gevangenen zitten maar wat te mompelen in het donker, er valt geen touw aan vast te knopen... maar ik was geschokt toen ik zag hoe *normaal* Zwarts overkwam. Hij sprak heel rationeel met me. Angstaanjagend. Hij maakte de indruk dat hij zich gewoon verveelde – hij vroeg doodkalm of ik de krant al uit had, omdat hij het kruiswoordraadsel miste. Ja, ik was verbijsterd dat de Dementors zo weinig effect op hem hadden – en hij was notabene een van de zwaarstbewaakte gevangenen. Er stonden dag en nacht Dementors voor zijn celdeur.'

'Maar waarom denkt u dat hij ontsnapt is? Wat is hij van plan?' zei madame Rosmerta. 'Lieve hemel, Minister, u denkt toch niet dat hij zich weer wil aansluiten bij Jeweetwel?'

'Ik denk wel dat dat zijn – eh – uiteindelijke plan is,' zei Droebel ontwijkend. 'Maar we hopen Zwarts ruim voor die tijd weer opgepakt te hebben. Een eenzame Jeweetwel zonder vrienden is één ding, maar geef hem zijn meest toegewijde dienaar terug... ik denk er niet graag aan hoe snel hij dan zijn macht zou kunnen herwinnen...'

Er klonk een zachte tik van glas op hout. Iemand had zijn of haar glas neergezet.

'Als je met professor Perkamentus gaat dineren, wordt het tijd om terug te gaan naar het kasteel, Cornelis,' zei professor Anderling.

Een voor een kregen de voeten voor Harry's neus het gewicht van hun eigenaars weer te dragen; mantels fladderden omlaag en de glinsterende hoge hakken van madame Rosmerta verdwenen achter de bar. De deur van de Drie Bezemstelen ging open, er woei opnieuw een sneeuwvlaag naar binnen en de leraren waren verdwenen.

'Harry?'

Ron en Hermelien staken hun hoofd onder tafel en staarden Harry aan. Sprakeloos.

HOOFDSTUK 11

DE VUURFLITS

*H*arry kon zich later niet goed herinneren hoe hij erin was geslaagd om naar de kelder van Zacharinus terug te keren en via de tunnel het kasteel weer te bereiken. Hij wist alleen dat die terugreis vrijwel geen tijd in beslag leek te nemen en dat hij nauwelijks wist wat hij deed, omdat het gesprek dat hij gehoord had constant door zijn hoofd maalde.

Waarom had niemand hem dat ooit gezegd? Perkamentus, Hagrid, meneer Wemel, Cornelis Droebel... waarom had niemand ooit verteld dat Harry's ouders waren omgekomen doordat hun beste vriend hen verraden had?

Ron en Hermelien hielden Harry tijdens het avondeten nerveus in de gaten, maar durfden niets te zeggen over wat ze gehoord hadden omdat Percy naast hen zat. Toen ze naar boven gingen, naar de overvolle leerlingenkamer, merkten ze dat Fred en George al helemaal in vakantiestemming waren en een stuk of zes Mestbommen hadden laten ontploffen. Harry, die niet wilde dat Fred of George zouden vragen of het gelukt was om in Zweinsveld te komen, sloop stilletjes naar zijn verlaten slaapzaal en liep rechtstreeks naar zijn nachtkastje. Hij schoof zijn boeken opzij en vond al snel wat hij zocht – het in leer gebonden album dat hij twee jaar geleden van Hagrid had gekregen, vol met toverfoto's van zijn ouders. Hij ging op bed zitten, trok de bedgordijnen dicht, sloeg de pagina's om en zocht, tot...

Hij stopte met bladeren bij een foto van de trouwdag van zijn ouders. Zijn vader zwaaide glunderend naar hem en het warrige zwarte haar dat Harry van hem geërfd had stond alle kanten uit. Daar had je zijn moeder, stralend van geluk en arm in arm met zijn vader. En daar... dat moest hem zijn. Hun getuige... Harry had nooit eerder aandacht aan hem besteed.

Als hij niet had geweten dat het om dezelfde persoon ging, zou hij nooit hebben gedacht dat het Zwarts was. Zijn gezicht was niet ingevallen en lijkbleek, maar knap en vrolijk. Was hij al in dienst van Voldemort geweest toen die foto werd genomen? Was hij al bezig geweest om de dood van de twee mensen naast hem te beramen? Had hij toen al beseft dat hem twaalf jaar Azkaban te wachten stond, twaalf jaar die hem totaal onherkenbaar zouden maken?

Maar de Dementors doen hem niets, dacht Harry, die naar het knappe, lachende gezicht staarde. *Hij hoort mijn moeder niet gillen als ze ze dichtbij komen –*

Harry sloeg het album met een klap dicht, stopte het weer in zijn nachtkastje, deed zijn gewaad uit, zette zijn bril af en stapte in bed. Hij controleerde of de bedgordijnen goed dicht waren, zodat niemand hem kon zien.

De deur van de slaapzaal ging open.

'Harry?' vroeg Ron aarzelend.

Maar Harry bleef stil liggen en deed alsof hij sliep. Hij hoorde Ron weer weggaan en ging op zijn rug liggen, met zijn ogen open.

Een haat zoals hij nooit eerder had gevoeld stroomde als vergif door hem heen. Hij zag Zwarts lachend naar hem kijken in het donker, alsof iemand de foto uit het album op zijn ogen had geplakt. Als in een film zag hij hoe Zwarts Peter Pippeling (die in zijn verbeelding op Marcel Lubbermans leek) aan duizend stukken blies. Hij hoorde (hoewel hij geen idee had hoe de stem van Zwarts klonk) een zacht, opgewonden gemompel. 'Het is zover, meester... de Potters hebben mij tot Geheimhouder benoemd...' En toen klonk er een schrille lach, de lach die Harry ook in zijn hoofd hoorde als de Dementors te dichtbij kwamen.

'Harry! Je – je ziet er vreselijk uit.'

Harry was pas tegen zonsopgang in slaap gesukkeld en toen hij wakker werd, was de slaapzaal verlaten. Hij kleedde zich aan en daalde de wenteltrap af naar een leerlingenkamer die al even verlaten was, afgezien van Ron, die een Mintkikker at en over zijn maag wreef en Hermelien, wier huiswerk drie tafeltjes in beslag nam.

'Waar is iedereen?' zei Harry.

'Weg! Vandaag is de eerste vakantiedag, weet je nog wel?' zei Ron, die Harry aandachtig bekeek. 'Het is bijna lunchtijd. Ik wilde je net wakker maken.'

Harry plofte in een stoel bij de haard neer. Buiten sneeuwde het nog steeds en Knikkebeen lag languit voor het vuur, als een groot, rossig haardkleed.

'Je ziet er niet echt goed uit, Harry,' zei Hermelien, die hem bezorgd aankeek.

'Ik voel me prima,' zei Harry.

'Harry, hoor eens,' zei Hermelien, met een blik op Ron. 'Ik snap dat je vreselijk van streek bent door wat we gisteren hebben gehoord. Maar je moet geen domme dingen doen.'

'Zoals?' zei Harry.

'Zoals proberen om Zwarts zelf te grijpen,' zei Ron op scherpe toon.

Harry merkte dat ze dat gesprek gerepeteerd hadden terwijl hij sliep. Hij zei niets.

'Dat ben je toch niet van plan, hè Harry?' zei Hermelien.

'Want Zwarts is het niet waard om voor te sterven,' zei Ron.

Harry keek hen aan. Ze begrepen er helemaal niets van.

'Weten jullie wat ik hoor als een Dementor te dichtbij komt?' zei hij. Ron en Hermelien schudden angstig hun hoofd. 'Dan hoor ik m'n moeder gillen en smeken tegen Voldemort. En als jullie je eigen moeder zo hadden horen gillen, in doodsnood, dan zouden jullie dat ook niet snel vergeten. En als jullie hadden gehoord dat iemand die ze als een vriend beschouwde haar had verraden en Voldemort op haar af had gestuurd –'

'Maar je kunt niets doen!' zei Hermelien vol ontzetting. 'De Dementors pakken Zwarts wel weer en dan gaat hij terug naar Azkaban en – en dat is z'n verdiende loon!'

'Je hoorde toch wat Droebel zei? Zwarts wordt niet beïnvloed door Azkaban, niet zoals normale mensen. Dat is voor hem lang niet zo'n zware straf als voor anderen.'

'Wat wil je daarmee zeggen?' zei Ron gespannen. 'Wil je – wil je Zwarts vermoorden of zo?'

'Doe niet zo idioot,' zei Hermelien paniekerig. 'Harry wil niemand vermoorden, toch Harry?'

Harry gaf opnieuw geen antwoord. Hij wist niet wat hij wilde. Hij wist alleen dat het vooruitzicht om niets te doen terwijl Zwarts op vrije voeten was ondraaglijk was.

'Malfidus weet het ook,' zei hij abrupt. 'Herinneren jullie je wat hij tijdens Toverdrankles zei? "Als ik jou was zou ik wraak willen... dan zou ik hem persoonlijk opsporen..."'

'Volg je liever de raad van Malfidus op dan die van ons?' zei Ron woedend. 'Weet je wat de moeder van Pippeling terugkreeg nadat Zwarts met haar zoontje klaar was? Dat heb ik van pa gehoord – de

Orde van Merlijn, Eerste Klasse en Pippelings vinger in een doosje. Dat was het grootste stuk dat ze van hem konden vinden. Zwarts is een gek, Harry, en nog een levensgevaarlijke ook –'

'Malfidus heeft het vast van z'n vader gehoord,' zei Harry, die Ron negeerde. 'Hij was een van de grootste vertrouwelingen van Voldemort –'

'Zeg *Jeweetwel*, wil je?' wierp Ron er nijdig tussen.

'– en dus wist de Malfidus-familie natuurlijk ook dat Zwarts voor Voldemort werkte –'

'– en zou Malfidus dolgraag zien dat jij ook aan flintertjes werd geschoten, net als Pippeling! Denk na, Harry! Malfidus hoopt gewoon dat jij zo stom bent om je te laten afmaken voor hij het met Zwerkbal tegen je moet opnemen.'

'Harry, *alsjeblieft*,' zei Hermelien en er blonken tranen in haar ogen. 'Wees *alsjeblieft* verstandig. Zwarts heeft iets vreselijks gedaan, iets verschrikkelijks, maar b-breng jezelf alsjeblieft niet in gevaar, dat is precies wat Zwarts wil... o Harry, je zou Zwarts juist in de kaart spelen als je naar hem op zoek ging! Je vader en moeder zouden niet willen dat je iets overkwam! Ze zouden niet willen dat je naar Zwarts op zoek ging!'

'Ik zal helaas nooit weten wat ze gewild zouden hebben, omdat ik ze dankzij Zwarts nooit gekend heb,' zei Harry kortaf.

Er volgde een stilte. Knikkebeen rekte zich loom uit en strekte zijn klauwen. Rons borstzak trilde.

'Hoor eens,' zei Ron, die wanhopig naar een ander onderwerp zocht, 'het is vakantie! Het is bijna kerst! Laten we – laten we naar Hagrid gaan. We zijn al tijden niet meer bij hem op bezoek geweest!'

'Nee!' zei Hermelien. 'Harry mag het kasteel niet verlaten –'

'Ja, laten we gaan,' zei Harry, die overeind ging zitten. 'Dan kan ik hem meteen vragen waarom hij nooit iets over Zwarts heeft gezegd toen hij me over m'n ouders vertelde!'

Nog meer discussie over Zwarts was duidelijk niet wat Ron in gedachten had.

'We kunnen ook een partijtje schaken,' zei hij haastig. 'Of een potje Fluimstenen spelen. Percy heeft een set achtergelaten –'

'Nee, laten we naar Hagrid gaan,' zei Harry vastbesloten.

En dus haalden ze hun mantels uit de slaapzaal, klommen door het portretgat ('Blijf staan en vecht, vermaledijde lafbekken!'), liepen door het uitgestorven kasteel naar de eiken voordeuren en gingen naar buiten.

Langzaam sjokten ze over het gazon en maakten een ondiepe geul in de glinsterende poedersneeuw. Hun sokken en de zomen van hun gewaden waren doorweekt en ijskoud. Het Verboden Bos zag eruit alsof het betoverd was; elke boom was besprenkeld met glinsterend zilver en Hagrids huisje leek wel een bruidstaart.

Ron klopte op de deur, maar er werd niet opengedaan.

'Hij zal toch niet weg zijn?' zei Hermelien, die stond te rillen onder haar mantel.

Ron hield zijn oor tegen de deur.

'Ik hoor een raar geluid,' zei hij. 'Moet je luisteren – dat is Muil toch niet?'

Harry en Hermelien drukten hun oren ook tegen de deur. In het huisje klonk een zacht, snikkend gekreun.

'Moeten we er iemand bij halen?' vroeg Ron nerveus.

'Hagrid!' riep Harry, die op de deur bonsde. 'Hagrid, ben je daar?'

Er klonken zware voetstappen en de deur ging krakend open. Hagrid stond in de deuropening, met rode, opgezwollen ogen; de tranen spatten op zijn leren vest.

'Je heb 't gehoord!' brulde hij en hij wierp zich aan Harry's borst.

Aangezien Hagrid minstens twee keer zo groot was als een normaal mens, was dat geen pretje. Harry stond op het punt onder zijn gewicht te bezwijken, maar werd gered door Ron en Hermelien, die Hagrid allebei bij een arm grepen en hem met behulp van Harry weer naar binnen sleepten. Hagrid liet zich naar een stoel loodsen en plofte onbedwingbaar snikkend neer, met zijn gezicht op tafel. De tranen dropen in zijn verwilderde baard.

'Hagrid, wat is er?' vroeg Hermelien ontzet.

Harry zag een officieel uitziende brief, die open op tafel lag.

'Wat is dat, Hagrid?'

Hagrid begon twee keer zo hard te snikken, maar schoof de brief wel naar Harry toe. Die pakte hem en las hardop voor:

Geachte heer Hagrid,

Naar aanleiding van ons onderzoek inzake de aanval van een Hippogrief op een leerling uit uw klas, kunnen wij u mededelen dat wij de verzekeringen geaccepteerd hebben van professor Perkamentus, die heeft benadrukt dat u niet verantwoordelijk was voor voornoemd, betreurenswaardig incident.

'Nou, dat is toch mooi?' zei Ron, die Hagrid een klap op zijn schouder gaf. Hagrid bleef echter snikken en wuifde met zijn reusachtige hand naar de brief, om aan te geven dat Harry verder moest lezen.

Helaas zien wij ons echter genoodzaakt onze bezorgdheid uit te spreken aangaande de Hippogrief in kwestie. We hebben besloten de officiële klacht van de heer Lucius Malfidus ontvankelijk te verklaren, wat inhoudt dat deze kwestie onder de aandacht zal worden gebracht van het Comité voor de Vernietiging van Gevaarlijke Wezens. De hoorzitting vindt op 20 april plaats en u wordt verzocht om, samen met uw Hippogrief, op voornoemde datum aanwezig te zijn op het kantoor van het Comité in Londen. In de tussentijd moet de Hippogrief in afzondering en verzekerde bewaring worden gehouden.
Met collegiale groeten...

Er volgde een lijst met namen van het schoolbestuur.

'O,' zei Ron. 'Maar je zei zelf dat Scheurbek geen valse Hippogrief is. Hij wordt vast vrijgesproken.'

'Jij ken die rotlui van dat Comité voor de Vernietiging van Gevaarlijke Wezens niet!' bracht Hagrid snikkend uit en hij veegde zijn ogen af met zijn mouw. 'Ze maken 't liefst elk interessant beessie een kop kleiner!'

Er klonk plotseling een geluid in Hagrids huisje en Harry, Ron en Hermelien keken om. Scheurbek de Hippogrief lag in de hoek van de kamer ergens op te knauwen, en er drupte bloed op de vloer.

'Ik ken 'm toch niet aan een lijntje in de sneeuw laten zitten!' zei Hagrid gesmoord. 'Helemaal allenig! Met kerst!'

Harry, Ron en Hermelien keken elkaar aan. Ze hadden nooit echt met Hagrid op één lijn gezeten als het ging om wat hij 'interessante beessies' en andere mensen 'angstaanjagende monsters' noemden. Daar stond tegenover dat Scheurbek niet extreem bloeddorstig was. Gemeten naar Hagrids maatstaven, zou je hem zelfs aaibaar kunnen noemen.

'Je moet voor een goede, sterke verdediging zorgen, Hagrid,' zei Hermelien, die overeind ging zitten en haar hand op Hagrids enorme onderarm legde. 'Ik weet zeker dat je kunt bewijzen dat Scheurbek geen vlieg kwaad zou doen.'

'Maakt niks uit!' snikte Hagrid. 'Die etters van dat Comité bennen allemaal schoothondjes van Lucius Malfidus! Ze doen 't in hun broek voor hem! En als ik verlies, wordt Scheurbek –'

Hagrid haalde zijn vinger over zijn keel, stootte een luid gejammer uit en liet zijn gezicht weer op zijn armen neerploffen.

'En Perkamentus dan, Hagrid?' zei Harry.

'Die heb meer als genoeg voor me gedaan,' kreunde Hagrid. 'Hij heb al zat aan z'n kop, nou ie die Dementors buiten 't kasteel mot zien te houden en Sirius Zwarts ergens rondsluipt –'

Ron en Hermelien keken vlug naar Harry, alsof ze dachten dat hij Hagrid de mantel ging uitvegen omdat hij hem niet de waarheid had verteld, maar dat kon Harry niet over zijn hart verkrijgen nu Hagrid zo bang en verdrietig was.

'Hoor eens, Hagrid,' zei hij, 'je moet niet zomaar opgeven. Hermelien heeft gelijk, je hebt een goede verdediging nodig. Je kunt ons oproepen als getuigen –'

'Ik weet zeker dat ik ergens iets heb gelezen over een geval van Hippogrief-treiteren waarbij de Hippogrief werd vrijgesproken,' zei Hermelien peinzend. 'Ik zal het voor je opzoeken en kijken hoe de vork precies in de steel zat, Hagrid.'

Hagrid begon nog harder te jammeren en Harry en Hermelien keken naar Ron, in de hoop dat hij zou kunnen helpen.

'Eh – zal ik thee zetten?' zei Ron.

Harry staarde hem aan.

'Dat doet m'n moeder ook altijd als er iemand van streek is,' mompelde Ron schouderophalend.

Uiteindelijk, nadat ze hem nog eindeloos vaak verzekerd hadden dat ze hem zouden helpen en toen er een dampende beker thee voor hem stond, snoot Hagrid zijn neus met een zakdoek die zo groot was als een tafellaken en zei: 'Jullie hebben gelijk. Ik ken 't me eigen niet permitteren om me zo te laten gaan. Ik mot me vermannen...'

Muil de wolfshond kroop timide onder de tafel uit en legde zijn kop op Hagrids knie.

'Ik ben de laatste tijd mezelf niet,' zei Hagrid, terwijl hij met zijn ene hand Muil aaide en met de andere zijn gezicht afveegde. 'Die zorgen om Scheurbek en niemand die wat aan m'n lessen vindt –'

'We vinden ze juist leuk!' loog Hermelien meteen.

'Ja, we kijken er echt naar uit!' zei Ron, die onder tafel zijn vingers kruiste. 'Eh – hoe is het met de Flubberwurmen?'

'Dood,' zei Hagrid somber. 'Te veel sla.'

'O jee!' zei Ron met trillende mondhoeken.

'En door die Dementors voel ik me eigen helemaal rot,' zei Hagrid huiverend. 'Elke keer als ik effe iets wil drinken in de Drie Bezemstelen mot ik erlangs. 't Is net of ik terug ben in Azkaban –'

Hij deed er het zwijgen toe en nam een grote slok thee. Harry, Ron en Hermelien keken hem ademloos aan. Ze hadden Hagrid nooit iets over zijn korte verblijf in Azkaban horen zeggen. Na een korte stilte vroeg Hermelien schuchter: 'Is het daar heel erg, Hagrid?'

'Je ken 't je eigen niet voorstellen,' zei Hagrid zacht. 'Zo ergens ben ik nog nooit geweest. Ik dacht dat ik knettergek werd. Ik most steeds aan de vreselijkste dingen denken... de dag dat ik van Zweinstein werd geschopt... de dag dat m'n pa doodging... de dag dat ik Norbert most laten gaan...'

De tranen sprongen weer in zijn ogen. Norbert was de babydraak die Hagrid ooit met kaarten had gewonnen.

'Na een poossie weet je gewoon niet meer wie je ben. En dan zie je de zin van 't leven ook niet meer in. Ik hoopte vaak dat ik zou doodgaan in m'n slaap... toen ze me vrijlieten, was 't alsof ik opnieuw geboren werd. Alles kwam opeens terug, dat was 't beste gevoel dat je je ken voorstellen. Die Dementors lieten me trouwens niet graag gaan, hoor.'

'Maar je was onschuldig!' zei Hermelien.

Hagrid snoof.

'Denk je dat dat ze iets ken schelen? Dat zal hunnie een zorg wezen! Zolang d'r daar maar een paar honderd mensen opgesloten zitten bij wie ze al 't geluk kennen wegzuigen, zal 't hun worst wezen wie d'r nou onschuldig is en wie niet.'

Hagrid zweeg opnieuw even en staarde naar zijn thee. Toen zei hij zacht: 'Ik heb d'r over gedacht om Scheurbek gewoon vrij te laten... hem te laten wegvliegen... maar hoe mot je nou aan een Hippogrief uitleggen dat ie mot onderduiken? En – en ik durf de wet niet meer te overtreden...' Hij keek hen aan en de tranen biggelden opnieuw over zijn wangen. 'Ik wil nooit meer terug naar Azkaban.'

Hoewel hun bezoek aan Hagrid allesbehalve leuk was geweest, had het toch het effect gehad waarop Ron en Hermelien hadden gehoopt. Harry was Zwarts weliswaar niet vergeten, maar hij kon ook niet constant op wraak broeden als hij Hagrid wilde helpen met zijn zaak tegen het Comité voor de Vernietiging van Gevaarlijke Wezens. De volgende dag gingen hij, Ron en Hermelien naar de bibliotheek en keerden afgeladen met boeken die bij de verdediging van Scheurbek van pas konden komen, terug naar de uitgestorven leerlingenkamer. Ze gingen voor het laaiende haardvuur zitten, bladerden langzaam stoffige werken door over beroemde gevallen van dieren die in de fout waren gegaan en zeiden af en toe wat als ze iets belangwekkends tegenkwamen.

'Hier zie ik iets... een geval uit 1722... maar toen is de Hippogrief veroordeeld – gatver, moet je zien wat ze met hem gedaan hebben! Dat is echt walgelijk –'

'Misschien hebben we hier iets aan – kijk, in 1296 heeft een Mantichora iemand ernstig verwond en toen hebben ze de Mantichora laten gaan – o nee, dat was alleen omdat niemand bij hem in de buurt durfde te komen...'

Ondertussen waren in de rest van het kasteel de gebruikelijke, schitterende kerstversieringen aangebracht, ook al waren er nauwelijks leerlingen die ervan konden genieten. Dikke slingers van hulst en maretak hingen in de gangen, in alle harnassen brandden geheimzinnige lichtjes en de Grote Zaal stond vol met de gebruikelijke twaalf kerstbomen, die flonkerden van de gouden sterren. In de gangen hingen heerlijke, doordringende etensgeuren die op kerstavond zo krachtig werden dat zelfs Schurfie zijn neus hoopvol snuivend uit Rons veilige borstzak stak.

Op de ochtend van eerste kerstdag werd Harry gewekt door Ron, die een kussen naar hem gooide.

'Hé! Pakjes!'

Harry zette zijn bril op en tuurde door het schemerduister naar het voeteneinde van zijn bed, waar een stapeltje cadeaus was verschenen. Ron was al bezig het papier van zijn eerste pakje te scheuren.

'Alweer een trui van ma... niet wéér kastanjebruin!... Kijk eens of jij er ook een hebt.'

Harry had er ook een. Mevrouw Wemel had hem een vuurrode trui gestuurd, met een ingebreide leeuw van Griffoendor op de borst, plus twaalf zelfgebakken rozijnentaartjes, een stuk kerstcake en een doos caramel met nootjes. Hij schoof de cadeautjes opzij en zag helemaal onderop een lang, dun pak.

'Wat heb je daar?' zei Ron, die met een net uitgepakt paar kastanjebruine sokken in zijn hand naar Harry's bed keek.

'Geen idee...'

Harry scheurde het papier open en snakte naar adem toen er een magnifieke, glanzende bezem op zijn sprei rolde. Ron liet zijn sokken vallen, sprong van zijn bed en kwam kijken.

'Niet te geloven!' zei hij schor.

Het was een Vuurflits, identiek aan de droombezem die Harry iedere dag op de Wegisweg was gaan bekijken. De steel glinsterde toen hij hem oppakte en Harry voelde hem zachtjes trillen. Hij liet hem los en hij bleef op precies de juiste hoogte zweven om op te kunnen stappen. Zijn blik gleed van het gouden typenummer boven aan de steel naar de volmaakt gladde, gestroomlijnde berkentwijgjes van de staart.

'Van wie is die?' vroeg Ron vol ontzag.

'Kijk eens of er een kaartje bij zit,' zei Harry.

Ron onderzocht het pakpapier van de Vuurflits.

'Nee, niks! Allemachtig, wie zou er nou zo veel geld aan je uitgeven?'

'Nou,' zei Harry verbijsterd, 'ik wil wedden dat hij niet van de Duffelingen komt.'

'Ik denk dat hij van Perkamentus is,' zei Ron, die de Vuurflits van alle kanten bekeek en elke schitterende centimeter grondig bestudeerde. 'Hij heeft je ook anoniem die Onzichtbaarheidsmantel gestuurd...'

'Ja, maar die was van m'n vader geweest,' zei Harry. 'Perkamentus gaf hem gewoon aan mij door. Hij zou toch geen cadeau van een paar honderd Galjoenen voor me kopen? Hij kan leerlingen niet van die dure dingen geven –'

'Daarom zegt hij ook niet dat hij van hem is!' zei Ron. 'Voor het geval een of andere zak zoals Malfidus klaagt dat hij je voortrekt. Hé Harry –' Ron schaterde plotseling, '– Malfidus! Ik denk dat hij groen wordt van afgunst als hij hem ziet! Dit is een bezem van *internationale klasse*!'

'Ik kan het gewoon niet geloven,' mompelde Harry, die zijn hand over de Vuurflits liet gaan terwijl Ron op Harry's bed neerplofte en zich een ongeluk lachte bij de gedachte aan Malfidus. 'Wie –?'

'Ik weet het,' zei Ron toen hij was uitgelachen. 'Ik weet wie het geweest zou kunnen zijn – Lupos!'

'Wat?' zei Harry, die zelf ook moest lachen. '*Lupos*? Kom nou toch! Als hij zo veel goud had, zou hij ook nieuwe gewaden kunnen kopen.'

'Jawel, maar hij vindt je aardig,' zei Ron. 'En hij was niet op school toen je Nimbus aan barrels ging. Misschien heeft hij dat wel gehoord en toen besloten een bezoekje te brengen aan de Wegisweg en die bezem te kopen –'

'Hoe bedoel je, hij was niet op school?' zei Harry. 'Hij was ziek toen we die wedstrijd speelden.'

'Nou, hij lag in elk geval niet op de ziekenzaal,' zei Ron. 'Dat weet ik omdat ik toen die ondersteken moest schoonmaken. Dat strafwerk van Sneep, weet je nog?'

Harry keek Ron fronsend aan.

'Ik kan me niet voorstellen dat Lupos zich zoiets kan veroorloven.'

'Wat valt er hier te lachen?'

Hermelien kwam binnen, met haar ochtendjas aan en Knikkebeen in haar armen. De kat had een slinger om zijn nek en maakte een uitermate norse indruk.

'Weg met die kat!' zei Ron. Hij trok Schurfie onder de dekens vandaan en stopte hem in de borstzak van zijn pyjama. Maar Hermelien luisterde niet. Ze liet Knikkebeen op het lege bed van Simon vallen en staarde met open mond naar de Vuurflits.

'O *Harry*! Van wie heb je *die* gekregen?'

'Geen idee,' zei Harry. 'Er zat geen kaartje bij of zo.'

Tot zijn grote verbazing leek Hermelien niet opgewonden of geïntrigeerd door dat nieuws. Integendeel, haar gezicht betrok en ze beet op haar onderlip.

'Wat heb je?' vroeg Ron.

'Ik weet niet,' zei Hermelien langzaam, 'maar ik vind het wel een beetje vreemd. Ik bedoel, dat is een behoorlijk goede bezem, hè?'

Ron zuchtte geërgerd.

'Het is de beste bezem die er is, Hermelien,' zei hij.

'Dan moet hij ook heel duur zijn...'

'Waarschijnlijk kost hij meer dan alle bezems van Zwadderich bij elkaar,' zei Ron blij.

'Nou... wie zou Harry nou zo'n duur cadeau geven en dan niet eens zeggen van wie het is?' zei Hermelien.

'Wat maakt dat uit?' zei Ron ongeduldig. 'Hé Harry, mag ik er ook een keertje op? Mag ik ook een keer?'

'Ik vind dat er voorlopig helemaal niemand op die bezem moet vliegen!' zei Hermelien schril.

Harry en Ron staarden haar aan.

'Wat moet Harry er dan mee doen – de vloer vegen?' zei Ron.

Maar voor Hermelien antwoord kon even, sprong Knikkebeen plotseling van Simons bed en wierp zich op Rons borst.

'WEG – MET – DIE – ROTKAT!' brulde Ron, terwijl de klauwen van Knikkebeen zijn pyjama openscheurden en Schurfie een wilde poging deed om over Rons schouder te vluchten. Ron greep Schurfie bij zijn staart en schopte naar Knikkebeen, maar hij miste en raakte de hutkoffer aan het voeteneinde van Harry's bed, die omviel. Ron hinkte brullend van de pijn door de kamer.

Plotseling gingen de haren van Knikkebeen recht overeind staan.

Er galmde een schrille, blikkerige fluittoon door de kamer. De Gluiposcoop was uit de oude sokken van oom Herman gerold en tolde nu lichtgevend over de vloer.

'Die was ik helemaal vergeten!' zei Harry, die zich bukte en de Gluiposcoop opraapte. 'Als het even kan, draag ik die sokken nooit...'

De Gluiposcoop gonsde en floot op zijn handpalm en Knikkebeen blies en gromde ernaar.

'Donder op met dat pokkenbeest, Hermelien!' zei Ron woedend. Hij zat op Harry's bed over zijn teen te wrijven. 'Kun je dat stomme ding niet stil krijgen?' vroeg hij aan Harry.

Hermelien marcheerde gepikeerd de kamer uit terwijl Knikkebeens gele ogen boosaardig over haar schouder naar Ron staarden.

Harry stopte de Gluiposcoop in de sokken terug en gooide die in zijn hutkoffer. Het enige dat de stilte nu nog verstoorde, was Rons gesmoorde gekreun van woede en pijn. Schurfie zat ineengedoken in Rons handen. Harry had hem al een tijdje niet meer gezien omdat hij steeds in Rons borstzak zat. Hij schrok van Schurfie, die vroeger zo dik was geweest en nu broodmager was, en het was alsof er grote plukken van zijn vacht waren uitgevallen.

'Hij ziet er niet zo best uit, hè?' zei Harry.

'Allemaal stress!' zei Ron. 'Als die stomme haarbal hem met rust liet, zou er geen vuiltje aan de lucht zijn!'

Maar Harry herinnerde zich dat de vrouw in de Betoverende Beestenbazaar had gezegd dat ratten gemiddeld maar drie jaar oud werden. Tenzij Schurfie over onvermoede krachten beschikte, zou hij wel eens aan het einde van zijn leven kunnen zijn en hoewel Ron vaak klaagde dat Schurfie oersaai was en dat hij niets aan hem had, wist hij zeker dat hij het vreselijk zou vinden als zijn rat doodging.

De kerstgedachte was die ochtend ver te zoeken in de leerlingenkamer van Griffoendor. Hermelien had Knikkebeen op de meisjesslaapzaal opgesloten, maar was woest op Ron omdat hij geprobeerd had hem te schoppen; Ron was nog steeds razend over Knikkebeens laatste poging om Schurfie te verorberen. Na een tijdje staakte Harry zijn pogingen om hen weer aan de praat te krijgen en richtte hij zijn aandacht op de Vuurflits, die hij mee naar beneden had genomen. Om de een of andere reden scheen dat Hermelien ook te irriteren; ze zei niets, maar wierp steeds duistere blikken op de bezem, alsof die ook kritiek op haar kat had geleverd.

Rond een uur of twaalf gingen ze naar de Grote Zaal om te eten en zagen ze dat de tafels waaraan de afdelingen normaal gesproken zaten tegen de muren waren geschoven, en dat er in het midden van de zaal één enkele tafel stond die gedekt was voor twaalf. Professor Perkamentus, professor Anderling, professor Sneep, professor Stronk en professor Banning zaten al aan tafel, samen met Argus Vilder, de conciërge, die zijn gebruikelijke bruine stofjas had verruild voor een stokoud en nogal schimmelig jacquet. Er waren slechts drie andere leerlingen: twee bloednerveuze eerstejaars en een norse vijfdejaars van Zwadderich.

'Vrolijk kerstfeest!' zei Perkamentus toen Harry, Ron en Hermelien binnenkwamen. 'We zijn maar met zo weinig dat het een beetje dwaas leek om de afdelingstafels te gebruiken... ga zitten, ga zitten!'

Harry, Ron en Hermelien gingen naast elkaar zitten, aan het uiteinde van de tafel.

'Knalbonbons!' zei Perkamentus enthousiast en hij stak een grote, zilveren knalbonbon uit naar Sneep, die hem met tegenzin beetpakte en een ruk gaf. Met een knal alsof er een kanon afging spatte de bonbon open en er viel een grote, puntige heksenhoed uit, met een opgezette gier erop.

Harry herinnerde zich de Boeman, keek stiekem even naar Ron en grijnsde; Sneep kneep zijn dunne lippen samen en schoof de hoed naar Perkamentus, die hem meteen opzette in plaats van zijn eigen tovenaarshoed.

'Tast toe!' zei hij glunderend.

Terwijl Harry gebakken aardappels opschepte, gingen de deuren van de Grote Zaal opnieuw open en kwam professor Zwamdrift binnen, die naar hen toegleed alsof ze op wieltjes reed. Ze had voor de gelegenheid een jurk met groene pailletjes aangetrokken, zodat ze meer dan ooit op een bovenmaatse, glitterende libelle leek.

'Sybilla! Wat een aangename verrassing!' zei Perkamentus, die opstond.

'Toen ik in mijn kristallen bol keek,' zei professor Zwamdrift met haar meest afwezige en dromerige stem, 'zag ik tot mijn verbazing dat ik mijn eenzame lunch verruilde voor het gezelschap van mijn collega's. Wie ben ik om de verlokkingen van het lot te negeren? Ik verliet direct mijn torenkamer en haastte me hierheen en ik hoop dat jullie me vergeven dat ik zo laat ben...'

'Natuurlijk, natuurlijk,' zei Perkamentus met een twinkeling in zijn ogen. 'Laat ik een stoel voor je halen –'

Hij schetste snel een stoel in de lucht met zijn toverstok, die een paar tellen ronddraaide voor hij met een plof tussen Sneep en

Anderling neerviel. Professor Zwamdrift ging echter niet zitten; haar reusachtige ogen dwaalden rond de tafel en ze slaakte een zacht gilletje.

'Dat durf ik niet, professor! Als ik ging zitten, zouden we met dertien zijn! Niets brengt zo veel ongeluk! Vergeet nooit dat, als dertien mensen aan tafel gaan, de eerste die opstaat ook als eerste zal sterven!'

'Laten we dat risico maar nemen, Sybilla,' zei professor Anderling ongeduldig. 'Ga alsjeblieft zitten, de kalkoen wordt koud!'

Professor Zwamdrift aarzelde, maar ging toen schoorvoetend zitten, met haar ogen en mond toegeknepen, alsof ze verwachtte dat de tafel elk moment door een bliksemschicht getroffen kon worden. Professor Anderling stak een grote lepel in de dichtstbijzijnde terrine.

'Ook een schepje pens, Sybilla?'

Professor Zwamdrift negeerde haar. Ze deed haar ogen open, keek opnieuw om zich heen en zei: 'Maar waar is die lieve professor Lupos?'

'Ik ben bang dat de stakker weer ziek is,' zei Perkamentus en hij gebaarde dat iedereen kon opscheppen. 'Doodzonde dat dat net met kerst moest gebeuren.'

'Maar dat wíst je toch zeker al, Sybilla?' zei professor Anderling met opgetrokken wenkbrauwen.

Professor Zwamdrift wierp professor Anderling een ijzige blik toe.

'Uiteraard wist ik dat, Minerva,' zei ze zacht. 'Maar Zieners lopen liever niet met hun paranormale kennis te koop. Ik doe dikwijls net alsof ik niet helderziend ben, om anderen niet nerveus te maken.'

'Dat verklaart veel!' zei professor Anderling pinnig.

De stem van professor Zwamdrift werd plotseling een stuk minder dromerig.

'Als je het per se wilt weten, ik heb Gezien dat die arme Lupos niet lang onder ons zal zijn. Hij schijnt zich er zelf ook van bewust te zijn dat zijn dagen geteld zijn. Hij zette het haast op een lopen toen ik hem aanbood in mijn kristallen bol te kijken –'

'Wat heb je toch een rare mensen,' zei professor Anderling droogjes.

'Ik betwijfel of professor Lupos acuut gevaar loopt,' zei Perkamentus op montere maar iets luidere toon en hij kapte het gesprek tussen professor Zwamdrift en professor Anderling af. 'Heb je die toverdrank weer voor hem gemaakt, Severus?'

'Ja, professor,' zei Sneep.

'Prima,' zei Perkamentus. 'Dan denk ik dat hij binnen de kortste keren genezen zal zijn... Erik, heb je die worstjes al geproefd? Ze zijn echt heerlijk.'

De eerstejaars werd vuurrood toen Perkamentus hem toesprak en pakte de schotel met worstjes met bevende handen aan.

Professor Zwamdrift gedroeg zich haast normaal tot het kerstdiner twee uur later voorbij was. Harry en Ron, die propvol zaten en hun feestmutsen uit de knalbonbons nog op hadden, stonden als eerste op en professor Zwamdrift slaakte een gil.

'Lieve jongens, wie van jullie is als eerste opgestaan? Wie?'

'Geen idee,' zei Ron, die onbehaaglijk naar Harry keek.

'Ik betwijfel of het iets uitmaakt,' zei professor Anderling luchtig, 'tenzij er een krankzinnige bijlmoordenaar wacht in de hal, om de eerste die naar buiten komt af te slachten.'

Zelfs Ron lachte. Professor Zwamdrift leek diep beledigd.

'Kom je?' zei Harry tegen Hermelien.

'Nee,' mompelde Hermelien. 'Ik moet nog eventjes iets bespreken met professor Anderling.'

'Zeker vragen of ze er nog een paar vakken bij kan krijgen,' zei Ron geeuwend terwijl ze naar de hal liepen, die volkomen verstoken bleek van krankzinnige bijlmoordenaars.

Toen ze bij het portretgat waren, zagen ze dat heer Palagon een kerstfeestje hield met een stel monniken, diverse oud-schoolhoofden van Zweinstein en zijn dikke pony. Hij schoof zijn vizier omhoog en proostte met een grote beker gloeiwijn.

'Vrolijk – hik – kerstfeest! Wachtwoord?'

'Schurftig hondsvot,' zei Ron.

'Insgelijks!' brulde heer Palagon, terwijl het schilderij opzij zwaaide om hen door te laten.

Harry ging direct naar de slaapzaal, pakte zijn Vuurflits en de Bezemverzorgingskit die hij voor zijn verjaardag had gekregen, nam ze mee naar beneden en keek of hij iets aan de Vuurflits kon doen; er was echter niet één verbogen twijgje dat bijgeknipt moest worden en de steel blonk zo oogverblindend dat het zinloos leek om hem opnieuw te poetsen. Ron en hij zaten de bezem uit alle hoeken en standen te bewonderen toen het portretgat openging en Hermelien naar binnen klom, gevolgd door professor Anderling.

Professor Anderling was hoofd van Griffoendor, maar Harry had haar slechts één keer eerder in de leerlingenkamer gezien, toen ze een heel ernstige mededeling kwam doen. Ron en hij staarden haar aan, met de Vuurflits in hun handen. Hermelien liep om hen heen, ging zitten, pakte het dichtstbijzijnde boek en verborg haar gezicht erachter.

'Dus dat is hem?' zei professor Anderling argwanend. Ze liep naar de haard en staarde aandachtig naar de Vuurflits. 'Juffrouw Griffel vertelde dat iemand je een bezem heeft gestuurd, Potter.'

Harry en Ron keken naar Hermelien en zagen haar voorhoofd rood worden boven haar boek, dat ze ondersteboven hield.

'Mag ik?' zei professor Anderling, maar ze wachtte niet op antwoord en trok de Vuurflits uit hun handen. Ze bestudeerde hem aandachtig, van het puntje van de steel tot de uiteinden van de twijgjes. 'Hmmm. En er zat geen briefje bij, Potter? Geen kaartje? Geen enkele boodschap?'

'Nee,' zei Harry wezenloos.

'Juist, ja...' zei professor Anderling. 'Tja, ik ben bang dat ik hem tijdelijk in beslag moet nemen, Potter.'

'W-wat?' zei Harry. 'Hoezo?'

'We moeten controleren of hij niet behekst is,' zei professor Anderling. 'Ik ben uiteraard geen expert, maar ik denk dat madame Hooch en professor Banning hem zullen moeten demonteren –'

'Demonteren?' herhaalde Ron, alsof professor Anderling krankzinnig was.

'Het duurt hooguit een paar weken,' zei professor Anderling. 'Als we zeker weten dat hij vloekvrij is, krijg je hem terug.'

'Maar er mankeert niets aan!' zei Harry met trillende stem. 'Echt, professor –'

'Dat kun je niet zeker weten, Potter,' zei professor Anderling vriendelijk. 'Niet als je er nog niet op hebt gevlogen en ik ben bang dat dat uitgesloten is, tot we er zeker van zijn dat er niet mee is geknoeid. Ik hou je op de hoogte.'

Professor Anderling draaide zich om en klom met de Vuurflits door het portretgat, dat zich achter haar sloot. Harry staarde haar na, met het blikje Superssteelglans nog in zijn hand, maar Ron wendde zich furieus tot Hermelien.

'*Waarom moest je dat zo nodig aan Anderling doorbrieven?*'

Hermelien smeet haar boek neer. Ze was nog steeds rood, maar stond op en zei uitdagend tegen Ron: 'Omdat ik dacht – en dat is professor Anderling met me eens – dat Harry die bezem waarschijnlijk heeft gekregen van Sirius Zwarts!'

HOOFDSTUK 12

DE PATRONUS

*H*arry wist dat Hermelien het goed bedoeld had, maar desondanks was hij kwaad op haar. Een paar uur lang was hij de trotse bezitter geweest van de beste bezemsteel ter wereld, maar door haar bemoeizucht was het maar de vraag of hij hem ooit terug zou zien. Hij wist zeker dat er nu niets aan de Vuurflits mankeerde, maar in wat voor staat zou hij zijn als hij aan allerlei anti-vloektests was onderworpen?

Ron was ook woedend op Hermelien. Het demonteren van een splinternieuwe Vuurflits was in zijn ogen puur vandalisme. Hermelien, die nog steeds overtuigd was van haar eigen gelijk, begon de leerlingenkamer te mijden. Harry en Ron vermoedden dat ze haar toevlucht zocht in de bibliotheek en probeerden haar niet over te halen om terug te komen. Al met al waren ze blij toen de andere leerlingen na Nieuwjaar terugkeerden en de toren van Griffoendor weer rumoerig en druk werd.

Op de avond voor het nieuwe semester begon, werd Harry aangeschoten door Plank.

'Leuke kerst gehad?' vroeg hij. Zonder op antwoord te wachten ging hij zitten en zei zacht: 'Ik heb tijdens de vakantie eens nagedacht, Harry. Over die laatste wedstrijd, bedoel ik. Als die Dementors de volgende keer weer komen opdagen... ik bedoel... we kunnen het ons niet veroorloven om – je weet wel –'

Plank deed er opgelaten het zwijgen toe.

'Ik ben ermee bezig,' zei Harry vlug. 'Professor Lupos heeft beloofd dat hij me zou leren hoe ik Dementors moet afweren. We zouden van de week beginnen. Hij zei dat hij na kerst tijd zou hebben.'

'Aha,' zei Plank een stuk opgewekter. 'Nou – in dat geval – ik wil je beslist niet kwijt als Zoeker, Harry. Heb je al een nieuwe bezem besteld?'

'Nee,' zei Harry.

'Wat? Dan zou ik maar opschieten – je kunt tegen Ravenklauw niet met die Vallende Ster aan komen zetten!'

'Hij heeft een Vuurflits gekregen voor kerst,' zei Ron.

'Een *Vuurflits*? Nee! Meen je dat? Een – een echte *Vuurflits*?'

'Niet zo opgewonden, Olivier,' zei Harry somber. 'Ik heb hem niet meer. Hij is in beslag genomen.' Hij legde uit dat gecontroleerd moest worden of de Vuurflits mogelijk vervloekt was.

'Vervloekt? Hoe kan hij in vredesnaam vervloekt zijn?'

'Sirius Zwarts,' zei Harry vermoeid. 'Ze denken dat hij het op mij gemunt heeft. En daarom vermoedt Anderling dat hij die bezem heeft gestuurd.'

Plank wuifde het nieuws dat een beruchte moordenaar achter zijn Zoeker aanzat weg en zei: 'Maar Zwarts kan niet zomaar een Vuurflits kopen! Hij is toch op de vlucht! Het hele land is naar hem op zoek! Dan kan hij toch moeilijk het Zwerkbalpaleis binnenstappen om even een bezem aan te schaffen?'

'Weet ik,' zei Harry, 'maar toch wil Anderling hem demonteren –'

Plank verbleekte.

'Ik praat wel met haar, Harry,' beloofde hij. 'Ik zorg wel dat ze naar rede luistert... een Vuurflits... een echte Vuurflits in ons team... ze wil net zo graag dat Griffoendor wint als wij... ik praat wel met haar... een *Vuurflits*...'

De volgende dag begonnen de lessen weer. Op een gure januari-morgen twee uur lang buiten zijn was wel het laatste waar iedereen zin in had, maar Hagrid had ter ontspanning voor een groot vuur vol Salamanders gezorgd en ze besteedden een ongewoon boeiende les aan het verzamelen van droge takken en bladeren om het vuur gaande te houden, terwijl de hagedissen van de vlammen genoten en over de gloeiende houtblokken klauterden. De eerste les Waar-zeggerij van het nieuwe semester was heel wat minder leuk; profes-sor Zwamdrift was overgestapt op handlezen en vertelde Harry direct dat hij de kortste levenslijntjes had die ze ooit had gezien.

Harry keek voornamelijk uit naar zijn eerste les Verweer tegen de Zwarte Kunsten; na zijn gesprek met Plank wilde hij zo snel mogelijk met zijn anti-Dementorlessen beginnen.

'O ja,' zei Lupos, toen Harry hem na de les aan zijn belofte herin-nerde. 'Eens denken... wat dacht je van donderdagavond acht uur? Het lokaal van Geschiedenis van de Toverkunst lijkt me groot ge-noeg... ik moet eens goed nadenken hoe we dat gaan aanpakken... we kunnen geen echte Dementor het kasteel binnensmokkelen om op te oefenen...'

'Hij ziet er nog steeds niet best uit, hè?' zei Ron terwijl ze de gang uitliepen naar de eetzaal. 'Wat zou hem toch mankeren?'

Achter zich hoorden ze een luid en ongeduldig 'ha!' van Hermelien, die aan de voeten van een harnas had gezeten om haar tas opnieuw in te pakken. Hij was zo volgepropt met boeken dat ze hem niet dichtkreeg.

'Wat zit jij daar nou afkeurend te mompelen?' zei Ron geërgerd.

'Dat deed ik helemaal niet,' zei Hermelien laatdunkend en ze hees haar tas weer over haar schouder.

'Jawel,' zei Ron. 'Ik zei dat ik benieuwd was wat Lupos mankeerde en toen zei jij –'

'Dat is toch zo klaar als een klontje, of niet soms?' zei Hermelien, met een blik van gekmakende superioriteit.

'Als je het niet wilt zeggen, moet je dat vooral niet doen,' snauwde Ron.

'Prima,' zei Hermelien hooghartig en ze beende weg.

'Ze weet het niet,' zei Ron, die haar wrokkig nakeek. 'Ze wil gewoon dat wij weer met haar praten.'

Donderdagavond om acht uur verliet Harry de toren van Griffoendor en ging naar het lokaal van Geschiedenis van de Toverkunst. Dat was donker en verlaten toen hij arriveerde, maar hij stak de lampen aan met zijn toverstaf en na slechts vijf minuten wachten verscheen professor Lupos, met een groot krat dat hij moeizaam op het bureau van professor Kist hees.

'Wat zit daarin?' vroeg Harry.

'Nog een Boeman,' zei Lupos, die zijn mantel uitdeed. 'Ik heb sinds dinsdag het hele kasteel afgezocht en bofte ontzettend dat ik deze heb gevonden. Hij hield zich schuil in de archiefkast van meneer Vilder. Dit komt het dichtst in de buurt van een echte Dementor. Als de Boeman jou ziet verandert hij in een Dementor, dus kunnen we op hem oefenen. Ik bewaar hem wel in m'n kantoortje als we hem niet nodig hebben. Er is een kastje onder m'n bureau dat hem vast zal bevallen.'

'Prima,' zei Harry, die de indruk probeerde te wekken dat hij er helemaal niet tegen opzag en alleen maar blij was dat Lupos zo'n goede vervanger voor een echte Dementor had weten te vinden.

'Goed...' Professor Lupos had zijn toverstok gepakt en gebaarde dat Harry dat ook moest doen. 'De spreuk die ik je zal proberen te leren is uiterst geavanceerd, Harry – ver boven SLIJMBAL-niveau. Hij heet de Patronusbezwering.'

'Hoe werkt hij?' vroeg Harry nerveus.

'Nou, als alles goed gaat roept hij een Patronus op,' zei Lupos. 'Een Patronus is een soort anti-Dementor – een bewaker, die als schild tussen jou en de Dementor fungeert.'

Harry zag zichzelf in zijn verbeelding gehurkt achter een gedaante zitten die zo groot was als Hagrid en die een knots in zijn hand hield. Professor Lupos vervolgde: 'De Patronus is een positieve kracht, een projectie van precies die dingen waar een Dementor van leeft – hoop, geluk, het verlangen om te overleven – maar in tegenstelling tot gewone mensen kan een Patronus geen wanhoop voelen en kan een Dementor hem dus ook niet deren. Ik moet je alleen wel waarschuwen dat de Bezwering te lastig voor je zou kunnen zijn, Harry. Zelfs veel afgestudeerde tovenaars hebben er moeite mee.'

'Hoe ziet een Patronus eruit?' vroeg Harry nieuwsgierig.

'Elke Patronus is uniek voor de tovenaar die hem oproept.'

'En hoe roep je hem op?'

'Door middel van een spreuk, die alleen werkt als je je uit alle macht op een uitzonderlijk gelukkige herinnering concentreert.'

Harry pijnigde zijn hersens in een poging een gelukkige herinnering te vinden. Alles wat ooit bij de Duffelingen was gebeurd viel direct af. Uiteindelijk koos hij het moment waarop hij voor het allereerst op een bezem had gevlogen.

'Ja, oké,' zei hij, terwijl hij zich dat fantastische, zwevende gevoel in zijn buik zo goed mogelijk voor de geest trachtte te halen.

'De spreuk luidt als volgt –' Lupos schraapte zijn keel. '*Expecto patronum!*'

'*Expecto patronum,*' herhaalde Harry zachtjes, '*expecto patronum.*'

'Concentreer je je op die gelukkige herinnering?'

'O – ja –' zei Harry, die vlug aan die eerste bezemvlucht terugdacht. 'Expecto patrono – nee, patronum – sorry – expecto patronum, expecto patronum –'

Plotseling spoot er iets uit de punt van zijn toverstok; het leek een sliert zilverachtig gas.

'Zag u dat?' zei Harry opgewonden. 'Er gebeurde iets!'

'Uitstekend,' zei Lupos glimlachend. 'Goed – ben je klaar om te oefenen op een Dementor?'

'Ja,' zei Harry, die zijn toverstok stevig vasthield en midden in de klas ging staan. Hij probeerde zich te concentreren op vliegen, maar

179

werd steeds afgeleid door iets anders... elk moment kon hij zijn moeder weer horen... maar daar moest hij niet aan denken, anders zou hij haar inderdaad horen en dat wilde hij niet... of juist wel? Lupos pakte het deksel van het krat beet en tilde het op.

Langzaam rees er een Dementor op uit de kist. Zijn gezicht, dat schuilging onder de kap van zijn mantel, was naar Harry toegekeerd en een glimmende hand vol zweren hield zijn mantel beet. De lampen in de klas flakkerden en gingen uit. De Dementor stapte uit zijn kist en schreed geruisloos op Harry af, terwijl hij diep en reutelend ademhaalde. Een golf van ijzige kou spoelde over Harry heen –

'Expecto patronum!' gilde Harry. 'Expecto patronum! Expecto –'

Maar het lokaal en de Dementor losten op... Harry tuimelde door een dikke witte mist en de stem van zijn moeder galmde luider dan ooit door zijn hoofd –

'Niet Harry! Niet Harry! Alsjeblieft! Ik doe alles –'

'Opzij, ga opzij, meisje –'

'Harry!'

Harry schrok wakker. Hij lag plat op zijn rug op de vloer van het lokaal. De lampen brandden weer en hij hoefde niet te vragen wat er gebeurd was.

'Sorry,' mompelde hij. Hij ging overeind zitten en voelde het koude zweet omlaaglopen achter zijn brillenglazen.

'Alles goed met je?' zei Lupos.

'Ja...' Harry hees zich aan een tafeltje overeind en leunde erop.

'Hier –' Lupos gaf hem een Chocokikker. 'Eet die op voor we het opnieuw proberen. Ik had niet gedacht dat het je de eerste keer al zou lukken; dan zou ik eerlijk gezegd stomverbaasd zijn geweest.'

'Het wordt erger,' mompelde Harry, die de kop van de Chocokikker afbeet. 'Ik hoorde haar deze keer veel beter – en hem ook – Voldemort –'

Lupos leek nog bleker dan normaal.

'Harry, als je liever niet verdergaat dan heb ik daar alle begrip voor –'

'Ik wil wel verder!' zei Harry fel en hij propte de rest van de Chocokikker in zijn mond. 'Ik móét verder! Stel dat die Dementors tijdens de wedstrijd tegen Ravenklauw weer komen opdagen? Ik kan het me niet veroorloven om nog een keer van m'n bezem te vallen. Als we die wedstrijd verliezen, zijn we definitief uitgeschakeld voor de Zwerkbalbeker!'

'Nou, goed dan,' zei Lupos. 'Misschien kun je je beter op een andere herinnering concentreren, een echt gelukkige herinnering, bedoel ik... die vorige was blijkbaar niet sterk genoeg...'

Harry dacht diep na en besloot dat je zijn gevoelens toen Griffoendor vorig jaar het Afdelingskampioenschap had veroverd met recht gelukkig kon noemen. Hij greep zijn toverstaf weer en koos positie in het midden van de klas.

'Klaar?' zei Lupos, die het deksel van de kist vastpakte.

'Klaar,' zei Harry en hij deed zijn uiterste best zich te concentreren op gelukkige gedachten aan een winnend Griffoendor en niet op duistere gedachten aan wat er zou gebeuren als de kist openging.

'Af!' zei Lupos, die het deksel opendeed. Opnieuw werd het ijskoud en donker in de kamer. De Dementor gleed op Harry af en haalde rochelend adem; hij stak een rottende hand uit –

'Expecto patronum!' schreeuwde Harry. 'Expecto patronum! Expecto pat –'

Witte mist verdoofde zijn zinnen... grote, wazige gedaanten cirkelden om hem heen... en toen klonk er een nieuwe stem, een mannenstem die paniekerig schreeuwde: '*Lily, pak Harry en maak dat je wegkomt! Het is Hem! Weg! Snel! Ik probeer hem tegen te houden –*'

Het geluid van iemand die struikelend door een kamer holde – een deur die openvloog – hoog en kakelend gelach –

'Harry! Harry... wakker worden...'

Lupos tikte hem in zijn gezicht. Deze keer duurde het een tijdje voor Harry besefte waarom hij op de stoffige vloer van het klaslokaal lag.

'Ik hoorde m'n vader,' mompelde Harry. 'Dat is de eerste keer dat ik hem ooit gehoord heb – hij probeerde het tegen Voldemort op te nemen, om mijn moeder de kans te geven om te vluchten...'

Harry besefte plotseling dat het zweet op zijn gezicht vermengd was met tranen. Hij boog zijn hoofd, veegde zijn ogen af met zijn gewaad en deed alsof hij zijn veter vastmaakte, zodat Lupos het niet zou zien.

'Hoorde je James?' zei Lupos met een vreemde stem.

'Ja...' Harry's gezicht was weer droog en hij keek op. 'Hoezo – u kende m'n vader toch niet?'

'Eerlijk – eerlijk gezegd wel,' zei Lupos. 'Hij was m'n vriend toen we op Zweinstein zaten. Hoor eens, Harry – misschien moeten we het vanavond hierbij laten. Die bezwering is waanzinnig moeilijk... ik had je dit nooit aan mogen doen...'

'Nee!' zei Harry. Hij stond weer op. 'Nog één keer! M'n gedachten zijn gewoon niet gelukkig genoeg, dat is het... wacht even...'

Hij pijnigde zijn hersens. Een echt, echt gelukkige gedachte... eentje die hij kon gebruiken voor een goede, sterke Patronus...

Het moment waarop hij voor het eerst gehoord had dat hij een tovenaar was, niet meer bij de Duffelingen hoefde te wonen en naar Zweinstein zou gaan! Als dat geen gelukkige herinnering was, dan wist hij het niet meer... Harry concentreerde zich uit alle macht op het gevoel dat hij had gehad toen hij besefte dat hij de Ligusterlaan vaarwel zou zeggen. Hij krabbelde overeind en ging opnieuw tegenover de kist staan.

'Klaar?' zei Lupos, die zo te zien grote bedenkingen had. 'Concentreer je je goed? Nou, vooruit dan – af!'

Voor de derde keer trok hij het deksel van de kist, rees de Dementor op en werd het koud en donker in het lokaal.

'EXPECTO PATRONUM!' brulde Harry. 'EXPECTO PATRONUM! EXPECTO PATRONUM!'

Het gegil galmde weer door Harry's hoofd – maar deze keer net alsof het uit een slecht afgestelde radio kwam – zachter en harder en dan weer zachter – en hij kon de Dementor nog steeds zien – hij was blijven staan – en toen spoot er een grote zilveren schaduw uit de punt van Harry's toverstaf, die tussen hem en de Dementor bleef zweven en hoewel Harry's knieën knikten, was hij bij bewustzijn gebleven – al wist hij niet hoe lang dat nog zou duren –

'Ridiculus!' brulde Lupos terwijl hij naar voren sprong.

Er klonk een knal en Harry's wazige Patronus verdween, samen met de Dementor. Harry plofte op een stoel neer. Hij voelde zich uitgeput, alsof hij twee kilometer gerend had. Zijn benen trilden. Uit zijn ooghoek zag hij hoe professor Lupos de Boeman met zijn toverstok dwong om terug te keren in zijn kist; hij was weer in een zilverachtige bol veranderd.

'Uitstekend!' zei Lupos, die naar Harry's stoel liep. 'Uitstekend, Harry! Dat was een goed begin!'

'Kunnen we het nog één keer proberen? Eén keertje maar?'

'Nu niet,' zei Lupos gedecideerd. 'Je hebt voor één avond meer dan genoeg gedaan. Hier –'

Hij gaf Harry een grote reep van Zacharinus' beste chocolade.

'En helemaal opeten, anders krijg ik het met madame Plijster aan de stok. Volgende week om dezelfde tijd?'

'Ja, goed,' zei Harry. Hij nam een hap chocola en keek hoe Lupos de lampen doofde die weer waren aangefloept na het verdwijnen van de Dementor. Plotseling schoot hem iets te binnen.

'Professor Lupos?' zei hij. 'Als u mijn vader hebt gekend, moet u Sirius Zwarts ook gekend hebben.'

Lupos draaide zich snel om.

'Hoe kom je daarbij?' zei hij op scherpe toon.

'Gewoon – nou ja, ik wist dat ze vroeger op Zweinstein ook vrienden waren...'

Het gezicht van Lupos ontspande weer.

'Ja, ik heb hem gekend,' zei hij kortaf. 'Of dat dacht ik tenminste. En nu kun je beter gaan, Harry. Het is al laat.'

Harry verliet het lokaal, liep de gang uit, ging de hoek om, maakte een klein omweggetje naar een harnas en plofte achter het voetstuk neer om de rest van zijn chocola op te eten. Hij wou dat hij niet over Zwarts was begonnen, want het was duidelijk dat Lupos het daar liever niet over had. Toen dwaalden Harry's gedachten weer af naar zijn vader en moeder...

Hij voelde zich slap en merkwaardig leeg, ook al zat hij vol chocola. Het was verschrikkelijk om te horen hoe de laatste momenten van zijn ouders in zijn hoofd werden afgespeeld, maar toch waren dat de enige keren dat Harry hun stemmen had gehoord sinds hij een baby was. Maar als hij half en half wilde dat hij zijn ouders zou horen, zou hij er nooit in slagen om een goede Patronus te produceren...

'Ze zijn dood,' hield hij zichzelf streng voor. 'Ze zijn dood en luisteren naar echo's brengt ze heus niet terug. Ik zou maar eens wat flinker zijn als ik jou was – als je tenminste die Zwerkbalbeker wilt winnen.'

Hij stond op, stopte het laatste stukje chocola in zijn mond en liep terug naar de toren van Griffoendor.

Een week na de vakantie speelde Ravenklauw tegen Zwadderich. Zwadderich won, zij het nipt en volgens Plank was dat goed nieuws voor Griffoendor, dat op de tweede plaats zou komen als ze Ravenklauw ook versloegen. Hij verhoogde daarom het aantal trainingen tot vijf per week. Dat betekende dat Harry, met de anti-Dementorlessen van Lupos meegerekend, die afmattender waren dan zes Zwerkbaltrainingen, maar één avond overhield om al zijn huiswerk te maken. Desondanks ging hij daar niet zo erg onder gebukt als Hermelien, die nu toch bijna scheen te bezwijken onder haar enorme hoeveelheid werk. Elke avond was ze in een hoekje van de leerlingenkamer te vinden, achter meerdere tafels die bezaaid waren met boeken, diagrammen van Voorspellend Rekenen, Runenwoorden-boeken, tekeningen van Dreuzels die zware voorwerpen optilden, en dikke pakken uitgebreide aantekeningen; ze sprak met vrijwel niemand en was heel kortaangebonden als ze gestoord werd.

'Hoe krijgt ze het toch voor elkaar?' mompelde Ron op een avond tegen Harry, toen die de laatste hand legde aan een lastig werkstuk over Ontraceerbare Vergiffen voor Sneep. Harry keek op. Hermelien was vrijwel onzichtbaar achter een torenhoge stapel boeken.

'Wat?'

'Al die lessen volgen!' zei Ron. 'Vanochtend hoorde ik haar praten met professor Vector, die heks van Voorspellend Rekenen. Ze hadden het over de les van gisteren, maar daar kan Hermelien niet bij zijn geweest omdat ze toen samen met ons Verzorging van Fabeldieren had! En ik hoorde van Ernst Marsman dat ze nooit één les Dreuzelkunde heeft overgeslagen, maar die zijn vaak op dezelfde tijd als Waarzeggerij en dat heeft ze ook nog nooit overgeslagen!'

Harry had op dat moment geen tijd om zich te verdiepen in het mysterie van Hermeliens onmogelijke lesrooster; hij moest echt verder met dat werkstuk voor Sneep. Twee seconden later werd hij echter opnieuw gestoord, maar nu door Plank.

'Slecht nieuws, Harry. Ik heb net professor Anderling gesproken over die Vuurflits. Ze – eh – werd een beetje nijdig. Zei dat ik met de verkeerde dingen bezig was. Blijkbaar had ze het idee dat ik de Zwerkbalcup belangrijker vind dan jouw gezondheid, alleen omdat ik zei dat het me niks kon schelen of je van die bezem donderde, als je eerst de Snaai maar te pakken had.' Plank schudde vol ongeloof zijn hoofd. 'Je had haar tekeer moeten horen gaan... alsof ik iets vreselijks had gezegd... en toen ik vroeg hoe lang ze die bezem wilde houden zei ze... ' Hij trok een zuur gezicht en zei op de strenge toon van professor Anderling: '... "zo lang als nodig is, Plank!"... het wordt tijd om een nieuwe bezem te kopen, Harry. Achter in De Bezemkampioen zit een bestelbon... je zou een Nimbus 2001 kunnen nemen, net als Malfidus.'

'Ik weiger iets te kopen wat Malfidus goed vindt,' zei Harry kortaf.

Januari ging haast onmerkbaar over in februari, maar het bitter koude weer bleef hetzelfde. De wedstrijd tegen Ravenklauw kwam steeds dichterbij en Harry had nog altijd geen nieuwe bezem besteld. Hij vroeg nu na elke les Gedaanteverwisselingen aan professor Anderling hoe het met de Vuurflits was, terwijl Ron hoopvol naast hem stond en Hermelien haastig langsliep zonder hen aan te kijken.

'Nee, Potter, je krijgt hem nog niet terug!' zei professor Anderling toen hij het voor de twaalfde keer wilde vragen, nog voor hij zijn mond open had gedaan. 'We hebben hem op de meeste gebruikelijke vloeken gecontroleerd, maar professor Banning denkt dat er misschien een Zwiepbeheksing op zou kunnen rusten. Zodra we klaar zijn *hoor* je het wel. En val me alsjeblieft niet steeds lastig.'

De zaak werd er nog erger op doordat Harry's anti-Dementor-lessen niet zo vlot verliepen als hij had gehoopt. Na een paar avonden oefenen was hij in staat om een wazige, zilveren schim op te roepen als de Boeman-Dementor op hem afschreed, maar zijn Patronus was te zwak om de Dementor weg te jagen. Hij zweefde alleen als een halfdoorzichtige wolk voor Harry's gezicht en zoog al zijn energie op, terwijl hij alles op alles zette om hem in stand te houden. Harry was boos op zichzelf en voelde zich schuldig omdat hij er stiekem naar verlangde de stemmen van zijn ouders weer te horen.

'Je verwacht te veel van jezelf,' zei professor Lupos streng tijdens de vierde week. 'Zelfs een wazige Patronus is al een geweldige prestatie voor een dertienjarige tovenaar. Je valt toch niet meer flauw, of wel?'

'Ik dacht dat een Patronus – de macht van een Dementor zou wegnemen of zo,' zei Harry ontmoedigd. 'Zou zorgen dat die Dementor verdween.'

'De ware Patronus doet dat inderdaad,' zei Lupos. 'Maar jij hebt in korte tijd al ontzettend veel bereikt. Als die Dementors inderdaad weer komen opdagen tijdens de volgende Zwerkbalwedstrijd, kun je ze nu lang genoeg op afstand houden om veilig te landen.'

'Maar u zei dat het moeilijker is als ze met meer zijn,' zei Harry.

'Ik heb het volste vertrouwen in je,' zei Lupos glimlachend. 'Alsjeblieft – je hebt wel iets te drinken verdiend – iets uit de Drie Bezemstelen. Dat heb je vast nog niet eerder geproefd –'

Hij haalde twee flesjes uit zijn koffertje.

'Boterbier!' zei Harry zonder erbij na te denken. 'Ja, dat vind ik lekker!'

Lupos trok een wenkbrauw op.

'O – Ron en Hermelien hebben een paar flesjes meegebracht uit Zweinsveld,' loog Harry snel.

'Vandaar,' zei Lupos, hoewel hij nog steeds een beetje wantrouwig keek. 'Nou – op een overwinning van Griffoendor tegen Ravenklauw! Al mag ik als leraar eigenlijk niet partijdig zijn,' voegde hij er haastig aan toe.

Ze dronken het Boterbier zwijgend op, tot Harry een onderwerp aansneed waar hij al een tijd nieuwsgierig naar was.

'Wat zit er eigenlijk onder de kap van een Dementor?'

Professor Lupos liet zijn flesje bedachtzaam zakken.

'Hmmm... nou, de enige mensen die dat echt weten, zijn niet meer in staat om het na te vertellen. Een Dementor laat zijn kap namelijk pas zakken als hij zijn laatste en ergste wapen gebruikt.'

'Wat dan?'

'Ze noemen het de Kus van de Dementor,' zei Lupos met een enigszins wrange glimlach. 'Dat doen Dementors met mensen die ze volkomen willen vernietigen. Waarschijnlijk bevindt zich onder die kap een soort mond, want ze klemmen hun kaken om de mond van hun slachtoffer en – zuigen dan zijn ziel op.'

Harry verslikte zich in zijn Boterbier.

'Wat – vermoorden ze –?'

'Nee, nee,' zei Lupos. 'Nog veel erger. Je kunt voortleven zonder ziel, zolang je hart en hersens nog werken. Maar dan heb je geen greintje bewustzijn meer, geen geheugen, helemaal... niets. Er is geen enkele kans op herstel. Je – bestaat alleen nog. Als een lege huls. En je ziel is voorgoed verdwenen... verloren.'

Lupos nam nog een slokje Boterbier en zei: 'Dat staat Sirius Zwarts ook te wachten. Ik las het vandaag in de *Ochtendprofeet*. Het Ministerie heeft de Dementors toestemming gegeven de Kus toe te dienen als ze hem opsporen.'

Harry deed er even het zwijgen toe, verbijsterd door de gedachte dat iemands ziel door zijn mond naar buiten gezogen kon worden, maar toen dacht hij aan Zwarts.

'Zijn verdiende loon!' zei hij.

'Vind je?' zei Lupos luchtig. 'Vind je werkelijk dat iemand zoiets verdienen kan?'

'Ja,' zei Harry uitdagend. 'Voor... voor sommige dingen wel...'

Hij had Lupos graag verteld over het gesprek dat hij gehoord had in de Drie Bezemstelen, over Zwarts die zijn vader en moeder had verraden, maar dan had hij moeten toegeven dat hij zonder toestemming in Zweinsveld was geweest en hij wist dat Lupos daar niet blij mee zou zijn. Daarom dronk hij zijn Boterbier op, bedankte Lupos en vertrok.

Harry wenste half en half dat hij niet had gevraagd wat er onder de kap van een Dementor zat omdat het antwoord zo gruwelijk was geweest. Hij werd zo in beslag genomen door onaangename gedachten over hoe het moest aanvoelen als je ziel uit je lichaam werd gezogen dat hij halverwege de trap pardoes tegen professor Anderling opbotste.

'Kijk alsjeblieft een beetje uit, Potter!'

'Het spijt me, professor –'

'Ik zocht je trouwens net in de leerlingenkamer van Griffoendor. Nou, hier is hij. We hebben alle tests uitgevoerd die we maar bedenken konden en blijkbaar mankeert er niets aan – je moet ergens een heel goede vriend hebben, Potter.'

Harry's mond viel open. Ze hield hem zijn Vuurflits voor en die zag er nog even schitterend uit als eerst.

'Ik mag hem terug?' zei Harry zwakjes. 'Echt?'

'Echt,' zei professor Anderling en ze glimlachte warempel. 'Je moet er waarschijnlijk even op oefenen voor de wedstrijd van zaterdag. En Potter – probeer alsjeblieft om te winnen. Anders grijpen we voor het achtste jaar op rij naast de beker, zoals professor Sneep gisteravond fijntjes benadrukte...'

Sprakeloos nam Harry de Vuurflits mee naar de toren van Griffoendor. Toen hij de hoek om kwam zag hij Ron op zich af sprinten, met een grijns van oor tot oor.

'Heeft ze hem teruggegeven? Geweldig! Mag ik er ook even op? Morgen?'

'Ja... tuurlijk...' zei Harry, die zich in een maand niet zo vrolijk had gevoeld. 'Weet je – eigenlijk moeten we het goedmaken met Hermelien... ze wilde alleen maar helpen...'

'Ja, oké,' zei Ron. 'Ze is in de leerlingenkamer – aan het werk, voor de verandering –'

Ze liepen naar de gang die naar de toren van Griffoendor leidde en zagen Marcel Lubbermans tegen heer Palagon smeken, die blijkbaar weigerde om hem door te laten.

'Ik heb ze opgeschreven, maar ik heb het briefje ergens laten liggen!' zei Marcel huilerig.

'Een onwaarschijnlijk verhaal!' bulderde heer Palagon. Opeens kreeg hij Harry en Ron in het oog. 'Goedenavond, edele heren! Sla deze schavuit in de boeien; hij tracht onze veste binnen te dringen!'

'O, hou je waffel toch,' zei Ron terwijl Harry en hij naar Marcel liepen.

'Ik ben de wachtwoorden kwijt,' zei Marcel ongelukkig. 'Ik had hem gevraagd of hij wilde zeggen welke wachtwoorden hij van de week zou gebruiken omdat ze steeds veranderen, en nu weet ik niet meer waar ik ze gelaten heb!'

'Duvelskaters!' zei Harry tegen heer Palagon, die teleurgesteld keek en met tegenzin opzij zwaaide om hen door te laten. Er klonk een opgewonden geroezemoes in de leerlingenkamer, iedereen keek om en een tel later werd Harry omringd door mensen die allemaal zijn Vuurflits wilden bewonderen.

'Van wie heb je die, Harry?'

'Mag ik er ook een keertje op?'

'Heb je er al op gevlogen, Harry?'

'Ravenklauw maakt geen schijn van kans, die gebruiken allemaal een Helleveeg 7!'

'Mag ik hem alleen maar even *vasthouden*, Harry?'

Na een minuut of tien, waarin de Vuurflits werd doorgegeven en onder alle mogelijke hoeken werd bewonderd, verspreidde de menigte zich weer en zagen Harry en Ron Hermelien zitten, die als enige niet op hen af was gestormd. Ze zat over haar boeken gebogen en keek hen expres niet aan. Harry en Ron liepen naar haar tafeltje en eindelijk keek ze op.

'Ik heb hem terug!' zei Harry grijnzend en hij stak de Vuurflits uit.

'Zie je wel, Hermelien? Er was niks mee aan de hand!' zei Ron.

'Dat had anders best gekund,' zei Hermelien. 'Ik bedoel, nu weet je tenminste zeker dat hij veilig is.'

'Ja, dat zal wel,' zei Harry. 'Laat ik hem maar naar boven brengen –'

'Dat doe ik wel!' zei Ron gretig. 'Ik moet Schurfie toch zijn rattentonicum geven.'

Hij pakte de Vuurflits en droeg hem naar de trap die naar de jongensslaapzaal leidde, zo voorzichtig alsof hij van glas was.

'Mag ik erbij komen zitten?' vroeg Harry aan Hermelien.

'Ja, waarom niet?' zei Hermelien en ze haalde een enorme stapel perkament van een stoel.

Harry's blik gleed over de afgeladen tafel: het lange werkstuk van Voorspellend Rekenen, waarvan de inkt nog niet droog was, het nog langere werkstuk voor Dreuzelkunde ('Leg uit Waarom Dreuzels Elektriciteit Nodig Hebben') en de vertaling van Oude Runen waar Hermelien nu over gebogen zat.

'Hoe krijg je dat in vredesnaam allemaal gedaan?' vroeg Harry.

'Ach – je weet wel – hard werken en zo,' zei Hermelien. Nu Harry haar van dichtbij zag, merkte hij dat ze er haast net zo vermoeid uitzag als Lupos.

'Waarom laat je niet gewoon een paar vakken vallen?' vroeg Harry, terwijl Hermelien stapels boeken optilde en haar Runenwoorden-boek zocht.

'Dat kan niet!' zei Hermelien geschokt.

'Voorspellend Rekenen lijkt me vreselijk,' zei Harry, die een inge-wikkeld ogende kaart vol cijfers pakte.

'Welnee, het is juist fantastisch!' zei Hermelien serieus. 'Het is m'n lievelingsvak! Het is –'

Harry zou er nooit achterkomen wat er nou zo fantastisch was aan Voorspellend Rekenen, want op dat moment klonk er een gesmoor-de kreet uit de deuropening die naar de jongensslaapzaal leidde. Het werd doodstil in de leerlingenkamer en iedereen staarde ver-stijfd naar de deur. Ze hoorden haastige voetstappen, die luider en luider werden – en toen kwam Ron de kamer binnenstormen. Hij sleepte een laken met zich mee.

'KIJK DAN!' bulderde hij terwijl hij met grote passen naar het ta-feltje van Hermelien liep. 'KIJK DAN!' schreeuwde hij opnieuw en hij wapperde met het laken onder haar neus.

'Ron, wat –?'

'SCHURFIE! KIJK DAN! SCHURFIE!'

Hermelien, die er duidelijk niets van begreep, leunde zo ver mo-gelijk naar achteren en Harry keek naar het laken waar Ron mee zwaaide. Er zaten rode vlekken op, vlekken die gruwelijk veel weg-hadden van –

'BLOED!' verbrak Ron de verbijsterde stilte in de leerlingenka-mer. 'HIJ IS WEG EN WEET JE WAT ER OP DE GROND LAG?'

'N-nee,' zei Hermelien met trillende stem.

Ron gooide iets neer op de Runenvertaling van Hermelien en Harry boog zich voorover. Op de rare, puntige tekens lagen verschei-dene lange, rossige kattenharen.

HOOFDSTUK 13

GRIFFOENDOR TEGEN RAVENKLAUW

*H*et leek erop dat dat het definitieve einde was van de vriendschap tussen Ron en Hermelien. Ze waren allebei zo woest op elkaar dat Harry niet wist hoe het ooit nog goed kon komen.

Ron was laaiend omdat Hermelien de pogingen van Knikkebeen om Schurfie op te vreten nooit serieus had genomen, niet de moeite had gedaan hem beter in de gaten te houden en nog steeds deed alsof haar kat onschuldig was door te zeggen dat Ron misschien beter eerst onder de bedden van de andere jongens kon kijken, om te zien of Schurfie daar niet zat. Hermelien hield op haar beurt woedend vol dat Ron geen enkel bewijs had dat Schurfie door Knikkebeen was opgegeten, dat die rode haren daar sinds Kerstmis hadden kunnen liggen en dat Ron vanaf het moment dat Knikkebeen in de Betoverende Beestenbazaar op zijn hoofd was gesprongen bevooroordeeld was geweest.

Harry was er persoonlijk van overtuigd dat Knikkebeen Schurfie wel degelijk had verorberd, maar toen hij Hermelien duidelijk probeerde te maken dat alles in die richting wees, werd ze ook boos op hem.

'Ja, natuurlijk, neem het maar voor Ron op. Ik wist het wel!' zei ze schril. 'Eerst die Vuurflits en nu Schurfie! Alles is mijn schuld, hè? Laat me alsjeblieft met rust, Harry! Ik heb een hoop te doen.'

Ron was vreselijk terneergeslagen door het verlies van zijn rat.

'Kop op, Ron, je zei zelf altijd dat Schurfie zo saai was,' probeerde Fred hem op te vrolijken. 'En hij voelde zich al een tijd niet goed. Je zag hem gewoon wegkwijnen. Waarschijnlijk is het beter dat hij snel uit z'n lijden is verlost. Eén hap – ik denk niet dat hij iets gevoeld heeft.'

'*Fred!*' zei Ginny verontwaardigd.

'Hij deed nooit iets anders dan eten en slapen, Ron. Dat heb je zelf gezegd,' zei George.

'Hij heeft Kwast een keer gebeten,' zei Ron verdrietig. 'Weet je nog wel, Harry?'

'Ja, dat klopt,' zei Harry.

'Zijn moment van glorie!' zei Fred, die zijn lachen niet kon bedwingen. 'Moge het litteken op de vinger van Kwast een permanent gedenkteken voor hem zijn! Kom op, Ron! Ga naar Zweinsveld en koop een nieuwe rat! Wat heeft het voor zin om te kniezen?'

In een ultieme poging om Ron op te vrolijken haalde Harry hem over om mee te gaan naar de laatste training van Griffoendor voor de wedstrijd tegen Ravenklauw, zodat hij na afloop ook even op de Vuurflits kon vliegen. Dat scheen Ron inderdaad even van Schurfie af te leiden ('Geweldig! Mag ik ook proberen om een paar goals te scoren?') en dus gingen ze samen op weg naar het Zwerkbalveld.

Madame Hooch, die nog steeds bij de Zwerkbaltrainingen aanwezig was om Harry in de gaten te houden, was net zo onder de indruk van de Vuurflits als alle anderen. Voor ze opstegen nam ze hem in haar handen en bekeek hem met een kennersblik.

'Moet je die balans zien! Als de Nimbus-serie een nadeel heeft, is het soms een kleine afwijking aan de staart – je merkt vaak dat ze na een paar jaar een beetje gaan overhellen. Ze hebben de steel ook gemoderniseerd, zie ik. Ietsje slanker dan de Helleveeg; het doet me aan die oude Zilveren Pijlen denken – jammer dat die niet meer worden gemaakt. Daar heb ik zelf op leren vliegen en dat waren prima bezems...'

Zo ging ze nog een tijdje door, tot Plank uiteindelijk zei: 'Eh – madame Hooch? Mag Harry nu zijn Vuurflits terug? We wilden namelijk nog even trainen...'

'O – ja, natuurlijk – alsjeblieft, Potter,' zei madame Hooch. 'Ik ga wel bij Wemel zitten...'

Ron en zij liepen naar de tribune en de Griffoendors gingen om Plank heen staan, zodat hij de laatste instructies voor de wedstrijd van morgen kon geven.

'Harry, ik heb net gehoord wie Ravenklauw als Zoeker in het veld brengt: Cho Chang. Ze is een vierdejaars en behoorlijk goed... ik had eigenlijk gehoopt dat ze niet op tijd fit zou zijn, want ze heeft veel last van blessures gehad...' Plank fronste zijn voorhoofd, teleurgesteld omdat Cho Chang helaas geheel hersteld was en vervolgde toen: 'Gelukkig is haar bezem een Komeet 260 en dat is echt brandhout vergeleken met die Vuurflits.' Hij keek vol innige bewondering naar Harry's bezem en zei: 'Oké, laten we beginnen –'

Ten langen leste stapte Harry op zijn Vuurflits en zette zich af tegen de grond.

Het was nog beter dan hij had gehoopt. De Vuurflits reageerde op zijn minste of geringste aanraking; het was alsof hij zijn gedachten gehoorzaamde en niet zijn greep. Harry schoot zo razendsnel over het veld dat het stadion een grijsgroen waas leek; hij maakte zo'n scherpe bocht dat Alicia Spinet gilde, en liet er een volmaakt beheerste duik op volgen. Hij streek met zijn tenen over het gras en steeg weer tien, vijftien, twintig meter op –

'Harry, ik laat de Snaai los!' riep Plank.

Harry keerde en racete achter een Beuker aan naar de doelpalen; hij haalde de Beuker moeiteloos in, zag de Snaai wegschieten achter Planks rug en had hem binnen tien seconden stevig in zijn vuist geklemd.

Het hele team juichte. Harry liet de Snaai weer los, gaf hem een minuutje voorsprong, spurtte erachteraan en zigzagde tussen de andere spelers door; hij zag hem bij de knie van Katja Bel zweven, maakte een moeiteloze looping en greep hem opnieuw.

Het was de beste training die ze ooit hadden gehad. De ploeg was geïnspireerd door de aanwezigheid van de Vuurflits en ze voerden al hun ingewikkeldste manoeuvres foutloos uit. Toen ze uiteindelijk landden had Plank niet één op- of aanmerking, wat volgens George Wemel nog nooit eerder was voorgekomen.

'Ik zou niet weten wat ons morgen nog van de overwinning kan afhouden!' zei Plank. 'Tenzij – Harry, je hebt dat Dementorprobleem toch onder controle, hè?'

'Ja,' zei Harry, die aan zijn miezerige Patronus dacht en wenste dat die sterker was.

'Die Dementors laten zich heus niet meer zien, Olivier,' zei Fred vol zelfvertrouwen. 'Perkamentus zou door het lint gaan!'

'Nou, laten we het hopen,' zei Plank. 'Goed gedaan, allemaal. Laten we teruggaan naar de Toren – vroeg naar bed gaan...'

'Ik blijf nog even. Ron wil de Vuurflits ook graag proberen,' zei Harry tegen Plank en terwijl de rest van het team naar de kleedkamer ging liep Harry naar Ron, die al over het hek langs het veld was gesprongen. Madame Hooch was in slaap gevallen op de tribune.

'Ga je gang,' zei Harry, die de Vuurflits aan Ron gaf.

Met een extatische uitdrukking op zijn gezicht stapte Ron op de bezem en zoefde weg door de invallende duisternis, terwijl Harry langs de rand van het veld liep en naar hem keek. Het was al donker toen madame Hooch plotseling wakker schrok. Ze gaf Harry en Ron een uitbrander omdat ze haar niet hadden gewekt en stond erop dat ze direct naar het kasteel terugkeerden.

Harry legde de Vuurflits over zijn schouder en Ron en hij liepen over het donkere veld terug naar het kasteel, druk pratend over de voortreffelijke eigenschappen van de bezem, zijn fenomenale acceleratie en ongelooflijke wendbaarheid. Halverwege keek Harry even naar links en schrok zich een ongeluk toen hij twee gloeiende ogen door het duister zag priemen.

Harry bleef stokstijf staan en zijn hart bonsde in zijn keel.

'Wat is er?' zei Ron.

Harry wees. Ron pakte snel zijn toverstok en mompelde: '*Lumos!*'

Een lichtstraal viel op het gras, scheen op de stam van een boom en verlichtte de takken; Knikkebeen zat ineengedoken tussen de ontluikende bladeren.

'Maak dat je wegkomt!' schreeuwde Ron, die zich bukte om een steen te pakken, maar voor hij iets kon doen was Knikkebeen al verdwenen, met één zwiep van zijn lange, rode staart.

'Zie je wel?' zei Ron woedend en hij smeet de steen weer op de grond. 'Ze laat hem nog steeds vrij rondlopen – waarschijnlijk heeft hij Schurfie net weggespoeld met een paar vogels...'

Harry zei niets. Hij haalde diep adem en er ging een golf van opluchting door hem heen; hij was er even van overtuigd geweest dat het de ogen van de Grim waren. Ze liepen verder naar het kasteel. Harry schaamde zich een beetje omdat hij zo in paniek was geraakt en zei niets tegen Ron – en keek ook niet meer naar links of rechts tot ze in de goedverlichte hal van het kasteel waren.

Harry ging de volgende ochtend naar beneden om te ontbijten samen met de andere jongens van zijn slaapzaal, die blijkbaar vonden dat de Vuurflits een soort erewacht verdiende. Iedereen keek naar zijn Vuurflits toen Harry de Grote Zaal binnenkwam en er klonk een hoop opgewonden gemompel. Tot zijn grote genoegen zag Harry dat de ploeg van Zwadderich volkomen verbijsterd was.

'Zag je z'n gezicht?' zei Ron opgetogen, terwijl hij over zijn schouder naar Malfidus keek. 'Hij kan z'n ogen niet geloven! Fantastisch!'

Plank genoot ook van de glorie die door de Vuurflits op het hele team afstraalde.

'Leg hem hier maar neer, Harry,' zei hij. Hij legde de bezem in het midden van de tafel en draaide hem zo dat het naamplaatje goed zichtbaar was. Al gauw kwamen er mensen van Huffelpuf en Raven-klauw kijken. Carlo Kannewasser feliciteerde Harry omdat hij zo'n magnifieke vervanging voor zijn Nimbus te pakken had weten te krij-gen en Patricia Hazelaar, de vriendin van Percy, vroeg of ze de Vuur-flits eventjes vast mocht houden.

'Kom, kom, Patty, geen sabotage, hè?' zei Percy joviaal terwijl ze de Vuurflits aandachtig bekeek. 'Patricia en ik hebben een wedden-schap afgesloten,' zei hij. 'Tien Galjoenen op de uitslag van de wed-strijd.'

Patricia legde de Vuurflits weer neer, bedankte Harry en liep terug naar haar eigen tafel.

'Harry – zorg dat jullie die wedstrijd winnen!' fluisterde Percy drin-gend. '*Ik heb geen tien Galjoenen!* Ja, ik kom, Patricia!' Hij liep haastig naar de tafel van Ravenklauw, om samen met haar een stukje toast te eten.

'Denk je dat je die bezem aankunt, Potter?' zei een kille, lijzige stem.

Draco Malfidus was de Vuurflits ook komen bekijken, met Korzel en Kwast op zijn hielen.

'Ja, ik dacht van wel,' zei Harry achteloos.

'Hij heeft nogal wat snufjes, hè?' zei Malfidus met een boosaardi-ge schittering in zijn ogen. 'Jammer dat er geen parachute bij zit, voor het geval je weer te dicht in de buurt van een Dementor komt.'

Korzel en Kwast grinnikten.

'Jammer dat jij geen extra arm aan je bezem kunt monteren, Malfi-dus,' zei Harry. 'Dan kon die de Snaai voor je vangen.'

Het team van Griffoendor bulderde van het lachen. Malfidus' ble-ke ogen versmalden zich en hij beende nijdig weg. Ze zagen hoe hij weer bij zijn teamgenoten van Zwadderich ging zitten, die de kop-pen bij elkaar staken en ongetwijfeld van Malfidus wilden weten of Harry's bezem een echte Vuurflits was.

Om kwart voor elf gingen de Griffoendors op weg naar de kleed-kamer. Het weer was totaal anders dan tijdens hun wedstrijd tegen Huffelpuf: het was een heldere, koele dag met een heel licht briesje en het zicht zou dit keer geen enkel probleem vormen. Harry was ze-nuwachtig, maar begon ook de opwinding te voelen die alleen een Zwerkbalwedstrijd kon brengen. Ze hoorden de overige leerlingen het stadion binnendrommen terwijl Harry zijn zwarte schoolgewaad uittrok, zijn toverstaf uit zijn zak haalde en hem in het T-shirt stak dat hij onder zijn Zwerkbalgewaad zou dragen. Hij hoopte dat hij hem niet nodig zou hebben. Plotseling vroeg hij zich af of professor Lupos ook in het stadion zou zijn.

'Jullie weten wat jullie moeten doen,' zei Plank toen ze op het punt stonden om naar buiten te gaan. 'Als we deze wedstrijd verliezen, kunnen we naar die beker fluiten. Vlieg – vlieg gewoon net zo als gisteren op de training en dan komt alles goed!'

Onder donderend applaus betraden ze het veld. Het team van Ravenklauw, dat in het blauw speelde, stond al bij de middellijn. Hun Zoeker, Cho Chang, was het enige meisje in het team. Ze was ongeveer een kop kleiner dan Harry, die ondanks zijn zenuwen toch zag dat ze heel knap was. Ze glimlachte naar Harry toen de ploegen tegenover elkaar gingen staan, achter hun aanvoerders, en hij kreeg plotseling een raar gevoel in zijn maag dat volgens hem niets met zenuwen te maken had.

'Oké, Plank – Davids – geef elkaar een hand,' zei madame Hooch tegen de aanvoerders van Griffoendor en Ravenklauw. 'Op uw bezems... Wacht op m'n fluitje... Drie – twee – een –'

Harry zette zich af en de Vuurflits steeg hoger en sneller dan alle andere bezems; hij scheerde door het stadion, zocht naar de Snaai en luisterde tegelijkertijd naar het commentaar dat door Leo Jordaan werd gegeven, de vriend van Fred en George Wemel.

'Ze zijn gestart en dé sensatie van deze wedstrijd is de Vuurflits waarop Harry Potter voor Griffoendor vliegt. Volgens De Bezemkampioen is de Vuurflits uitverkoren door de landenteams die deelnemen aan het Wereldkampioenschap dat later dit jaar –'

'Jordaan, zou je ons willen vertellen hoe het met de wedstrijd staat?' viel professor Anderling hem in de rede.

'Ja, natuurlijk, professor – dat was gewoon een beetje achtergrondinformatie. De Vuurflits heeft trouwens een ingebouwde automatische rembezwering en –'

'Jordaan!'

'Goed, goed. Griffoendor is in Slurkbezit en Katja Bel gaat op doel af...'

Harry schoot in de tegenovergestelde richting langs Katja heen. Hij keek of er ergens een gouden fonkeling te bekennen was en merkte dat Cho Chang hem op de voet volgde. Ze kon inderdaad uitstekend vliegen – ze sneed hem steeds, zodat hij gedwongen was om van richting te veranderen.

'Laat haar je snelheid eens zien, Harry!' riep Fred, die achter een Beuker aan schoot die het op Alicia had gemunt.

Harry maakte meer vaart toen ze om de doelpalen van Raven-klauw heen vlogen en Cho raakte wat achterop. Net toen Katja het eerste doelpunt van de wedstrijd scoorde en de Griffoendorvakken op de tribunes juichten en gilden, zag hij de Snaai – hij zweefde vlak boven de grond, bij het hek om het veld.

Harry zette een duikvlucht in; Cho zag wat hij deed en stoof ach-ter hem aan. Harry maakte extra snelheid, terwijl zijn hart bonsde van opwinding; duikvluchten waren zijn specialiteit. De Snaai was nog maar drie meter van hem vandaan –

Opeens kwam een Beuker, die een klap had gehad van een van de Drijvers van Ravenklauw, uit het niets op hem afsuizen; Harry was ge-dwongen uit te wijken, de Beuker miste hem op een haar en in die paar cruciale seconden was de Snaai weer verdwenen.

Onder de supporters van Griffoendor steeg een luidkeels 'Ooooh!' van teleurstelling op, maar de fans van Ravenklauw klapten voor hun Drijver. George Wemel reageerde zich af door de tweede Beuker recht op de schuldige Drijver af te slaan, die midden in de lucht een koprol moest maken om hem te ontwijken.

'Griffoendor leidt met tachtig punten tegen nul en moet je die Vuurflits eens zien! Potter trapt hem nu echt op z'n staart! Kijk hem eens draaien – daar kan de Komeet van Chang gewoon niet tegenop. De uitgekiende balans van de Vuurflits komt vooral goed tot zijn recht tijdens lange –'

'JORDAAN! KRIJG JE SOMS BETAALD OM RECLAME TE MAKEN VOOR VUURFLITSEN? HOU JE MET DE WEDSTRIJD BEZIG!'

Ravenklauw kwam terug; ze hadden inmiddels drie keer tegen-gescoord, zodat ze nog maar vijftig punten achterstonden – als Cho de Snaai eerder te pakken kreeg dan Harry, had Ravenklauw gewon-nen. Harry daalde een stukje, wist met moeite een Jager van Raven-klauw te ontwijken en liet zijn blik ingespannen over het veld gaan. Een gouden schittering, het gefladder van minuscule vleugeltjes – de Snaai cirkelde om een doelpaal van Griffoendor...

Harry voerde zijn snelheid op, met zijn blik gericht op het gouden puntje in de verte – maar plotseling verscheen Cho uit het niets en sneed hem de pas af –

'HARRY, SPEEL ALSJEBLIEFT NIET DE HEER!' bulderde Plank toen Harry uitweek om een botsing te voorkomen. 'RAM HAAR VAN HAAR BEZEM ALS HET MOET!'

Harry keerde en zag Cho; ze grijnsde. De Snaai was weer verdwe-nen. Harry richtte zijn Vuurflits omhoog en zweefde al snel weer een meter of zeven boven het spel. Uit zijn ooghoek zag hij dat Cho hem volgde... ze had besloten hem in de gaten te houden in plaats van zelf de Snaai te zoeken. Nou, goed... als ze hem zo graag wilde schaduwen moest ze de gevolgen maar dragen...

Hij zette opnieuw een duikvlucht in en Cho, die dacht dat hij de Snaai had gezien, probeerde hem te volgen. Harry trok abrupt op en Cho schoot langs hem heen; bliksemsnel steeg hij weer en zag hem toen voor de derde keer: de Snaai fonkelde hoog boven het veld, op de helft van Ravenklauw.

Hij maakte snelheid en vele meters lager deed Cho dat ook. Hij was er bijna – elke seconde kwam hij dichterbij – en toen –

'O!' gilde Cho en ze wees.

Harry was afgeleid en keek omlaag.

Drie Dementors, drie grote, zwarte Dementors met mantel en kap, staarden naar hem omhoog.

Harry dacht geen moment na. Hij stak zijn hand in de halsopening van zijn gewaad, haalde bliksemsnel zijn toverstaf te voorschijn en brulde: 'Expecto Patronum!'

Iets zilverwits, iets reusachtigs, schoot uit zijn staf. Hij wist dat het recht op de Dementors was afgeraasd maar keek niet om; zijn hoofd was wonderbaarlijk helder en hij bleef naar de Snaai turen – hij was er bijna! Hij strekte zijn hand uit, met de toverstok er nog in en wist zijn vingers met moeite om de kleine, tegenstribbelende Snaai te sluiten.

Het fluitje van madame Hooch ging, Harry keerde en zag zes vuurrode strepen op hem af flitsen. Een paar tellen later omhelsde de rest van het team hem zo hevig dat hij bijna van zijn bezem werd getrokken. Beneden hoorde hij de supporters van Griffoendor juichen en schreeuwen.

'Je bent een kei, Harry!' riep Plank keer op keer. Alicia, Angelique en Katja hadden Harry allemaal gezoend en Fred drukte hem zo geestdriftig aan zijn borst dat Harry bang was dat hij zijn hoofd eraf zou trekken. In totale wanorde lukte het de ploeg de grond te bereiken, waar Harry van zijn bezem stapte en een horde supporters van Griffoendor het veld op zag stormen. Voor hij wist hoe hij het had, werd hij omstuwd door een juichende menigte.

'Yes!' schreeuwde Ron, die Harry's arm omhoogtrok. 'Yes! Yes!'

'Sterk staaltje, Harry!' zei Percy opgetogen. 'Die tien Galjoenen zijn voor mij. Neem me niet kwalijk, ik ga even kijken waar Patricia is –'

'Fantastisch, Harry!' brulde Simon Filister.

'Ken niet beter!' galmde Hagrid over de hoofden van de krioelende Griffoendors heen.

'Dat was een indrukwekkende Patronus!' zei een stem in Harry's oor.

Harry draaide zich om en zag professor Lupos, die zowel geschokt als blij leek.

'Ik had helemaal geen last van die Dementors!' zei Harry opgewonden. 'Ik voelde niks!'

'Dat is waarschijnlijk omdat het – eh – geen Dementors waren,' zei Lupos. 'Kom maar kijken.'

Hij ging Harry voor door de mensenmassa tot ze aan de rand van het veld waren.

'Je hebt meneer Malfidus behoorlijk laten schrikken,' zei Lupos.

Harry staarde met grote ogen. Malfidus, Korzel, Kwast en Marcus Hork, de aanvoerder van Zwadderich, lagen in een verfomfaaide hoop op de grond en probeerden zich te bevrijden uit hun lange, zwarte mantels. Blijkbaar had Malfidus op de schouders van Kwast gebalanceerd. Naast hen stond een uitermate getergde professor Anderling.

'Wat een laffe truc!' riep ze. 'Een laaghartige, achterbakse poging om de Zoeker van Griffoendor te saboteren! Voor iedereen strafwerk en vijftig punten aftrek voor Zwadderich! En ik zal dit met professor Perkamentus opnemen, daar kunnen jullie op rekenen! Aha, daar komt hij net aan!'

Als iets de overwinning van Griffoendor extra glans kon geven, was dat het wel. Ron, die zich door de mensenmassa naar Harry had geworsteld, stond dubbelgebogen van het lachen toen ze zagen hoe Malfidus zich uit de mantel probeerde te bevrijden waar het hoofd van Kwast nog in zat.

'Kom, Harry!' zei George, die zich ook een weg door de menigte baande. 'Het is feest! Mee naar de leerlingenkamer! Nu!'

'Prima,' zei Harry, die zich in geen tijden zo gelukkig had gevoeld. Samen met de rest van het team, nog steeds in hun vuurrode Zwerkbalgewaden, ging hij voorop terug naar het kasteel.

Het leek wel alsof ze de Zwerkbalcup al gewonnen hadden; het feest duurde de hele dag en tot diep in de nacht. Fred en George knepen er een paar uur tussenuit en kwamen terug met armen vol Boterbier, pompoenprik en diverse grote zakken snoep van Zacharinus' Zoetwarenhuis.

'Hoe komen jullie daaraan?' piepte Angelique Jansen toen George Mintkikkers begon rond te strooien.

'Met behulp van Maanling, Wormstaart, Sluipvoet en Gaffel,' mompelde Fred in Harry's oor.

Slechts één persoon mengde zich niet in het feestgedruis. Ongelooflijk genoeg zat Hermelien in een hoekje en probeerde een reusachtig boek getiteld *Gezinsleven en Gewoonten der Britse Dreuzels* te lezen. Harry maakte zich met moeite los van tafel, waar Fred en George inmiddels met lege Boterbierflesjes aan het jongleren waren en ging naar haar toe.

'Ben je niet eens naar de wedstrijd komen kijken?' vroeg hij.

'Ja, natuurlijk wel,' zei Hermelien met een merkwaardig stemmetje en zonder op te kijken. 'En ik ben blij dat we gewonnen hebben en je hebt echt fantastisch gespeeld, maar ik moet dit voor maandag allemaal gelezen hebben.'

'Vooruit, Hermelien, kom ook wat eten,' zei Harry, die even naar Ron keek en zich afvroeg of hij in zo'n goede stemming was dat hij bereid zou zijn de strijdbijl te begraven.

'Dat gaat echt niet, Harry. Ik moet nog vierhonderdtweeëntwintig pagina's!' zei Hermelien, die een beetje hysterisch begon te klinken! 'En trouwens...' Ze keek even naar Ron. 'Hij wil vast niet dat ik kom.'

Daar was weinig tegen in te brengen, want op dat moment riep Ron: 'Als Schurfie nou niet was *opgevreten*, had hij ook een paar Karamelkevers kunnen krijgen. Daar was hij altijd zo verzot op –'

Hermelien barstte in tranen uit. Voor Harry iets kon zeggen of doen had ze het enorme boek onder haar arm gestopt en was ze snikkend de trap opgerend naar de meisjesslaapzaal.

'Kun je er nou niet eens over ophouden?' vroeg Harry zachtjes aan Ron.

'Nee!' zei Ron kortaf. 'Als ze nou zei dat het haar speet – maar ze weigert toe te geven dat ze iets verkeerds heeft gedaan. Ze doet nog steeds alsof Schurfie gewoon op vakantie is of zo.'

Er kwam pas een einde aan het feest in de toren van Griffoendor toen professor Anderling om één uur 's nachts kwam opdagen, met een haarnetje en een geruite ochtendjas en iedereen het bevel gaf om naar bed te gaan. Harry en Ron liepen de trap op naar hun slaapzaal, nog steeds napratend over de wedstrijd. Uiteindelijk klom Harry uitgeput in bed, trok de gordijnen van zijn hemelbed dicht om een streep maanlicht buiten te sluiten, plofte neer en viel vrijwel onmiddellijk in slaap...

Hij had een heel eigenaardige droom. Hij liep door een bos, met zijn Vuurflits over zijn schouder en volgde iets zilverwits. Het zigzagde tussen de bomen door en slechts af en toe ving hij er een glimp van op tussen de bladeren. Hij wilde het inhalen en begon harder te lopen, maar het ding ging ook harder. Harry zette een sprint in en voor zich uit hoorde hij hoeven die steeds sneller gingen. Nu rende hij zo hard als hij kon en hoorde hij iets galopperen. Hij ging een bocht om, kwam plotseling op een open plek en –

'AAAAAAAAAAAAAAHHHHHHHHHHHHHH! NEEEEEEEEEEEEEE!'

Harry schrok abrupt wakker, alsof hij een klap in zijn gezicht had gekregen. Gedesoriënteerd in het stikdonker tastte hij naar zijn bedgordijnen – hij hoorde andere mensen bewegen en aan de andere kant van de slaapzaal riep Simon Filister: 'Wat krijgen we nou?'

Harry dacht dat hij de deur van de slaapzaal hoorde dichtslaan. Eindelijk vond hij de spleet tussen zijn gordijnen en gooide ze open en op hetzelfde moment deed Daan Tomas zijn lamp aan.

Ron zat recht overeind. Zijn gordijnen waren aan een kant van zijn bed gerukt en hij zag er doodsbang uit.

'Zwarts! Sirius Zwarts! Met een mes!'

'Wat?'

'Hier! Zonet! Hij heeft m'n gordijnen aan flarden gesneden! Daardoor werd ik wakker!'

'Heb je niet gewoon gedroomd, Ron?' zei Daan.

'Moet je die gordijnen zien! Hij was hier, ik zweer het!'

Ze sprongen allemaal uit bed; Harry was het eerst bij de deur van de slaapzaal en ze holden de trap af. Achter hen gingen deuren open en hoorden ze slaperige stemmen roepen:

'Wie gilde er zo?'

'Wat moet dat allemaal?'

De leerlingenkamer werd verlicht door de gloed van het nasmeulende haardvuur en stond nog vol rommel van het feestje. Er was niemand te zien.

'Weet je *zeker* dat je het niet gedroomd hebt, Ron?'

'Nee, ik heb hem gezien, echt!'

'Wat is dat voor herrie?'

'Professor Anderling zei dat we moesten gaan slapen!'

Er kwamen een paar meisjes de trap af, die geeuwend hun ochtendjassen aantrokken en er kwamen ook steeds meer jongens naar beneden.

'Hé, prima! Gaan we verder met het feest?' zei Fred Wemel opgewekt.

'Vooruit, iedereen naar boven!' zei Percy, die haastig de leerlingenkamer binnenkwam en zijn Hoofdmonitorbadge op zijn pyjama speldde.

'Percy – Sirius Zwarts was hier!' zei Ron zwakjes. 'Op onze slaapzaal! Met een mes! Hij maakte me wakker!'

Het werd doodstil in de leerlingenkamer.

'Onzin!' zei Percy, maar met een verschrikt gezicht. 'Je hebt te veel gegeten, Ron – een nachtmerrie –'

'Nee, ik zweer je –'

'En nu is het afgelopen!'

Professor Anderling was terug. Ze sloeg het portretgat met een klap achter zich dicht en keek woedend om zich heen.

'Ik ben ook blij dat Griffoendor gewonnen heeft, maar dit loopt de spuigaten uit! Percy, ik had beter van je verwacht!'

'Ik heb hier absoluut geen toestemming voor gegeven, professor!' zei Percy, die opzwol van verontwaardiging. 'Ik zei net dat iedereen weer naar bed moest! M'n broertje Ron heeft een nachtmerrie gehad en –'

'HET WAS GEEN NACHTMERRIE!' brulde Ron. 'PROFESSOR, TOEN IK WAKKER WERD STOND SIRIUS ZWARTS NAAST M'N BED, MET EEN MES IN Z'N HAND!'

Professor Anderling staarde hem aan.

'Doe niet zo idioot, Wemel! Hoe had hij in vredesnaam door het portretgat moeten komen?'

'Vraag maar aan hem!' zei Ron, die met een bevende vinger op de achterkant van het portret van heer Palagon wees. 'Vraag maar aan hem of –'

Met een nijdige en wantrouwige blik op Ron duwde professor Anderling het portret weer open en ging naar buiten. De hele leerlingenkamer luisterde met ingehouden adem.

'Heer Palagon, hebt u zonet een man binnengelaten in de toren van Griffoendor?'

'Welzeker, edele vrouwe!' zei heer Palagon.

Zowel in de leerlingenkamer als op de gang viel een verbouwereerde stilte.

'Dus – dus het is *waar*?' zei professor Anderling. 'Maar – maar het wachtwoord dan?'

'Dat wist hij!' zei heer Palagon trots. 'Hij wist ze voor de hele week, edele vrouwe! Hij las ze op van een briefje!'

Professor Anderling klom weer door het portretgat en wendde

zich tot de verbijsterde leerlingen. Haar gezicht was krijtwit.

'Welke idioot,' zei ze met bevende stem, 'welke volslagen hersenloze idioot heeft de wachtwoorden voor deze week opgeschreven en dat papiertje laten slingeren?'

Er volgde een doodse stilte, die verbroken werd door een haast onhoorbaar, angstig, piepend geluidje. Marcel Lubbermans stak langzaam zijn hand op, trillend van zijn kruin tot zijn in pluizige pantoffels gestoken tenen.

HOOFDSTUK 14

DE GRIEF VAN SNEEP

*I*n de toren van Griffoendor deed niemand die nacht nog een
oog dicht. Het kasteel werd opnieuw doorzocht en de hele
afdeling bleef opzitten in de leerlingenkamer en wachtte of
Zwarts gegrepen zou worden. Tegen zonsopgang kwam professor Anderling terug, met de mededeling dat hij weer ontsnapt was.

Overal waar ze kwamen zagen ze die dag tekenen van verhoogde
waakzaamheid. Professor Banning leerde de voordeur om een grote
foto van Sirius Zwarts te herkennen; Vilder repte zich door de gangen
en spijkerde alles dicht, van piepkleine scheurtjes in de muren tot
muizengaten. Heer Palagon was ontslagen. Zijn portret was teruggebracht naar de verlaten overloop op de zevende verdieping en de
Dikke Dame was terug. Ze was vakkundig gerestaureerd, maar nog
steeds heel nerveus en ze had haar oude baan alleen willen oppakken op voorwaarde dat ze extra bewaking kreeg. Daarom was er een
aantal norse beveiligingstrollen ingehuurd, die in dreigende groep-
jes door de gangen marcheerden, grommend met elkaar praatten en
keken wie de grootste knuppel had.

Harry had ook opgemerkt dat het beeld van de eenogige heks op
de derde verdieping niet bewaakt werd en dat de doorgang niet was
afgesloten. Blijkbaar hadden Fred en George gelijk en waren zij – en
nu Harry, Ron en Hermelien – de enigen die van het bestaan van die
geheime gang afwisten.

'Moeten we het aan iemand vertellen?' vroeg Harry aan Ron.

'We weten dat hij niet via Zacharinus is gekomen,' wuifde Ron zijn
bedenkingen weg. 'Als daar was ingebroken, hadden we het wel gehoord.'

Harry was blij dat Ron er zo over dacht. Als de eenogige heks ook
werd dichtgemaakt, zou hij nooit meer naar Zweinsveld kunnen gaan.

Ron was plotseling een beroemdheid. Voor het eerst in zijn leven
hadden mensen meer aandacht voor hem dan voor Harry en het was
duidelijk dat hij daarvan genoot. Hoewel hij nog steeds geschokt was

door de gebeurtenissen van die nacht, was hij ook maar al te graag bereid om aan iedereen die het vroeg alles in geuren en kleuren te vertellen.

'...ik lag dus rustig te slapen en opeens hoorde ik een scheurend geluid. Eerst dacht ik dat ik droomde, maar toen voelde ik een tochtvlaag... ik werd wakker en zag dat de gordijnen aan een kant van m'n bed waren weggetrokken... ik draaide me om... en toen zag ik hem naast me staan... net een geraamte, met lange slierten smerig haar... en met een joekel van een mes in z'n hand – wel dertig centimeter lang, denk ik. Hij keek mij aan en ik hem en toen gaf ik een gil en ging hij ervandoor...'

'Maar waarom eigenlijk?' vroeg Ron aan Harry, toen het groepje tweedejaars dat naar het ijzingwekkende verhaal had geluisterd weer was vertrokken. 'Waarom ging hij ervandoor?'

Dat had Harry zich ook afgevraagd. Waarom had Zwarts, toen bleek dat hij het verkeerde bed had, Ron niet gewoon de mond gesnoerd en verder gezocht naar Harry? Zwarts had twaalf jaar geleden bewezen dat hij het helemaal niet erg vond om onschuldige mensen te vermoorden en deze keer had hij met vijf ongewapende jongens te maken gehad, waarvan er nog vier hadden liggen slapen ook.

'Hij moet beseft hebben dat het een hele klus zou worden om weg te komen uit het kasteel toen jij zo had geschreeuwd en iedereen wakker had gemaakt,' zei Harry bedachtzaam. 'Hij had de hele afdeling uit moeten moorden om weer door het portretgat te komen... en dan had hij het ook nog eens tegen de leraren moeten opnemen...'

Marcel had het volkomen verbruid bij professor Anderling. Die was zo woedend op hem dat hij geen voet meer in Zweinsveld mocht zetten, strafwerk moest maken en van niemand nog het wachtwoord van de toren mocht krijgen. De arme Marcel was gedwongen om elke avond buiten te wachten tot iemand hem de leerlingenkamer binnenliet, terwijl de veiligheidstrollen hem vuil aankeken. Al die straffen vielen echter in het niet vergeleken met wat zijn grootmoeder voor hem in petto had. Twee dagen na de insluippoging van Zwarts stuurde ze Marcel het ergste wat een leerling van Zweinstein tijdens het ontbijt ontvangen kon – een Brulbrief.

De schooluilen kwamen zoals gewoonlijk de Grote Zaal binnenscheren om de post te bezorgen en Marcel verslikte zich in zijn cornflakes toen er een enorme velduil voor hem neerstreek, met een vuurrode envelop in zijn snavel. Harry en Ron, die tegenover hem zaten, zagen direct dat het een Brulbrief was – Ron had er vorig jaar ook een gekregen van zijn moeder.

'Maak dat je wegkomt, Marcel,' raadde Ron hem aan.

Dat hoefde Marcel geen twee keer gezegd te worden. Hij greep de envelop, hield die als een bom voor zich uit en sprintte naar buiten, terwijl de tafel van Zwadderich schudde van het lachen. Ze hoorden de Brulbrief afgaan in de hal – de stem van Marcels grootmoeder, door toverkracht honderdvoudig versterkt, bulderde over de schande die hij zijn familie had aangedaan.

Harry had zo veel medelijden met Marcel dat hij niet eens direct merkte dat hij ook een brief had gekregen. Hedwig trok zijn aandacht door hem fiks in zijn pols te pikken.

'Au! O – bedankt, Hedwig...'

Harry scheurde de envelop open en Hedwig begon zich tegoed te doen aan Marcels cornflakes. Het briefje luidde:

Beste Harry en Ron,
Wat dachten jullie van een bakkie thee, zo rond een uur of zes? Ik haal jullie wel bij het kasteel op. WACHT ME OP IN DE HAL. JULLIE MOGEN IN JE EENTJE HET KASTEEL NIET UIT.
Mazzel,
Hagrid

'Hij wil vast weten hoe het precies zat met Zwarts!' zei Ron.

Vandaar dat Harry en Ron om zes uur 's middags de toren van Griffoendor verlieten, op een drafje de veiligheidstrollen passeerden en op weg gingen naar de grote hal.

Hagrid stond al te wachten.

'Ha die Hagrid!' zei Ron. 'Je wilt zeker weten van zaterdagnacht, hè?'

'Weet ik alles al van,' zei Hagrid, die de voordeur opendeed en hen voorging naar buiten.

'O,' zei Ron lichtelijk afgebluft.

Het eerste wat ze zagen toen ze Hagrids huisje binnengingen was Scheurbek, die met zijn enorme vleugels tegen zijn lichaam gevouwen op Hagrids lappendeken lag, en van een groot bord dode fretten genoot. Harry wendde zijn blik af van het onsmakelijke tafereel en zag een reusachtig, harig bruin pak en een afzichtelijke, geel met oranje stropdas aan de deur van Hagrids kleerkast hangen.

'Waar is dat voor, Hagrid?' zei Harry.

'Scheurbeks hoorzitting bij 't Comité voor de Vernietiging van

Gevaarlijke Wezens,' zei Hagrid. 'Aanstaande vrijdag. We motten samen naar Londen. Ik heb al twee slaapplaatsies geboekt in de Collectebus...'

Harry voelde zich plotseling heel schuldig. Hij was het proces tegen Scheurbek totaal vergeten en aan Rons ongemakkelijke uitdrukking te zien gold dat ook voor hem. Ze hadden geen moment meer aan hun belofte gedacht om te helpen met Scheurbeks verdediging; de komst van de Vuurflits had hen totaal in beslag genomen.

Hagrid schonk thee in en liet een bord krentenbollen rondgaan, maar die sloegen ze beleefd af; ze hadden meer dan genoeg ervaring met Hagrids kookkunst.

'Ik mot iets met jullie bespreken,' zei Hagrid, die tussen hen in ging zitten. Hij keek veel serieuzer dan normaal.

'Wat dan?' zei Harry.

'Hermelien,' zei Hagrid.

'Wat is er met haar?' vroeg Ron.

'Ze is echt over d'r toeren, dat is er met haar. Ze is hier sinds kerst hartstikke vaak op bezoek geweest. Ze is eenzaam. Eerst wilden jullie niet met d'r praten door die Vuurflits en nou omdat d'r kat –'

'– Schurfie heeft opgegeten!' viel Ron hem nijdig in de rede.

'Omdat d'r kat iets heb gedaan wat katten nou eenmaal van nature doen,' ging Hagrid koppig verder. 'Ze heb hier vaak zitten janken. Ze heb 't zwaar op dit moment. Volgens mijn heb ze te veel hooi op d'r vork genomen, met al die vakken die ze heb gekozen. En toch had ze nog tijd om me te helpen met Scheurbek... ze heb echt goeie dingen opgesnord... ik denk dat ie nou best een kans heb...'

'Wij hadden ook moeten helpen, Hagrid – het spijt ons –' begon Harry opgelaten.

'Ik maak jullie heus geen verwijten!' zei Hagrid, die Harry's excuses wegwuifde. 'Jij heb ook meer als zat aan je kop. Ik heb je dag en nacht zien trainen op 't Zwerkbalveld – maar ik mot zeggen dat ik gedacht had dat jullie meer waarde zouwen hechten aan jullie vriendin als aan bezems of ratten. Dat wou ik effe kwijt.'

Harry en Ron keken elkaar slecht op hun gemak aan.

'Ze was echt overstuur toen Zwarts bijna je strot afsneed, Ron. Ze heb d'r hart op de goeie plaats, Hermelien en nou jullie niet met d'r willen praten –'

'Als ze die kat zou wegdoen, zou ik zo weer met haar praten, maar ze blijft het voor hem opnemen!' zei Ron boos. 'Dat beest is levensgevaarlijk, maar ze wil geen kwaad woord over hem horen!'

'Tja, mensen zijn soms een tikkie maf als 't om hun beessies gaat,' zei Hagrid wijs. Achter hem spuugde Scheurbek een paar frettenbotjes uit op Hagrids kussen.

De rest van hun bezoek spraken ze over de veel grotere kans die Griffoendor nu maakte om de Zwerkbalcup te winnen en om negen uur bracht Hagrid hen terug naar het kasteel.

Er stond een grote groep mensen bij het prikbord toen ze de leerlingenkamer binnenkwamen.

'Volgend weekend mogen we weer naar Zweinsveld!' zei Ron, die op zijn tenen ging staan om over de hoofden van de anderen heen de nieuwe mededeling te kunnen lezen. 'Wat vind je?' voegde hij er zachtjes aan toe terwijl Harry en hij gingen zitten.

'Nou, Vilder heeft niets aan die gang naar Zacharinus gedaan...' zei Harry nog zachter.

'Harry!' zei een stem in zijn oor. Harry keek geschrokken om en zag Hermelien aan het tafeltje achter hen zitten. Ze maakte een kleine opening in de muur van boeken waarachter ze schuil was gegaan.

'Harry, als je nog een keer naar Zweinsveld gaat, dan... dan vertel ik professor Anderling van die kaart!' zei ze.

'Hoor jij iemand praten, Harry?' gromde Ron zonder Hermelien aan te kijken.

'Hoe kun je hem nou mee laten gaan, Ron? Na wat Sirius Zwarts *jou* bijna heeft aangedaan! Ik meen het, ik stap regelrecht naar –'

'Dus nu wil je dat Harry van school wordt gestuurd!' zei Ron woedend. 'Heb je dit jaar nog niet genoeg aangericht?'

Hermelien deed haar mond open om te antwoorden, maar met een zachte grom sprong Knikkebeen op haar schoot. Hermelien keek angstig naar de uitdrukking op Rons gezicht, pakte Knikkebeen en liep haastig naar de meisjesslaapzaal.

'Wat vind je?' zei Ron tegen Harry, alsof hun gesprek niet onderbroken was geweest. 'Vooruit, de laatste keer dat je er was heb je bijna niks gezien. Je bent nog niet eens bij Zonko geweest!'

Harry keek even of Hermelien echt niet meer in de buurt was.

'Oké,' zei hij. 'Maar deze keer neem ik de Onzichtbaarheidsmantel mee.'

Op zaterdagochtend deed Harry zijn Onzichtbaarheidsmantel in zijn tas en de Sluipwegwijzer in zijn zak en ging samen met de anderen naar beneden om te ontbijten. Hermelien, die een eindje verderop aan tafel zat, wierp hem steeds wantrouwige blikken toe, maar hij keek haar niet aan en zorgde ervoor dat ze zag dat hij de grote marmeren trap in de hal op liep, terwijl de anderen zich bij de voordeur verzamelden.

'Tot ziens!' riep Harry tegen Ron. 'Veel plezier in Zweinsveld!'

Ron grijnsde en knipoogde.

Harry liep haastig naar de derde verdieping en haalde al lopend de Sluipwegwijzer uit zijn zak. Hij hurkte neer achter het beeld van de eenogige heks en streek de kaart glad. Een piepklein stipje bewoog zich in zijn richting. Harry tuurde naar de minuscule letterjes ernaast en las *Marcel Lubbermans*.

Snel pakte Harry zijn toverstok, mompelde 'Dissendium!' en propte zijn tas door het gat in het beeld, maar voor hij er zelf ook in kon klimmen, kwam Marcel de hoek om.

'Harry! Ik was vergeten dat jij ook niet naar Zweinsveld mag!'

'Hoi, Marcel,' zei Harry. Hij stapte snel weg bij het beeld en stopte de kaart weer in zijn zak. 'Wat doe jij hier?'

'Niks,' zei Marcel schouderophalend. 'Wat dacht je van een potje Knalpoker?'

'Eh – even niet – ik was net op weg naar de bieb om dat werkstuk over vampiers te maken voor Lupos –'

'Dan ga ik mee!' zei Marcel opgewekt. 'Dat heb ik ook nog niet af.'

'O – eh – wacht even – o ja, dat heb ik gisteravond al gedaan. Helemaal vergeten.'

'Nou, nog beter. Dan kun je me helpen!' zei Marcel, met een bezorgde uitdrukking op zijn ronde gezicht. 'Ik snap niks van al dat gedoe met die knoflook – moeten ze die nou opeten of –'

Marcel keek over Harry's schouder, maakte een verschrikt geluidje en zweeg abrupt.

Sneep kwam aanlopen. Marcel ging gauw achter Harry staan.

'Wat doen jullie hier?' zei Sneep, die bleef staan en van de een naar de ander keek. 'Een vreemde plaats om elkaar te ontmoeten –'

Tot Harry's immense ongerustheid flitsten de zwarte ogen van Sneep snel naar de deuropeningen aan weerszijden en toen naar het beeld van de eenogige heks.

'We hebben elkaar hier niet – ontmoet,' zei Harry. 'We ontmoetten elkaar gewoon – hier.'

'Werkelijk?' zei Sneep. 'Je hebt er een handje van om op de meest onverwachte plaatsen te verschijnen, Potter, en zelden zonder reden... het lijkt me beter dat jullie naar de toren van Griffoendor teruggaan, waar jullie thuishoren.'

Harry en Marcel liepen zwijgend weg. Toen ze bij de hoek waren, keek Harry even achterom. Sneep liet zijn hand over het hoofd van de eenogige heks gaan en bestudeerde het beeld aandachtig.

Harry slaagde erin om Marcel bij het portret van de Dikke Dame af te schudden door hem het wachtwoord te geven, te zeggen dat hij zijn vampieropstel in de bibliotheek had laten liggen en snel terug te lopen. Zodra hij uit het zicht was van de veiligheidstrollen, haalde hij de kaart weer uit zijn zak en hield hem onder zijn neus.

De gang op de derde verdieping leek verlaten. Harry bekeek de kaart zorgvuldig en zag tot zijn opluchting dat het stipje met het bijschrift *Severus Sneep* inmiddels weer in zijn kantoortje was.

Hij holde terug naar de eenogige heks, deed haar bult open, klom erin en gleed door de stenen koker omlaag, waar zijn tas al lag te wachten. Hij veegde de Sluipwegwijzer schoon en ging op een drafje op weg naar Zweinsveld.

Harry, die volkomen schuilging onder zijn Onzichtbaarheidsmantel, stapte voor het Zoetwarenhuis van Zacharinus de zonnige straat op en gaf Ron een por in zijn rug.

'Ik ben het,' mompelde hij.

'Waar bleef je?' siste Ron.

'Sneep deed moeilijk...'

Ze liepen door de hoofdstraat.

'Waar ben je?' mompelde Ron steeds uit zijn mondhoek. 'Ben je er nog? Dit is echt bizar...'

Ze gingen eerst naar het postkantoor; Ron vroeg hoeveel het kostte om een uil naar Bill in Egypte te sturen, zodat Harry op zijn gemak kon rondkijken. Minstens driehonderd uilen keken zacht krassend op hem neer, van massieve oehoe's tot piepkleine dwergooruiltjes ('Alleen Lokale Bestellingen'), die zo klein waren dat ze gemakkelijk in Harry's handpalm hadden gepast.

Daarna brachten ze een bezoek aan het magazijn van Zonko, dat zo uitpuilde van de leerlingen dat Harry goed moest oppassen om niet op iemands tenen te gaan staan, want dan zou er paniek zijn uitgebroken. Er waren meer dan voldoende fop- en feestartikelen om zelfs Fred en George tevreden te stellen; Harry fluisterde instructies tegen Ron en gaf hem onder zijn mantel een aantal goudstukken aan. Toen ze de winkel van Zonko verlieten waren hun geldbuidels een stuk lichter, maar puilden hun zakken uit van de Mestbommen, Hikgum en Kikkerdrilzeep en ze hadden allebei ook een Neusbijtend Theekopje gekocht.

Het was een mooie dag met een beetje wind, veel te mooi om binnen te zijn. Ze passeerden de Drie Bezemstelen en klommen tegen de heuvel op om een bezoekje te brengen aan het Krijsende Krot, het huis met de meeste spoken van het land. Het stond een eindje buiten het dorp en zelfs overdag zag het er griezelig uit, met zijn dichtgespijkerde ramen en verwilderde, sombere tuin.

'Zelfs de spoken van Zweinstein komen er niet graag,' zei Ron terwijl ze op het tuinhek leunden en naar het huis keken. 'Ik heb het aan Haast Onthoofde Henk gevraagd... hij zegt dat er een stelletje ongeregeld woont. Niemand kan erin. Dat hebben Fred en George natuurlijk wel geprobeerd, maar de ingangen zijn hermetisch afgesloten...'

Harry had het warm gekregen van hun klim en hij overwoog net of hij zijn mantel een paar minuutjes af zou doen toen ze vlakbij stemmen hoorden. Er kwam iemand vanaf de andere kant de heuvel op. Een paar tellen later verscheen Malfidus, zoals altijd gevolgd door Korzel en Kwast. Malfidus zei tegen de anderen: '– kan elk moment een uil van pa krijgen. Hij moest ook naar die hoorzitting, om over m'n arm te vertellen... dat ik die drie maanden niet kon gebruiken...'

Korzel en Kwast gnuifden.

'Ik wou dat ik kon horen hoe die dikke, harige imbeciel zich probeert te verdedigen... "Hij doet geen vlieg kwaad, ech nie –"... die Hippogrief is zo goed als dood –'

Plotseling zag Malfidus Ron staan en er verscheen een brede, boosaardige grijns op zijn bleke gezicht.

'Wat doe jij hier, Wemel?'

Malfidus keek naar het haveloze krot achter Ron.

'Daar zou je vast graag willen wonen, hè Wemel? Je droomde zeker al van een eigen slaapkamer? Ik heb gehoord dat jullie hele gezin in één kamer slaapt – klopt dat?'

Harry greep de zoom van Rons gewaad om te voorkomen dat hij Malfidus te lijf zou gaan.

'Laat maar aan mij over,' siste hij Ron in zijn oor.

Die gelegenheid was te mooi om voorbij te laten gaan. Harry sloop geruisloos om Malfidus, Korzel en Kwast heen, bukte zich en schepte een flinke handvol modder van het pad.

'We hadden het net over je vriendje Hagrid,' zei Malfidus tegen Ron. 'Ik probeerde me voor te stellen wat hij tegen het Comité voor de Vernietiging van Gevaarlijke Wezens zal zeggen. Denk je dat hij moet huilen als ze dat beest z'n kop af –'

KLETS!

Het hoofd van Malfidus schoot naar voren toen hij door de modder werd geraakt; plotseling zat zijn witblonde haar onder de vieze drab.

'Wat krijgen we –'

Ron moest zich aan het hek overeind houden van het lachen. Malfidus, Korzel en Kwast draaiden als tollen in het rond en staarden stomverbaasd en verwilderd om zich heen, terwijl Malfidus zijn haar probeerde schoon te vegen.

'Wat was dat? Wie heeft dat gedaan?'

'Het spookt hier echt, hè?' zei Ron, op de toon van iemand die het over het weer heeft.

Korzel en Kwast maakten een angstige indruk. Ze hadden niets aan hun enorme spierbundels als ze door spoken werden aangevallen. Malfidus speurde woest en verbijsterd over het verlaten landschap.

Harry sloop over het pad naar een uitzonderlijk slijmerige plas, die stinkende groene smurrie opleverde.

KLEDDER!

Deze keer kregen Korzel en Kwast hun vet. Kwast sprong woedend op en neer en trachtte de modder uit zijn kleine, doffe oogjes te vegen.

'Het kwam daarvandaan' zei Malfidus, die ook zijn gezicht afveegde en naar een punt op zo'n twee meter links van Harry staarde.

Korzel kloste erop af, met zijn lange armen uitgestrekt als een zombie. Harry schoot snel om hem heen, pakte een stok en smeet die naar Korzels rug. Harry schudde van het geluidloze lachen toen Korzel een soort pirouette maakte, in een poging om te zien wie de stok had gegooid. Omdat Ron de enige was die Korzel zag ging hij op hem af, maar Harry stak zijn been uit. Korzel struikelde – en zijn grote platvoet bleef achter de zoom van de Onzichtbaarheidsmantel haken. Harry voelde een harde ruk en de mantel gleed van zijn gezicht.

Een fractie van een seconde keek Malfidus hem recht in de ogen.

'AAAGH!' gilde hij en wees op Harry's hoofd. Hij draaide zich om, zette het op een lopen en holde zo snel mogelijk de heuvel af, met Korzel en Kwast op zijn hielen.

Harry deed de mantel weer goed, maar het kwaad was al geschied.

'Harry!' zei Ron, die een paar aarzelende passen deed en naar het punt keek waar Harry weer was verdwenen. 'Maak dat je wegkomt! Als Malfidus dat doorvertelt – zorg dat je zo snel mogelijk in het kasteel terugkomt!'

'Tot straks,' zei Harry en zonder verder nog een woord te zeggen rende hij het pad af, in de richting van Zweinsveld.

Zou Malfidus geloven wat hij had gezien? Zou iemand Malfidus geloven? Niemand wist van de Onzichtbaarheidsmantel – behalve Perkamentus. Harry's maag keerde om – Perkamentus zou precies weten wat er gebeurd was als Malfidus zijn mond voorbij praatte.

Terug naar Zacharinus, de keldertrap af, de stenen vloer over naar het luik – Harry deed de Onzichtbaarheidsmantel af, stopte die onder zijn arm en rende zo hard mogelijk de tunnel uit... Malfidus was vast eerder terug... hoe lang zou het duren voor hij een leraar had gevonden? Harry hijgde en kreeg steken in zijn zij, maar bleef rennen tot hij bij de stenen koker was. Hij moest de mantel daar achterlaten. Als Malfidus inderdaad meteen naar een leraar was gestapt, zou de mantel hem direct verraden. Hij verborg hem in een donker hoekje en begon zo snel mogelijk omhoog te klimmen, terwijl zijn zweterige handen weggleden van de randen van de koker. Uiteindelijk was hij in de bochel van de heks. Hij tikte erop met zijn toverstaf, stak zijn hoofd eruit en hees zichzelf naar buiten; de bochel sloot zich weer en net toen Harry achter het standbeeld vandaan kwam, hoorde hij haastige voetstappen naderen.

Het was Sneep. Hij liep met snelle pas en ruisend zwart gewaad op Harry af en bleef vlak voor hem staan.

'Aha,' zei hij.

Hij straalde een soort onderdrukte triomf uit. Harry probeerde zo onschuldig mogelijk te kijken, maar was zich maar al te goed bewust van zijn bezwete gezicht en modderige handen, die hij gauw in zijn zakken stak.

'Meekomen, Potter,' zei Sneep.

Harry volgde hem naar beneden en probeerde zijn handen af te vegen aan de binnenkant van zijn gewaad zonder dat Sneep het merkte. Ze gingen de trap af naar de kerkers en liepen naar Sneeps kantoortje.

Harry was daar één keer eerder geweest en had toen ook behoorlijk in de puree gezeten. Sindsdien had Sneep nog meer gruwelijke, slijmerige dingen in potten verzameld, die glanzend in het licht van het haardvuur op de planken achter zijn bureau stonden en de dreigende sfeer versterkten.

'Zitten,' zei Sneep.

Harry ging zitten, maar Sneep bleef staan.

'Ik heb net bezoek gehad van meneer Malfidus, die een wonderlijk verhaal vertelde,' zei Sneep.

Harry zei niets.

'Hij zei dat hij Wemel tegen het lijf liep bij het Krijsende Krot. Wemel was blijkbaar alleen.'

Harry zei nog steeds niets.

'Volgens meneer Malfidus stond hij rustig met Wemel te praten toen hij plotseling een kluit modder tegen zijn achterhoofd kreeg. Wat denk jij dat er gebeurd kan zijn?'

Harry probeerde verbaasd te kijken.

'Geen idee, professor.'

Sneeps ogen priemden in de zijne. Het was alsof je een Hippogrief aankeek en Harry moest zijn uiterste best doen om niet met zijn ogen te knipperen.

'Vervolgens zag meneer Malfidus een vreemde verschijning. Enig idee wat dat geweest zou kunnen zijn, Potter?'

'Nee,' zei Harry, die onschuldig maar nieuwsgierig probeerde te klinken.

'Hij zag jouw hoofd, Potter. Jouw hoofd, dat in de lucht zweefde.'

Er volgde een lange stilte.

'Misschien kan hij beter naar madame Plijster gaan,' zei Harry. 'Ik bedoel, als hij dat soort dingen ziet –'

'Wat deed jouw hoofd in Zweinsveld, Potter?' zei Sneep zacht. 'Je hoofd mag helemaal niet in Zweinsveld komen. Geen enkel deel van je lichaam heeft toestemming om in Zweinsveld te zijn.'

'Dat weet ik ook wel,' zei Harry, die zijn best deed om vooral niet angstig of schuldbewust te kijken. 'Zo te horen lijdt Malfidus aan halluci –'

'Malfidus lijdt niet aan hallucinaties!' snauwde Sneep. Hij legde zijn handen op de armleuningen van Harry's stoel en boog zich voorover, tot zijn gezicht een centimeter of dertig van dat van Harry was. 'Als je hoofd in Zweinsveld was, was de rest van je lichaam daar ook.'

'Ik ben de hele tijd in de toren van Griffoendor geweest,' zei Harry. 'Zoals u gezegd –'

'Kan iemand dat bevestigen?'

Harry zei niets en Sneeps smalle lippen krulden om in een onaangename glimlach.

213

'Wel, wel,' zei hij en kwam weer overeind. 'Iedereen, tot aan de Minister van Toverkunst toe, doet zijn uiterste best om de beroemde Harry Potter te beschermen tegen Sirius Zwarts. Maar de beroemde Harry Potter trekt zich niets van regeltjes aan. Laten gewone sukkels zich maar zorgen maken om zijn veiligheid! De beroemde Harry Potter gaat en staat waar hij wil, zonder zich iets aan te trekken van de eventuele gevolgen.'

Harry deed er het zwijgen toe. Sneep probeerde hem uit te dagen, zodat hij de waarheid eruit zou flappen, maar dat vertikte hij. Sneep had geen bewijs – nog niet.

'Wat lijk je toch vreselijk op je vader, Potter,' zei Sneep plotseling, met vuurschietende ogen. 'Die was ook zo ongelooflijk arrogant. Een klein beetje talent op het Zwerkbalveld en meteen voelde hij zich ver boven de rest verheven. Hij liep ook altijd rond te paraderen met z'n vriendjes en bewonderaars... ja, de gelijkenis is verbluffend.'

'Mijn vader *paradeerde* niet!' zei Harry, voor hij er erg in had. 'En ik ook niet!'

'Je vader trok zich ook niets van regels aan,' vervolgde Sneep, die zijn voordeel probeerde uit te buiten. De rancune droop van zijn magere gezicht. 'Regels waren voor gewone stervelingen, niet voor mensen die de Zwerkbalbeker hadden gewonnen. Hij was zo ongelooflijk verwaand –'

'HOU OP!'

Plotseling sprong Harry overeind. Een razernij zoals hij die niet meer had gevoeld sinds zijn laatste avond in de Ligusterlaan golfde door hem heen. Het kon hem niets schelen dat het gezicht van Sneep verstarde en dat zijn zwarte ogen vervaarlijk smeulden.

'*Wat zei je, Potter?*'

'Hou op over m'n vader, zei ik!' schreeuwde Harry. 'Ik weet hoe het werkelijk zat! Hij heeft uw leven gered! Dat heeft Perkamentus zelf gezegd! Als m'n vader er niet was geweest, zou u er niet eens meer zijn!'

Sneeps vale huid had de kleur van zure melk gekregen.

'En heeft het schoolhoofd ook verteld onder wat voor omstandigheden je vader mijn leven heeft gered?' fluisterde hij. 'Of vond hij dat soort details misschien te schokkend voor de fijngevoelige oortjes van onze dierbare Potter?'

Harry beet op zijn lip. Hij wist niet wat er precies gebeurd was en wilde dat niet toegeven – maar Sneep scheen geraden te hebben hoe de vork in de steel zat.

'Ik zou je niet graag een verkeerde indruk van je vader willen geven, Potter,' zei hij met een afzichtelijke grijns op zijn gezicht. 'Dacht je aan een soort glorieuze heldendaad? Laat ik je dan uit de droom helpen – die fantastische vader van je en zijn vriendjes probeerden een grap met me uit te halen, een grap die zij heel amusant vonden maar die mijn dood zou zijn geworden als je vader niet op het laatste moment terug was gekrabbeld. Wat hij deed was helemaal niet dapper. Hij probeerde net zozeer zijn eigen hachje te redden als het mijne. Als die grap was geslaagd, zou hij zeker van Zweinstein zijn gestuurd.'

Sneep ontblootte zijn onregelmatige, gelige tanden.

'Haal je zakken leeg, Potter!' beet hij Harry toe.

Harry verroerde zich niet. Hij voelde het bloed bonken in zijn oren.

'Haal je zakken leeg of we gaan direct naar professor Perkamentus! Haal ze leeg, Potter!'

Met het kille angstzweet op zijn voorhoofd haalde Harry langzaam de zak met fopartikelen en de Sluipwegwijzer te voorschijn.

Sneep pakte de zak van Zonko.

'Die heb ik van Ron gekregen,' zei Harry, die een schietgebedje deed dat hij de kans zou krijgen om Ron te waarschuwen voor Sneep hem zag. 'Dat – dat heeft hij vorige keer meegenomen uit Zweinsveld –'

'O ja? En loop jij daar al die tijd mee rond? Echt aandoenlijk... en wat is dit?'

Sneep had de kaart gepakt. Harry deed zijn uiterste best om zijn gezicht uitdrukkingsloos te houden.

'Stukje perkament,' zei hij schouderophalend.

Sneep draaide de kaart om, maar bleef Harry aanstaren.

'Zo'n ontzettend *oud* stuk perkament heb je toch niet meer nodig?' zei hij. 'Kan ik het niet beter – weggooien?'

Zijn hand ging richting haardvuur.

'Nee!' zei Harry snel.

'Aha!' zei Sneep en zijn lange neusvleugels trilden. 'Is dit ook een gekoesterd geschenk van meneer Wemel? Of is het – iets anders? Een brief in onzichtbare inkt, bijvoorbeeld? Of – instructies om in Zweinsveld te komen zonder de Dementors te hoeven passeren?'

Harry slikte en Sneeps ogen fonkelden.

'Eens kijken, eens kijken...' mompelde hij. Hij pakte zijn toverstok, legde de kaart op zijn bureau en streek hem glad. 'Onthul je geheim!' zei hij en hij raakte het perkament aan met zijn staf.

Er gebeurde niets. Harry balde zijn handen tot vuisten om niet te laten zien dat ze beefden.

'Toon jezelf!' zei Sneep, die vinnig op de kaart tikte.

Het perkament bleef blanco. Harry haalde diep adem in een poging zichzelf te kalmeren.

'Professor Severus Sneep, leraar van deze school, beveelt je om de informatie te onthullen die je verbergt!' zei Sneep, terwijl hij met zijn stok op de kaart sloeg.

Plotseling verschenen er woorden op het gladde oppervlak van de kaart, alsof ze geschreven werden door een onzichtbare hand.

Meneer Maanling groet professor Sneep vriendelijk en verzoekt hem beleefd om zijn abnormaal lange neus niet in de zaken van anderen te steken.

Sneep verstarde en Harry staarde verbijsterd naar die boodschap, maar de kaart was nog niet klaar. Onder de eerste tekst verschenen nog meer letters.

Meneer Gaffel is het helemaal met meneer Maanling eens en wil eraan toevoegen dat professor Sneep een lelijk misbaksel is.

Het zou heel grappig zijn geweest als de situatie niet zo ernstig was geweest. En daar hield het niet mee op...

Meneer Sluipvoet zou graag officieel blijk willen geven van zijn verbazing dat zo'n idioot het tot leraar heeft geschopt.

Vol afschuw sloot Harry zijn ogen. Toen hij ze weer opendeed, had de kaart het laatste woord gehad.

Meneer Wormstaart wenst professor Sneep een prettige dag en raadt hem aan om zijn haar eens te wassen, de goorlap.

Harry wachtte op de klap.

'Zo zo...' zei Sneep zacht. 'Dat zullen we eens zien...'

Hij liep met grote passen naar de haard, greep een handvol glinsterend poeder uit een pot op de schoorsteenmantel en gooide dat in de vlammen.

'Lupos!' riep Sneep in het vuur. 'Ik wil je spreken!'

Verwonderd keek Harry naar het vuur. Er was een grote gedaante in verschenen, die snel ronddraaide en een paar tellen later klauterde professor Lupos uit de open haard en sloeg de as van zijn versleten gewaad.

'Riep je, Severus?' zei Lupos zachtjes.

'Jazeker!' zei Sneep, die met een van woede vertrokken gezicht naar zijn bureau terugliep. 'Ik vroeg zojuist aan Potter of hij zijn zakken wilde leeghalen en toen bleek dat hij dit bij zich had.'

Sneep wees naar het perkament, waarop de woorden van de heren Maanling, Wormstaart, Sluipvoet en Gaffel nog steeds blonken. Er verscheen een merkwaardige, gesloten uitdrukking op het gezicht van Lupos.

'En?' zei Sneep.

Lupos bleef naar de kaart staren en Harry had de indruk dat zijn gedachten op topsnelheid werkten.

'En?' herhaalde Sneep. 'Dat perkament zit duidelijk vol Duistere Magie. Ik dacht dat dat jouw vakgebied was, Lupos. Hoe zou Potter aan iets dergelijks gekomen zijn?'

Lupos keek op en waarschuwde Harry door een snelle blik in zijn richting om hem vooral niet in de rede te vallen.

'Vol Duistere Magie?' herhaalde hij kalm. 'Denk je dat echt, Severus? Het lijkt me eerder een stuk perkament dat iedereen die het leest beledigt. Kinderachtig, maar zeker niet gevaarlijk. Ik denk dat Harry het uit een of andere fopwinkel heeft –'

'O ja?' zei Sneep, die zijn kaken op elkaar klemde van woede. 'Denk je dat je zoiets in een fopwinkel kunt kopen? Lijkt het je niet waarschijnlijker dat hij het *rechtstreeks van een van de makers heeft?*'

Harry begreep niet waar Sneep heen wilde en Lupos blijkbaar ook niet.

'Bedoel je meneer Wormstaart of een van die anderen?' zei hij. 'Ken je die mensen, Harry?'

'Nee,' zei Harry vlug.

'Zie je wel, Severus?' zei Lupos, die zich weer tot Sneep wendde. 'Volgens mij is het van Zonko afkomstig.'

Alsof het was afgesproken kwam Ron het kantoortje binnenstormen. Helemaal buiten adem bleef hij voor het bureau van Sneep staan, drukte zijn hand tegen zijn zij en probeerde iets te zeggen.

'Die – dingen – heeft – Harry – van – mij,' hijgde hij. 'Tijden – geleden – bij – Zonko – gekocht...'

'Zie je wel?' zei Lupos, die in zijn handen wreef en opgewekt om zich heen keek. 'Alweer een mysterie opgelost. Zal ik dit maar meenemen, Severus?' Hij vouwde de kaart op en stak hem in zijn gewaad. 'Harry en Ron, jullie gaan met mij mee. Ik moet jullie over dat vampieropstel spreken. Neem ons niet kwalijk, Severus.'

Harry durfde Sneep niet aan te kijken toen ze het kantoortje verlieten en Ron, Lupos en hij waren al in de hal voor er iets gezegd werd. Toen wendde Harry zich tot Lupos.

'Professor, ik –'

'Ik wil geen verklaringen horen,' zei Lupos kortaf. Hij liet zijn blik door de verlaten hal gaan en vervolgde op zachtere toon: 'Ik weet toevallig dat deze kaart jaren geleden door meneer Vilder in beslag is genomen. Ja, ik weet ook dat het een kaart is,' voegde hij eraan toe toen hij de verbaasde gezichten van Harry en Ron zag. 'Ik hoef niet te weten hoe jij eraan bent gekomen, maar ik ben wel *verbijsterd* dat je hem niet hebt ingeleverd. Vooral na wat er de laatste keer is gebeurd toen een leerling informatie heeft laten rondslingeren. En je krijgt hem niet terug, Harry.'

Dat had Harry al verwacht en hij wilde veel te graag nadere uitleg om te protesteren.

'Waarom dacht Sneep dat ik hem van de makers had gekregen?'

'Omdat...' Lupos aarzelde even. 'Omdat de makers van deze kaart het leuk zouden hebben gevonden om je de school uit te lokken. Ze zouden zich rot hebben gelachen.'

'Ként u ze dan?' zei Harry onder de indruk.

'Ik heb ze weleens ontmoet,' zei Lupos kortaf. Hij keek Harry ernstiger aan dan ooit.

'Verwacht niet dat ik je nog een keer uit de puree help, Harry. Ik kan je niet dwingen om Sirius Zwarts serieus te nemen, maar ik had gedacht dat de dingen die je hoort als een Dementor in de buurt komt meer effect op je zouden hebben gehad. Je ouders hebben hun leven gegeven om jouw leven te redden. Het is nogal min om ze zo terug te betalen – door hun offer in gevaar te brengen voor een zak fopartikelen.'

Hij liep weg en Harry voelde zich opeens veel ellendiger dan op welk moment ook in Sneeps kantoortje. Langzaam liepen Ron en hij de marmeren trap op. Toen ze langs het beeld van de eenogige heks kwamen, herinnerde Harry zich dat zijn Onzichtbaarheidsmantel nog in de tunnel lag, maar hij durfde hem niet te gaan halen.

'Het is allemaal mijn schuld,' zei Ron plotseling. 'Ik heb je overgehaald om te gaan. Lupos heeft groot gelijk, het was oerstom. We hadden het nooit moeten doen –'

Hij deed er plotseling het zwijgen toe; ze waren in de gang waar de veiligheidstrollen patrouilleerden en zagen Hermelien op hen toe lopen. Na één blik op haar gezicht wist Harry zeker dat ze had gehoord wat er gebeurd was. Zijn hart sloeg over – zou ze het tegen professor Anderling hebben gezegd?

'Kom je je lekker verkneukelen?' zei Ron venijnig toen ze voor hen bleef staan. 'Of ben je ons net wezen verlinken?'

'Nee,' zei Hermelien. Ze had een brief in haar hand en haar lippen trilden. 'Ik vond alleen dat jullie moesten weten... Hagrid heeft die zaak verloren. Scheurbek wordt terechtgesteld.'

HOOFDSTUK 15

DE ZWERKBALFINALE

'*H*ij – hij heeft me dit gestuurd,' zei Hermelien en ze hield hem de brief voor.

Harry pakte hem aan. Het perkament was vochtig en op sommige plaatsen was de inkt door Hagrids enorme tranen zo doorgelopen dat het bijna niet meer te lezen was.

Lieve Hermelien,
We hebben verloren. Ik mag hem mee terugnemen naar Zweinstein. Datum van executie wordt nader bepaald.
Bekkie vond het leuk in Londen.
We zullen je hulp nooit vergeten.
Hagrid

'Dat kunnen ze toch niet maken?' zei Harry. 'Dat kan gewoon niet. Scheurbek is helemaal niet gevaarlijk.'

'De vader van Malfidus heeft de leden van het Comité bang gemaakt,' zei Hermelien, die haar ogen afveegde. 'Je weet hoe hij is. Die andere leden zijn een stel beverige oude halvegaren en die durfden gewoon niet tegen hem in te gaan. We gaan natuurlijk in beroep, maar dat is bij voorbaat hopeloos... er zal toch niets zijn veranderd.'

'Nietes,' zei Ron fel. 'Deze keer hoef je al dat werk niet in je eentje te doen, Hermelien. Ik help je wel.'

'O, Ron!'

Hermelien sloeg haar armen om Rons hals en begon vreselijk te huilen. Ron, die er doodsbenauwd uitzag, klopte haar onbeholpen op haar hoofd en uiteindelijk liet Hermelien hem weer los.

'Ron, het spijt me heel, heel erg van Schurfie...' snikte ze.

'O – nou ja – hij was al oud,' zei Ron. Hij was ontzettend opgelucht dat ze hem had losgelaten. 'En je had eigenlijk niet veel meer aan hem. Je weet maar nooit, misschien krijg ik nu wel een uil van pa en ma.'

Door de veiligheidsmaatregelen waaraan de leerlingen zich na de tweede inbraak van Zwarts moesten houden konden Harry, Ron en Hermelien 's avonds niet meer bij Hagrid langsgaan. Hun enige kans om met hem te praten was tijdens Verzorging van Fabeldieren.

Hagrid leek nog steeds versuft door het verpletterende vonnis. 'Allemaal m'n eigen stomme rotschuld. Ik kon niet uit m'n woorden kommen. Hun zaten daar met die zwarte gewaden en ik liet steeds m'n brieffies met aantekeningen vallen en kon me geeneen van die jaartallen die jij had opgezocht herinneren, Hermelien. En toen stond Lucius Malfidus op en deed z'n zeggie en 't Comité deed braaf wattie wou...'

'Je hebt het hoger beroep nog!' zei Ron fel. 'Laat de moed niet zakken! We zijn druk bezig.'

Ze liepen samen met de rest van de klas terug naar het kasteel. Een eindje verderop zagen ze Malfidus, Korzel en Kwast, die steeds achterom keken en spottend lachten.

'Je ken 't wel vergeten, Ron,' zei Hagrid triest toen ze bij het bordes voor het kasteel waren. 'Lucius Malfidus heb 't Comité in z'n zak. Nee, ik gaat d'r gewoon voor zorgen dat Bekkies laatste dagen de mooiste zijn die ie ooit gehad heb. Dat ben ik hem verschuldigd...'

Hagrid draaide zich om en liep snel terug naar zijn huisje, met zijn zakdoek tegen zijn gezicht gedrukt.

'Moet je hem zien janken!'

Malfidus, Korzel en Kwast hadden bij de voordeur staan luisteren. 'Heb je ooit zo'n ongelooflijke sukkel gezien?' zei Malfidus. 'En die moet ons lesgeven!'

Harry en Ron stapten woedend op Malfidus af, maar Hermelien was hen voor – KLETS!

Ze gaf Malfidus een keiharde klap in zijn gezicht. Malfidus wankelde en Harry, Ron, Korzel en Kwast keken stomverbaasd toe terwijl Hermelien haar hand opnieuw ophief.

'Waag het niet om Hagrid een sukkel te noemen, vuile – gemene –'

'Hermelien!' zei Ron zwakjes en hij probeerde haar hand te grijpen toen ze opnieuw wilde uithalen.

'Laat los, Ron!'

Hermelien trok haar toverstok en Malfidus deed een stap achteruit. Korzel en Kwast waren totaal overdonderd en keken Malfidus vragend aan.

'Kom mee,' mompelde Malfidus en ze doken snel de gang naar de kerkers in.

'Hermelien!' herhaalde Ron. Hij leek zowel verbijsterd als diep onder de indruk.

'Harry, zorg dat je die Zwerkbalfinale wint!' zei Hermelien schril. 'Zorg alsjeblieft dat je wint, want ik denk dat ik gek word als Zwadderich met de cup aan de haal gaat!'

'We moeten eigenlijk al bij Bezweringen zijn,' zei Ron, die Hermelien nog steeds verbluft aanstaarde. 'Laten we maar gaan.'

Ze liepen haastig de marmeren trap op naar het lokaal van professor Banning.

'Jullie zijn laat, jongens!' zei professor Banning vermanend toen Harry de deur opendeed. 'Kom snel binnen en pak jullie toverstokken. Vandaag experimenteren we met Gniffelspreuken. De anderen zijn al in paren verdeeld –'

Harry en Ron liepen vlug naar een tafeltje achter in de klas en deden hun tassen open. Ron keek achterom.

'Waar is Hermelien gebleven?'

Harry keek ook om. Hermelien was niet in het lokaal en toch wist Harry dat ze vlak naast hem had gestaan toen hij de deur opendeed.

'Dat is raar,' zei Harry, die Ron met grote ogen aankeek. 'Misschien – misschien moest ze even naar de wc of zo.'

Maar Hermelien liet zich de hele les niet zien.

'Zij had ook best een Gniffelspreuk kunnen gebruiken,' zei Ron toen de hele klas grijnzend naar de Grote Zaal ging om te eten – na die Gniffelspreuken was iedereen in een opperbest humeur.

Ook tijdens de lunch kwam Hermelien niet opdagen en tegen de tijd dat ze hun appeltaart op hadden, waren de Gniffelspreuken bijna uitgewerkt en begonnen Harry en Ron een beetje ongerust te worden.

'Je denkt toch niet dat Malfidus haar iets gedaan heeft?' zei Ron bezorgd terwijl ze haastig de trap op liepen naar de toren van Griffoendor.

Ze passeerden de veiligheidstrollen, gaven de Dikke Dame het wachtwoord ('Flierefluiter') en klauterden door het portretgat.

Hermelien zat aan een tafel in de leerlingenkamer en sliep als een blok, met haar hoofd op een open boek van Voorspellend Rekenen. Ze gingen naast haar zitten en Harry gaf haar een por.

'W-wat?' zei Hermelien, die wakker schrok en verwilderd om zich heen keek. 'Is het al tijd? Welk vak hebben we nu?'

'Waarzeggerij, maar pas over twintig minuten,' zei Harry. 'Waarom was je niet bij Bezweringen, Hermelien?'

'Wat? O nee!' piepte Hermelien. 'Ik ben vergeten om naar Bezweringen te gaan!'

'Hoe kan je dat nou vergeten?' zei Harry. 'Je stond vlak naast ons toen ik de deur opendeed!'

'O, wat vreselijk!' jammerde Hermelien. 'Was professor Banning erg boos? Dat komt allemaal door Malfidus! Ik moest steeds aan hem denken en daardoor ben ik in de war geraakt!'

'Zal ik je eens wat zeggen, Hermelien?' zei Ron, die naar het enorme boek van Voorspellend Rekenen keek dat Hermelien als kussen had gebruikt. 'Volgens mij ben je een beetje over je toeren. Je hebt gewoon te veel hooi op je vork genomen.'

'Welnee! Helemaal niet!' zei Hermelien, die het haar uit haar ogen streek en wanhopig naar haar schooltas zocht. 'Ik heb me gewoon vergist, dat is alles! Laat ik m'n excuses gaan maken bij professor Banning... ik zie jullie dadelijk wel bij Waarzeggerij!'

Twintig minuten later, toen Harry en Ron bij de ladder naar het lokaal van professor Zwamdrift stonden, kwam Hermelien haastig aanlopen. Ze leek behoorlijk overstuur.

'Dat ik nou net Gniffelspreuken heb gemist! Ik wil wedden dat ze daar iets over vragen bij het examen. Dat liet professor Banning min of meer doorschemeren!'

Ze klommen de ladder op naar de schemerige, bedompte torenkamer. Op elk tafeltje stond een kristallen bol vol gloeiende, parelwitte mist. Harry, Ron en Hermelien gingen met z'n drieën aan een gammel tafeltje zitten.

'Ik dacht dat we pas na de paasvakantie met kristallen bollen zouden beginnen,' fluisterde Ron, die behoedzaam om zich heen keek voor het geval professor Zwamdrift in de buurt was.

'Wees blij! Dat betekent dat we klaar zijn met handlezen,' mompelde Harry. 'Ik werd echt ziek van dat meewarige gezicht van haar, elke keer als ze naar m'n handen keek.'

'Goedemiddag allemaal!' zei een vertrouwde, zweverige stem en professor Zwamdrift maakte haar gebruikelijke dramatische entree vanuit de schaduwen. Parvati en Belinda huiverden van opwinding en hun gezichten werden verlicht door de melkwitte gloed van hun kristallen bol.

'Ik heb besloten ietsje eerder met de kristallen bol te beginnen dan ik oorspronkelijk van plan was,' zei professor Zwamdrift, die met haar rug naar het vuur ging zitten en om zich heen keek. 'De Schikgodinnen hebben me laten weten dat jullie examen in juni vooral over de Bol zal gaan en ik wil jullie voldoende laten oefenen.'

Hermelien snoof schamper.

'Kom nou toch... "de Schikgodinnen hebben laten weten"... wie stelt dat examen nou eigenlijk vast? Zij! Goh, wat een fantastische voorspelling!' zei ze, zonder de moeite te nemen om te fluisteren.

Het was moeilijk te zeggen of professor Zwamdrift haar gehoord had, omdat haar gezicht schuilging in de schaduwen, maar ze deed in elk geval alsof er niets aan de hand was.

'Het lezen van de kristallen bol is een uiterst subtiele kunst,' zei ze dromerig. 'Ik verwacht niet dat iemand al iets zal Zien als jullie voor het eerst in de onpeilbare diepten van de Bol staren. We gaan eerst oefenen in het ontspannen van ons bewustzijn en onze externe ogen' – Ron begon onbedwingbaar te proesten en moest zijn hand tegen zijn mond drukken om het geluid te smoren – 'om daardoor helderder te kunnen zien met het Innerlijke Oog en het bovenbewustzijn. Als we heel veel geluk hebben, zal een van jullie voor het einde van de les misschien iets Zien.'

Ze gingen aan de slag. Harry voelde zich behoorlijk stom terwijl hij glazig in de kristallen bol staarde en zijn hoofd leeg probeerde te houden, hoewel er constant gedachten zoals 'dit is idioot' bij hem opkwamen. Het feit dat Ron steeds geluidloze lachbuien had en Hermelien alsmaar smalende geluidjes maakte hielp ook niet.

'Hebben jullie al iets gezien?' vroeg Harry aan de anderen, nadat hij een kwartier lang zwijgend in de bol had getuurd.

'Ja, er zit een schroeiplek op dit tafeltje,' zei Ron wijzend. 'Iemand heeft met z'n kaars geknoeid.'

'Dit is je reinste tijdverspilling,' siste Hermelien. 'Ik zou wel wat nuttigers kunnen doen, zoals die les Gniffelspreuken inhalen...'

Professor Zwamdrift kwam ruisend langs.

'Wil iemand hulp bij het interpreteren van de schimmige voortekenen in de Bol?' murmelde ze boven het gerinkel van haar vele armbanden uit.

'Ik heb geen hulp nodig,' fluisterde Ron. 'Het is duidelijk wat dit betekent. We krijgen vannacht dichte mist.'

Harry en Hermelien barstten in lachen uit.

'Kom, kinderen!' zei professor Zwamdrift vermanend terwijl de andere leerlingen omkeken. Parvati en Belinda leken geschokt. 'Jullie verstoren de voorspellende vibraties!' Ze liep naar hun tafeltje en tuurde in hun kristallen bol. Harry kreeg een onaangenaam voorgevoel. Hij wist wat er komen ging...

'Ik zie iets!' fluisterde professor Zwamdrift. Ze hield haar gezicht vlak bij de bol, die twee keer weerkaatst werd in haar reusachtige brillenglazen. 'Er beweegt iets... maar wat?'

Harry wist niet wat het was maar wilde er alles wat hij bezat, inclusief zijn Vuurflits, om verwedden dat het slecht nieuws zou zijn. En inderdaad...

'M'n beste jongen...' fluisterde professor Zwamdrift, die naar Harry opkeek. 'Ik zie het duidelijker dan ooit tevoren, liefje... wat er op je afsluipt, dichter- en dichterbij, is niets anders dan... de Gr –'

'Nee hè?' riep Hermelien. 'Toch niet wéér die stomme Grim!'

Parvati fluisterde iets tegen Belinda en ze wierpen boze blikken op Hermelien. Professor Zwamdrift kwam overeind en staarde met onmiskenbare woede in haar enorme ogen naar Hermelien.

'Het spijt me dat ik het moet zeggen, *liefje*, maar vanaf de allereerste les is duidelijk geweest dat je totaal ongeschikt bent voor de nobele kunst van het Waarzeggen. Ik kan me niet herinneren dat ik ooit een leerlinge heb gehad wier geest zo door en door Aards was.'

Er viel een korte stilte en toen –

'Nou, mij best!' zei Hermelien abrupt. Ze stond op en propte *Ontwasem de Toekomst* in haar tas. 'Mij best!' herhaalde ze en gooide haar tas met zo'n zwiep over haar schouder dat ze Ron haast van zijn stoel sloeg. 'Ik ben het zat! Mij zien jullie niet meer terug!'

En tot verbijstering van de hele klas liep Hermelien naar het luik, schopte het open, daalde de ladder af en was verdwenen.

Het duurde een paar minuten voor de klas weer een beetje tot rust was gekomen. Professor Zwamdrift scheen de Grim helemaal vergeten te zijn. Zwaar ademend liep ze weg bij het tafeltje van Harry en Ron en sloeg haar kanten sjaal wat dichter om zich heen.

'Ooooo!' zei Belinda plotseling en iedereen schrok. 'Oooooo, professor Zwamdrift, ik bedenk net iets! U heeft gezien dat ze wegging, nietwaar? Ja toch, professor? "*Rond Pasen zulllen we iemand uit deze klas voorgoed moeten missen!*" Dat heeft u *tijden* geleden al voorspeld, professor!'

Professor Zwamdrift keek haar met een kinderlijk onschuldige glimlach aan.

'Ja, liefje, ik wist inderdaad dat juffrouw Griffel ons zou gaan verlaten, maar je hoopt altijd dat je je misschien toch in de voortekenen vergist... het Innerlijk Oog kan een grote last zijn, weet je...'

Belinda en Parvati waren diep onder de indruk en schoven een eindje op, zodat professor Zwamdrift aan hun tafeltje kon komen zitten.

'Hermelien heeft me het dagje wel, hè?' mompelde Ron vol ontzag tegen Harry.

'Nou...'

Harry keek naar de kristallen bol, maar zag alleen kolkende witte mist. Had professor Zwamdrift die Grim echt gezien? En zou hij hem ook zien? Het laatste waar hij behoefte aan had was weer een bijna fataal ongeluk, nu de Zwerkbalfinale voor de deur stond.

De paasvakantie werkte niet bepaald ontspannend. De derdejaars hadden nog nooit zo veel huiswerk gehad. Marcel Lubbermans was een zenuwinzinking nabij en hij was niet de enige.

'En dat noemen ze vakantie!' bulderde Simon Filister op een middag door de leerlingenkamer. 'Het duurt nog eeuwen voor de examens beginnen! Waar zijn ze in vredesnaam mee bezig?'

Maar niemand had het zo druk als Hermelien. Zelfs zonder Waarzeggerij had ze meer vakken dan alle anderen. Ze zat gewoonlijk 's nachts als laatste in de leerlingenkamer en was 's ochtends als eerste weer in de bibliotheek; ze had net zulke grote wallen onder haar ogen als Lupos en scheen constant op het punt te staan om in tranen uit te barsten.

Ron had de verantwoordelijkheid voor het hoger beroep van Scheurbek op zich genomen. Als hij niet met zijn eigen huiswerk bezig was, zat hij over gigantische boeken gebogen met titels zoals *De Psyche van de Hippogrief* of *Fabel- of Roofdier? Een Studie van de Wandaden der Hippogrief*. Hij ging er zo in op dat hij zelfs vergat om Knikkebeen het leven zuur te maken.

Ondertussen moest Harry zijn huiswerk zien in te passen rond de dagelijkse Zwerkbaltraining, om nog maar te zwijgen over de eindeloze tactiekbesprekingen van Plank. De wedstrijd tussen Griffoendor en Zwadderich was voor de eerste zaterdag na de paasvakantie gepland. Zwadderich leidde met precies tweehonderd punten voorsprong, wat inhield (zoals Plank zijn team constant voorhield) dat ze met meer dan tweehonderd punten verschil moesten winnen om de cup te veroveren. Het betekende ook dat de last van het winnen grotendeels op de schouders van Harry neerkwam, omdat het veroveren van de Snaai honderdvijftig punten opleverde.

'Dus je moet hem pas grijpen als we met méér dan vijftig punten voorstaan,' zei Plank keer op keer tegen Harry. 'Alleen als we met meer dan vijftig punten voorstaan, Harry, anders winnen we de wedstrijd wel, maar gaat de cup aan onze neus voorbij. Dat snap je toch, hè? Je moet de Snaai pas pakken als we –'

'IK SNAP HET, OLIVIER!' brulde Harry.

Heel Griffoendor was door de wedstrijd geobsedeerd. Griffoendor had de Zwerkbalcup voor het laatst gewonnen toen de legendarische Charlie Wemel (Rons op één na oudste broer) Zoeker was geweest, maar Harry betwijfelde of zelfs Plank liever wilde winnen dan hijzelf. De vijandschap tussen Harry en Malfidus was nog nooit zo groot geweest. Malfidus was nog steeds woedend omdat hij in Zweinsveld met modder was bekogeld en het feit dat Harry op de een of andere manier aan straf had weten te ontkomen maakte hem helemaal furieus. Op zijn beurt was Harry de sabotagepoging van Malfidus tijdens de wedstrijd tegen Ravenklauw nog niet vergeten, maar vooral door die toestand met Scheurbek was hij vastbesloten om Malfidus in het bijzijn van de hele school een lesje te leren.

Nog nooit, voorzover iedereen zich kon herinneren, had de aanloop naar een wedstrijd in zo'n grimmige sfeer plaatsgevonden. Tegen de tijd dat de vakantie erop zat, kookte de spanning tussen de twee teams en hun afdelingen haast over. Er hadden diverse kleine schermutselingen plaatsgevonden op de gangen en als klap op de vuurpijl waren een vierdejaars van Griffoendor en een zesdejaars van Zwadderich na een onverkwikkelijk incident naar de ziekenzaal afgevoerd omdat er stengels prei uit hun oren groeiden.

Vooral Harry werd fiks op de huid gezeten. Elke keer als hij op weg was naar een les probeerden Zwadderaars hem pootje te lichten, en Korzel en Kwast doken op de meest onverwachte plaatsen op en sjokten teleurgesteld weg als ze zagen dat hij anderen bij zich had. Plank had verordonneerd dat Harry nooit alleen mocht zijn, voor het geval Zwadderich hem probeerde uit te schakelen. Heel Griffoendor had die uitdaging enthousiast aangenomen, zodat Harry vrijwel nooit meer op tijd was voor een les omdat hij steeds omringd werd door een dichte, rumoerige mensenmassa. Harry zelf maakte zich drukker om de veiligheid van zijn Vuurflits dan om zijn eigen welzijn. Als hij niet trainde, borg hij hem veilig op in zijn hutkoffer en tijdens pauzes sprintte hij vaak gauw even naar de toren van Griffoendor om te controleren of hij er nog was.

De avond voor de wedstrijd lagen alle activiteiten die normaal gesproken in de leerlingenkamer van Griffoendor plaatsvonden stil. Zelfs Hermelien had haar boeken weggelegd.

'Ik kan niet werken, ik kan me niet concentreren,' zei ze zenuwachtig.

Het was vreselijk rumoerig. Fred en George Wemel reageerden de spanning af door nog luidruchtiger en uitgelatener te doen dan normaal. Olivier Plank zat in een hoekje over een maquette van een Zwerkbalveld gebogen en schoof mompelend kleine poppetjes heen en weer met zijn toverstok. Angelique, Alicia en Katja lachten om de grappen van Fred en George en Harry zat bij Ron en Hermelien, zo ver mogelijk van de drukte vandaan. Hij probeerde niet aan de volgende dag te denken, want iedere keer als hij dat deed had hij het afschuwelijke gevoel dat iets heel groots in zijn buik zich een weg naar buiten probeerde te banen.

'Het gaat allemaal vast goed,' zei Hermelien, hoewel ze er zelf doodsbenauwd uitzag.

'Je hebt tenslotte een *Vuurflits*!' zei Ron.

'Ja...' zei Harry, met een wee gevoel in zijn maag.

Het was een opluchting toen Plank plotseling opstond en riep: 'Team! Naar bed!'

Harry sliep slecht. Eerst droomde hij dat hij zich verslapen had en dat Plank schreeuwde: 'Waar was je? Nou moesten we Marcel gebruiken!' en daarna dat Malfidus en de rest van het team van Zwadderich op vliegende draken arriveerden. Hij racete weg, in een poging een vuurstoot van het rijdier van Malfidus te ontwijken, maar besefte plotseling dat hij zijn Vuurflits vergeten was. Hij tuimelde omlaag en schrok wakker.

Het duurde een paar tellen voor Harry besefte dat de wedstrijd nog niet gespeeld was, dat hij veilig in bed lag en dat het team van Zwadderich absoluut niet op draken zou mogen spelen. Hij verging van de dorst. Zo stilletjes mogelijk glipte hij uit zijn hemelbed en liep naar het raam om wat water in te schenken uit de zilveren kan die daar stond.

Het terrein was stil en verlaten. Er speelde geen zuchtje wind door de boomtoppen van het Verboden Bos; de Beukwilg stond er roerloos en ogenschijnlijk heel onschuldig bij. Zo te zien zou het weer op de wedstrijddag ideaal zijn.

Harry zette de beker neer en wilde net naar zijn bed teruggaan toen hij uit zijn ooghoek iets zag bewegen. Er sloop een of ander beest over het zilvergrijze gras.

Harry holde naar zijn nachtkastje, pakte zijn bril, zette die op en sprintte terug naar het raam. Het zou toch niet de Grim zijn – niet nu – vlak voor de wedstrijd –

Hij keek weer uit het raam en na een minuut ingespannen speuren zag hij het dier. Het liep nu langs de bosrand... maar het was de Grim niet... het was een kat. Harry leunde vol opluchting op de vensterbank toen hij een dikke pluimstaart zag. Het was Knikkebeen maar...

Of wás het inderdaad alleen Knikkebeen? Harry tuurde en drukte zijn neus tegen het glas. Het was alsof Knikkebeen was blijven staan en Harry was ervan overtuigd dat hij in de schaduw van de bomen ook nog iets anders zag bewegen.

Een tel later stapte een reusachtige, woeste zwarte hond het maanlicht in en sloop behoedzaam over het gras. Knikkebeen trippelde met hem mee en Harry keek zijn ogen uit. Wat had dat te betekenen? Als Knikkebeen de hond ook zag, kon hij toch onmogelijk een voorteken van Harry's dood zijn?

'Ron!' siste Harry. 'Ron! Wakker worden!'

'Watte?'

'Kijk jij ook eens of je wat ziet!'

''t Is stikdonker, Harry,' mompelde Ron slaapdronken. 'Waar heb je 't over?'

'Daar, buiten –'

Harry keek vlug weer uit het raam.

Knikkebeen en de hond waren verdwenen. Harry klom op de vensterbank en keek recht omlaag, naar de schaduwen aan de voet van het kasteel, maar ze waren nergens te zien. Waar waren ze gebleven?

Aan het luide gesnurk hoorde hij dat Ron weer in slaap was gevallen.

Toen Harry en zijn teamgenoten de volgende ochtend de Grote Zaal binnenkwamen, klonk er een donderend applaus. Harry moest onwillekeurig grijnzen toen hij zag dat de tafels van Ravenklauw en Huffelpuf ook voor hen klapten. Alleen aan de tafel van Zwadderich klonk boegeroep toen ze langsliepen en Harry zag dat Malfidus nog bleker was dan normaal.

Plank hamerde erop dat zijn spelers toch vooral goed moesten eten, maar zelf kreeg hij geen hap door zijn keel. En terwijl ze nog druk aan het ontbijten waren, moesten ze opeens het veld van hem gaan inspecteren om een indruk te krijgen van de omstandigheden. Toen ze de Grote Zaal verlieten, werd er opnieuw geklapt.

'Succes, Harry!' riep Cho Chang en Harry voelde dat hij rood werd.

'Oké... bijna geen wind... de zon is vrij fel... daar kun je last van hebben, dus let daarop... het veld is behoorlijk hard... prima... dat betekent dat we snel kunnen opstijgen...'

Plank ijsbeerde over het veld en staarde om zich heen, met zijn ploeggenoten op zijn hielen. Uiteindelijk zagen ze in de verte de voordeuren van het kasteel opengaan en de andere leerlingen naar buiten stromen.

'Kleedkamer!' zei Plank kortaf.

Zwijgend trokken ze hun vuurrode gewaden aan. Harry vroeg zich af of de anderen zich net zo voelden als hij; alsof hij een groot, wriemelend beest had gegeten bij het ontbijt. Na wat maar een paar seconden leek zei Plank: 'Oké, het is tijd. Laten we gaan...'

Onder een orkaan van geluid kwamen ze het veld op. Driekwart van de toeschouwers droeg rode rozetten, zwaaide met rode vlaggen met de leeuw van Griffoendor of hield spandoeken omhoog met teksten als HUP GRIFFOENDOR! en LAAT DE LEEUWEN NIET IN HUN HEMPIE STAAN! Achter de doelpalen van Zwadderich zaten tweehonderd mensen in het groen; de zilveren slang van Zwadderich glinsterde op hun vlaggen en professor Sneep zat op de voorste rij, ook in het groen en met een onaangename glimlach op zijn gezicht.

'Daar is het team van Griffoendor!' riep Leo Jordaan, die zoals gewoonlijk het commentaar verzorgde. 'Potter, Bel, Jansen, Spinet, Wemel, Wemel en Plank. Algemeen beschouwd als de beste ploeg die Zweinstein in jaren heeft voortgebracht –'

Leo's commentaar werd overstemd door gejoel uit de vakken van Zwadderich.

'En daar is het team van Zwadderich, onder aanvoering van Marcus Hork. Hij heeft een paar wijzigingen in de opstelling aangebracht en schijnt voor kracht te gaan in plaats van talent –'

Nog meer boegeroep van de Zwadderaars, maar Harry dacht dat Leo dat goed gezien had. Malfidus was verreweg de kleinste van het team; de anderen waren allemaal gigantisch.

'Aanvoerders, schudt elkaar de hand!' zei madame Hooch.

Hork en Plank stapten op elkaar af en grepen elkaars hand stevig beet; zo te zien deden ze hun best elkaars vingers te breken.

'Op uw bezems!' zei madame Hooch. 'Drie... twee... een...'

Het gesnerp van haar fluitje werd overstemd door het gebrul van het publiek toen veertien bezems het luchtruim kozen. Harry voelde het haar van zijn voorhoofd waaien en vergat zijn zenuwen in de opwinding. Hij keek om zich heen, zag Malfidus vlak achter zich en scheerde weg, op zoek naar de Snaai.

'En Griffoendor is in Slurkbezit! Alicia Spinet heeft de Slurk en gaat recht op de doelpalen van Zwadderich af! Dat ziet er goed uit, Alicia! Aah! O nee – de Slurk is veroverd door Warrel – Warrel van Zwadderich heeft de Slurk en schiet als een speer over het veld – BENG! – mooi stukje Beukerswerk van George Wemel, Warrel laat de Slurk vallen en hij wordt gevangen door – Jansen! Griffoendor heeft de bal weer, kom op, Angelique – ze stuurt Van Beest met een mooie schijnbeweging het bos in – *duiken, Angelique, een Beuker!* – ZE SCOORT! 10-0 VOOR GRIFFOENDOR!'

Angelique stompte in de lucht terwijl ze langs de rand van het veld zoefde; beneden juichte en schreeuwde een zee van rood –

'AU!'

Angelique viel bijna van haar bezem toen Marcus Hork tegen haar op knalde.

'Sorry!' zei Hork, terwijl het publiek floot en joelde. 'Sorry, ik zag haar niet!'

Het volgende moment smeet Fred Wemel zijn Drijversknuppel tegen het achterhoofd van Hork. Zijn neus sloeg met een klap tegen zijn bezem en begon te bloeden.

'Zo is het welletjes!' schreeuwde madame Hooch, die snel tussen hen in vloog. 'Strafworp voor Griffoendor wegens een overtreding op hun Jager terwijl de bal niet in de buurt was! Strafworp voor Zwadderich wegens een opzettelijke overtreding op *hun* Jager!'

'Kom nou toch, madame Hooch!' brulde Fred, maar ze blies op haar fluitje en Alicia vloog naar voren om de strafworp te nemen.

'Zet hem op, Alicia!' schreeuwde Leo en hij verscheurde de stilte die bezit had genomen van het stadion. 'JA! DE WACHTER ZIT ER-NAAST! 20-0 VOOR GRIFFOENDOR!'

Harry maakte een scherpe bocht met zijn Vuurflits om te kunnen zien hoe Hork, die nog steeds flink bloedde, naar voren vloog om de strafworp van Zwadderich te nemen. Plank zweefde grimmig en vast-beraden voor de doelpalen van Griffoendor.

'Natuurlijk is Plank een voortreffelijke Wachter!' informeerde Leo Jordaan het publiek terwijl Hork op het fluitje van madame Hooch wachtte. 'Voortreffelijk! Heel moeilijk te passeren – echt heel moeilijk – JA! NIET TE GELOVEN! HIJ HEEFT HEM!'

Opgelucht zoefde Harry weer weg en bleef naar de Snaai speuren, maar zorgde ervoor om ook niets van Leo's commentaar te missen. Het was essentieel om Malfidus bij de Snaai weg te houden tot Griffoendor meer dan vijftig punten voorstond...

'Griffoendor heeft de Slurk weer, nee, Zwadderich – nee – Griffoendor heeft de Slurk en het is Katja Bel, Katja Bel voor Griffoendor die met de Slurk op doel af gaat – DAT WAS OPZET!'

Van Beest, een Jager van Zwadderich, had Katja gesneden en in plaats van de Slurk haar hoofd beetgegrepen. Katja sloeg over de kop en wist op haar bezem te blijven zitten, maar liet de Slurk vallen.

Het fluitje van madame Hooch snerpte terwijl ze haastig naar Van Beest toe vloog en hem uitfoeterde, en even later had Katja weer een strafworp verzilverd.

'30-0! STEEK DAT IN JE ZAK, STELLETJE VUILE, ACHTERBAKSE –'

'Jordaan, als je geen onpartijdig commentaar kunt geven –!'

'Ik zeg het zoals het is, professor!'

Harry voelde plotseling een schok van opwinding. Hij had de Snaai gezien – hij glinsterde bij een van de doelpalen van Griffoendor, vlak bij de grond. Hij mocht hem nog niet pakken, maar als Malfidus hem zag...

Harry veinsde een uitdrukking van opperste concentratie, keerde zijn Vuurflits en stoof naar de helft van Zwadderich. Het werkte! Malfidus spurtte achter hem aan, blijkbaar in de overtuiging dat Harry daar de Snaai had gezien...

ZOEF!

Een Beuker gierde langs Harry's rechteroor na een klap van Wrakking, een van de reusachtige Drijvers van Zwadderich. En een tel later –

ZOEF!

De tweede Beuker schampte Harry's elleboog en de andere Drijver, Bakzijl, vloog op hem af.

Harry ving een glimp op van Wrakking en Bakzijl, die met opgeheven knuppels op hem af stormden –

Op het allerlaatste moment liet hij de Vuurflits optrekken en knalden Wrakking en Bakzijl met een doffe dreun tegen elkaar.

'Ha haaa!' schreeuwde Leo Jordaan, terwijl de Drijvers van Zwadderich wankelend wegvlogen en over hun hoofden wreven. 'Jammer, jongens! Jullie moeten vroeger opstaan om een Vuurflits te snel af te zijn! En Griffoendor is weer in balbezit. Jansen heeft de Slurk – Hork vliegt naast haar – geef hem een dreun, Angelique! – geintje, professor, geintje – o nee – Hork is in balbezit, Hork vliegt naar het doel van Griffoendor, kom op, Plank, stop die Slurk –!'

Maar Hork scoorde; het vak van Zwadderich barstte los in oorverdovend gejuich en Leo vloekte zo erg dat professor Anderling de magische megafoon uit zijn handen probeerde te rukken.

'Sorry, professor, sorry! Zal niet meer gebeuren! Oké, Griffoendor leidt met dertig tegen tien en Griffoendor heeft Slurkbezit –'

Het werd de smerigste wedstrijd die Harry ooit had gespeeld. Zwadderich was woedend over de vroege voorsprong van Griffoendor en gebruikte alle mogelijke middelen om de Slurk in bezit te krijgen. Bakzijl sloeg Alicia met zijn knuppel en hield vol dat hij haar voor een Beuker had aangezien. Uit wraak gaf George Wemel Bakzijl een elleboogstoot in zijn gezicht. Madame Hooch kende beide ploegen strafworpen toe, maar dankzij een tweede spectaculaire redding van Plank kwam de stand op 40-10 voor Griffoendor.

De Snaai was weer verdwenen. Malfidus bleef nog steeds dicht in de buurt van Harry, die boven de andere spelers rondzweefde en keek of hij de Snaai zag... zodra Griffoendor eenmaal vijftig punten voorstond...

Katja scoorde: 50-10. Fred en George Wemel cirkelden met opgeheven knuppels om haar heen, voor het geval iemand van Zwadderich op wraak zon. Wrakking en Bakzijl benutten de afwezigheid van Fred en George door beide Beukers op Plank af te slaan; ze raakten hem vlak na elkaar in zijn maag en hij rolde midden in de lucht om, naar adem happend en zich zwakjes vastklampend aan zijn bezem.

Madame Hooch was buiten zichzelf van woede.

'*De Wachter wordt niet aangevallen als de Slurk niet in het doelgebied is!*' krijste ze tegen Wrakking en Bakzijl. 'Strafworp voor Griffoendor!'

Angelique scoorde: 60-10. Een paar tellen later ramde Fred Wemel een Beuker in de richting van Warrel. De Slurk werd uit zijn handen geslagen; Alicia greep hem en mikte hem door de doelring van Zwadderich: 70-10. De supporters van Griffoendor schreeuwden zich schor – Griffoendor leidde met zestig punten en als Harry nu de Snaai veroverde, hadden ze de beker. Harry kon haast voelen hoe honderden ogen hem volgden terwijl hij rondscheerde boven het veld, hoog boven de andere spelers en met Malfidus op zijn hielen.

En toen zag hij hem. De Snaai fonkelde zo'n zeven meter boven hem.

Harry zette een enorme spurt in. De wind gierde in zijn oren en hij strekte zijn hand uit, maar plotseling werd de Vuurflits afgeremd –

Geschokt keek hij om. Malfidus had zich naar voren geworpen, de staart van de Vuurflits gegrepen en probeerde hem achteruit te trekken.

'Vuile –'

Harry was zo woest dat hij Malfidus had kunnen slaan, maar hij was buiten zijn bereik. Malfidus hijgde van inspanning, zo veel kracht kostte het om de Vuurflits tegen te houden, maar zijn ogen schitterden boosaardig. Hij had zijn doel bereikt – de Snaai was weer verdwenen.

'Strafworp! Strafworp voor Griffoendor! Wat zijn dit voor tactieken?' krijste madame Hooch en ze schoot omhoog naar Malfidus, die zich weer op zijn Nimbus 2001 liet glijden.

'ACHTERBAKS STUK ELLENDE!' brulde Leo Jordaan door de megafoon en hij danste gauw buiten bereik van professor Anderling. 'VUILE GLUIPERIGE KL –'

Professor Anderling dacht er niet eens aan om hem op zijn kop te geven. Ze schudde zelf met haar vuist naar Malfidus; haar hoed was van haar hoofd gevallen en ook zij schreeuwde woedende verwensingen.

Alicia nam de strafworp voor Griffoendor, maar ze was zo kwaad dat de Slurk een paar meter naast ging. De spelers van Griffoendor waren uit hun doen en de Zwadderaars, die opgetogen waren door de overtreding van Malfidus, kregen juist nieuwe moed.

'Zwadderich in Slurkbezit, Zwadderich op weg naar het doel – Warrel scoort!' kreunde Leo Jordaan. '70-20 voor Griffoendor...'

Harry dekte Malfidus nu zo kort dat ze steeds met hun knieën tegen elkaar stootten; hij was niet van plan om Malfidus ook maar in de buurt van de Snaai te laten komen.

'Rot op, Potter!' schreeuwde Malfidus gefrustreerd toen hij probeerde te keren en geblokt werd door Harry.

'Angelique Jansen heeft de Slurk voor Griffoendor. Kom op, Angelique! KOM OP!'

Harry keek om. Alle spelers van Zwadderich behalve Malfidus, zelfs hun Wachter, stoven in de richting van Angelique om haar te tackelen –

Bliksemsnel draaide Harry de Vuurflits, boog zich zo laag over de steel dat hij hem haast met zijn neus raakte en maakte snelheid. Hij schoot als een kogel op de Zwadderaars af.

'AAAAAAAGH!'

Ze stoven weg toen de Vuurflits op hen af raasde; Angelique had vrij baan.

'ZE SCOORT! ZE SCOORT! Griffoendor leidt met tachtig tegen twintig!'

Harry, die zich bijna in volle vaart in de tribune had geboord, kwam slippend en slingerend tot stilstand, keerde en zoefde terug naar het midden van het veld.

En toen zag hij iets waardoor zijn hart haast stilstond. Malfidus maakte een duikvlucht, met een triomfantelijke uitdrukking op zijn gezicht – en daar, misschien een meter boven het gras, zag Harry een minuscule gouden schittering.

Harry dook zo snel mogelijk omlaag met zijn Vuurflits, maar Malfidus had kilometers voorsprong.

'Kom op! Kom op! Kom op!' spoorde Harry zijn bezem aan. De afstand tussen Malfidus en hem werd kleiner... Harry drukte zich plat tegen zijn bezem toen Bakzijl een Beuker op hem af sloeg... hij was bij de enkels van Malfidus... hij was op gelijke hoogte – Harry wierp zich naar voren, liet zijn bezem met beide handen los, sloeg de arm van Malfidus opzij en –

'JA!'

Hij kwam uit zijn duikvlucht omhoog met zijn hand in de lucht gestoken en het stadion explodeerde. Harry vloog een rondje boven de menigte, met een raar gesuis in zijn oren. Hij hield het piepkleine gouden balletje, dat wanhopig met zijn vleugeltjes tegen zijn vingers sloeg, stevig in zijn vuist geklemd.

Plank kwam op hem af stormen, verblind door tranen; hij sloeg zijn armen om Harry's nek en snikte luid en ongegeneerd. Harry voelde twee zware dreunen toen Fred en George tegen hen aan botsten en hoorde toen de stemmen van Angelique, Alicia en Katja: 'We hebben de cup! We hebben de cup!' In een wirwar van armen, elkaar innig omhelzend en schor schreeuwend, daalde het team van Griffoendor omlaag naar het veld.

Golf na golf in rood gehulde supporters klom over de hekken en stroomde het veld op. Handen beukten op hun ruggen. Harry had een verwarde indruk van lawaai en lichamen die van alle kanten tegen hem aan drukten. En toen werden hij en de rest van de ploeg op de schouders genomen. Zodra hij boven de mensenmassa uitkwam zag hij Hagrid, die van top tot teen behangen was met rode rozetten – 'Je heb ze op hun donder gegeven, Harry! Op hun donder! Als

235

Bekkie dat hoort!' Hij zag Percy als een idioot op en neer springen, al zijn waardigheid vergetend. Professor Anderling snikte nog harder dan Plank en droogde haar ogen met een enorme vlag van Griffoendor en Hermelien en Ron baanden zich moeizaam een weg door de mensenmassa. Woorden schoten tekort en ze grijnsden alleen maar van oor tot oor, terwijl Harry naar de tribune werd gedragen waar Perkamentus met de enorme Zwerkbalbeker klaarstond.

Was er nu maar een Dementor in de buurt geweest... Plank gaf de beker snikkend door aan Harry, die hem hoog boven zijn hoofd hief, met het gevoel dat hij de beste Patronus aller tijden zou kunnen oproepen.

HOOFDSTUK 16

PROFESSOR ZWAMDRIFTS VOORSPELLING

*H*arry's euforie na het winnen van de Zwerkbalcup duurde minstens een week. Zelfs het weer leek die overwinning te vieren; eind mei werd het zoel en wolkenloos en had iedereen eigenlijk alleen nog zin om buiten op het gras neer te ploffen met een paar liter ijskoud pompoensap, misschien een gezapig potje Fluimstenen te spelen en te kijken hoe de reuzeninktvis dromerig heen en weer dobberde over het meer.

Helaas was dat onmogelijk. Het was bijna examentijd en in plaats van lekker lui buiten rond te hangen, waren de leerlingen genoodzaakt binnen te blijven en hun hersens te dwingen om kennis op te nemen, ondanks de verlokkende vlagen zomerlucht die door de open ramen binnendreven. Zelfs Fred en George Wemel waren op werken betrapt; ze hoopten op meer dan één SLIJMBAL (Schriftelijke Lofuiting wegens IJver, Magische Bekwaamheid en Algeheel Leervermogen). Percy mikte op een PUIST (Proeve van Uitzonderlijke Intelligentie en Superieure Toverkunst), de hoogste graad die Zweinstein te bieden had. Aangezien Percy hoopte op een baan bij het Ministerie van Toverkunst, moest hij de hoogst mogelijke cijfers halen. Hij werd steeds nerveuzer en prikkelbaarder en deelde strenge straffen uit aan iedereen die het waagde om 's avonds de stilte in de leerlingenkamer te verstoren. De enige die nog zenuwachtiger leek dan Percy was Hermelien.

Harry en Ron vroegen maar niet eens meer hoe ze erin slaagde om tegelijkertijd verschillende lessen bij te wonen, maar toen ze het examenrooster zagen dat ze had opgesteld, konden ze zich niet meer inhouden. In de eerste kolom stond:

MAANDAG
9 uur: Voorspellend Rekenen
9 uur: Gedaanteverwisselingen

Lunch
1 uur: Bezweringen
1 uur: Oude Runen

'Hermelien?' zei Ron behoedzaam, omdat ze de laatste tijd nogal te-keer kon gaan als ze gestoord werd, 'weet je – eh – weet je zeker dat je die tijden goed hebt overgeschreven?'

'Wat?' snauwde Hermelien, die het examenrooster bekeek. 'Ja, na-tuurlijk.'

'Heeft het zin om te vragen hoe je twee examens tegelijkertijd wilt doen?' zei Harry.

'Nee,' zei Hermelien kortaf. 'Hebben jullie toevallig mijn *Numerolo-gie en Grammatica* gezien?'

'Ja, ik heb het geleend. Ik wou iets spannends lezen in bed,' zei Ron, maar heel zachtjes. Hermelien begon grote stapels perkament te verschuiven, op zoek naar haar boek, maar op dat moment ruisten er vleugels bij het raam en fladderde Hedwig naar binnen, met een briefje in haar snavel.

'Van Hagrid,' zei Harry en hij scheurde de envelop open. 'Het be-roep van Scheurbek is op de zesde.'

'Dat is de laatste dag van de examens,' zei Hermelien, die nog steeds naar haar boek van Voorspellend Rekenen zocht.

'En ze houden het hier,' zei Harry terwijl hij verder las. 'Er komt ie-mand van het Ministerie van Toverkunst en – en een beul!'

Hermelien keek verschrikt op.

'Nemen ze de beul mee naar het hoger beroep? Maar dan ligt hun besluit al vast!'

'Daar lijkt het wel op,' zei Harry langzaam.

'Dat mag niet!' brulde Ron. 'Ik ben tijden en tijden bezig geweest om al die dingen op te zoeken! Dat kunnen ze toch niet zomaar ne-geren?'

Maar Harry had het onaangename gevoel dat het Comité voor de Vernietiging van Gevaarlijke Wezens onder druk van Lucius Malfidus inderdaad al een besluit had genomen. Draco, die opvallend stil was geweest na de overwinning van Griffoendor in de Zwerkbalfinale, be-gon in de dagen daarna iets van zijn oude arrogantie terug te krijgen en uit de schampere opmerkingen die Harry opving, bleek dat Malfi-dus ervan overtuigd was dat Scheurbek terechtgesteld zou worden en dat hij het heel goed van zichzelf vond dat hij dat voor elkaar had gekregen. Het kostte Harry de grootst mogelijke moeite om niet het voorbeeld van Hermelien te volgen en Malfidus een paar blauwe ogen te slaan. En het ergste was dat ze geen tijd of gelegenheid hadden om bij Hagrid langs te gaan, omdat de strenge veiligheidsmaatregelen nog steeds van kracht waren en Harry zijn Onzichtbaarheidsmantel niet durfde op te halen onder de eenogige heks.

De examenweek begon en er daalde een onnatuurlijke stilte neer over het kasteel. Maandag rond een uur of twaalf, na het tentamen Gedaanteverwisselingen, vergeleken uitgeputte en asgrauwe derdejaars hun resultaten en klaagden over de moeilijkheidsgraad van de opdrachten. Ze hadden onder meer een theepot in een schildpad moeten veranderen en Hermelien irriteerde iedereen mateloos door zich druk te maken over het feit dat haar schildpad eigenlijk meer op een waterschildpad had geleken, terwijl de zorgen van de overige leerlingen van een heel andere orde waren.

'De mijne had een tuit in plaats van een kop! Wat een nachtmerrie!'

'Hoort zo'n schildpad wel stoom uit te blazen?'

'De mijne had een gebloemd schild. Zou dat punten kosten?'

Na een haastige maaltijd moesten ze direct weer naar boven voor hun examen Bezweringen. Hermelien had gelijk gehad; professor Banning testte hen inderdaad op Gniffelspreuken. Harry maakte de zijne door de zenuwen iets te sterk zodat Ron, die zijn partner was, een hysterische lachstuip kreeg en een uurtje in een donkere kamer moest liggen voor hij zijn eigen spreuk kon demonstreren. Na het avondeten ging iedereen gauw terug naar de leerlingenkamer, niet om te ontspannen maar om snel Verzorging van Fabeldieren, Toverdranken en Astronomie door te nemen.

De volgende ochtend, tijdens hun examen Verzorging van Fabeldieren, maakte Hagrid een uiterst afwezige indruk; hij was er absoluut niet met zijn hoofd bij. Hij had voor een grote bak verse Flubberwurmen gezorgd en om te slagen, moest je Flubberwurm na één uur nog leven. Aangezien Flubberwurmen zich het prettigst voelden als er zo min mogelijk met ze gerotzooid werd, was dat het gemakkelijkste examen dat ze ooit hadden gedaan en hadden Harry, Ron en Hermelien alle gelegenheid om met Hagrid te praten.

'Bekkie raakt een beetje depri,' zei Hagrid terwijl hij zich over Harry's Flubberwurm boog, zogenaamd om te kijken of die nog leefde. 'De muren kommen op hem af. Maar goed, overmorgen is ie uit z'n lijden verlost – hoe dan ook.'

's Middags hadden ze Toverdranken, wat een regelrechte ramp was. Harry deed zijn uiterste best, maar het lukte hem niet om zijn Benevelingsbrouwsel dik genoeg te krijgen en Sneep, die toekeek met een gezicht waar het wraakzuchtige genoegen van afdroop, krabbelde iets wat verdacht veel op een nul leek in zijn boekje, voor hij verderliep.

Vervolgens kwam Astronomie, om middernacht in de hoogste toren en woensdagochtend Geschiedenis van de Toverkunst. Harry schreef alles op wat Florian Fanielje hem ooit over middeleeuwse heksenverbrandingen had verteld en wenste dat er een van Florians chocosplits met nootjes op zijn tafeltje had gestaan, want het was bloedheet in het lokaal. Woensdagmiddag hadden ze Kruidenkunde en moesten ze in de brandende zon in de kassen zwoegen, en toen was het weer terug naar de leerlingenkamer, met roodverbrande nekken, terwijl ze verlangend aan de volgende middag dachten, als alles erop zou zitten.

Hun op een na laatste examen, op donderdagochtend, was Verweer tegen de Zwarte Kunsten. Professor Lupos had een heel ongebruikelijk examen samengesteld: een soort hindernisbaan in de open lucht. Ze moesten een ondiepe poel oversteken waar een Wierling in huisde, een reeks kuilen vol Roodkopjes passeren, door een stuk moeras ploeteren en de misleidende aanwijzingen van een Zompelaar negeren en ten slotte in een oude hutkoffer klimmen om de strijd aan te binden met een nieuwe Boeman.

'Uitstekend, Harry,' zei Lupos toen Harry grijnzend uit de hutkoffer klom. 'De maximale score.'

Opgetogen door zijn succes bleef Harry wachten om te zien hoe Ron en Hermelien het ervan afbrachten. Ron deed het heel goed tot hij bij de Zompelaar kwam, die erin slaagde om hem zo in verwarring te brengen dat hij tot zijn middel in het moeras wegzakte. Hermelien deed alles perfect tot ze bij de hutkoffer met de Boeman kwam. Na ongeveer een minuut vloog het deksel open en sprong Hermelien gillend naar buiten.

'Hermelien!' zei professor Lupos geschrokken. 'Wat is er?'

'P-P-Professor Anderling!' bracht Hermelien moeizaam uit en ze wees op de hutkoffer. 'Z-ze zei dat ik overal voor gezakt was!'

Het duurde even voor Hermelien gekalmeerd was, maar toen ze zichzelf uiteindelijk weer in bedwang had, liep ze samen met Harry en Ron terug naar het kasteel. Ron moest nog steeds lachen om Hermeliens Boeman, maar het kwam niet tot een ruzie door het tafereel dat ze bij de voordeur zagen.

Cornelis Droebel, lichtelijk bezweet in zijn mantel met krijt-streepje, stond op het bordes en staarde uit over het park. Hij schrok toen hij Harry zag.

'Hallo, Harry!' zei hij. 'Je hebt zeker net een examen achter de rug? Zit het er bijna op?'

'Ja,' zei Harry. Ron en Hermelien, die nooit aan de Minister van Toverkunst waren voorgesteld, bleven verlegen op de achtergrond.

'Wat een prachtige dag,' zei Droebel, met een blik op het meer. 'Jammer... heel jammer...'

Hij zuchtte diep en keek weer naar Harry.

'Ik kom een onaangename taak verrichten, Harry. Het Comité voor de Vernietiging van Gevaarlijke Wezens heeft een getuige nodig bij de executie van een dolle Hippogrief en omdat ik toch op Zweinstein moest zijn vanwege die toestand met Zwarts, is me gevraagd of ik dat wilde doen.'

'Betekent dat dat het hoger beroep al achter de rug is?' viel Ron hem in de rede en hij stapte naar voren.

'Nee, nee, dat is vanmiddag,' zei Droebel, die Ron nieuwsgierig aankeek.

'Dan hoeft u misschien geen getuige te zijn van een executie!' zei Ron dapper. 'Wie weet wordt de Hippogrief wel vrijgesproken!'

Voor Droebel antwoord kon geven kwamen er twee tovenaars naar buiten. Eentje was zo stokoud dat het was alsof hij voor hun ogen verschrompelde en de ander was juist lang en potig, met een dun zwart snorretje. Harry nam aan dat ze vertegenwoordigers waren van het Comité voor de Vernietiging van Gevaarlijke Wezens, omdat de oude tovenaar naar het huisje van Hagrid tuurde en bibberig zei: 'O jee, o jee, ik word hier echt te oud voor... twee uur, zei je toch, Droebel?'

De man met de zwarte snor streelde iets wat aan zijn gordel hing; toen Harry beter keek, zag hij dat hij met een brede duim over de snede van een glanzende bijl streek. Ron deed zijn mond open om iets te zeggen, maar Hermelien gaf hem een por in zijn ribben en ge-baarde met haar hoofd naar de hal.

'Waarom mocht ik niks zeggen?' zei Ron boos terwijl ze naar de Grote Zaal liepen om te eten. 'Zag je die vent? Hij had z'n bijl al ge-slepen! Wou je dat gerechtigheid noemen?'

'Ron, je vader werkt voor het Ministerie. Zulke dingen kun je niet zeggen tegen zijn baas!' zei Hermelien, maar zij was ook van streek.

'Als Hagrid deze keer maar kalm blijft en zijn argumenten duidelijk uiteenzet, kunnen ze Scheurbek onmogelijk terechtstellen...'

Maar Harry zag dat Hermelien dat zelf niet echt geloofde. Overal om hen heen zaten mensen opgewonden te praten en te eten en zich te verheugen op het einde van de examens, maar Harry, Ron en Hermelien maakten zich zo ongerust om Hagrid en Scheurbek dat ze daar niet aan mee konden doen.

Het laatste examen van Harry en Ron was Waarzeggerij en dat van Hermelien Dreuzelkunde. Ze gingen samen de marmeren trap op, maar Hermelien moest op de eerste verdieping zijn en Harry en Ron liepen verder, helemaal tot de zevende, waar een hoop leerlingen uit hun klas al op de wenteltrap naar professor Zwamdrifts lokaal zaten en er op het allerlaatst nog wat dingetjes in probeerden te stampen.

'Ze laat ons een voor een boven komen,' zei Marcel toen ze naast hem gingen zitten. Hij had zijn exemplaar van *Ontwasem de Toekomst* op schoot en staarde naar het hoofdstuk over kristallen bollen. 'Hebben jullie *ooit* wel eens iets gezien in zo'n bol?' zei hij neerslachtig. 'Wat dan ook?'

'Geen bal,' zei Ron langs zijn neus weg. Hij keek steeds op zijn horloge; Harry wist dat hij de tijd aftelde tot het hoger beroep van Scheurbek.

De rij wachtende leerlingen werd langzaam korter. Steeds als iemand de zilveren ladder afdaalde siste de rest van de klas: 'Wat vroeg ze? Was het moeilijk?'

Maar niemand wilde iets zeggen.

'Ze zei dat ze in haar kristallen bol had gezien dat ik een vreselijk ongeluk zou krijgen als ik iets zou zeggen!' piepte Marcel toen hij omlaag klauterde naar Harry en Ron, die inmiddels de overloop hadden bereikt.

'Komt dat even goed uit!' snoof Ron. 'Ik krijg steeds meer het idee dat Hermelien gelijk had over dat mens.' Hij gebaarde met zijn duim naar het luik. 'Het is gewoon een ouwe bedriegster.'

'Ja,' zei Harry, die op zijn eigen horloge keek. Het was twee uur. 'Ik wou dat ze een beetje opschoot...'

Parvati kwam glimmend van trots de ladder af.

'Ze zegt dat er een Ware Zieneres in me schuilt!' zei ze tegen Harry en Ron. 'Ik heb van alles en nog wat gezien... nou, veel succes!'

Ze liep haastig de wenteltrap af om het aan Belinda te vertellen.

'Ronald Wemel!' zei de vertrouwde, dromerige stem boven hun

hoofd. Ron trok een gezicht, klom de zilveren ladder op en verdween. Harry was de laatste. Hij ging op de grond zitten, met zijn rug tegen de muur en luisterde naar een vlieg die voor het zonnige raam zoemde, maar in gedachten was hij aan de andere kant van het terrein, bij Hagrid.

Eindelijk, na misschien wel twintig minuten, verschenen Rons grote voeten weer op de ladder.

'Hoe ging het?' vroeg Harry terwijl hij opstond.

'Rampzalig,' zei Ron. 'Ik zag geen ene moer en daarom heb ik maar iets verzonnen, maar ik weet niet of ze me geloofde...'

'Ik zie je dadelijk wel in de leerlingenkamer,' mompelde Harry toen de stem van professor Zwamdrift: 'Harry Potter!' riep.

Het was warmer en benauwder dan ooit in de torenkamer; de gordijnen waren dicht, het haardvuur brandde, en de gebruikelijke, weeïge geur maakte Harry aan het hoesten toen hij door de wirwar van stoelen en tafeltjes naar professor Zwamdrift stommelde, die bij een grote kristallen bol zat te wachten.

'Dag, beste jongen,' zei ze zacht. 'Als je zo vriendelijk zou willen zijn om in de Bol te kijken... neem rustig de tijd... en zeg dan wat je ziet...'

Harry boog zich over de kristallen bol en staarde uit alle macht. Hij probeerde het ding door pure wilskracht te dwingen om hem iets anders te tonen dan kolkende witte mist, maar er gebeurde niets.

'En?' spoorde professor Zwamdrift hem aan. 'Zie je iets?'

De hitte was bedwelmend en de geparfumeerde rook die opsteeg uit het vuur prikte in zijn neusgaten. Hij dacht aan wat Ron had gezegd en besloot ook te doen alsof.

'Eh –' zei Harry, 'ik zie een donkere gedaante... eh...'

'Waar lijkt het op?' fluisterde professor Zwamdrift. 'Denk goed na...'

Harry pijnigde zijn hersens en dacht plotseling aan Scheurbek.

'Een Hippogrief!' zei hij beslist.

'Echt waar?' fluisterde professor Zwamdrift opgewonden en ze krabbelde iets op het vel perkament dat ze op haar knieën had. 'Misschien zie je de afloop van het probleem dat die arme Hagrid met het Ministerie van Toverkunst heeft gehad! Kijk eens goed... heeft die Hippogrief... zijn hoofd nog op zijn hals zitten?'

'Ja,' zei Harry heel gedecideerd.

'Weet je dat zeker?' spoorde professor Zwamdrift hem aan. 'Weet je dat echt zeker, beste jongen? Zie je hem niet stuiptrekkend op de grond liggen, met op de achtergrond een schimmige gedaante met opgeheven bijl?'

'Nee!' zei Harry, die een beetje misselijk begon te worden.

'Geen bloed? Geen huilende Hagrid?'

'Nee!' herhaalde Harry, die nu helemaal graag weg wilde uit die kamer, uit die hitte. 'Hij is kerngezond! Hij – hij vliegt weg...'

Professor Zwamdrift zuchtte.

'Nou, daar zullen we het maar bij laten, beste jongen... een beetje teleurstellend... maar je hebt je best gedaan.'

Opgelucht stond Harry op. Hij pakte zijn tas en wilde weggaan, maar plotseling zei een harde, rauwe stem achter hem: '*Vannacht gebeurt het.*'

Harry draaide zich snel om. Professor Zwamdrift zat stokstijf in haar stoel; haar ogen staarden nietsziend voor zich uit en haar mond hing open.

'P-pardon?' zei Harry.

Maar professor Zwamdrift scheen hem niet te horen. Haar ogen begonnen te rollen en Harry keek in paniek toe. Zo te zien kreeg ze een soort toeval. Hij aarzelde en vroeg zich af of hij naar de ziekenzaal moest rennen – maar toen begon professor Zwamdrift weer te praten, met dezelfde scherpe, rauwe stem, die absoluut niet op haar normale stem leek.

'*De Heer van het Duister doolt eenzaam rond, verlaten door zijn volgelingen. Al twaalf jaar is zijn trouwe dienaar geketend, maar vannacht, vóór middernacht, zal de dienaar zijn ketenen verbreken en op weg gaan om zich bij zijn meester te voegen. Met behulp van zijn dienaar zal de Heer van het Duister herrijzen, machtiger en vreselijker dan ooit tevoren. Vannacht... voor middernacht... zal de dienaar... zich bij zijn meester voegen...*'

Het hoofd van professor Zwamdrift viel op haar borst en ze maakte een soort grommend geluid. Plotseling hief ze met een ruk haar hoofd weer op.

'Het spijt me vreselijk, beste jongen,' zei ze dromerig. 'Het is ook zo warm vandaag... ik moet even ingedut zijn...'

Harry stond aan de grond genageld.

'Is er iets, liefje?'

'U – u zei net dat de – dat de Heer van het Duister op het punt staat te herrijzen... dat zijn dienaar naar hem teruggaat...'

Professor Zwamdrift keek hem in totale verbijstering aan.

'De Heer van het Duister? Hij Die Niet Genoemd Mag Worden? Dat is niet iets om grappen over te maken, beste jongen... herrijzen nog wel...'

'Maar dat zei u! U zei dat de Heer van het Duister –'

'Ik denk dat jij ook even bent ingedommeld, beste jongen!' zei professor Zwamdrift. 'Het zou nooit bij me opkomen om iets te voorspellen dat zó vergezocht is!'

Verbouwereerd daalde Harry de ladder en de wenteltrap af... had hij professor Zwamdrift net een echte voorspelling horen doen? Of leek haar dat gewoon een indrukwekkend slot van het examen?

Vijf minuten later sprintte hij langs de veiligheidstrollen die de wacht hielden bij de toren van Griffoendor, terwijl de woorden van professor Zwamdrift nog naklonken in zijn oren. Er liepen veel mensen de andere kant uit, lachend en grappen makend, op weg naar buiten en de langverwachte vrijheid; toen hij bij het portretgat kwam, was de leerlingenkamer vrijwel uitgestorven. Alleen Ron en Hermelien zaten nog in een hoekje.

'Professor Zwamdrift!' hijgde Harry. 'Ze zei net dat –'

Hij deed er abrupt het zwijgen toe bij het zien van hun gezichten.

'Scheurbek heeft verloren,' zei Ron zwakjes. 'Hagrid heeft een briefje gestuurd.'

Deze keer was Hagrids briefje droog en niet bevlekt met tranen, maar zijn hand had tijdens het schrijven blijkbaar zo gebeefd dat het nauwelijks leesbaar was.

Beroep verloren. Executie met zonsondergang. Jullie kunnen niks doen. Blijf in het kasteel. Ik wil niet dat jullie het zien.
Hagrid

'We moeten erheen,' zei Harry direct. 'We kunnen hem niet in zijn eentje op de beul laten wachten!'

'Met zonsondergang...' zei Ron, die glazig uit het raam staarde. 'Daar krijgen we nooit toestemming voor... en jij zeker niet, Harry...'

Harry liet zijn hoofd in zijn handen rusten en dacht na.

'Hadden we de Onzichtbaarheidsmantel maar!'

'Waar is die dan?' vroeg Hermelien.

Harry vertelde dat hij hem in de tunnel onder de eenogige heks had moeten achterlaten.

'... als Sneep me daar weer betrapt, zit ik echt goed in de penarie,' besloot hij.

'Dat klopt,' zei Hermelien en ze stond op. 'Als hij *jou* ziet... hoe maak je de bochel van die heks ook alweer open?'

'Je – je tikt erop met je toverstok en zegt "Dissendium",' zei Harry. 'Maar –'

Hermelien wachtte niet tot hij was uitgesproken; ze liep met grote passen naar het portret van de Dikke Dame, duwde het open en verdween.

'Ze is hem toch niet gaan halen?' zei Ron, die haar nastaarde.

Dat was ze wel. Een kwartiertje later kwam Hermelien terug, met de zilverachtige mantel netjes opgevouwen onder haar gewaad.

'Ik weet niet wat je de laatste tijd bezielt, Hermelien!' zei Ron verbluft. 'Eerst Malfidus een optater geven, dan de les uit lopen bij professor Zwamdrift –'

Hermelien leek gevleid.

Ze gingen samen met de andere leerlingen naar beneden voor het avondeten, maar keerden daarna niet terug naar de toren van Griffoendor. Harry hield de mantel verborgen onder zijn gewaad; hij moest zijn armen over elkaar houden om de bobbel te verbergen. Ze hielden zich een tijdje schuil in een lege kamer die grensde aan de hal, tot ze hoorden hoe de laatste twee mensen haastig de hal overstaken en er een deur dichtsloeg. Hermelien keek naar buiten.

'Oké,' fluisterde ze. 'Niemand te zien – mantel aan –'

Dicht tegen elkaar gedrukt, zodat niemand hen zou zien, liepen ze op hun tenen onder de Onzichtbaarheidsmantel naar de voordeur en vervolgens het bordes af naar het park. De zon begon al te dalen achter het Verboden Bos en kleurde de boomtoppen goud.

Toen ze bij Hagrids huisje waren klopten ze aan. Pas na een tijdje deed hij open en keek bleek en beverig naar buiten om te zien wie er was.

'Wij zijn het,' siste Harry. 'We hebben de Onzichtbaarheidsmantel om. Laat ons binnen, dan kunnen we hem afdoen.'

'Jullie hadden niet motten kommen!' fluisterde Hagrid, maar hij deed een stap opzij en ze gingen naar binnen. Hagrid sloeg snel de deur dicht en Harry deed de mantel af.

Hagrid huilde niet en viel hen ook niet om de hals. Het leek alsof hij nauwelijks besefte waar hij was of wat hij deed, en die hulpeloosheid was erger om te zien dan tranen.

'Bakkie thee?' zei hij. Zijn reusachtige handen beefden toen hij de ketel pakte.

'Waar is Scheurbek, Hagrid?' vroeg Hermelien aarzelend.

'Ik – ik heb 'm buiten gezet,' zei Hagrid. Hij morste melk op tafel terwijl hij de kan vulde. 'Aan een lijntje in m'n pompoenveld. Ik vond dat ie nog één keer de bomen most zien en – en een frisse neus halen – voor –'

Hagrids hand beefde zo verschrikkelijk dat hij de melkkan aan scherven liet vallen.

'Dat doe ik wel, Hagrid,' zei Hermelien, die toeschoot en de rommel begon op te ruimen.

'D'r staat er nog eentje in de kast,' zei Hagrid. Hij ging zitten en veegde zijn voorhoofd af met zijn mouw. Harry keek even naar Ron, die radeloos terugstaarde.

'Kunnen we dan helemaal niets doen, Hagrid?' vroeg Harry en hij ging naast hem zitten. 'Perkamentus –'

'Die heb 't al geprobeerd,' zei Hagrid. 'Hij ken 't Comité niet overstemmen. Hij heb gezegd dat Scheurbek oké is, maar ze doen 't allemaal in hun broek... je weet hoe Lucius Malfidus is... hij zal hunnie wel bedreigd hebben... en die beul, Vleeschhouwer, is een maatje van Malfidus... maar 't zal in elk geval snel zijn... en ik ben bij hem...'

Hagrid slikte. Zijn ogen schoten heen en weer door de kamer, alsof hij een flintertje hoop of troost zocht.

'Perkamentus is d'r ook bij als 't – als 't gebeurt. Hij heb me vanmorgen een brieffie geschreven. Hij zei dat ie – dat ie bij me wilde zijn. Geweldige vent, die Perkamentus...'

Hermelien, die in de kast van Hagrid een andere melkkan zocht, smoorde een snik. Ze kwam overeind met de melkkan in haar hand en probeerde haar tranen in bedwang te houden.

'Wij blijven ook bij je, Hagrid,' zei ze, maar Hagrid schudde zijn harige hoofd.

'Jullie motten terug naar 't kasteel. Ik wil niet dat jullie kijken, dat zei ik toch? En jullie mogen hier trouwens niet eens kommen... als Droebel of Perkamentus merkt dat je zonder toestemming de hort op bent zwaait d'r wat voor je, Harry.'

Er stroomden nu geluidloze tranen over Hermeliens wangen, maar die verborg ze voor Hagrid terwijl ze thee zette. Toen ze de fles pakte om wat melk in de kan te schenken, slaakte ze plotseling een gil.

'Ron! Ik – ongelooflijk – daar is Schurfie!'

Ron keek haar met grote ogen aan.

'Waar heb je het in vredesnaam over?'

Hermelien liep met de melkkan naar tafel en keerde hem om. Angstig piepend en verwoed krabbelend, om maar niet te vallen, kwam Schurfie uit de kan glijden.

'Schurfie!' zei Ron wezenloos. 'Schurfie, wat doe jij hier?'

Hij pakte de spartelende rat en hield hem in het licht. Schurfie zag er vreselijk uit. Hij was magerder dan ooit, grote plukken haar waren uitgevallen zodat hij overal kale plekken in zijn vacht had en hij stribbelde uit alle macht tegen toen Ron hem oppakte, alsof hij wilde vluchten.

'Niet bang zijn, Schurfie!' zei Ron. 'Er zijn geen katten! Niemand kan je kwaad doen!'

Hagrid stond plotseling op en staarde uit het raam. Zijn normaal gesproken rode gezicht werd zo wit als perkament.

'Ze kommen d'raan...'

Harry, Ron en Hermelien draaiden zich om en zagen in de verte een groepje mensen het bordes voor het kasteel afkomen. Albus Perkamentus liep voorop en zijn zilvergrijze baard glansde in het licht van de ondergaande zon. Naast hem dribbelde Cornelis Droebel en ze werden gevolgd door het zwakke, bejaarde lid van het Comité en door Vleeschhouwer, de beul.

'Jullie motten gaan,' zei Hagrid. Hij trilde van top tot teen. 'Hun mogen jullie niet zien... vooruit, schiet op...'

Ron propte Schurfie in zijn zak en Hermelien pakte de Onzichtbaarheidsmantel.

'Ik laat jullie er wel door de achterdeur uit,' zei Hagrid.

Ze volgden hem naar de deur die naar zijn achtertuin leidde. Harry had een raar, onwerkelijk gevoel, dat nog sterker werd toen hij iets verderop Scheurbek zag zitten. Hij was vastgebonden aan een boom naast Hagrids pompoenveld en scheen te beseffen dat er iets aan de hand was, want hij bewoog zijn gesnavelde kop heen en weer en schraapte zenuwachtig met zijn voorpoot over de grond.

'Niks an de hand, Bekkie,' zei Hagrid zacht. 'Niks an de hand...' Hij draaide zich om. 'Vooruit,' zei hij tegen Harry, Ron en Hermelien. 'Terug naar 't kasteel.'

Maar ze verroerden zich niet.

'Hagrid, we kunnen niet –'

'Wij zeggen wel hoe het werkelijk gegaan is –'

'Ze mogen hem niet zomaar doodmaken –'

'Weg!' zei Hagrid fel. ''t Is al erg genoeg zonder dat jullie je ook nog es in de nesten werken!'

Ze hadden geen keus. Toen Hermelien de mantel over Harry en Ron gooide, hoorden ze stemmen bij de voordeur. Hagrid keek naar het punt waar ze verdwenen waren.

'Maak dat je wegkomt,' zei hij schor. 'Blijf niet luisteren...'

Hij ging gauw terug naar binnen toen er op de voordeur geklopt werd.

Langzaam, verdoofd van afschuw, liepen Harry, Ron en Hermelien stilletjes om het huisje heen. Net toen ze om de hoek kwamen, hoorden ze de voordeur met een klik dichtslaan.

'Loop alsjeblieft een beetje door,' fluisterde Hermelien. 'Ik kan hier echt niet tegen, ik word hier niet goed van...'

Ze liepen over het glooiende grasveld in de richting van het kasteel. De zon ging nu snel onder; de hemel was helder, paarsachtig grijs, maar in het westen smeulde een vuurrode nagloed.

Plotseling bleef Ron staan.

'Alsjeblieft, Ron...' zei Hermelien.

'Het is Schurfie! Hij wil niet – blijven zitten –'

Ron stond voorovergebogen en deed een verwoede poging om Schurfie in zijn zak te houden, maar de rat was door het dolle heen; hij piepte en spartelde wild, maaide met zijn poten en probeerde Ron in zijn hand te bijten.

'Ik ben het, Schurfie, stom beest! Ron!' siste Ron.

Achter hen hoorden ze een deur opengaan en mannenstemmen.

'O Ron, loop alsjeblieft door, ze gaan het doen!' fluisterde Hermelien.

'Oké – *blijf*, Schurfie –'

Ze liepen verder; Harry deed net als Hermelien zijn best om niet naar de rommelende stemmen achter hen te luisteren, maar toen bleef Ron weer staan.

'Ik houd hem niet – stil, Schurfie, dadelijk horen ze ons –'

De rat piepte als een bezetene, maar niet hard genoeg om de geluiden te overstemmen die opklonken uit Hagrids achtertuin. Eerst hoorden ze het geroezemoes van mannenstemmen, vervolgens een stilte en toen, zonder enige waarschuwing, de onmiskenbare zwiep en doffe klap van een bijl.

Hermelien wankelde op haar benen.

'Ze hebben het gedaan!' fluisterde ze tegen Harry. 'Ik – ik kan het niet geloven. Ze hebben het echt gedaan!'

HOOFDSTUK 17

KAT, RAT EN HOND

*H*arry was zo geschokt dat hij niet meer kon nadenken. Verstijfd van afschuw stonden ze onder de Onzichtbaarheidsmantel terwijl de allerlaatste stralen zonlicht een bloedrood schijnsel en lange schaduwen over het landschap wierpen. Plotseling hoorden ze een wild gebrul achter zich.

'Hagrid!' mompelde Harry. Zonder erbij na te denken draaide hij zich om en wilde teruglopen, maar Ron en Hermelien grepen hem bij zijn armen.

'Niet doen,' zei Ron, die lijkbleek was. 'Als ze merken dat wij bij hem waren, zit hij helemaal in de puree...'

Hermeliens ademhaling was zwakjes en onregelmatig.

'Hoe – konden – ze?' zei ze gesmoord. 'Hoe *konden* ze?'

'Kom nou maar,' zei Ron, wiens tanden leken te klapperen.

Ze gingen weer op weg naar het kasteel, langzaam lopend zodat ze verborgen zouden blijven onder de Onzichtbaarheidsmantel. De schemering vervaagde snel en tegen de tijd dat ze tussen de bomen uitkwamen, daalde de duisternis als een kwaadaardige bezwering over hen neer.

'Blijf zitten, Schurfie!' siste Ron, die zijn hand tegen zijn borst drukte. De rat verzette zich uit alle macht. Ron bleef staan en probeerde Schurfie dieper in zijn zak te duwen. 'Wat heb je toch, stom beest? Blijf zitten – AU! Hij heeft me gebeten!'

'Stil, Ron!' fluisterde Hermelien dringend. 'Dadelijk komt Droebel terug –'

'Hij wil – niet – blijven zitten –'

Schurfie was door het dolle heen. Hij spartelde uit alle macht tegen en probeerde zich uit Rons handen los te rukken.

'Wat *heeft* hij toch?'

Maar Harry had iets gezien – iets wat stiekem op hen af sloop, met zijn lijf laag bij de grond en grote gele ogen die griezelig opgloeiden in het donker – Knikkebeen. Harry wist niet of hij hen kon zien of dat hij gewoon op het gepiep van Schurfie afkwam.

'Knikkebeen!' kreunde Hermelien. 'Nee, ga weg, Knikkebeen! Ga weg!'

Maar de kat sloop steeds dichterbij.

'Schurfie – NEE!'

Te laat – de rat was tussen Rons graaiende vingers doorgeglipt en zette het op een lopen. Knikkebeen maakte een enorme sprong en zette de achtervolging in, en voor Harry of Hermelien hem kon tegenhouden had Ron de Onzichtbaarheidsmantel afgegooid en sprintte hij ook weg door het duister.

'*Ron!*' kreunde Hermelien.

Harry en zij keken elkaar even aan en draafden toen achter Ron aan. Het was onmogelijk om hard te rennen met die mantel over zich heen en daarom deden ze hem af; hij wapperde als een wimpel achter hen aan terwijl ze holden. Ietsje verderop hoorden ze Rons dreunende voetstappen en de scheldwoorden die hij naar Knikkebeen schreeuwde.

'Rot op – maak dat je wegkomt – Schurfie, kom *hier* –'

Er klonk een plof.

'*Hebbes!* Donder op, vuile rotkat –'

Harry en Hermelien struikelden bijna over Ron; ze wisten nog net te voorkomen dat ze op hem gingen staan. Hij lag languit op de grond, maar hij had Schurfie weer te pakken en hield beide handen stevig tegen de trillende bolling in zijn zak gedrukt.

'Vooruit, Ron – onder de mantel –' hijgde Hermelien. 'Perkamentus – de Minister – ze kunnen elk moment terugkomen –'

Maar voor ze zich weer konden bedekken, voor ze zelfs maar even op adem hadden kunnen komen, hoorden ze het zachte geroffel van reusachtige poten. Er kwam iets vanuit het duister op hen af rennen – een gigantische, roetzwarte hond met bleke ogen.

Harry probeerde zijn toverstaf te pakken, maar hij was te laat – de hond maakte een enorme sprong en landde met zijn voorpoten op zijn borst. Harry viel achterover, in een wirwar van haar; hij voelde de hete adem van de hond, zag lange tanden –

Maar door de kracht van de sprong schoot de hond te ver door en rolde van hem af. Versuft probeerde Harry overeind te komen, met een gevoel alsof al zijn ribben gebroken waren. Hij kon het beest horen grommen, terwijl het zich haastig omkeerde om opnieuw de aanval in te zetten.

Ron was weer opgekrabbeld. Toen de hond opnieuw op hen afsprong, duwde hij Harry opzij; de kaken van de hond sloten zich om Rons uitgestrekte arm. Harry wierp zich naar voren en had een handvol haar te pakken, maar Ron werd moeiteloos door het monster meegesleurd, alsof hij een lappenpop was –

Opeens, totaal onverwacht, sloeg iets Harry zo hard in zijn gezicht dat hij weer onderuit ging. Hij hoorde Hermelien ook gillen van pijn en op de grond vallen. Harry tastte naar zijn toverstok en schudde het bloed uit zijn ogen –

'Lumos!' fluisterde hij.

In het schijnsel van zijn toverstok zag hij een dikke boomstam; ze waren tijdens de achtervolging van Schurfie vlak bij de Beukwilg terechtgekomen. De takken van de boom kraakten en piepten alsof er een stormwind was opgestoken en zwiepten wild heen en weer om te voorkomen dat ze dichterbij kwamen.

En daar, bij de onderkant van de stam, zagen ze de hond, die Ron achterstevoren in een groot gat tussen de wortels probeerde te sleuren – Ron verzette zich uit alle macht, maar zijn hoofd en romp verdwenen langzaam uit het zicht –

'Ron!' schreeuwde Harry en hij probeerde hem achterna te gaan, maar een dikke tak sloeg vervaarlijk door de lucht en hij was gedwongen om achteruit te springen.

Nu was alleen Rons been nog te zien. Hij had het om een wortel gehaakt, om te voorkomen dat de hond hem nog verder onder de grond zou trekken, maar plotseling klonk er een afschuwelijk, knappend geluid, alsof er een schot afging; Rons been was gebroken en een tel later was zijn voet onder de grond verdwenen.

'Harry – we moeten hulp halen –' jammerde Hermelien, die ook bloedde; de Wilg had haar schouder gestriemd.

'Nee! Dat beest is groot genoeg om hem op te vreten; we hebben geen tijd –'

'Maar zonder hulp komen we nooit langs die boom –'

Opnieuw zwiepte er een tak rakelings langs, met de kleine twijgjes dreigend gebald.

'Als die hond bij dat gat kan komen, kunnen wij dat ook,' hijgde Harry, die heen en weer rende in een poging om tussen de venijnig maaiende takken door te schieten, maar het was onmogelijk om de wortels te bereiken zonder door de boom neergeslagen te worden.

'O, help, help!' fluisterde Hermelien, die wanhopig op en neer sprong. 'Alsjeblieft...'

Plotseling schoot Knikkebeen naar voren. Hij glipte als een slang tussen de beukende takken door en drukte zijn voorpoten tegen een knoest op de stam.

Abrupt hield de boom op met bewegen, alsof hij in steen was veranderd. Geen enkel blaadje schudde of trilde nog.

'Knikkebeen!' fluisterde Hermelien onzeker. Ze greep Harry pijnlijk hard bij zijn arm. 'Hoe wist hij –?'

'Hij is goede maatjes met die hond,' zei Harry grimmig. 'Ik heb ze al eerder samen gezien. Kom op – en hou je toverstok in de aanslag.'

In een oogwenk waren ze bij de stam, maar voor ze het gat tussen de wortels in konden duiken was Knikkebeen al naar binnen geglipt, met een zwiep van zijn pluizige staart. Harry volgde hem; hij kroop met zijn hoofd vooruit door het gat, gleed een zanderige helling af en belandde in een hele lage tunnel. Knikkebeen was al een eindje doorgelopen en zijn ogen lichtten op in het licht van Harry's toverstaf. Een paar tellen later kwam Hermelien ook naar beneden glijden.

'Waar is Ron?' fluisterde ze doodsbenauwd.

'Hierheen,' zei Harry, die met gebogen rug achter Knikkebeen aan liep.

'Waar gaat die tunnel naartoe?' vroeg Hermelien ademloos.

'Geen idee... hij staat wel op de Sluipwegwijzer, maar Fred en George zeiden dat niemand hem ooit gebruikt heeft. Het uiteinde stond niet op de kaart, maar zo te zien kwam hij ergens in Zweinsveld uit...'

Ze liepen zo snel mogelijk, bijna dubbelgebogen; af en toe zagen ze ietsje verderop de staart van Knikkebeen op en neer dansen. De tunnel leek eindeloos; hij was minstens zo lang als die naar Zacharinus. Harry kon alleen aan Ron denken en aan wat die reusachtige hond misschien met hem uitvoerde... hij haalde snel en hijgend adem en rende gebukt verder...

En toen begon de tunnel omhoog te lopen; een stukje verderop maakte hij een bocht en was Knikkebeen opeens nergens meer te bekennen. Harry zag nu wel een schemerig licht door een kleine opening schijnen.

Hermelien en hij bleven even staan om op adem te komen en schuifelden toen verder. Ze hieven allebei hun toverstok op om te zien wat zich aan het uiteinde van de tunnel bevond.

Het bleek een kamer te zijn, een heel rommelige en stoffige kamer. Het behang hing in flarden van de muren; de vloer zat onder de vlekken en elk stukje meubilair was beschadigd, alsof iemand de boel kort en klein had geslagen. De ramen waren allemaal dichtgespijkerd.

Harry keek even naar Hermelien, die doodsbang leek maar knikte.

Harry hees zich uit het gat en staarde om zich heen. De kamer was verlaten maar rechts van hen stond een deur open, die naar een donker halletje leidde. Plotseling greep Hermelien Harry weer bij zijn arm en staarde met grote ogen naar de dichtgespijkerde ramen.

'Harry,' fluisterde ze, 'volgens mij zijn we in het Krijsende Krot.'

Harry keek om zich heen en zijn blik viel op een houten stoel die vlak naast hem stond. Er waren grote happen uit en een van de poten was finaal afgerukt.

'Dat is niet het werk van spoken,' zei hij langzaam.

Op dat moment hoorden ze iets kraken. Op de verdieping boven hen had er iets bewogen. Ze keken naar het plafond en Hermelien greep Harry's arm zo krampachtig beet dat hij bijna geen gevoel meer in zijn vingers had. Hij keek haar vragend aan; ze knikte en liet zijn arm los.

Zo stilletjes mogelijk slopen ze naar de hal en de gammele trap op. Alles zat dik onder het stof, behalve de vloer, waar een brede, glanzende baan aangaf dat er iets naar boven was gesleept.

Ze waren nu op de donkere overloop.

'Nox,' fluisterden ze tegelijk en de lichtjes aan de punt van hun toverstaf gingen uit. Er stond maar één deur open. Terwijl ze daar naartoe slopen, hoorden ze binnen iets bewegen. Er klonk zacht gekreun en toen een diep, hard gespin. Ze keken elkaar opnieuw even aan en knikten voor de laatste keer.

Met zijn toverstaf uitgestoken schopte Harry de deur open.

Op een schitterend hemelbed met stoffige gordijnen lag Knikkebeen, die nog harder begon te spinnen toen hij hen zag. En op de grond naast het bed zat Ron, met zijn handen om zijn been, dat er in een onnatuurlijke stand bij lag.

Harry en Hermelien stormden op hem af.

'Ron – is alles goed met je?'

'Waar is de hond?'

'Het is geen hond,' kreunde Ron, tandenknarsend van de pijn. 'Harry, het is een valstrik!'

'Wat –'

'Hij is de hond... hij is een Faunaat...'

Ron staarde langs Harry's schouder. Harry draaide zich bliksemsnel om. Met een klap sloeg de man die in de donkere hoek had gestaan de deur dicht.

Lange slierten smerig, klitterig haar hingen tot op zijn ellebogen. Als ze zijn ogen niet hadden zien smeulen in hun ingevallen, donkere kassen had hij net zo goed een lijk kunnen zijn. Zijn wasachtige huid spande zo strak om zijn botten dat zijn gezicht wel een schedel leek. Hij ontblootte zijn gelige tanden in een grijns. Het was Sirius Zwarts.

'*Expelliarmus!*' kraste hij en wees met Rons toverstaf.

De toverstokken van Harry en Hermelien schoten uit hun hand, zeilden door de lucht en werden door Zwarts opgevangen. Hij deed een stap naar voren en staarde Harry aan.

'Ik wist wel dat je je vriend zou komen helpen,' zei hij schor. Het was alsof hij zijn stem in tijden niet gebruikt had. 'Je vader zou voor mij hetzelfde hebben gedaan. Heel dapper van je om niet gauw een leraar te halen. Dat waardeer ik – het maakt alles een stuk makkelijker...'

De spottende opmerking over zijn vader weergalmde in Harry's oren alsof Zwarts hem uitgeschreeuwd had. Een intense haat kolkte door Harry's borst en liet geen ruimte meer over voor angst. Voor het eerst in zijn leven wilde hij dat hij zijn toverstok niet had om zich te verdedigen, maar om aan te vallen... om te doden. Zonder het te beseffen deed hij een stap naar voren, maar plotseling werd hij van links en rechts beetgepakt en door twee paar handen tegengehouden. 'Nee, Harry!' fluisterde Hermelien angstig, maar Ron richtte zich rechtstreeks tot Zwarts.

'Als je Harry wilt vermoorden, moet je dat ook met ons doen!' zei hij fel, hoewel hij twee keer zo bleek zag van de moeite die het hem had gekost om overeind te krabbelen. Hij stond een beetje te zwaaien.

Er flikkerde iets in de holle ogen van Zwarts.

'Ga liggen,' zei hij kalm tegen Ron. 'Zo wordt dat been er alleen maar erger op.'

'Hoor je me?' zei Ron zwakjes, ook al moest hij zich aan Harry vastklampen om overeind te blijven. 'Dan moet je ons alledrie vermoorden!'

'Er wordt hier vanavond maar één moord gepleegd,' zei Zwarts en zijn grijns werd breder.

'O ja? Hoezo?' snauwde Harry, die zich los probeerde te rukken.

'De vorige keer was je niet zo fijngevoelig. Toen vond je het helemaal niet erg om al die Dreuzels af te slachten, alleen om Pippeling te pakken te krijgen... Wat heb je? Ben je uit vorm geraakt in Azkaban?'

'Harry!' jammerde Hermelien. 'Hou je mond!'

'HIJ HEEFT M'N OUDERS VERMOORD!' brulde Harry, die zich met een uiterste krachtsinspanning van Ron en Hermelien losrukte en naar voren stormde –

Hij dacht even helemaal niet aan toverkunst en ook niet aan het feit dat hij klein en mager en dertien jaar oud was, en Zwarts lang en volwassen. Harry wist alleen dat hij Zwarts zo erg mogelijk wilde toetakelen en dat het hem niets kon schelen wat er met hemzelf gebeurde...

Misschien was hij verbijsterd dat Harry zoiets stoms deed, maar Zwarts hief de toverstokken niet op tijd op. Harry klemde zijn hand om Zwarts' broodmagere pols en duwde de punten van de stokken opzij; de knokkels van Harry's andere hand schampten Zwarts' slaap en ze vielen samen achterover tegen de muur –

Hermelien gilde; Ron schreeuwde; met een oogverblindende lichtflits braakten de toverstokken die Zwarts in zijn hand hield een regen van vonken uit, die Harry's gezicht op een haar na misten. Harry voelde de magere arm verwoed tegenstribbelen, maar hij bleef vasthouden en stompte Zwarts met zijn andere hand overal waar hij hem maar raken kon.

Maar Zwarts' vrije hand had Harry's keel gevonden.

'Nee!' siste hij. 'Ik heb te lang gewacht –'

Zijn greep werd steviger. Harry hapte naar lucht en zijn bril zakte scheef.

Opeens zag hij de voet van Hermelien langsflitsen. Zwarts liet Harry grommend van de pijn los. Ron had zich op de hand geworpen waarmee Zwarts de toverstokken vasthield en Harry hoorde een zwak gekletter.

Harry worstelde zich los uit de kluwen van lichamen, zag zijn eigen toverstaf over de grond rollen en sprong erop af, maar –

'Aau!'

Knikkebeen begon zich ook met het gevecht te bemoeien en begroef de nagels van zijn voorpoten in Harry's arm. Harry schudde hem af, maar Knikkebeen sprintte naar de toverstok van Harry –

'ROT OP!' brulde Harry en hij schopte zo venijnig naar Knikkebeen dat de kat blazend opzij sprong. Harry griste zijn toverstok van de vloer en draaide zich om.

'Uit de weg!' schreeuwde hij tegen Ron en Hermelien.

Dat hoefde hij geen twee keer te zeggen. Hermelien, die naar lucht hapte en een gespleten lip had, schoot haastig weg en greep de toverstokken van Ron en haarzelf. Ron kroop naar het hemelbed en viel slap en hijgend neer. Zijn doodsbleke gezicht had nu een groenachtige tint en hij hield zijn gebroken been met beide handen vast.

Zwarts lag languit bij de muur en zijn magere borst ging snel op en neer. Harry liep langzaam op hem af, met zijn toverstok recht op Zwarts hart gericht.

'Wou je me afmaken, Harry?' fluisterde Zwarts.

Harry bleef staan en keek op hem neer, met zijn toverstaf nog steeds op Zwarts' borst gericht. Zwarts had een lelijke, paarsblauwe plek rond zijn linkeroog en zijn neus bloedde.

'Jij hebt m'n ouders gedood,' zei Harry bevend, maar de hand waarmee hij zijn toverstok vasthield beefde niet.

Zwarts staarde hem met zijn holle ogen aan.

'Dat kan ik niet ontkennen,' zei hij zacht. 'Maar als je wist hoe het werkelijk gegaan was –'

'Werkelijk gegaan?' herhaalde Harry, met een luid gebonk in zijn oren. 'Je hebt ze aan Voldemort verraden! Meer hoef ik niet te weten!'

'Je moet naar me luisteren!' zei Zwarts op dringende toon. 'Als je dat niet doet, krijg je daar later spijt van! Je begrijpt het niet...'

'Ik begrijp een hoop meer dan je denkt,' zei Harry en zijn stem beefde erger dan ooit. 'Jij hebt haar nooit gehoord, hè? M'n moeder... toen ze probeerde te voorkomen dat Voldemort me zou vermoorden... en dat was jouw schuld... jouw schuld...'

Voor iemand een woord kon zeggen schoot er iets rossigs langs Harry's benen; Knikkebeen sprong op de borst van Zwarts en ging op de plaats van zijn hart liggen. Zwarts knipperde met zijn ogen en keek naar de kat.

'Maak dat je wegkomt,' prevelde hij en probeerde Knikkebeen weg te duwen. Maar die haakte zijn nagels in het gewaad van Zwarts en weigerde zich te verroeren. Hij keerde zijn lelijke, platgedrukte kop naar Harry en staarde hem aan met zijn enorme gele ogen. Hermelien stootte een droge snik uit.

Harry staarde naar Zwarts en Knikkebeen en greep zijn toverstok nog steviger beet. Dus die kat moest er ook aan. Nou en? Hij speelde onder één hoedje met Zwarts... als hij bereid was zijn leven te geven om Zwarts te beschermen, had hij pech gehad... dat Zwarts hem wilde redden toonde alleen maar aan dat hij meer om Knikkebeen gaf dan om Harry's ouders...

Harry hief zijn toverstok op. Nu moest hij het doen. Dit was het moment om zijn vader en moeder te wreken. Hij ging Zwarts doden. Hij moest Zwarts doden en dit was zijn kans...

De ene seconde volgde op de andere en nog steeds stond Harry daar, roerloos, met zijn toverstok gereed, terwijl Zwarts hem aanstaarde en Knikkebeen op zijn borst lag. Vanaf het hemelbed klonk Rons onregelmatige ademhaling, maar Hermelien was doodstil.

En toen hoorden ze een ander geluid – gedempte voetstappen – er kwam iemand de trap op.

'WE ZIJN HIER!' gilde Hermelien. 'BOVEN – MET SIRIUS ZWARTS – SNEL!'

Zwarts maakte een geschrokken beweging, zodat Knikkebeen bijna van zijn borst gleed; Harry greep zijn toverstok krampachtig beet – Doe het nu! zei een stem in zijn hoofd – maar de voetstappen daverden de trap op en nog steeds had Harry het niet gedaan.

De deur vloog in een wolk van rode vonken open en Harry draaide zich snel om toen professor Lupos de kamer kwam binnenstormen. Hij zag asgrauw en hij hield zijn toverstok in de aanslag. Zijn blik gleed naar Ron, die op het bed lag, naar Hermelien, die ineengedoken bij de deur zat, naar Harry, die zijn toverstok op Zwarts gericht hield en naar Zwarts zelf, die verfomfaaid en bebloed aan Harry's voeten lag.

'Expelliarmus!' riep Lupos.

Harry's toverstok vloog opnieuw uit zijn hand, net als de twee stokken die Hermelien vasthield. Lupos ving ze behendig op, kwam verder de kamer in en keek naar Zwarts. Knikkebeen lag nog steeds beschermend op zijn borst.

Harry voelde zich plotseling leeg. Hij had het niet gedaan. Hij had de moed niet kunnen opbrengen en nu zou Zwarts weer aan de Dementors uitgeleverd worden.

Met een stem die trilde van onderdrukte emotie zei Lupos: 'Waar is hij, Sirius?'

Harry keek snel naar Lupos. Hij had geen idee wat hij bedoelde. Over wie had Lupos het? Hij keek weer naar Zwarts.

Diens gezicht vertoonde geen enkele uitdrukking. Een paar tellen lang verroerde hij zich niet, maar toen hief hij heel langzaam zijn hand op en wees naar Ron. Harry keek onthutst naar Ron, die er zo te zien ook niets van begreep.

'Maar...' mompelde Lupos, die Zwarts indringend in de ogen keek, alsof hij zijn gedachten probeerde te lezen, '... waarom heeft hij zich zo lang schuilgehouden? Of –' Lupos sperde zijn ogen open, alsof hij iets achter Zwarts zag wat niemand anders kon zien, '– of is *hij* het geweest... heeft *hij* jouw plaats ingenomen en heb je dat nooit tegen mij gezegd?'

Zwarts knikte langzaam en hield zijn holle ogen op Lupos gericht.

'Professor Lupos,' viel Harry hem in de rede, 'wat moet dat –'

Maar die vraag werd nooit afgemaakt, want zijn stem stokte in zijn keel door wat hij zag. Lupos liet zijn toverstok zakken, liep naar Zwarts toe, pakte zijn hand, trok hem overeind zodat Knikkebeen op de grond viel en omhelsde hem alsof hij een lang verloren gewaande broer was.

Harry had het gevoel dat plotseling de bodem uit zijn maag was gevallen.

'DIT KAN NIET WAAR ZIJN!' gilde Hermelien.

Lupos liet Zwarts los, draaide zich om en keek haar aan. Ze was overeind gekomen en wees naar Lupos, met een verwilderde blik in haar ogen. 'U – u –'

'Hermelien –'

'U en hij –'

'Kalm, Hermelien –'

'Ik heb het tegen niemand gezegd!' krijste Hermelien. 'Ik heb u nog wel gedekt –'

'Hermelien, luister alsjeblieft!' riep Lupos. 'Ik kan het uitleggen –'

Harry voelde dat hij beefde, niet van angst maar door een nieuwe vlaag van woede.

'Ik vertrouwde u,' schreeuwde hij met een onbedwingbaar trillende stem tegen Lupos, 'maar de hele tijd was u zijn vriend!'

'Jullie vergissen je,' zei Lupos. 'Twaalf jaar lang zijn Sirius en ik geen vrienden geweest, maar nu weer wel... laat me het uitleggen...'

'NEE!' gilde Hermelien. 'Vertrouw hem niet, Harry! Hij heeft Zwarts geholpen om het kasteel binnen te komen! Hij wil je ook dood hebben – *hij is een weerwolf!*'

Er volgde een galmende stilte. Iedereen staarde naar Lupos, die opmerkelijk kalm leek, hoewel hij nogal bleek was.

'Niet je gebruikelijke niveau, Hermelien,' zei hij. 'Twee van de drie fout, ben ik bang. Ik heb Sirius niet geholpen om het kasteel binnen te komen en ik wil Harry zeker niet dood hebben...' Er ging een merkwaardige rilling over zijn gezicht. 'Maar ik zal niet ontkennen dat ik een weerwolf ben.'

Ron deed een dappere poging om op te staan, maar plofte met een kreet van pijn weer op bed neer. Lupos liep bezorgd naar hem toe, maar Ron zei hijgend: *Blijf uit m'n buurt, weerwolf!*'

Lupos bleef stokstijf staan. Hij wendde zich tot Hermelien, al kostte hem dat duidelijk moeite en zei: 'Hoe lang weet je dat?'

'Al tijden,' fluisterde Hermelien. 'Sinds dat werkstuk voor professor Sneep...'

'Dat zal hij fijn vinden,' zei Lupos koeltjes. 'Hij heeft jullie expres die opdracht gegeven, in de hoop dat iemand zou beseffen wat mijn symptomen betekenden. Realiseerde je je dat ik altijd ziek werd als het volle maan was? Of besefte je dat die Boeman in de maan veranderde als hij me zag?'

'Allebei,' zei Hermelien zacht.

Lupos lachte geforceerd.

'Je bent de slimste heks van je leeftijd die ik ooit heb ontmoet, Hermelien.'

'Helemaal niet,' fluisterde Hermelien. 'Als ik echt slim was geweest, had ik het direct aan iedereen verteld!'

'Maar ze weten het al,' zei Lupos. 'De leraren tenminste.'

'Heeft Perkamentus u aangenomen terwijl hij wist dat u een weerwolf was?' zei Ron perplex. 'Is hij gek of zo?'

'Dat dachten sommige leraren ook,' zei Lupos. 'Hij moest heel erg zijn best doen om bepaalde docenten ervan te overtuigen dat ik te vertrouwen was –'

'EN DAT HAD HIJ MIS!' schreeuwde Harry. 'WANT AL DIE TIJD HEEFT U HEM GEHOLPEN!' Hij wees op Zwarts, die op het hemelbed was neergeploft, met een bevende hand voor zijn gezicht. Knikkebeen sprong ook op bed en stapte spinnend op zijn schoot. Ron schoof zo ver mogelijk van hem vandaan, met een slepend been.

'Ik heb Sirius *niet* geholpen,' zei Lupos. 'Als je me de kans geeft, kan ik het uitleggen. Kijk –'

Hij haalde de toverstokken van Harry, Ron en Hermelien uit elkaar en gooide ze naar hun eigenaars. Verbouwereerd ving Harry zijn stok op.

'Alsjeblieft,' zei Lupos, die zijn eigen stok in zijn riem stak. 'Jullie zijn gewapend en wij niet. Zijn jullie nu bereid om te luisteren?'

Harry wist niet wat hij moest denken. Was het een truc?

'Hoe wist u dat hij hier was als u hem niet heeft geholpen?' zei hij met een woedende blik op Zwarts.

'Door de kaart,' zei Lupos. 'De Sluipwegwijzer. Ik zat er op mijn kamer naar te kijken –'

'Weet u dan hoe u hem moet gebruiken?' zei Harry achterdochtig.

'Natuurlijk weet ik hoe ik hem moet gebruiken!' zei Lupos met een ongeduldig gebaar. 'Ik heb ooit geholpen om hem te ontwerpen. Ik ben Maanling – zo noemden m'n vrienden me op school.'

'Heeft u hem *ontworpen?*'

'Het gaat erom dat ik die kaart vanavond goed in de gaten hield, omdat ik zo'n idee had dat jij, Ron en Hermelien misschien zouden proberen het kasteel uit te glippen om bij Hagrid langs te gaan voor zijn Hippogrief terechtgesteld werd. En dat voorgevoel was juist, nietwaar?'

Hij ijsbeerde door de kamer en keek hen aan. Stofwolkjes warrelden op rond zijn voeten.

'Je had dan misschien je vaders Onzichtbaarheidsmantel om –'

'Hoe weet u van die mantel?'

'Hoe vaak ik James daar niet onder heb zien verdwijnen...' zei Lupos, die opnieuw ongeduldig met zijn hand zwaaide. 'Het punt is dat je altijd zichtbaar blijft op de Sluipwegwijzer, zelfs als je een Onzichtbaarheidsmantel draagt. Ik zag jullie het terrein oversteken en het huisje van Hagrid binnengaan. Twintig minuten later vertrokken jullie weer en gingen op weg naar het kasteel, maar deze keer was er nog iemand anders bij.'

'Iemand anders?' zei Harry. 'Welnee!'

'Ik kon mijn ogen niet geloven!' zei Lupos, die nog steeds door de kamer ijsbeerde en Harry's uitroep negeerde. 'Ik dacht dat er iets mis was met die kaart. Hoe kon hij in vredesnaam bij jullie zijn?'

'Er was niemand bij ons!' zei Harry.

'En toen zag ik nog een stipje, dat razendsnel op jullie afkwam, een stipje met het opschrift Sirius Zwarts... ik zag hoe hij tegen jullie opbotste en twee van jullie meesleurde naar de Beukwilg –'

'Eén van ons!' zei Ron boos.

'Nee, Ron,' zei Lupos. 'Twee.'

Hij was blijven staan en keek Ron aan.

'Zou ik je rat even mogen zien?' vroeg hij kalm.

'Hoezo?' zei Ron. 'Wat heeft Schurfie ermee te maken?'

'Alles,' zei Lupos. 'Mag ik hem even zien?'

Ron aarzelde, maar stak toen zijn hand in zijn gewaad en haalde een wild spartelende Schurfie te voorschijn. Ron moest hem bij zijn lange, kale staart pakken om te voorkomen dat hij aan de haal ging. Knikkebeen kwam overeind op de schoot van Zwarts en maakte een zacht, blazend geluidje.

Lupos stapte naar Ron toe. Het was alsof hij zijn adem inhield terwijl hij Schurfie aandachtig bestudeerde.

'Wat is er?' zei Ron angstig en hij drukte Schurfie tegen zich aan. 'Wat heeft mijn rat met die toestand te maken?'

'Dat is geen rat!' kraste Sirius Zwarts plotseling.

'Hoe bedoel je – natuurlijk is het een rat –'

'Nee, dat is hij niet,' zei Lupos kalm. 'Hij is een tovenaar.'

'Een Faunaat,' zei Zwarts, 'genaamd Peter Pippeling.'

HOOFDSTUK 18

MAANLING, WORMSTAART, SLUIPVOET EN GAFFEL

*H*et duurde een paar seconden voor ze beseften hoe belachelijk die uitspraak was, maar toen verwoordde Ron Harry's gedachten.

'Jullie zijn niet goed bij je hoofd!'

'Belachelijk!' zei Hermelien flauwtjes.

'Peter Pippeling is dood!' zei Harry. 'Hij heeft hem twaalf jaar geleden vermoord!'

Hij wees op Zwarts, wiens gezicht krampachtig trok.

'Dat was ik wel van plan,' gromde hij met ontblote, gele tanden, 'alleen was die kleine Peter me te slim af... maar deze keer niet!'

Zwarts sprong plotseling op Schurfie af en Knikkebeen plofte op de grond; Ron gilde het uit van de pijn toen Zwarts met zijn volle gewicht op zijn gebroken been terechtkwam.

'Sirius, NEE!' schreeuwde Lupos. Hij dook op Zwarts en trok hem bij Ron weg. 'WACHT! Je kunt het niet zomaar doen – eerst moeten ze het begrijpen – we moeten het uitleggen –'

'Uitleggen komt later wel!' snauwde Zwarts, die Lupos af probeerde te schudden en met één hand door de lucht maaide, nog steeds proberend om Schurfie te grijpen. De rat piepte en krijste als een speenvarken en krabde Ron in zijn gezicht en hals in zijn pogingen om te ontsnappen.

'Ze – hebben – het – recht – om – het – te – weten!' hijgde Lupos, die Zwarts in bedwang trachtte te houden. 'Hij was Rons huisdier! Sommige dingen snap zelfs ik nog niet goed! En Harry – je bent Harry de ware toedracht verschuldigd, Sirius!'

Zwarts staakte zijn verzet, maar zijn holle ogen waren nog steeds op Schurfie gericht, die Ron stevig tegen zijn borst drukte met zijn gebeten, geschramde en bebloede handen.

'Goed dan,' zei Zwarts, die de rat strak in het oog hield. 'Vertel ze wat je wilt. Maar haast je, Remus. Ik wil de moord plegen waarvoor ik de bak ben ingedraaid...'

'Jullie zijn allebei zo gek als een deur!' zei Ron bibberig. Hij keek naar Harry en Hermelien voor hulp. 'Ik ben het zat. De groeten.'

Hij probeerde zich overeind te hijsen op zijn goede been, maar Lupos hief zijn toverstok op en richtte hem op Schurfie.

'Eerst luister je naar wat ik te zeggen heb, Ron,' zei hij kalm. 'En hou Peter goed vast.'

'HIJ HEET GEEN PETER MAAR SCHURFIE!' brulde Ron, die de rat in zijn borstzak probeerde te duwen. Schurfie stribbelde zo heftig tegen dat Ron wankelde en zijn evenwicht verloor, maar Harry ving hem op en duwde hem weer op het bed neer. Terwijl hij Zwarts negeerde zei Harry tegen Lupos: 'Er zijn getuigen die Pippeling hebben zien sterven. Een hele straat vol...'

'Ze zagen wat ze dachten te zien!' zei Zwarts woest, met zijn blik nog steeds op Schurfie, die in Rons handen spartelde.

'Iedereen dacht inderdaad dat Sirius Peter vermoord had,' zei Lupos knikkend. 'Dat dacht ik zelf ook – tot ik vanavond die kaart zag. De Sluipwegwijzer liegt niet, Harry... Peter leeft en Ron houdt hem in zijn handen.'

Harry keek naar Ron en toen hun blikken elkaar kruisten, zagen ze dat ze het over één ding eens waren: Lupos en Zwarts waren stapelgek. Hun verhaal sloeg helemaal nergens op. Hoe kon Schurfie in vredesnaam Peter Pippeling zijn? Zwarts moest toch krankzinnig zijn geworden in Azkaban – maar waarom speelde Lupos met hem mee?

Opeens zei Hermelien met bevende, geveinsd kalme stem, alsof ze Lupos daardoor kon dwingen om ook redelijk antwoord te geven: 'Maar professor Lupos... Schurfie kán Pippeling niet zijn... dat kan gewoon niet, echt niet...'

'En waarom niet?' zei Lupos even kalm, alsof ze in de klas waren en Hermelien slechts een probleempje had bij een experiment met Wierlingen.

'Omdat... omdat het bekend zou zijn als Peter Pippeling een Faunaat was geweest. We hebben Faunaten behandeld bij professor Anderling en toen ik mijn huiswerk deed, heb ik ze opgezocht – het Ministerie houdt bij welke heksen en tovenaars in dieren kunnen veranderen. Er is een register waarin staat wat voor dier ze worden en wat voor kenmerken ze hebben en zo... en toen ik professor Anderling opzocht in dat register, zag ik dat er deze eeuw maar zeven Faunaten zijn geweest en daar stond Pippeling niet bij.'

Harry had nauwelijks tijd om zich te verbazen over de hoeveelheid tijd en moeite die Hermelien in haar huiswerk stak, voor Lupos in lachen uitbarstte.

'Je hebt alweer gelijk, Hermelien!' zei hij. 'Alleen weet het Ministerie niet dat er ooit drie ongeregistreerde Faunaten op Zweinstein hebben rondgestruind.'

'Schiet een beetje op met je verhaal, Remus,' snauwde Zwarts, die nog steeds gefixeerd naar de wanhopig spartelende Schurfie staarde. 'Ik heb hier twaalf jaar op gewacht en nu is het genoeg geweest.'

'Goed... maar je moet me helpen, Sirius,' zei Lupos. 'Ik weet alleen hoe het allemaal begonnen is...'

Lupos deed er plotseling het zwijgen toe. Achter hem klonk een luid gekraak en de slaapkamerdeur zwaaide open. Lupos liep naar de deur en stak zijn hoofd om de hoek.

'Niemand...'

'Het spookt hier!' zei Ron.

'Welnee,' zei Lupos, die nog steeds peinzend naar de deur keek. 'Het heeft nooit gespookt in het Krijsende Krot... al dat gekrijs en gehuil dat de dorpelingen hoorden kwam van mij.'

Hij streek zijn grijzende haar uit zijn ogen, dacht even na en zei toen: 'Daar begint het in feite allemaal mee – toen ik een weerwolf werd. Het zou allemaal nooit gebeurd zijn als ik niet gebeten was... en als ik niet zo roekeloos was geweest...'

Hij maakte een vermoeide en ernstige indruk. Ron wilde hem in de rede vallen, maar Hermelien zei: 'Sssst!' Ze keek Lupos heel aandachtig aan.

'Ik was heel klein toen ik werd gebeten. Mijn ouders probeerden alles, maar in die tijd was er geen genezing mogelijk. De drank die professor Sneep voor me brouwt is een heel recente ontdekking. Dan word ik niet wild, snap je? Als ik de week voor het volle maan wordt die drank inneem, blijf ik bij mijn verstand als ik in een weerwolf verander... dan kan ik me als een gewone, onschadelijke wolf terugtrekken op mijn kamer en wachten tot de maan weer afneemt.

Voor die Wolfsworteldrank ontdekt werd, veranderde ik iedere maand in een onvervalst monster. Het leek ondenkbaar dat ik ooit naar Zweinstein zou kunnen gaan. Andere ouders zouden nooit willen dat hun kinderen aan mij blootgesteld werden. Maar toen werd Perkamentus schoolhoofd en hij voelde met me mee. Hij zei dat, als we bepaalde voorzorgsmaatregelen namen, er geen reden was waarom ik niet naar school zou kunnen komen...' Lupos zuchtte en keek Harry aan. 'Ik heb je maanden geleden verteld dat de Beukwilg is geplant in het jaar dat ik naar Zweinstein kwam. In werkelijkheid is hij geplant *omdat* ik naar Zweinstein kwam. Dit huis –' Lupos liet zijn blik triest door de kamer gaan, '– en de tunnel die er naartoe leidt, zijn speciaal voor mij gebouwd. Eens per maand werd ik het kasteel uitgesmokkeld om in dit huis in een weerwolf te kunnen veranderen. De boom werd boven de ingang van de tunnel geplant om te voorkomen dat iemand per ongeluk in mijn buurt zou komen als ik gevaarlijk was.'

Harry had geen idee waar dit verhaal heen ging, maar luisterde desondanks gefascineerd. Het enige geluid in de kamer, afgezien van de stem van Lupos, was het angstige gepiep van Schurfie.

'In die tijd waren mijn gedaanteverwisselingen echt – echt verschrikkelijk. Het is ontzettend pijnlijk om in een weerwolf te veranderen. Er waren geen mensen die ik kon bijten en daarom beet en krabde ik mezelf. De dorpelingen hoorden het lawaai en gekrijs en dachten dat het hier vreselijk spookte. Perkamentus stimuleerde dat gerucht... en zelfs nu, terwijl het huis al jaren leegstaat, durven de dorpsbewoners niet in de buurt te komen... Maar afgezien van die gedaanteverwisselingen was ik gelukkiger dan ooit tevoren. Voor het eerst in mijn leven had ik vrienden, drie goede vrienden. Sirius Zwarts... Peter Pippeling... en uiteraard jouw vader – James Potter.

Vanzelfsprekend merkten mijn drie vrienden al gauw dat ik eens in de maand een tijdje verdween. Ik verzon allerlei smoezen. Ik zei dat mijn moeder ziek was en dat ik daarom naar huis moest... ik was doodsbang dat ze niets meer met me te maken zouden willen hebben als ze erachter kwamen. Maar natuurlijk kregen ze het uiteindelijk toch in de gaten, net als jij, Hermelien...

En ze lieten me helemaal niet in de steek. Ze deden juist iets waardoor mijn gedaanteverwisselingen niet alleen draaglijk werden, maar de mooiste periode van mijn leven. Ze werden Faunaten.'

'Mijn vader ook?' zei Harry verbluft.

'Jazeker,' zei Lupos. 'Ze deden er bijna drie jaar over om uit te vogelen hoe dat moest. Je vader en Sirius waren de slimste leerlingen van de school en dat was maar goed ook, want gedaanteverwisselingen in dieren kunnen vreselijk mislopen – dat is een van de redenen waarom het Ministerie de mensen die dat proberen zo goed in de gaten houdt. Peter kon de hulp van Sirius en James maar al te goed gebruiken. Maar uiteindelijk, in ons vijfde jaar, slaagden ze erin. Ze konden zich alledrie naar believen in een dier veranderen.'

'Maar wat schoot u daarmee op?' vroeg Hermelien niet-begrijpend.

'Ze konden me als mensen geen gezelschap houden, maar wel als dieren,' zei Lupos. 'Een weerwolf is alleen gevaarlijk voor mensen. Elke maand slopen ze onder de Onzichtbaarheidsmantel van James het kasteel uit en veranderden dan in dieren... Peter was de kleinste en kon onder de zwiepende takken van de Beukwilg door glippen en op de knoest drukken die de boom tot stilstand brengt. Onder hun invloed werd ik ook minder gevaarlijk. Mijn lichaam was nog steeds dat van een wolf, maar mijn geest werd minder wolfachtig als zij bij me waren.'

'Schiet op, Remus,' snauwde Zwarts, die nog steeds met een vreselijk soort hunkering in zijn ogen naar Schurfie staarde.

'Ik ben er bijna, Sirius, ik ben er bijna... Nu, toen we allemaal in dieren konden veranderen, schiep dat allerlei opwindende mogelijkheden. Al gauw verlieten we het Krijsende Krot en zwierven we 's nachts over het kasteelterrein en door het dorp. Sirius en James waren zulke grote dieren dat ze een weerwolf in toom konden houden. Ik betwijfel of er ooit leerlingen van Zweinstein meer te weten zijn gekomen over het gebied rond het kasteel en over Zweinsveld dan wij... daarom konden we de Sluipwegwijzer maken, die we met onze bijnamen ondertekenden. Sirius is Sluipvoet, Peter is Wormstaart en James was Gaffel.'

'Wat voor soort dier –' begon Harry, maar Hermelien viel hem in de rede.

'Dat was nog steeds bloedlink! In het pikkedonker rondrennen met een weerwolf! Stel dat u de anderen had afgeschud en iemand gebeten had?'

'Een gedachte die me nog steeds kwelt,' zei Lupos somber. 'En vaak ging het ook maar op het nippertje goed, maar daar lachten we na afloop om. We waren jong en onbezonnen – we lieten ons meeslepen door onze eigen slimheid.

Soms voelde ik me uiteraard schuldig omdat ik het vertrouwen van Perkamentus had geschonden... hij had me toegelaten op Zweinstein, wat geen enkel ander schoolhoofd zou hebben gedaan, en hij had geen idee dat ik de regels die hij voor mijn eigen veiligheid en die van anderen had ingesteld met voeten trad. Hij heeft nooit geweten dat ik drie medeleerlingen ertoe heb aangezet om illegale Faunaten te worden. Maar ik slaagde er steeds weer in om mijn schuldgevoelens te vergeten als we bij elkaar kwamen om ons volgende avontuur te beramen. En in feite ben ik geen haar veranderd...'

Het gezicht van Lupos werd hard en er klonk afkeer door in zijn stem. 'Ik heb het hele jaar een strijd met mezelf gevoerd en me afgevraagd of ik niet tegen Perkamentus moest zeggen dat Sirius een Faunaat was. Maar dat heb ik niet gedaan. Waarom niet? Omdat ik te laf was. Dan had ik moeten toegeven dat ik zijn vertrouwen had geschonden toen ik op school zat en dat ik anderen op het verkeerde pad had gebracht... en het vertrouwen van Perkamentus is alles voor me geweest. Hij heeft me als jongen op Zweinstein toegelaten en me nu een baan gegeven, terwijl ik mijn hele volwassen leven al gemeden word en geen betaald werk kan krijgen door wat ik ben. Daarom maakte ik mezelf wijs dat Sirius had weten binnen te dringen met behulp van de duistere magie die hij van Voldemort had geleerd en dat het feit dat hij een Faunaat was er niets mee te maken had... dus in zekere zin heeft Sneep het de hele tijd bij het rechte eind gehad.'

'Sneep?' zei Zwarts scherp. Voor het eerst scheurde hij zijn blik los van Schurfie en keek hij Lupos aan. 'Wat heeft Sneep ermee te maken?'

'Die is hier ook, Sirius,' zei Lupos somber. 'Hij geeft ook les aan Zweinstein.' Hij keek Harry, Ron en Hermelien aan.

'Professor Sneep heeft samen met ons op school gezeten en zich uit alle macht tegen mijn aanstelling tot leraar Verweer tegen de Zwarte Kunsten verzet. Hij beweert al het hele jaar tegen Perkamentus dat ik niet te vertrouwen ben en daar heeft hij zo zijn redenen voor... Sirius heeft namelijk ooit een grap met hem uitgehaald die bijna zijn dood werd, een grap waar ik ook bij betrokken was –'

Zwarts maakte een schamper geluid.

'Zijn verdiende loon!' sneerde hij. 'Altijd maar achter ons aan sluipen om uit te vissen wat we in ons schild voerden, in de hoop dat we van school gestuurd zouden worden...'

'Severus was vreselijk nieuwsgierig waar ik elke maand heen ging,' zei Lupos tegen Harry, Ron en Hermelien. 'We zaten in hetzelfde jaar en – eh – waren niet bepaald goede maatjes. Vooral James kon hij niet uitstaan. Volgens mij was hij jaloers omdat James zo goed was in Zwerkbal... maar enfin, op een avond had Sneep me samen met madame Plijster naar de Beukwilg zien lopen toen het bijna tijd was voor mijn gedaanteverwisseling. Sirius dacht dat het – eh – grappig zou zijn om aan Sneep te verklappen dat hij slechts met een lange stok op die knoest hoefde te drukken en dat hij me dan kon volgen. Uiteraard probeerde Sneep dat – en als hij in dit huis was aangekomen, zou hij oog in oog hebben gestaan met een volwassen weerwolf. Maar je vader hoorde wat Sirius had gedaan, ging achter Sneep aan en sleurde hem met gevaar voor eigen leven terug... Sneep ving alleen wel een glimp van me op aan het einde van de tunnel. Perkamentus verbood hem om er ooit iets over te zeggen, maar vanaf dat moment wist hij wat ik was...'

'Dus daarom heeft Sneep zo'n hekel aan u?' zei Harry langzaam. 'Omdat hij dacht dat u ook op de hoogte was van die grap?'

'Dat klopt,' sneerde een kille stem achter Lupos.

Het was Severus Sneep, die de Onzichtbaarheidsmantel van zich af liet glijden en zijn toverstaf op Lupos richtte.

HOOFDSTUK 19

DE DIENAAR VAN HEER VOLDEMORT

*H*ermelien gilde, Zwarts sprong overeind en Harry had het gevoel alsof hij een elektrische schok had gehad.

'Dit lag aan de voet van de Beukwilg,' zei Sneep, die de mantel afwierp maar zijn toverstok op de borst van Lupos gericht hield. 'Hij kwam heel goed van pas, Potter. Bedankt...'

Sneep was een beetje buiten adem, maar zijn gezicht straalde triomf uit. 'Je vraagt je misschien af hoe ik wist dat je hier was?' zei hij met fonkelende ogen. 'Ik was net in je kamer, Lupos. Je was vergeten je Toverdrank in te nemen en daarom besloot ik je een beker vol te brengen. En dat was maar goed ook... goed voor mij, bedoel ik. Op je bureau lag een kaart en na één blik wist ik alles wat ik weten moest. Ik zag je door de tunnel rennen en uit het zicht verdwijnen...'

'Severus –' begon Lupos, maar Sneep onderbrak hem.

'Ik heb al zo vaak tegen Perkamentus gezegd dat jij je oude maatje Zwarts hielp om het kasteel binnen te komen en nu heb ik het bewijs. Alleen had zelfs ik niet gedacht dat je het lef zou hebben om dit oude krot weer als schuilplaats te gebruiken.'

'Severus, je vergist je,' zei Lupos dringend. 'Je hebt niet alles gehoord – ik kan het uitleggen – Sirius is hier niet om Harry te vermoorden –'

'Twee klanten voor Azkaban,' zei Sneep met een fanatieke schittering in zijn ogen. 'Ik ben benieuwd hoe Perkamentus reageert... hij was er echt van overtuigd dat je geen kwaad kon, Lupos... een *tamme* weerwolf...'

'Stomme idioot,' zei Lupos zacht. 'Is een grief uit je schooltijd echt belangrijk genoeg om een onschuldig iemand naar Azkaban terug te sturen?'

BENG! Dunne, slangachtige touwen schoten uit de punt van Sneeps toverstok en wonden zich om de enkels, polsen en mond van Lupos; hij verloor zijn evenwicht, viel op de grond en kon geen vin meer verroeren. Zwarts wilde met een brul van woede op Sneep af springen, maar die richtte zijn toverstok tussen de ogen van Zwarts.

'Geef me een excuus,' fluisterde hij. 'Geef me een excuus en ik doe het, dat zweer ik.'

Zwarts bleef stokstijf staan. Het was onmogelijk te zeggen welk gezicht meer haat uitstraalde.

Harry keek als verlamd toe en wist niet wat hij moest doen of wie hij moest geloven. Hij wierp een blik op Ron en Hermelien. Ron leek even verward als hij en moest nog steeds de grootst mogelijke moeite doen om Schurfie in bedwang te houden. Hermelien deed een weifelende stap in de richting van Sneep en zei ademloos: 'Professor Sneep – het – het kan toch geen kwaad om eerst te luisteren naar wat – wat ze te zeggen hebben?'

'Juffrouw Griffel, u loopt nu al grote kans om van school gestuurd te worden,' beet Sneep haar toe. 'Potter, Wemel en u bevinden zich op verboden terrein en verkeren in het gezelschap van een veroordeelde moordenaar en een weerwolf. Hou nou voor één keer in uw leven eindelijk eens uw *mond*!'

'Maar als – als er echt sprake is van een misverstand –'

'HOU JE MOND, STOMME TROELA!' schreeuwde Sneep, die plotseling compleet gestoord leek. 'BEMOEI JE NIET MET ZAKEN DIE JE NIET BEGRIJPT!' Er schoten een paar vonken uit zijn toverstok, die nog steeds op het gezicht van Zwarts gericht was. Hermelien deed er het zwijgen toe.

'Mijn wraak is heel zoet!' fluisterde Sneep tegen Zwarts. 'Wat heb ik vaak gehoopt dat ik degene zou zijn die je te pakken kreeg...'

'Ik moet je helaas teleurstellen, Severus!' gromde Zwarts. 'Als deze jongen zijn rat mag meenemen naar het kasteel –' hij gebaarde met zijn hoofd naar Ron, '– ga ik vrijwillig met je mee.'

'Naar het kasteel?' zei Sneep zacht maar venijnig. 'Zo ver hoeven we denk ik niet te gaan. Zodra we uit de Beukwilg komen, hoef ik alleen de Dementors te roepen. Die zullen vast heel blij zijn je te zien, Zwarts... misschien wel zó blij dat ze je een kusje geven...'

De weinige kleur op het gelaat van Zwarts trok weg.

'Je – je moet naar me luisteren!' kraste hij. 'Die rat – kijk dan naar die rat –'

Maar Sneep had een soort krankzinnige schittering in zijn ogen die Harry nog niet eerder had gezien. Hij leek niet voor rede vatbaar.

'Meekomen, allemaal,' zei hij. Hij knipte met zijn vingers en de uiteinden van de touwen waarmee Lupos was vastgebonden vlogen in zijn handen. 'Ik sleep die weerwolf wel mee. Wie weet hebben de Dementors voor hem ook een kus in petto –'

Voor hij goed en wel besefte wat hij deed, was Harry in drie grote passen bij de deur en versperde Sneep de weg.

'Opzij, Potter. Je zit al diep genoeg in de puree,' beet Sneep hem toe. 'Als ik je hachje niet gered had –'

'Professor Lupos had me dit jaar al honderd keer kunnen vermoorden,' zei Harry. 'Ik ben zo vaak met hem alleen geweest, als hij me leerde hoe ik me moest verdedigen tegen de Dementors. Als hij met Zwarts onder één hoedje speelde, waarom heeft hij me dan niet meteen afgemaakt?'

'Vraag me niet om de motieven van een weerwolf te doorgronden,' siste Sneep. 'Uit de weg, Potter!'

'U BENT GEWOON ZIELIG!' schreeuwde Harry. 'ALLEEN OMDAT ZE U VROEGER OP SCHOOL VOOR GEK HEBBEN GEZET WILT U NIET LUISTEREN –'

'ZWIJG! ZO WENS IK NIET TOEGESPROKEN TE WORDEN!' krijste Sneep, woedender dan ooit. 'Zo vader, zo zoon, Potter! Ik heb net je leven gered en je zou me eigenlijk op je blote knieën moeten danken! Het zou je verdiende loon zijn geweest als hij je vermoord had! Dan zou je net zo zijn gestorven als je vader, die ook te arrogant was om te geloven dat hij zich in Zwarts kon vergissen – en nu ga je opzij of anders dwing ik je. OPZIJ, POTTER!'

Harry nam in een fractie van een seconde een beslissing. Voor Sneep ook maar één stap in zijn richting kon doen, had hij zijn toverstok al opgeheven.

'Expelliarmus!' schreeuwde hij – alleen was zijn stem niet de enige die dat riep. Er klonk zo'n oorverdovende knal dat de deur ervan rammelde; Sneep werd van de grond gelicht, knalde tegen de muur en zakte langzaam in elkaar, terwijl er een dun straaltje bloed onder zijn haar uitsijpelde. Hij was buiten westen.

Harry keek om. Ron en Hermelien hadden op precies hetzelfde moment ook geprobeerd Sneep te ontwapenen. Diens toverstaf vloog in een boog door de lucht en landde op het bed naast Knikkebeen.

'Dat had je niet moeten doen,' zei Zwarts, die Harry aankeek. 'Je had hem aan mij moeten overlaten...'

Harry ontweek Zwarts' blik. Zelfs nu was hij er nog steeds niet van overtuigd of hij wel juist had gehandeld.

'We hebben een leraar aangevallen... we hebben een leraar aangevallen...' jammerde Hermelien zachtjes en ze staarde met grote angstogen naar de bewusteloze Sneep. 'O, nou zwaait er wat voor ons –'

Lupos probeerde zich uit zijn boeien te bevrijden. Snel bukte Zwarts en maakte hem los. Lupos kwam overeind en wreef over zijn armen, waar de touwen in zijn vlees hadden gesneden.

'Dank je, Harry,' zei hij.

'Ik zeg nog steeds niet dat ik u geloof,' antwoordde Harry.

'Dan wordt het tijd dat we het bewijs leveren,' zei Zwarts. 'Jij daar, jongen – geef Peter aan mij. Kom op!'

Ron drukte Schurfie nog dichter tegen zijn borst.

'Schei toch uit!' zei hij zwakjes. 'Wou je echt beweren dat je speciaal ontsnapt bent om *Schurfie* te pakken kunnen krijgen? Ik bedoel...' Hij zocht steun bij Harry en Hermelien. 'Oké, stel dat Pippeling zich inderdaad in een rat kon veranderen. Er zijn miljoenen ratten! Hoe kan hij nou geweten hebben welke rat hij precies moest hebben als hij in Azkaban gevangen zat?'

'Dat is een redelijke vraag, Sirius,' zei Lupos, die Zwarts met lichtelijk gefronst voorhoofd aankeek. 'Hoe ben je er eigenlijk achter gekomen waar Peter was?'

Zwarts stak een klauwachtige hand in zijn gewaad en haalde een verfomfaaid papiertje tevoorschijn dat hij gladstreek en omhooghield, zodat de anderen het konden bekijken.

Het was de foto van Ron en zijn familie die vorige zomer in de *Ochtendprofeet* had gestaan en daar, op Rons schouder, zat – Schurfie.

'Hoe kom je daaraan?' vroeg Lupos verbijsterd aan Zwarts.

'Van Droebel,' zei Zwarts. 'Toen hij vorig jaar op inspectie in Azkaban was, heeft hij me z'n krant gegeven. En daar stond Peter, op de voorpagina... op de schouder van die jongen... ik herkende hem meteen... hoe vaak had ik hem niet in een rat zien veranderen? En volgens het onderschrift zou die jongen na de vakantie teruggaan naar Zweinstein... waar Harry was...'

'Mijn God,' zei Lupos zacht. Hij staarde van Schurfie naar de foto in de krant en weer terug. 'Z'n voorpoot...'

'Wat is daarmee?' zei Ron uitdagend.

'Hij mist een teen,' zei Zwarts.

'Maar natuurlijk!' fluisterde Lupos. 'Zo simpel... *briljant*... heeft hij die zelf afgesneden?'

'Vlak voor hij van gedaante veranderde,' zei Zwarts. 'Toen ik hem in het nauw had gedreven schreeuwde hij dat ik Lily en James had verraden, zodat iedereen het kon horen en voor ik hem kon vervloeken, blies hij de straat op met zijn toverstok, die hij achter zijn rug hield. Binnen een straal van zeven meter werd iedereen aan stukken gereten – en hij vluchtte snel het riool in, met de andere ratten...'

'Heb je dat nooit gehoord, Ron?' zei Lupos. 'Het grootste stuk dat ze van Peter hebben teruggevonden was een vinger...'

'Waarschijnlijk heeft Schurfie gewoon met een andere rat gevochten of zo! Hij woont al tijden bij ons, al minstens –'

'Twaalf jaar, om precies te zijn,' zei Lupos. 'Vond je het nooit vreemd dat hij zo lang bleef leven?'

'We – we hebben altijd goed voor hem gezorgd!' zei Ron.

'Maar momenteel ziet hij er niet al te best uit, hè?' zei Lupos. 'Ik wil wedden dat hij gewicht begon te verliezen zodra hij hoorde dat Sirius op vrije voeten was...'

'Hij was bang voor die dolle kat!' zei Ron met een gebaar naar Knikkebeen, die nog steeds spinnend op bed lag.

Maar dat klopte niet, bedacht Harry... Schurfie had er al slecht uitgezien voor hij Knikkebeen ooit gezien had... vanaf het moment dat Ron uit Egypte was teruggekeerd... vanaf het moment dat Zwarts ontsnapt was...

'Die kat is niet dol,' zei Zwarts schor. Hij stak een knokige hand uit en aaide Knikkebeen over zijn pluizige kop. 'Hij is de slimste kat die ik ooit ontmoet heb. Hij herkende Peter meteen voor wat hij was. En toen hij mij zag, wist hij dat ik geen echte hond was. Het duurde een tijdje voor hij me vertrouwde, maar uiteindelijk wist ik hem duidelijk te maken wat ik wilde en sindsdien heeft hij me geholpen...'

'Hoe bedoel je?' fluisterde Hermelien.

'Hij heeft geprobeerd Peter voor me te vangen, maar dat lukte niet... en toen heeft hij de wachtwoorden van de toren van Griffoendor gestolen... die lagen op het nachtkastje van een of andere leerling, heb ik begrepen...'

Harry had het gevoel alsof zijn hersens bezweken onder het gewicht van alles wat hij gehoord had. Het was absurd... en toch...

'Maar Peter kreeg door wat er aan de hand was en nam de benen. Deze kat – Knikkebeen, heet hij zo? – zei dat Peter bloedvlekken op de lakens had gemaakt... hij zal zichzelf wel gebeten hebben... ik bedoel, zijn eigen dood in scène zetten had al een keer eerder gewerkt...'

Door die woorden kwam Harry met een schok weer bij zinnen.

'En waarom deed hij alsof hij dood was?' zei hij woedend. 'Omdat hij wist dat jij hem wilde vermoorden, net zoals je mijn ouders hebt vermoord!'

'Nee,' zei Lupos. 'Harry –'

'En nu kom je het karwei afmaken!'

'Inderdaad,' zei Zwarts, met een boosaardige blik op Schurfie.

'Dan had ik je door Sneep moeten laten meenemen!' schreeuwde Harry.

'Harry!' zei Lupos haastig, 'snap je het dan niet? We dachten de hele tijd dat Sirius je ouders verraden had en dat Peter hem had opgespoord – maar het was precies andersom! *Peter* heeft je vader en moeder verraden en Sirius heeft *Peter* opgespoord –'

'NIET WAAR!' schreeuwde Harry. 'HIJ WAS HUN GEHEIMHOUDER! DAT GAF HIJ ZELF TOE VOOR JIJ KWAM! HIJ ZEI DAT HIJ ZE VERMOORD HAD!'

Hij wees op Zwarts, die langzaam zijn hoofd schudde; zijn holle ogen glansden plotseling vochtig.

'Harry... ik ben verantwoordelijk voor hun dood,' zei hij schor. 'Ik had Lily en James overgehaald om op het laatste moment voor Peter te kiezen, om hem tot Geheimhouder te benoemen in plaats van mij... het is allemaal mijn schuld, ik weet het... ik had afgesproken dat ik op de avond van hun dood bij Peter langs zou gaan om te kijken of alles in orde was, maar toen ik bij zijn schuilplaats kwam was hij verdwenen. Niets wees op een worsteling en dat zat me niet lekker. Ik was bang. Ik ging direct naar het huis van je ouders en toen ik dat in puin zag liggen – en hun lijken – besefte ik wat Peter gedaan moest hebben. Wat ik gedaan had.'

Zijn stem stokte en hij wendde zijn blik af.

'Genoeg!' zei Lupos, met een metaalachtige klank in zijn stem die Harry nog niet eerder had gehoord. 'Er is maar één manier om te bewijzen wat er echt gebeurd is. Ron, *geef me die rat*.'

'Wat gaat u met hem doen als ik hem geef?' vroeg Ron gespannen.

'Hem dwingen om zijn ware gedaante aan te nemen,' zei Lupos. 'Als hij werkelijk een rat is, blijft hij ongedeerd.'

Ron aarzelde, maar ten slotte reikte hij Schurfie aan en Lupos pakte hem beet. Schurfie begon aan één stuk door te piepen, spartelend en tegenstribbelend. Zijn zwarte oogjes puilden uit zijn kop.

'Klaar, Sirius?' vroeg Lupos.

Zwarts had de stok van Sneep van het bed gepakt. Hij liep naar Lupos en de worstelende rat en zijn vochtige ogen leken te smeulen in zijn ingevallen gezicht.

'Tegelijk?' zei hij zacht.

'Lijkt me wel,' zei Lupos. Hij hield Schurfie met één hand stevig vast en met de andere hief hij zijn toverstaf. 'Ik tel tot drie. Een – twee – DRIE!'

Er spoot een blauwwitte lichtflits uit hun toverstokken en even leek Schurfie in de lucht te zweven, terwijl zijn zwarte lijfje wanhopig spartelde. Ron schreeuwde – de rat viel op de grond – er volgde een tweede oogverblindende lichtflits en toen – Het was alsof ze naar een versneld afgespeelde film van een groeiende boom keken. Er schoot een hoofd omhoog; ledematen namen vorm aan en een paar tellen later stond er een man op de plaats waar Schurfie had gelegen, een man die angstig handenwringend terugdeinsde. Knikkebeen gromde en blies en zijn haren stonden overeind.

Het was een klein mannetje, nauwelijks groter dan Harry of Hermelien. Zijn dunne, kleurloze haar was onverzorgd en hij had een grote, kale plek op zijn kruin. Hij had het ongezonde, ingevallen uiterlijk van een mollig iemand die in korte tijd sterk vermagerd is. Zijn huid was groezelig, net als de vacht van Schurfie en je zag ratachtige trekjes rond zijn smalle puntneus en zijn waterige oogjes. Hij keek iedereen vlug even aan en zijn ademhaling ging snel en jachtig. Harry zag zijn blik naar de deur heen en weer flitsen.

'Hé, hallo, Peter!' zei Lupos minzaam, alsof er regelmatig ratten in oude schoolkameraden veranderden. 'Dat is lang geleden!'

'S-Sirius... R-Remus...' Zelfs de stem van Pippeling klonk pieperig. Zijn blik gleed weer naar de deur. 'M'n beste vrienden... m'n oude kameraden...'

Zwarts hief zijn toverstok op, maar Lupos greep zijn pols, keek hem waarschuwend aan en richtte zich weer tot Pippeling. Zijn stem was luchtig en nonchalant.

'We zaten ons net af te vragen wat er precies gebeurd is op de nacht dat James en Lily Potter om het leven zijn gekomen, Peter. Misschien heb je de fijnere details gemist terwijl je daar op bed lag te piepen –'

'Remus,' bracht Pippeling moeizaam uit en Harry zag zweetdruppeltjes parelen op zijn ongezond bleke gezicht, 'je gelooft hem toch niet, hè... hij heeft geprobeerd me te vermoorden, Remus...'

'Dat hebben we gehoord, ja,' zei Lupos koeltjes. 'Ik zou graag over een paar dingen duidelijkheid willen hebben, Peter –'

'En nu komt hij het opnieuw proberen!' krijste Pippeling plotseling. Hij wees naar Zwarts en Harry zag dat hij zijn middelvinger ge-

276

bruikte omdat hij geen wijsvinger had. 'Hij heeft Lily en James vermoord en nu komt hij mij vermoorden... je moet me helpen, Remus...'

Het gezicht van Zwarts leek meer op een doodshoofd dan ooit terwijl hij Pippeling aanstaarde met zijn onpeilbare ogen.

'Niemand zal je vermoorden zolang er nog dingen niet zijn opgehelderd, Peter,' zei Lupos.

'Opgehelderd?' piepte Pippeling, die weer wild om zich heen keek. Zijn blik gleed opnieuw van de dichtgespijkerde ramen naar de enige deur. 'Ik wist dat hij zou proberen om me te vermoorden! Ik wist dat hij het op me gemunt had. Daar ben ik twaalf jaar lang bang voor geweest!'

'Je wist dat Sirius uit Azkaban zou ontsnappen?' zei Lupos fronsend. 'Terwijl dat nog nooit iemand gelukt was?'

'Hij beschikt over duistere krachten waar gewone stervelingen geen weet van hebben!' riep Pippeling schril. 'Hoe kan hij anders ontsnapt zijn? Ik denk dat Hij Die Niet Genoemd Mag Worden hem de nodige trucjes heeft geleerd!'

Zwarts begon te lachen; een afschuwelijke, vreugdeloze lach die de hele kamer vulde.

'Voldemort heeft *mij* trucjes geleerd?' zei hij.

Pippelings gezicht vertrok, alsof Zwarts hem met een zweep had bedreigd.

'Wat, vind je het niet leuk om de naam van je oude meester te horen?' zei Zwarts. 'Dat kan ik je niet kwalijk nemen, Peter. Zijn trawanten hebben nog een appeltje met je te schillen, hè?'

'Ik weet niet – wat je bedoelt, Sirius,' mompelde Pippeling. Zijn ademhaling was jachtiger dan ooit en zijn hele gezicht glom van het zweet.

'Je hebt je niet twaalf jaar lang schuilgehouden voor *mij*, maar voor de oude volgelingen van Voldemort,' zei Zwarts. 'Ik heb dingen gehoord in Azkaban, Peter... Het is dat ze denken dat je dood bent, anders zou je het met ze aan de stok krijgen... Ik heb ze van alles horen gillen in hun slaap. Blijkbaar denken ze dat de verrader van de Potters hen ook verraden heeft. Voldemort ging naar de Potters nadat jij had gepraat... en dat werd zijn ondergang. En niet alle volgelingen van Voldemort zijn in Azkaban beland, nietwaar? Er lopen er meer dan genoeg rond die beterschap hebben beloofd en andere tijden afwachten. Als die ooit te horen krijgen dat je nog leeft...'

'Ik weet niet... waar je het over hebt,' piepte Pippeling weer, schriller dan ooit. Hij veegde zijn gezicht af met zijn mouw en keek naar Lupos. 'Jij gelooft al dat – al dat geraaskal toch niet, Remus?'

'Ik moet toegeven dat ik maar moeilijk kan begrijpen waarom een onschuldig iemand twaalf jaar lang als rat door het leven zou willen gaan, Peter,' zei Lupos kalm.

'Onschuldig maar bang!' piepte Pippeling. 'Als de volgelingen van Voldemort het inderdaad op mij gemunt hebben, is dat omdat door mijn toedoen een van hun beste mensen in Azkaban is beland – de spion Sirius Zwarts!'

Het gezicht van Zwarts vertrok.

'Hoe durf je!' gromde hij en plotseling klonk hij als de reusachtige hond die hij geweest was. 'Ik, spioneren voor Voldemort? Wanneer heb ik ooit rondgehangen bij mensen die groter en machtiger waren dan ik? Maar jij, Peter – ik zal nooit begrijpen waarom ik niet direct heb ingezien dat jij de spion was. Je hield altijd al van grote vrienden die iets voor je konden betekenen, nietwaar? Eerst waren wij dat... Remus en ik... en James...'

Pippeling veegde zijn gezicht weer af en hapte naar adem.

'Ik, een spion... je bent niet goed snik... geen sprake van... snap niet hoe je zoiets kunt –'

'Lily en James hebben jou alleen tot Geheimhouder benoemd omdat ik dat had voorgesteld!' siste Zwarts zo venijnig dat Pippeling onwillekeurig terugdeinsde. 'Ik dacht dat dat het volmaakte plan was... perfecte bluf. Voldemort zou dan vast en zeker achter mij aan gaan en het zou nooit bij hem opkomen dat ze zo'n zwak, talentloos stuk verdriet als jij zouden gebruiken... dat moet het mooiste moment van je ellendige leventje zijn geweest, toen je tegen Voldemort zei dat je de Potters aan hem kon uitleveren.'

Pippeling stond nerveus te mompelen en Harry ving woorden op als 'vergezocht' en 'waanzin', maar desondanks had hij meer aandacht voor Pippelings asgrauwe gezicht en de manier waarop zijn blik steeds naar de ramen en de deur flitste.

'Professor Lupos?' zei Hermelien timide. 'Mag – mag ik iets vragen?'

'Natuurlijk, Hermelien,' zei Lupos beleefd.

'Nou – Schurfie – ik bedoel, die – die man daar – heeft drie jaar lang bij Harry op de zaal geslapen. Als hij werkelijk voor Jeweetwel werkt, waarom heeft hij dan nooit eerder geprobeerd om Harry kwaad te doen?'

'Zie je wel!' riep Pippeling schril en hij gebaarde met zijn verminkte hand naar Hermelien. 'Bedankt! Zie je wel, Remus? Ik heb Harry nooit een haar gekrenkt! En waarom zou ik ook?'

'Dat zal ik je zeggen,' zei Zwarts. 'Omdat je nooit iets voor iemand anders deed, behalve als je daar zelf beter van werd. Voldemort is nu al twaalf jaar ondergedoken en ze zeggen dat hij halfdood is. Je was heus niet van plan om onder de neus van Albus Perkamentus een moord te plegen ten behoeve van het zielige restje van een tovenaar die al zijn macht was kwijtgeraakt. Nee, je wilde er zeker van zijn dat hij weer de grootste bullebak van de speelplaats was voor je naar hem terugging. Waarom ben je anders juist bij een tovenaarsgezin gaan wonen? Je wilde van het laatste nieuws op de hoogte blijven, nietwaar Peter? Voor het geval je oude beschermheer zou herrijzen en het weer veilig zou zijn om je bij hem aan te sluiten...'

Pippeling deed zijn mond diverse keren open en dicht, maar scheen geen woord te kunnen uitbrengen.

'Eh – meneer Zwarts – Sirius?' zei Hermelien bedeesd.

Zwarts keek Hermelien met grote ogen aan, alsof hij allang was vergeten hoe het was om beleefd aangesproken te worden.

'Mag ik vragen – hoe bent u uit Azkaban ontsnapt als u geen Duistere Magie hebt gebruikt?'

'Dank je!' zei Pippeling en hij knikte haar heftig toe. 'Precies! Dat wou ik nou ook –'

Lupos legde hem met één blik het zwijgen op. Zwarts keek Hermelien met gefronst voorhoofd aan; niet omdat hij boos was, maar omdat hij diep nadacht.

'Ik weet zelf niet meer hoe me dat gelukt is,' zei hij langzaam. 'Volgens mij is de enige reden dat ik nooit krankzinnig geworden ben het feit dat ik wist dat ik onschuldig was. Dat was niet bepaald een gelukkige gedachte en dus konden de Dementors die ook niet uit me wegzuigen... maar daardoor bleef ik wel bij m'n verstand en wist ik nog steeds wie ik was... dat hielp me om mijn toverkracht te behouden, zodat ik... als het me allemaal te... te veel werd... in mijn cel van gedaante kon veranderen... een hond kon worden. Dementors kunnen niet zien, weet je... ' Hij slikte. 'Ze voelen waar mensen zijn doordat ze hun emoties registreren... ze merkten natuurlijk dat mijn emoties minder – minder menselijk, minder complex waren als ik een hond was... maar ze dachten uiteraard dat ik gek begon te worden, net als de andere gevangenen en daarom maakten ze zich niet druk. Maar ik was zwak, heel zwak en ik kon ze onmogelijk verdrijven zonder toverstok...

En toen zag ik die foto van Peter in de krant... ik besefte dat hij op Zweinstein was, bij Harry... in de volmaakte positie om toe te slaan als hij het minste of geringste gerucht hoorde dat de Duistere Zijde weer aan kracht begon te winnen...'

Pippeling schudde zijn hoofd en zijn mond bewoog geluidloos, maar hij staarde Zwarts aan alsof hij gehypnotiseerd was.

'... klaar om toe te slaan zodra hij zeker wist dat hij weer mede-standers had... aan wie hij de laatste Potter kon uitleveren. Als hij zorgde dat ze Harry in handen kregen, zou niemand nog durven zeggen dat hij Heer Voldemort verraden had. Dan zou hij met open armen ontvangen worden... Ik besefte dat ik iets moest doen. Ik was de enige die wist dat Peter nog leefde...'

Harry herinnerde zich wat meneer Wemel tegen zijn vrouw had gezegd: 'De cipiers zeiden dat Zwarts al een tijdje praatte in zijn slaap... steeds hetzelfde zinnetje... "Hij is op Zweinstein".'

'Het was alsof iemand een vuur in mijn hoofd had aangestoken dat zelfs de Dementors niet konden doven... dat was ook geen gelukkig gevoel... meer een obsessie... maar het schonk me wel nieuwe kracht. Ik ging er helderder door denken. Toen ze op een avond mijn cel-deur opendeden om eten te brengen, glipte ik in de gedaante van een hond langs ze heen... de emoties van dieren kunnen ze veel moeilijker voelen, zodat ze in de war raakten... ik was mager, brood-mager... zo mager dat ik me tussen de tralies door kon wurmen... ik zwom als hond terug naar het vasteland... trok als hond naar het noorden en glipte het terrein van Zweinstein op... sindsdien heb ik in het Bos gewoond, behalve die keren dat ik naar je Zwerkbalwed-strijden ben komen kijken... je vliegt net zo goed als je vader, Harry...'

Hij keek Harry aan en die wendde zijn blik niet af.

'Geloof me,' kraste Zwarts. 'Geloof me, ik heb James en Lily niet verraden. Ik was liever zelf doodgegaan!'

En eindelijk geloofde Harry hem. Hij had een brok in zijn keel en kon geen woord uitbrengen, maar hij knikte.

'Nee!'

Pippeling was door zijn knieën gezakt, alsof Harry met die knik zijn doodvonnis had uitgesproken. Hij schuifelde naar Zwarts, on-derdanig en met gevouwen handen, alsof hij bad.

'Sirius – ik ben het... Peter... je oude vriend! Je zou toch niet...'

Zwarts schopte naar hem en Pippeling deinsde haastig terug.

'M'n gewaad is al smerig genoeg zonder dat jij er ook nog eens aankomt!' zei Zwarts.

'Remus!' piepte Pippeling, die zich tot Lupos wendde. Handen-wringend en smekend boog hij zich in het stof. 'Je gelooft hem toch niet, hè... Sirius zou het toch tegen je gezegd hebben als het plan was veranderd?'

'Niet als hij dacht dat ik de spion was, Peter,' zei Lupos. 'Ik neem aan dat je het daarom niet verteld hebt, Sirius?' vroeg hij over het hoofd van Pippeling heen aan Zwarts.

'Vergeef me, Remus,' zei Zwarts.

'Uiteraard, Sluipvoet, oude vriend,' zei Lupos, die zijn mouwen oprolde. 'En zou jij me willen vergeven omdat ik dacht dat *jij* de spion was?'

'Natuurlijk,' zei Zwarts en er gleed een schaduw van een grijns over zijn uitgemergelde gelaat. Hij begon zijn mouwen ook op te rollen. 'Doen we het samen?'

'Ja, dat lijkt me het beste,' zei Lupos grimmig.

'Jullie zouden toch niet... jullie kunnen niet...' bracht Pippeling moeizaam uit. Hij schuifelde haastig naar Ron.

'Ron... ik ben altijd een goede vriend geweest... een brave rat. Je wilt toch niet dat ze me doodmaken... Jij staat toch aan mijn kant, hè?'

Ron bekeek Pippeling met immense walging.

'Ik heb je in m'n *bed* laten slapen!' zei hij.

'Beste jongen... goede meester...' Pippeling kroop naar Ron toe. 'Dat laat je toch niet gebeuren? Ik was je rat... Ik was een braaf beest...'

'Dat je als rat beter was dan als mens is niet echt iets om trots op te zijn, Peter,' zei Zwarts op scherpe toon. Ron trok zijn gebroken been weg, buiten het bereik van Pippeling en werd nog bleker van de pijn. Pippeling draaide zich om, wankelde naar Hermelien en greep de zoom van haar gewaad.

'Lief meisje... knap meisje... dat – dat laat je toch niet toe, hè... Help me...'

Met een gezicht vol afkeer trok Hermelien haar gewaad uit de graaiende handen van Pippeling en deinsde achteruit tot ze met haar rug tegen de muur stond.

Onbedwingbaar trillend viel Pippeling op zijn knieën neer, draai-de langzaam zijn hoofd om en keek naar Harry.

'Harry... Harry... je lijkt echt op je vader... als twee druppels wa-ter...'

'HOE DURF JE TEGEN HARRY TE PRATEN?' bulderde Zwarts. 'HOE DURF JE HEM AAN TE KIJKEN? HOE DURF JE IN ZIJN BIJZIJN IETS OVER JAMES TE ZEGGEN?'

'Harry,' fluisterde Pippeling, die met uitgestrekte handen op hem afschuifelde. 'Harry, James had vast niet gewild dat ze me zouden vermoorden... James zou het begrepen hebben, Harry... hij zou genadig zijn geweest...'

Zwarts en Lupos liepen op Pippeling af, grepen hem bij zijn schouders en smeten hem weer op de grond. Trillend van doodsangst staarde hij hen aan.

'Jij hebt Lily en James aan Voldemort verraden,' zei Zwarts, die zelf ook trilde. 'Ontken je dat?'

Plotseling barstte Pippeling in tranen uit. Het was vreselijk om te zien; hij leek net een uit zijn krachten gegroeide, kalende baby terwijl hij daar angstig ineengedoken op de grond zat.

'Sirius, Sirius, wat had ik anders kunnen doen? De Heer van het Duister... je hebt geen idee... hij beschikt over wapens die je je niet kunt indenken... ik was bang, Sirius. Ik ben nooit dapper geweest, zoals jij en Remus en James. Ik heb het niet zo gewild... Hij Die Niet Genoemd Mag Worden heeft me gedwongen...'

'LIEG NIET!' bulderde Zwarts. 'AL EEN JAAR VOOR DE DOOD VAN LILY EN JAMES GAF JE INFORMATIE AAN HEM DOOR! JE WAS ZIJN SPION!'

'Hij – hij nam overal de macht over!' piepte Pippeling. 'Wat had het voor zin om zijn bevelen te weigeren?'

'Wat voor zin had het de strijd aan te gaan met de meest verdorven tovenaar die ooit geleefd heeft?' zei Zwarts met een van razernij vertrokken gezicht. 'Dan zouden er een hoop onschuldige levens gespaard zijn, Peter!'

'Je begrijpt het niet!' jammerde Pippeling. 'Hij zou me vermoord hebben, Sirius!'

'DAN HAD JE MAAR MOETEN STERVEN!' brulde Zwarts. 'JE HAD BETER KUNNEN STERVEN DAN JE VRIENDEN TE VERRADEN! DAT ZOUDEN WE OOK VOOR JOU HEBBEN GEDAAN!'

Zwarts en Lupos stonden schouder aan schouder, met opgeheven toverstokken.

'Je had moeten beseffen,' zei Lupos kalm, 'dat als Voldemort je niet gedood had, wij het wel gedaan zouden hebben. Vaarwel, Peter.'

Hermelien deed haar handen voor haar ogen en keerde haar gezicht naar de muur.

'NEE!' schreeuwde Harry. Hij rende naar voren en ging voor Pippeling staan, met zijn gezicht naar de toverstokken. 'Jullie mogen hem niet vermoorden,' zei hij ademloos. 'Dat mag niet.'

Zwarts en Lupos waren verbijsterd.

'Harry, dit stuk ongedierte is de reden dat je geen ouders meer hebt!' snauwde Zwarts. 'Dit laffe stuk uitschot zou jou ook rustig hebben laten sterven zonder een vinger uit te steken. Je hebt hem zelf gehoord. Zijn eigen miserabele leventje woog zwaarder voor hem dan jullie hele gezin.'

'Dat weet ik,' zuchtte Harry. 'We nemen hem mee naar het kasteel en overhandigen hem aan de Dementors. Laten die hem maar meenemen naar Azkaban... maar maak hem niet dood.'

'Harry!' bracht Pippeling moeizaam uit en hij sloeg zijn armen om Harry's knieën. 'Ik – dank je – dat is meer dan ik verdien – dank je –'

'Blijf van me af!' snauwde Harry en hij schudde de handen van Pippeling vol walging af. 'Ik doe het niet voor jou; ik doe het omdat mijn vader niet gewild zou hebben dat zijn beste vrienden moordenaars werden – alleen om jou uit de weg te ruimen.'

Even verroerde niemand zich en maakte niemand geluid, behalve Pippeling die schor en piepend ademde en naar zijn borst greep. Zwarts en Lupos keken elkaar aan en lieten toen tegelijk hun toverstok zakken.

'Jij bent de enige die het recht heeft om dat te beslissen, Harry,' zei Zwarts. 'Maar bedenk... bedenk wat hij gedaan heeft...'

'Laat hem maar naar Azkaban gaan,' herhaalde Harry. 'Als iemand het verdient om daar opgesloten te worden is hij het wel...'

Achter hen zat Pippeling nog steeds te hijgen en te piepen.

'Goed dan,' zei Lupos. 'Ga eens opzij, Harry.'

Harry aarzelde.

'Ik wil hem alleen vastbinden,' zei Lupos. 'Meer niet, ik zweer het.'

Harry stapte opzij. Deze keer schoten de dunne touwen uit de toverstok van Lupos en een seconde later lag Pippeling geboeid en gekneveld op de grond te kronkelen.

'Maar als je probeert om in een rat te veranderen ga je er zeker aan, Peter!' zei Zwarts, die zijn toverstok ook op Pippeling gericht hield. 'Ben je het daarmee eens, Harry?'

Harry keek naar de meelijwekkende gedaante op de grond en knikte, zodat Pippeling hem kon zien.

'Oké,' zei Lupos, plotseling heel zakelijk. 'Ron, ik kan gebroken botten lang niet zo goed genezen als madame Plijster, dus het lijkt me het beste om je been te spalken totdat we je naar de ziekenzaal hebben gebracht.'

Hij liep naar Ron, boog zich over hem heen, tikte met zijn toverstok op zijn been en mompelde: 'Ferula.' Onmiddellijk ontspon zich een verband, dat Rons been stevig aan een spalk vastbond. Lupos hielp hem om op te staan; Ron liet voorzichtig wat gewicht op zijn been rusten en zijn gezicht vertrok niet.

'Dat is beter,' zei hij. 'Bedankt.'

'Wat doen we met professor Sneep?' zei Hermelien met een klein stemmetje en keek naar zijn bewusteloze lichaam.

'Er is niets ernstigs met hem aan de hand,' zei Lupos, die zich bukte en de pols van Sneep voelde. 'Jullie waren alleen ietsje te – eh – enthousiast. Hij is nog steeds buiten westen. Eh – misschien is het beter om hem pas bij te laten komen in het kasteel. We nemen hem zo wel mee...'

Hij mompelde: 'Mobilicorpus.' Sneep werd plotseling overeind getrokken als een groteske marionet, alsof er onzichtbare touwtjes aan zijn polsen, knieën en nek waren gebonden. Zijn hoofd bungelde onaangenaam voorover en zijn slappe voeten hingen een klein stukje boven de grond. Lupos raapte de Onzichtbaarheidsmantel op en stopte die veilig weg in zijn zak.

'En twee mensen moeten aan dit hier vastgeketend worden,' zei Zwarts, die Pippeling een schopje gaf. 'Voor alle zekerheid.'

'Dat doe ik wel,' zei Lupos.

'En ik!' zei Ron venijnig en hij hinkte naar Pippeling.

Zwarts toverde dikke zware boeien te voorschijn en even later stond Pippeling weer overeind, met zijn linkerarm vastgeketend aan de rechterarm van Lupos en zijn rechterarm aan de linkerarm van Ron. Rons gezicht stond strak. Hij scheen Schurfies ware aard als een persoonlijke belediging op te vatten. Knikkebeen sprong lenig van het bed en verliet als eerste de kamer, met zijn pluizige staart monter opgestoken.

HOOFDSTUK 20

DE KUS VAN DE DEMENTOR

*H*arry had nog nooit deel uitgemaakt van zo'n merkwaardige optocht. Knikkebeen ging als eerste de trap af, gevolgd door Lupos, Pippeling en Ron, die eruitzagen alsof ze meededen aan een soort handicaprace. Ze werden gevolgd door een griezelig voortzwevende professor Sneep, wiens tenen tegen de treden tikten terwijl ze de trap afdaalden en die in de lucht werd gehouden met behulp van zijn eigen toverstok, gehanteerd door Sirius Zwarts. De rij werd gesloten door Harry en Hermelien.

Het was lastig om in de tunnel te komen. Lupos, Pippeling en Ron moesten zich er zijdelings inwurmen; Lupos hield Pippeling nog steeds onder schot met zijn toverstok. Harry zag ze onhandig door de tunnel voortschuifelen. Knikkebeen ging nog steeds voorop en Harry liep vlak achter Sirius, die Sneep nog altijd voor zich uit liet zweven: Sneeps hoofd stootte om de haverklap tegen het lage plafond van de tunnel, maar Harry kreeg niet de indruk dat Sirius echt moeite deed om dat te voorkomen.

'Weet je wat dit betekent?' zei Sirius abrupt tegen Harry terwijl ze langzaam door de tunnel liepen. 'Pippeling aangeven?'

'Dat jij vrij bent,' zei Harry.

'Ja...' zei Sirius. 'Maar ik ben ook – ik weet niet of iemand je dat ooit gezegd heeft – ik ben ook je peetvader.'

'Ja, dat wist ik,' zei Harry.

'Nou... je ouders hadden me tevens tot je voogd benoemd,' zei Sirius stijfjes. 'Voor het geval hen iets zou overkomen...'

Harry wachtte af. Bedoelde Sirius wat hij dacht dat hij bedoelde?

'Uiteraard begrijp ik het volkomen als je liever bij je oom en tante blijft,' zei Sirius. 'Maar... nou... denk er maar eens over na. Zodra mijn naam gezuiverd is... als je ergens... ergens anders zou willen wonen...'

Het was alsof er iets ontplofte in Harry's maag.

'Wat – bij jou wonen?' zei hij en hij stootte per ongeluk zijn hoofd tegen een stuk steen dat uit het tunnelplafond stak. 'Weg bij de Duffelingen?'

'Ik wist wel dat je dat niet zou willen,' zei Sirius snel. 'Ik begrijp het. Ik dacht alleen –'

'Ben je gek?' zei Harry net zo schor als Sirius. 'Natuurlijk wil ik daar weg! Heb je een huis? Wanneer kan ik komen?'

Sirius draaide zich om en keek hem aan; het hoofd van Sneep schraapte langs het plafond van de tunnel, maar dat leek Sirius niet te interesseren.

'Wil je dat?' zei hij. 'Meen je dat echt?'

'Ja, ik meen het!' zei Harry.

Op het uitgemergelde gelaat van Sirius verscheen de eerste echte glimlach die Harry gezien had. Het maakte een verbluffend verschil, alsof er een tien jaar jonger iemand door dat hologige masker heen straalde; even leek hij weer op de man die had gelachen op de bruiloft van Harry's ouders.

Ze deden er het zwijgen toe tot ze bij het einde van de tunnel waren. Knikkebeen schoot als eerste naar buiten; blijkbaar had hij met zijn voorpoten tegen de knoest op de stam gedrukt, want Lupos, Pippeling en Ron klommen omhoog zonder dat er gezwiep van woedende takken klonk.

Sirius stuurde Sneep door het gat omhoog, stapte opzij om Harry en Hermelien door te laten en kwam zelf als laatste naar buiten.

Het was aardedonker en het enige licht kwam uit de vensters van het kasteel, een heel eind verderop. Zonder een woord te zeggen gingen ze op pad. Pippeling piepte en hijgde nog steeds en stootte af en toe een zacht gejammer uit. Harry's gedachten maalden. Hij ging weg bij de Duffelingen! Hij ging bij Sirius Zwarts wonen, de beste vriend van zijn ouders... hij voelde zich overweldigd... hoe zouden de Duffelingen reageren als hij zei dat hij bij de misdadiger wilde intrekken die ze op tv hadden gezien?

'Eén verkeerde beweging en je bent er geweest, Peter,' zei Lupos dreigend. Hij hield zijn toverstok nog steeds op de borst van Pippeling gericht.

Zwijgend liepen ze door het park, terwijl de lichten van het kasteel langzaam groter werden. Sneep zweefde nog steeds geheimzinnig voor Sirius uit en zijn kin tikte op zijn borst. En toen –

Een wolk dreef voorbij. Plotseling werden er vage schaduwen zichtbaar. Het groepje baadde in het maanlicht.

Sneep botste tegen Lupos, Pippeling en Ron, die abrupt waren blijven staan. Sirius verstijfde en stak snel zijn arm uit, zodat Harry en Hermelien ook stopten.

Harry zag het silhouet van Lupos. Eerst was hij star en roerloos, maar toen begonnen zijn ledematen te beven.

'O jee – ' zei Hermelien angstig. 'Hij heeft zijn toverdrank niet ingenomen! Hij is niet veilig!'

'Rennen!' fluisterde Sirius. 'Rennen! Nu!'

Maar Harry kon niet vluchten. Ron zat aan Pippeling en Lupos vastgeketend. Hij sprong op hem af, maar Sirius greep hem om zijn middel en duwde hem terug.

'Laat dat aan mij over – RENNEN!'

Er klonk een vreselijk gegrauw en gegrom. Het hoofd van Lupos werd platter en langer, net als zijn lichaam. Zijn schouders kromden zich en er verscheen haar op zijn gezicht en zijn handen, die omkrulden tot klauwen. De vacht van Knikkebeen stond recht overeind en hij sloop langzaam achteruit –

Toen de weerwolf zich oprichtte, happend met zijn lange kaken, verdween Sirius, die naast Harry had gestaan. Ook hij was van gedaante veranderd. De reusachtige hond, zo groot als een beer, sprong op de weerwolf af op het moment dat die zich losrukte uit de ijzeren boei die hem gevangen hield. Hij greep de wolf bij zijn nekvel en trok hem weg bij Ron en Pippeling. Ze vochten met elkaar, bijtend en klauwend –

Harry stond aan de grond genageld naar het tafereel te kijken en werd zo in beslag genomen door het gevecht dat hij nergens anders oog voor had, maar toen gilde Hermelien en keek hij om –

Pippeling was op de toverstok afgedoken die Lupos had laten vallen en Ron, die wankelde op zijn gespalkte been, ging onderuit. Een knal en een lichtflits – en Ron lag roerloos op de grond. Nog een knal – en Knikkebeen vloog door de lucht en plofte in een slappe hoop neer.

'*Expelliarmus!*' schreeuwde Harry, die zijn eigen toverstok op Pippeling richtte; de stok van Lupos vloog hoog door de lucht en verdween uit het zicht. 'Blijf staan!' schreeuwde Harry, die naar Pippeling rende.

Te laat: Pippeling was van gedaante veranderd. Harry zag zijn kale staart door de boei om Rons uitgestrekte arm flitsen en hoorde iets wegschieten door het gras.

Er klonk gehuil en gegrom; Harry draaide zich om en zag de weerwolf wegvluchten in de richting van het bos.

'Sirius, hij is verdwenen! Pippeling heeft zich getransformeerd!' riep Harry.

Sirius bloedde; hij had lelijke japen in zijn snuit en rug, maar toen Harry dat zei krabbelde hij overeind en een paar tellen later stierf het geluid van zijn dravende poten weg door het park.

Harry en Hermelien holden naar Ron toe.

'Wat heeft hij met hem gedaan?' fluisterde Hermelien. Rons ogen waren half gesloten en zijn mond hing open. Hij leefde nog, want ze hoorden hem ademen, maar hij scheen hen niet te herkennen.

'Geen idee.'

Harry keek radeloos om zich heen. Zwarts en Lupos waren allebei verdwenen... ze hadden alleen Sneep als gezelschap, die nog altijd bewusteloos in de lucht zweefde.

'We kunnen ze beter naar het kasteel brengen en daar iemand waarschuwen,' zei Harry, die het haar uit zijn ogen streek en probeerde na te denken. 'Kom –'

Maar plotseling hoorden ze een schril geblaf en gehuil, van een hond die pijn had...

'Sirius!' mompelde Harry, die door het donker staarde.

Even weifelde hij, maar ze konden toch niets voor Ron doen en zo te horen zat Zwarts in de problemen –

Harry begon te rennen, met Hermelien op zijn hielen. Het geblaf scheen uit de buurt van het meer te komen. Ze renden zo hard als ze konden, en Harry voelde de kou zonder te beseffen wat dat betekende –

Het angstige geblaf hield abrupt op en toen ze aan de oever van het meer kwamen, zagen ze waarom – Sirius was weer in een mens veranderd. Hij zat voorover op zijn knieën, met zijn handen over zijn hoofd.

'N*eee,*' kreunde hij. 'N*eee... alsjeblieft...*'

En toen zag Harry ze. Dementors, minstens honderd, die in een zwarte massa om het meer op hem af gleden. Hij draaide zich bliksemsnel om terwijl de vertrouwde, ijzige kou in zijn borst opborrelde en witte mist hem het zicht benam. Er doken steeds meer Dementors op uit het duister; ze omsingelden hen...

'Hermelien, denk aan iets dat je blij maakt!' schreeuwde Harry, die zijn toverstok ophief en woest met zijn ogen knipperde in een poging de mist te laten optrekken. Hij schudde zijn hoofd om het gegil dat hij in de verte hoorde uit te bannen –

Ik ga bij mijn peetvader wonen. Ik ga weg bij de Duffelingen.

Hij dwong zichzelf om aan niets anders dan aan Sirius te denken en begon: 'Expecto patronum! Expecto patronum!' te mompelen.

Zwarts rilde, rolde om en bleef roerloos en lijkbleek op de grond liggen.

Het komt weer goed met hem. Ik ga bij hem wonen.

'Expecto patronum! Help me, Hermelien! Expecto patronum!'

'Expect –' fluisterde Hermelien, 'expecto – expecto –'

Maar ze kon het niet. De Dementors sloten hen in en waren nog maar op zo'n drie meter afstand. Ze vormden een dichte haag rond Harry en Hermelien en kwamen steeds dichterbij...

'EXPECTO PATRONUM!' schreeuwde Harry, die niet naar het gegil in zijn hoofd probeerde te luisteren. 'EXPECTO PATRONUM!'

Een ijl, zilveren sliertje schoot uit zijn toverstok en bleef als een dunne nevel voor hem zweven. Op hetzelfde moment zakte Hermelien in elkaar. Hij was alleen... moederziel alleen...

'Expecto – expecto patronum –'

Harry voelde zijn knieën neerploffen in het kille gras. Mist golfde voor zijn ogen. Met een uiterste krachtsinspanning dwong hij zich om na te denken – Sirius was onschuldig – onschuldig – *alles komt goed met ons – ik ga bij hem wonen –*

'Expecto patronum!' bracht hij moeizaam uit.

In het zwakke schijnsel van zijn vormeloze Patronus zag hij een Dementor vlak voor hem stilhouden. Hij kon de wolk van zilveren mist die Harry had opgeroepen niet passeren. Een dode, slijmerige hand gleed onder de mantel uit en maakte een gebaar, alsof hij de Patronus wilde wegvagen.

'Nee – *nee* –' zei Harry, naar adem snakkend. 'Hij is onschuldig... expecto – expecto patronum –'

Hij voelde dat hun aandacht op hem was gericht, hoorde hun reutelende adem als een kwaadaardige wind om hem heen gieren. Het was alsof de dichtstbijzijnde Dementor hem aanstaarde. Toen hief hij zijn rottende handen op – en liet de kap van zijn mantel zakken.

Waar ogen hadden moeten zitten was alleen dunne, grauwe huid vol korsten, die strak over lege oogkassen spande. Maar er was wel een mond... een gapend, vormeloos gat dat met het geluid van een doodsrochel lucht naar binnen zoog...

Harry was verstijfd van angst. Hij kon geen vin verroeren en geen kik geven. Zijn Patronus flakkerde en doofde uit.

Hij werd verblind door witte mist. Hij moest zich verzetten... *ex-*

pecto patronum... hij kon niets meer zien... en in de verte hoorde hij het vertrouwde gegil... *expecto patronum...* hij tastte in de nevel naar Sirius en vond zijn arm... ze zouden hem niet te pakken krijgen...

Maar plotseling sloten zich twee sterke, klamme handen om Harry's keel. Ze bogen zijn hoofd achterover... hij voelde de adem van de Dementor... die wilde hem als eerste opslorpen... hij voelde zijn rottende adem... het gegil van zijn moeder galmde in zijn oren... haar stem zou het allerlaatste zijn dat hij hoorde –

En toen, opeens, dacht hij dat hij een zilverachtig licht door de mist zag schijnen waarin hij verdronk, een licht dat feller en feller werd... hij voelde dat hij voorover op het gras viel –

Plat op zijn buik, te zwak om zich te verroeren, misselijk en bibberig, deed Harry zijn ogen open. Het oogverblindende schijnsel verlichtte het gras om hem heen... Het gegil was opgehouden en de kou ebde langzaam weg...

Iets dreef de Dementors terug... het cirkelde om hem en Sirius en Hermelien heen... de rochelende, slurpende geluiden van de Dementors stierven weg. Ze trokken zich terug... de lucht werd weer warm...

Harry hief met zijn laatste krachten zijn hoofd een paar centimeter op en zag, badend in licht, een dier dat weggaloppeerde over het meer. Met ogen die vertroebeld waren van het zweet probeerde Harry te zien wat het was... het straalde als een eenhoorn. Harry vocht om bij bewustzijn te blijven. Hij zag hem zijn galop inhouden toen hij de andere oever bereikte. En heel even zag Harry, in het stralende licht, dat hij door iemand begroet werd... iemand die zijn hand uitstak om hem te aaien... iemand die hem merkwaardig bekend voorkwam... maar dat kon niet waar zijn...

Harry begreep het niet. Hij kon niet meer denken. Hij voelde zijn laatste restje kracht wegebben. Op het moment dat zijn hoofd de grond raakte verloor hij het bewustzijn.

HERMELIENS GEHEIM

'Vreselijke toestand... vreselijk... een wonder dat niemand is omgekomen... nog nooit zoiets gehoord... allemachtig, maar goed dat jij erbij was, Sneep...'

'Dank u, Minister.'

'Dat wordt minstens de Orde van Merlijn, Tweede Klasse. Misschien zelfs Eerste Klasse, als ik dat voor elkaar kan krijgen!'

'Dank u zeer, Minister!'

'Lelijke jaap heb je daar... zeker door Zwarts gedaan?'

'Eerlijk gezegd is dat het werk van Potter, Wemel en Griffel, Minister...'

'Nee toch!'

'Zwarts had hen behekst. Dat zag ik meteen. Een Waanzichtspreuk, naar hun gedrag te oordelen. Ze schenen te denken dat hij misschien onschuldig was. Ze wisten niet wat ze deden. Aan de andere kant had hun bemoeizucht Zwarts de gelegenheid kunnen geven om te ontsnappen... ze dachten blijkbaar dat zij hem in hun eentje konden grijpen. Ze zijn al vaker ongestraft over de schreef gegaan en ik ben bang dat ze daardoor een nogal hoge dunk van zichzelf hebben... en uiteraard heeft professor Perkamentus Potter altijd een ongekende mate van vrijheid toegestaan...'

'Tja, Sneep... Harry Potter... je weet hoe het is... als het om hem gaat, zijn we bereid ietsje meer door de vingers te zien.'

'En toch – is het wel goed voor hem dat hij zo'n speciale behandeling krijgt? Persoonlijk probeer ik hem net zo te behandelen als elke andere leerling en elke andere leerling zou na een akkefietje waarbij hij zijn vrienden aan zulk gevaar had blootgesteld op zijn minst geschorst worden. Denkt u zich eens in, Minister: tegen alle schoolregels in en na alle voorzorgsmaatregelen die speciaal voor zijn bescherming waren genomen, was hij 's nachts zonder toestemming buiten, in het gezelschap van een weerwolf en een moordenaar – en ik heb reden om aan te nemen dat hij ook clandestiene bezoekjes aan Zweinsveld heeft gebracht.'

'Wel, wel... we zullen zien, Sneep, we zullen zien... hij is ontegenzeggelijk dom geweest...'

Harry lag met zijn ogen stijf dichtgeknepen te luisteren. Hij voelde zich ontzettend suf en de woorden schenen er lang over te doen om de afstand van zijn oren naar zijn brein af te leggen, zodat ze moeilijk te begrijpen waren. Zijn ledematen leken wel van lood en zijn oogleden waren zo zwaar dat hij ze niet open kon krijgen... hij wilde het liefst voor altijd op dat comfortabele bed blijven liggen.

'Wat mij nog het meest verbaast is het gedrag van de Dementors... je hebt geen idee waarom ze de wijk namen, Sneep?'

'Nee, Minister. Toen ik weer bijkwam, waren ze terug op hun post bij de ingangen...'

'Heel merkwaardig. En Zwarts, Harry en dat meisje –'

'Waren alledrie bewusteloos tegen de tijd dat ik bij ze was. Uiteraard heb ik Zwarts direct geboeid en gekneveld, brancards tevoorschijn getoverd en ze meteen naar het kasteel teruggebracht.'

Er viel een stilte. Harry's hersens leken iets sneller te werken en tegelijkertijd kreeg hij een akelig, knagend gevoel in zijn maag...

Hij deed zijn ogen open.

Alles was een beetje wazig, want iemand had zijn bril afgedaan. Hij lag op de donkere ziekenzaal en helemaal aan het uiteinde van de zaal zag hij het silhouet van madame Plijster, die met haar rug naar hem toe over een bed gebogen stond. Harry tuurde met half toegeknepen ogen en zag Rons rode haar onder de arm van madame Plijster.

Harry draaide zijn hoofd om. In het bed naast hem lag Hermelien. Het maanlicht scheen op haar bed en hij zag dat haar ogen ook open waren. Ze zag er doodsbang uit en toen ze merkte dat Harry wakker was, drukte ze haar vinger tegen haar lippen en wees op de deur van de ziekenzaal. Die stond op een kier en de stemmen van Cornelis Droebel en Sneep klonken op vanuit de gang.

Madame Plijster kwam door de donkere zaal kordaat op Harry af lopen en hij zag dat ze het grootste stuk chocola bij zich had dat hij ooit had gezien. Het had veel weg van een klein rotsblok.

'Aha, je bent wakker!' zei ze. Ze legde de chocola op Harry's nachtkastje en begon er met een hamer stukken af te slaan.

'Hoe is het met Ron?' vroegen Harry en Hermelien in koor.

'Hij overleeft het wel,' zei madame Plijster grimmig. 'En wat jullie aangaat... jullie blijven hier tot ik vind dat – Potter, wat moet dat?'

Harry ging overeind zitten, zette zijn bril op en pakte zijn toverstok.

'Ik moet professor Perkamentus spreken,' zei hij.

'Potter,' zei madame Plijster sussend, 'maak je maar niet ongerust. Ze hebben Zwarts te pakken. Hij zit boven opgesloten. De Dementors kunnen hem elk moment de Kus geven –'

'WAT?'

Harry sprong uit bed en Hermelien volgde zijn voorbeeld, maar zijn kreet was blijkbaar op de gang te horen geweest, want een paar tellen later kwamen Droebel en Sneep binnen.

'Harry, Harry, wat moet dat?' zei Droebel geagiteerd. 'Je hoort in bed te liggen – heeft hij al chocola gehad?' vroeg hij bezorgd aan madame Plijster.

'Minister, luister!' zei Harry. 'Sirius Zwarts is onschuldig! Peter Pippeling heeft zijn eigen dood in scène gezet! We hebben hem vanavond gezien! U mag de Dementors dat niet met Sirius laten doen, hij is –'

Maar Droebel schudde glimlachend zijn hoofd.

'Harry, Harry, je bent nog erg in de war. Je hebt vreselijke dingen meegemaakt. Ga nou maar lekker liggen, we hebben alles onder controle...'

'NIET WAAR!' schreeuwde Harry. 'JULLIE HEBBEN DE VERKEERDE!'

'Minister, luister alstublieft,' zei Hermelien; ze was gauw naast Harry gaan staan en keek Droebel smekend aan. 'Ik heb Pippeling ook gezien. Hij was de rat van Ron! Hij is een Faunaat – Pippeling, bedoel ik en –'

'U ziet het, Minister,' zei Sneep. 'Allebei duidelijk Waanzichtig... Zwarts moet een krachtige spreuk hebben gebruikt...'

'WE ZIJN NIET WAANZICHTIG!' brulde Harry.

'Minister – professor!' zei madame Plijster nijdig. 'U moet echt gaan! Potter is mijn patiënt en hij mag zich niet opwinden!'

'Ik ben niet opgewonden! Ik wil alleen maar zeggen hoe het werkelijk is gegaan!' zei Harry woedend. 'Als ze nou eens luisterden –'

Maar madame Plijster propte plotseling een groot brok chocola in Harry's mond. Hij verslikte zich en hoestte, en ze benutte die gelegenheid om hem weer op bed terug te duwen.

'*Alstublieft*, Minister! Deze kinderen hebben rust en verzorging nodig! Zoudt u –'

De deur ging weer open en Perkamentus kwam binnen. Harry slik-

293

te zijn chocola met de grootst mogelijke moeite door en kwam overeind.

'Professor Perkamentus, Sirius Zwarts –'

'In hemelsnaam!' zei madame Plijster hysterisch, 'is dit een ziekenzaal of hoe zit het? Professor Perkamentus, gaat u alstublieft –'

'Het spijt me, Poppy, maar ik moet meneer Potter en juffrouw
Griffel even spreken,' zei Perkamentus kalm. 'Ik ben net bij Sirius
Zwarts geweest.'

'En die heeft zeker hetzelfde sprookje verteld dat hij ook aan
Potter heeft opgedist?' snauwde Sneep. 'Iets over een rat en dat
Pippeling nog zou leven –'

'Dat beweerde Zwarts inderdaad, ja,' zei Perkamentus, die Sneep
aandachtig aankeek door zijn halfronde brilletje.

'En legt mijn getuigenis dan helemaal geen gewicht in de schaal?'
gromde Sneep. 'Peter Pippeling was niet in het Krijsende Krot en
ook op het schoolterrein heb ik hem nergens gezien.'

'Omdat u bewusteloos was, professor!' zei Hermelien. 'U kwam te
laat om te horen wat –'

'Juffrouw Griffel, HOU UW MOND!'

'Kom, kom, Sneep,' zei Droebel geschrokken. 'Die jongedame is
nog niet helemaal bij haar volle verstand, daar moeten we een beetje rekening –'

'Ik wil Harry en Hermelien graag even alleen spreken,' onderbrak
Perkamentus hem. 'Cornelis, Severus, Poppy – zouden jullie ons alleen willen laten?'

'Professor!' sputterde madame Plijster tegen. 'Ze hebben verzorging nodig, rust –'

'Dit kan helaas niet wachten,' zei Perkamentus. 'Ik sta erop.'

Met samengeknepen lippen marcheerde madame Plijster naar
haar kantoortje en sloeg de deur met een klap dicht. Droebel keek
op het grote gouden horloge dat aan zijn vest hing.

'De Dementors kunnen ieder moment komen,' zei hij. 'Laat ik ze
maar opwachten. Ik zie je boven wel, Perkamentus.'

Hij liep naar de deur en hield die open voor Sneep, maar die verroerde zich niet.

'U gelooft toch hopelijk geen woord van dat verhaal van Zwarts?'
fluisterde Sneep, die Perkamentus strak aankeek.

'Ik wil Harry en Hermelien graag even alleen spreken,' herhaalde
Perkamentus.

Sneep deed een stap in de richting van Perkamentus.

'Zwarts heeft op zijn zestiende al aangetoond dat hij tot moord in staat is,' siste hij. 'Dat bent u toch niet vergeten, professor? U bent toch niet vergeten dat hij ooit geprobeerd heeft *mij* te vermoorden?'

'Er mankeert niets aan mijn geheugen, Severus,' zei Perkamentus zacht.

Sneep draaide zich abrupt om en liep met grote passen naar de deur die Droebel nog steeds openhield. Toen die zich achter hen gesloten had wendde Perkamentus zich tot Harry en Hermelien, die allebei tegelijk begonnen te praten.

'Professor, wat Zwarts zegt is waar – we hebben Pippeling *gezien* –'

'– hij is ontsnapt toen professor Lupos in een weerwolf veranderde –'

'– hij is een rat –'

'– Pippeling heeft zijn voorpoot – ik bedoel vinger – zelf afgehakt –'

'– Pippeling heeft Ron aangevallen en niet Sirius –'

Maar Perkamentus stak zijn hand op om die stortvloed aan verklaringen af te kappen.

'Nu moeten jullie luisteren en val me alsjeblieft niet in de rede, want we hebben heel weinig tijd,' zei hij kalm. 'Voor dat verhaal van Zwarts bestaat geen greintje bewijs, behalve jullie woord – en het woord van twee dertienjarige tovenaars zal echt niemand geloven. Een straat vol ooggetuigen heeft gezworen dat Sirius Pippeling vermoord heeft. Ik heb zelf tegenover het Ministerie verklaard dat Sirius de Geheimhouder van de Potters was.'

'Professor Lupos kan u vertellen –' zei Harry, die zichzelf niet in bedwang kon houden.

'Professor Lupos zwerft momenteel door het bos en kan niemand iets vertellen. Tegen de tijd dat hij weer mens is, is het te laat en is Sirius meer dan dood. Laat ik daaraan toevoegen dat weerwolven door de meeste tovenaars zo worden gewantrouwd dat zijn getuigenis van heel weinig waarde is – en als je daar het feit bij optelt dat hij en Sirius oude vrienden zijn –'

'Maar –'

'*Luister*, Harry! Het is te laat, begrijp je? Je ziet toch ook wel in dat het verhaal van professor Sneep veel overtuigender is dan dat van jullie?'

'Maar hij haat Sirius!' zei Hermelien wanhopig. 'En allemaal vanwege een of andere stomme grap die Sirius ooit met hem heeft uitgehaald –'

'Sirius heeft zich niet bepaald onschuldig gedragen. Die aanval op de Dikke Dame – het feit dat hij de toren van Griffoendor is binnen-gedrongen met een mes – zonder Pippeling, dood of levend, hebben we geen schijn van kans om het vonnis van Sirius nietig te verklaren.'

'*Maar u gelooft ons wel?*'

'Jazeker,' zei Perkamentus kalm. 'Alleen bezit ik niet de macht om andere mensen ook de waarheid te laten inzien of om beslissingen van de Minister van Toverkunst te herroepen...'

Harry staarde naar zijn ernstige gezicht en had het gevoel alsof de grond plotseling onder zijn voeten wegzakte. Hij was gewend geraakt aan het idee dat Perkamentus overal raad op wist. Hij had verwacht dat hij met een of andere verbluffende oplossing zou komen... maar nu was ook hun laatste hoop verdwenen.

'Wat we nodig hebben,' zei Perkamentus langzaam en zijn licht-blauwe ogen gleden van Harry naar Hermelien, 'is meer *tijd*.'

'Maar –' begon Hermelien. Plotseling sperde ze haar ogen open. 'OH!'

'Luister goed,' zei professor Perkamentus heel zacht en duidelijk. 'Sirius zit opgesloten in het kantoortje van professor Banning, op de zevende verdieping. Het dertiende raam van rechts in de Wester-toren. Als alles goed gaat, kunnen jullie vanavond meer dan één on-schuldig leven redden, maar denk eraan: *Jullie mogen niet gezien worden!* U kent de wet, juffrouw Griffel – u weet wat er op het spel staat... *jul-lie – mogen – niet – gezien – worden!*'

Harry had geen flauw idee wat hij bedoelde, maar Perkamentus had zich al omgedraaid en keek bij de deur nog even achterom.

'Ik sluit jullie nu op,' zei hij. 'Het is –' hij keek op zijn horloge, '– vijf voor twaalf. Drie keer omdraaien lijkt me voldoende, juffrouw Griffel. Veel succes.'

'Veel succes?' herhaalde Harry terwijl Perkamentus de deur achter zich dichtdeed. 'Drie keer omdraaien? Waar had hij het in vredes-naam over? Wat wil hij dat we doen?'

Hermelien friemelde onder de halsopening van haar gewaad en haalde een lange, dunne gouden ketting te voorschijn.

'Harry, kom hier,' zei ze dringend. '*Vlug!*'

Harry kwam verbijsterd dichterbij. Ze liet de ketting zien en hij zag dat er een klein, glinsterend zandlopertje aan hing.

'Hier –'

Ze gooide de ketting ook om zijn hals.

'Klaar?' vroeg ze ademloos.

'Wat gaan we doen?' zei Harry, die er echt geen snars van begreep.

Hermelien draaide de zandloper drie keer om.

De donkere ziekenzaal loste op. Harry had het gevoel dat hij razendsnel achteruitvloog. Een waas van kleuren en vormen kolkte langs hem heen en het bonkte in zijn oren. Hij probeerde te schreeuwen, maar kon zijn eigen stem niet horen –

En toen voelde hij weer grond onder zijn voeten en nam alles weer vaste vorm aan –

Hij stond naast Hermelien in de verlaten hal en door de open voordeuren viel een schuine streep zonlicht op de tegelvloer. Harry keek verwilderd naar Hermelien. De ketting van de zandloper sneed in zijn nek.

'Hermelien, wat –'

'Hierheen!' Hermelien greep Harry bij de arm en sleurde hem mee naar een bezemkast; ze deed de deur open, duwde hem naar binnen, tussen de emmers en zwabbers, ging zelf ook naar binnen en sloeg de deur dicht.

'Wat – hoe – Hermelien, wat is er gebeurd?'

'We zijn teruggegaan in de tijd,' fluisterde Hermelien, die in het donker de ketting om Harry's nek afdeed. 'Drie uur terug...'

Harry tastte naar zijn been en kneep er hard in; het deed behoorlijk pijn en de mogelijkheid dat hij een uiterst bizarre droom had leek uitgesloten.

'Maar –'

'Ssst! Luister! Er komt iemand aan. Volgens mij – volgens mij zijn wij het!'

Hermelien drukte haar oor tegen de deur.

'Voetstappen in de hal... ja, dat zijn wij, op weg naar Hagrid!'

'Wil je me vertellen,' fluisterde Harry, 'dat wij hier in die kast zitten en ook in de hal zijn?'

'Ja,' zei Hermelien, die haar oor tegen de deur gedrukt hield. 'Ik weet zeker dat wij het zijn... zo te horen zijn het niet meer dan drie mensen... en we lopen langzaam omdat we onder de Onzichtbaarheidsmantel moeten blijven –'

Ze deed er het zwijgen toe, maar luisterde nog steeds aandachtig.

'We gaan het bordes af...'

Hermelien ging op een omgekeerde emmer zitten; Harry, die zich doodongerust maakte, wilde eerst antwoord op een paar vragen.

'Hoe *kom* je aan die zandloper?'

'Dat is een Tijdverdrijver en ik heb hem op onze eerste schooldag van professor Anderling gekregen,' fluisterde Hermelien. 'Ik gebruik hem al het hele jaar om al die lessen te kunnen volgen. Ik moest van professor Anderling zweren dat ik het tegen niemand zou zeggen. Voor ik er eentje kon krijgen moest ze eerst allerlei brieven aan het Ministerie schrijven, dat ik een voorbeeldige leerlinge was en hem uitsluitend voor m'n studie zou gebruiken en zo... Ik heb de tijd teruggedraaid om elk uur te kunnen verdubbelen. Daardoor kon ik verschillende lessen tegelijk volgen, begrijp je? Maar... Harry, *ik snap niet wat Perkamentus van ons wil.* Waarom zei hij dat we drie uur terug in de tijd moeten gaan? Hoe kunnen we Sirius daarmee helpen?'

Harry tuurde naar de vage omtrek van haar gezicht.

'Er moet rond deze tijd iets gebeurd zijn waarvan hij wil dat wij het veranderen,' zei hij langzaam. 'Wat is er toen gebeurd? Drie uur geleden gingen we op weg naar Hagrid...'

'Het *is* nu drie uur geleden en we *zijn* op weg naar Hagrid,' zei Hermelien. 'We hebben onszelf net horen vertrekken...'

Harry fronste zijn wenkbrauwen, maar had het gevoel dat hij zijn hele brein in elkaar perste, in opperste concentratie.

'Perkamentus zei net dat – dat we meer dan één onschuldig leven konden redden...' Plotseling drong het tot hem door. 'Hermelien, we moeten Scheurbek redden!'

'Maar – wat schiet Sirius daarmee op?'

'Perkamentus zei – hij heeft ons verteld waar het raam is – het raam van Bannings kantoortje! Waar Sirius opgesloten zit! We moeten op de rug van Scheurbek naar het raam vliegen en Sirius redden! Sirius kan met behulp van Scheurbek ontsnappen – ze kunnen samen ontsnappen!'

Hermeliens gezicht was moeilijk te zien, maar ze leek doodsbenauwd.

'Als ons dat lukt zonder gezien te worden, is het pas echt een wonder!'

'Nou ja, we moeten het in elk geval proberen,' zei Harry. Hij stond op en drukte zijn oor ook tegen de deur.

'Ik hoor niemand... kom op, laten we gaan...'

Harry deed de deur van de bezemkast open. De hal was uitgestorven. Zo snel en stilletjes mogelijk glipten ze de kast uit en renden het stenen bordes af. De schaduwen werden al langer en de boomtoppen van het Verboden Bos baadden opnieuw in een gouden licht.

'Als iemand uit het raam kijkt –' piepte Hermelien, die achterom keek naar het kasteel.

'We kunnen beter rennen,' zei Harry vastberaden. 'Regelrecht naar het Bos. Dan verbergen we ons achter een boom en kijken we goed of we niemand zien –'

'Oké, maar laten we via de kassen gaan,' zei Hermelien ademloos. 'We moeten uit het zicht van Hagrids voordeur blijven, anders zien we onszelf. We moeten nu bijna bij Hagrid zijn!'

Harry zette het op een lopen, met Hermelien op zijn hielen, terwijl hij nadacht over wat ze nou precies bedoelde. Ze holden door de moestuin, bleven even achter de kassen staan en renden toen zo snel mogelijk verder. Ze draafden met een grote boog om de Beukwilg heen en sprintten naar de dekking van het Bos...

Toen hij veilig onder de schaduwen van de bomen stond draaide Harry zich om; een paar seconden later kreeg hij gezelschap van een hijgende Hermelien.

'Oké,' bracht ze moeizaam uit, 'en nu moeten we stiekem naar het huisje van Hagrid sluipen. Zorg dat niemand je ziet, Harry...'

Geruisloos slopen ze tussen de bomen aan de bosrand door. Net toen ze een glimp opvingen van de voorkant van Hagrids huisje, werd er op de deur geklopt. Snel doken ze achter een brede eik en tuurden voorzichtig om de stam heen. Een trillende en bleke Hagrid was in de deuropening verschenen en keek wie er geklopt had, en op dat moment hoorde Harry zijn eigen stem.

'Wij zijn het. We hebben de Onzichtbaarheidsmantel om. Laat ons binnen, dan kunnen we hem afdoen.'

'Jullie hadden niet motten kommen!' fluisterde Hagrid. Hij stapte opzij en deed de deur vlug dicht.

'Dit is het bizarste wat ik ooit heb meegemaakt!' fluisterde Harry uit de grond van zijn hart.

'Laten we een stukje doorlopen,' mompelde Hermelien. 'We moeten bij Scheurbek zien te komen!'

Ze slopen tussen de bomen door tot ze de nerveuze Hippogrief zagen, die vastgebonden was bij Hagrids pompoenveld.

'Nu?' fluisterde Harry.

'Nee!' zei Hermelien. 'Als we hem nu stelen, denken die lui van het Comité dat Hagrid hem heeft vrijgelaten! We moeten wachten tot ze hebben gezien dat hij vastzit!'

'Dan hebben we hoogstens een minuut de tijd,' zei Harry. Het begon ondoenlijk te lijken.

Op dat moment hoorden ze het gerinkel van brekend porselein in Hagrids huisje.

'Hagrid die de melkkan laat vallen,' fluisterde Hermelien. 'En dadelijk zie ik Schurfie –'

Inderdaad klonk een paar minuten later Hermeliens schrille kreet van verbazing.

'Hermelien,' zei Harry plotseling, 'kunnen we niet – kunnen we niet naar binnen stormen en Pippeling gewoon grijpen –'

'Nee!' fluisterde Hermelien ontsteld. 'Snap je het dan niet? We overtreden op dit moment een van de belangrijkste toverwetten! Niemand mag iets aan de tijd veranderen, niemand! Je hebt Perkamentus gehoord! Als we gezien worden –'

'Hagrid en wij zijn de enigen die ons zouden zien!'

'Harry, wat denk je dat je zou doen als je jezelf plotseling het huisje van Hagrid zag binnenstormen?' zei Hermelien.

'Ik – ik zou denken dat ik gek was geworden,' zei Harry, 'of dat er sprake was van Duistere Magie –'

'Precies! Je zou er niks van begrijpen en jezelf misschien wel te lijf gaan! Snap je het dan niet? Professor Anderling heeft me verteld wat voor vreselijke dingen er zijn gebeurd met tovenaars die met de tijd hebben geknoeid... een heleboel hebben per ongeluk de eerdere of toekomstige versie van zichzelf gedood!'

'Ja, oké,' zei Harry. 'Het was maar een idee. Ik dacht gewoon –'

Maar Hermelien gaf hem een por en wees op het kasteel. Harry stak zijn hoofd een stukje verder om de stam heen, om de voordeuren beter te kunnen zien. Perkamentus, Droebel, het stokoude lid van het Comité en Vleeschhouwer de beul kwamen het bordes af.

'Dadelijk komen wij naar buiten!' fluisterde Hermelien.

En inderdaad ging een paar tellen later de achterdeur van Hagrids huisje open en zag Harry zichzelf, Ron en Hermelien naar buiten komen, samen met Hagrid. Het was zonder twijfel het vreemdste gevoel van zijn leven, toen hij daar achter die boom stond en keek hoe hij naar het pompoenveld liep.

'Niks an de hand, Bekkie, niks an de hand...' zei Hagrid tegen Scheurbek. Hij wendde zich tot Harry, Ron en Hermelien. 'Vooruit, terug naar 't kasteel.'

'Hagrid, we kunnen niet –'

'Wij zeggen wel hoe het werkelijk gegaan is –'

'Ze mogen hem niet zomaar doodmaken –'

'Weg! 't Is al erg genoeg zonder dat jullie je ook nog es in de nesten werken!'

Harry zag hoe de Hermelien in het pompoenveld de Onzichtbaarheidsmantel over hem en Ron gooide.

'Maak dat je wegkomt. Blijf niet luisteren...'

Er werd op Hagrids voordeur geklopt. Het executiecomité was gearriveerd. Hagrid draaide zich om en ging weer naar binnen, maar liet de achterdeur op een kier staan. Harry keek hoe het gras rond het huisje op bepaalde plaatsen werd platgedrukt en hoorde drie paar voetstappen wegsterven. Hij, Ron en Hermelien waren verdwenen... maar de Harry en Hermelien in het bos konden door de open achterdeur horen wat zich in Hagrids huisje afspeelde.

'Waar is het beest?' vroeg de kille stem van Vleeschhouwer.

'Bui- buiten,' zei Hagrid schor.

Harry trok gauw zijn hoofd terug toen het gezicht van Vleeschhouwer voor het raam verscheen en naar Scheurbek staarde. Vervolgens hoorden ze de stem van Droebel.

'We – eh – moeten je het officiële executiebevel voorlezen, Hagrid. Ik zal het kort houden. En dan moeten jij en Vleeschhouwer tekenen. Vleeschhouwer, jij moet ook luisteren, dat is de procedure –'

Het gezicht van Vleeschhouwer verdween bij het raam. Het was nu of nooit.

'Wacht jij hier,' fluisterde Harry tegen Hermelien. 'Ik doe het wel.'

Toen de stem van Droebel weer opklonk schoot Harry achter de boom vandaan, sprong over het hek rond het pompoenveld en liep naar Scheurbek.

'*Het Comité voor de Vernietiging van Gevaarlijke Wezens heeft besloten dat de Hippogrief Scheurbek, hierna te noemen de veroordeelde, terechtgesteld zal worden op de zesde juni, bij zonsondergang –*'

Harry, die zijn best deed om niet met zijn ogen te knipperen, staarde in de feloranje ogen van Scheurbek en maakte een buiging. Scheurbek zonk op zijn geschubde knieën neer en kwam weer overeind en Harry begon aan zijn touw te friemelen.

'*... veroordeeld tot de dood door onthoofding. Voornoemd vonnis zal worden uitgevoerd door de officiële scherprechter van het Comité, Walter Vleeschhouwer...*'

'Kom op, Scheurbek,' mompelde Harry, 'kom op, we zijn hier om je te helpen. Stil... stil...'

'*... ondertekend door de getuigen.* Hagrid, jij moet hier tekenen...'

Harry trok uit alle macht aan het touw, maar Scheurbek zette zijn voorpoten schrap.

'Nou, laten we het alsjeblieft zo snel mogelijk afhandelen,' zei de bibberige stem van het lid van het Comité. 'Hagrid, misschien is het beter als jij binnen blijft –'

301

'Nee, ik – ik wil bij hem zijn... ik wil niet dat ie alleen is –'

Er klonken voetstappen in het huisje.

'*Schiet op, Scheurbek!*' siste Harry.

Harry trok nog harder aan het touw om Scheurbeks nek en eindelijk begon de Hippogrief te lopen, geïrriteerd met zijn vleugels ritselend. Ze waren nog ruim drie meter van de bosrand vandaan en nog steeds duidelijk zichtbaar vanuit Hagrids achterdeur.

'Eén moment, Vleeschhouwer,' zei de stem van Perkamentus. 'Jij moet ook nog tekenen.' De voetstappen hielden halt en Harry trok uit alle macht aan het touw. Scheurbek klikte met zijn snavel en begon ietsje sneller te lopen.

Het doodsbleke gezicht van Hermelien keek om een boom.

'*Harry, schiet op!*' zeiden haar lippen geluidloos.

Harry hoorde Perkamentus binnen nog steeds praten. Hij gaf een ruk aan het touw en Scheurbek ging met tegenzin over in een drafje. Ze waren bij de bomen...

'Vlug! Vlug!' kreunde Hermelien, die achter haar boom vandaan kwam, het touw greep en ook haar gewicht in de strijd gooide om Scheurbek sneller te laten lopen. Harry keek achterom; ze waren nu uit het zicht en konden Hagrids tuin niet meer zien.

'Stop!' fluisterde hij tegen Hermelien. 'Dadelijk horen ze ons nog –'

Hagrids achterdeur ging met een klap open. Harry, Hermelien en Scheurbek bleven roerloos staan; zelfs de Hippogrief scheen aandachtig te luisteren.

Een stilte... en toen –

'Waar is hij?' vroeg het lid van het Comité met zijn beverige stem. 'Waar is het beest?'

'Hij was hier vastgebonden!' zei de beul woedend. 'Ik heb hem net nog gezien! Hij stond hier!'

'Wat wonderlijk allemaal,' zei Perkamentus, met een geamuseerde ondertoon in zijn stem.

'Bekkie!' zei Hagrid schor.

Er klonk een zwiepend geluid en een klap; blijkbaar had de beul uit pure frustratie met zijn bijl in de omheining gehakt. En toen hoorden ze gebrul, maar nu konden ze verstaan wat Hagrid tussen zijn snikken door riep.

'Weg! Pleite! Hij is d'r vandoor, de schat! Hij mot zich losgerukt hebben! Goed zo, Bekkie, ouwe slimmerik!'

Scheurbek trok aan het touw, in een poging om bij Hagrid te komen, maar Harry en Hermelien grepen het nog steviger beet en zetten zich met hun hakken schrap in de bosbodem om hem tegen te houden.

'Iemand heeft hem losgemaakt!' snauwde de beul. 'We moeten het terrein afzoeken, het bos –'

'Vleeschhouwer, als Scheurbek inderdaad gestolen is, denk ik niet dat de dief er te voet vandoor is gegaan,' zei Perkamentus, die nog steeds geamuseerd klonk. 'Je kunt beter de lucht afzoeken... Hagrid, ik zou best een kopje thee lusten. Of een lekkere bel cognac.'

'Ja – ja, tuurlijk, professor,' zei Hagrid flauwtjes en opgelucht. 'Kom binnen, kom binnen...'

Harry en Hermelien luisterden aandachtig. Ze hoorden voetstappen, het zachte gevloek van de beul, de klik van de deur en toen was het weer stil.

'En nu?' fluisterde Harry, die om zich heen keek.

'We moeten ons hier schuil blijven houden,' zei Hermelien, die behoorlijk van streek leek. 'Eerst moet iedereen terug naar het kasteel en dan moeten we wachten tot het veilig is om met Scheurbek naar het raam van Sirius te vliegen. Het duurt nog een paar uur voor hij daar opgesloten wordt... o, wat gaat dit moeilijk worden...'

Ze tuurde gespannen over haar schouder naar het Bos. De zon ging nu onder.

'We moeten hier weg,' zei Harry, die diep nadacht. 'We moeten de Beukwilg kunnen zien, anders weten we niet wat er precies gebeurt.'

'Ja, goed,' zei Hermelien, die het touw van Scheurbek greep. 'Maar denk eraan, Harry, niemand mag ons zien, niemand...'

Terwijl de duisternis inviel liepen ze langs de bosrand, tot ze uiteindelijk achter een groepje bomen verscholen waren en de Beukwilg nog net konden zien.

'Daar heb je Ron!' zei Harry plotseling.

Een donkere gedaante sprintte over het gazon en zijn kreet galmde door de stille nacht.

'Rot op – maak dat je wegkomt – Schurfie, kom *hier* –'

Opeens zagen ze nog twee gedaanten uit het niets verschijnen. Harry keek hoe Hermelien en hij achter Ron aan holden en zag Ron toen een duik maken.

'H*ebbes*! Donder op, vuile rotkat –'

'Daar heb je Sirius!' zei Harry. Het massieve silhouet van de hond was met een grote sprong uit het gat tussen de wortels van de Wilg tevoorschijn gekomen. Ze zagen hoe hij Harry omvergooide en Ron greep...

'Van hieruit lijkt het nog erger, hè?' zei Harry, die keek hoe de hond Ron naar de wortels sleurde. 'Au! – kijk, ik kreeg een mep van die boom – en jij ook – dit is echt *idioot* –'

De Beukwilg kraakte en haalde uit met zijn onderste takken; ze zagen hoe ze zelf wanhopig heen en weer renden, proberend om bij de stam te komen. Plotseling verstijfde de boom.

'Dat was Knikkebeen, die op die knoest drukte,' zei Hermelien.

'En daar gaan wij,' mompelde Harry. 'We zijn in de tunnel.'

Zodra ze verdwenen waren begon de boom weer te bewegen en een paar tellen later hoorden ze voetstappen. Perkamentus, Vleeschhouwer, Droebel en het oude lid van het Comité waren op weg naar het kasteel.

'Vlak nadat wij in die tunnel waren verdwenen!' zei Hermelien. 'Hadden we Perkamentus toen maar bij ons gehad...'

'Dan zouden Vleeschhouwer en Droebel ook zijn meegegaan,' zei Harry verbitterd. 'Ik wed dat Droebel Vleeschhouwer opdracht zou hebben gegeven om Sirius ter plekke terecht te stellen...'

Ze keken hoe de vier mannen het bordes voor het kasteel op liepen en naar binnen gingen. Een paar minuten was het terrein uitgestorven en toen –

'Daar heb je Lupos!' zei Harry toen er opnieuw een gedaante het kasteel uit kwam en naar de Wilg holde. Harry keek omhoog. De maan ging schuil achter de wolken.

Ze keken hoe Lupos een afgebroken tak pakte en tegen de knoest op de stam drukte. De boom hield op met bewegen en ook Lupos verdween in het gat tussen de wortels.

'Had hij die mantel maar gepakt,' zei Harry. 'Die ligt daar nu maar...'

Hij keek Hermelien aan.

'Als ik nou gauw even naar die boom ren en hem pak? Dan kan Sneep hem niet vinden en –'

'Harry, *we mogen niet gezien worden!*'

'Hoe kun je hier zo kalm blijven staan en alles zomaar laten gebeuren?' vroeg Harry fel. Hij aarzelde even. 'Ik ga die mantel halen!'

'Harry, *nee!*'

Hermelien greep het achterpand van Harry's gewaad nog net op tijd beet, want op dat moment hoorden ze een lied. Hagrid was luidkeels zingend en enigszins slingerend op weg naar het kasteel, met een grote fles in zijn hand.

'*Zie je wel?*' fluisterde Hermelien. '*Zie je wat er gebeurd zou zijn?* We moeten ons verborgen houden! Nee, *Scheurbek!*'

De Hippogrief deed opnieuw verwoede pogingen om bij Hagrid te komen; Harry greep het touw ook en trok uit alle macht om Scheurbek tegen te houden. Ze keken hoe Hagrid beschonken naar het kasteel zwalkte. Hij verdween uit het zicht en Scheurbek staakte zijn pogingen om zich los te rukken en liet zijn kop verdrietig hangen.

Nog geen twee minuten later vlogen de kasteeldeuren opnieuw open en kwam Sneep naar buiten. Hij holde in de richting van de Beukwilg.

Harry balde zijn vuisten toen Sneep abrupt bij de boom bleef staan en om zich heen keek. Hij greep de Onzichtbaarheidsmantel en hield hem omhoog.

'Blijf af met je smerige tengels!' siste Harry zacht.

'Ssst!'

Sneep pakte de tak die Lupos ook had gebruikt om de boom te laten verstijven, drukte op de knoest en werd onzichtbaar toen hij de mantel omdeed.

'Nou, dat was het,' zei Hermelien. 'We zijn allemaal in de tunnel... nu moeten we wachten tot we weer naar buiten komen...'

Ze pakte Scheurbeks touw, bond dat stevig om de dichtstbijzijnde boom en ging op de droge grond zitten, met haar armen om haar knieën.

'Er is één ding wat ik niet begrijp, Harry... waarom hebben de Dementors Sirius niet te grazen genomen? Ik weet nog dat ze op ons afkwamen, maar toen moet ik flauwgevallen zijn... er waren er zo veel...'

Harry ging ook zitten. Hij legde uit wat hij gezien had; dat, toen de dichtstbijzijnde Dementor zijn mond op die van Harry had willen drukken, er een groot zilveren iets over het meer was komen aangalopperen, dat de Dementors had gedwongen om zich terug te trekken.

Tegen de tijd dat Harry was uitgesproken, hing Hermeliens mond een beetje open.

'Maar wat was het dan?'

'Het kan maar één ding geweest zijn, als de Dementors daardoor op de vlucht zijn geslagen,' zei Harry. 'Een echte Patronus. Een heel krachtige.'

'Maar wie heeft die dan opgeroepen?'

Harry zweeg. Hij dacht aan de gedaante die hij aan de overkant van het meer had gezien. Hij wist wie hij dacht dat het geweest was...

maar hoe kón dat?

'Heb je niet gezien wie het was?' vroeg Hermelien gretig. 'Was het een van de leraren?'

'Nee, het was geen leraar,' zei Harry.

'Het moet een machtige tovenaar zijn geweest, om al die Dementors te kunnen verdrijven... was hij niet zichtbaar in het schijnsel van die Patronus, als dat zo krachtig was? Kon je niet zien –?'

'Ja, ik zag hem wel,' zei Harry langzaam.'Maar... misschien was het verbeelding... ik kon niet goed meer nadenken... vlak daarna ging ik van m'n stokje...'

'*Wie dacht je dat het was?*'

'Volgens mij –' Harry slikte en besefte hoe idioot het zou klinken. 'Volgens mij was het m'n vader.'

Harry keek naar Hermelien en zag dat haar mond nu helemaal openhing. Ze staarde hem met een mengeling van medelijden en bezorgdheid aan.

'Harry, je vader is – *dood*,' zei ze zacht.

'Dat weet ik ook wel,' zei Harry vlug.

'Was het dan zijn geest?'

'Ik weet niet... nee... hij zag er heel solide uit...'

'Maar dan –'

'Misschien was het verbeelding,' zei Harry. 'Maar... te oordelen naar wat ik kon zien... hij leek erop... ik heb foto's van hem...'

Hermelien keek hem nog steeds aan alsof ze bang was dat hij gek was geworden.

'Ik weet dat het stom klinkt,' zei Harry vlak. Hij draaide zich om en keek naar Scheurbek, die met zijn snavel in de grond wroette en blijkbaar op zoek was naar wormen, maar hij lette niet echt op Scheurbek.

Hij dacht aan zijn vader en zijn drie oudste vrienden... Maanling, Wormstaart, Sluipvoet en Gaffel... Waren ze vannacht allevier in het park geweest? Wormstaart bleek onverwachts toch nog te leven, terwijl iedereen gedacht had dat hij dood was – kon dat dan ook niet voor zijn vader gelden? Had de gedaante aan de overkant van het meer alleen in zijn verbeelding bestaan? Hij was te ver weg geweest om hem goed te kunnen zien, maar vlak voor hij flauwviel was hij er een moment van overtuigd geweest...

De bladeren boven zijn hoofd ritselden zacht. De maan speelde verstoppertje tussen langsdrijvende wolkenflarden. Hermelien hield de Beukwilg in de gaten en wachtte af.

Uiteindelijk, na meer dan een uur...

'Daar zijn we!' fluisterde Hermelien.

Ze stonden op en Scheurbek hief zijn kop op. Ze zagen Lupos, Ron en Pippeling moeizaam uit het gat tussen de wortels tevoorschijn komen, gevolgd door Hermelien en Sneep, die op een griezelige manier uit het gat omhoog kwam zweven. Als laatsten kwamen Harry en Zwarts naar buiten en iedereen ging op weg naar het kasteel.

Harry's hart begon sneller te slaan en hij keek omhoog. Die wolk kon nu elk moment voorbijdrijven en dan zou de maan zichtbaar worden...

'Harry,' mompelde Hermelien, alsof ze precies wist wat hij dacht, 'we moeten hier blijven. Ze mogen ons niet zien. We kunnen toch niets doen...'

'Dus we moeten Pippeling gewoon voor de tweede keer laten ontsnappen?' zei Harry zacht.

'Hoe wou je een rat vinden in het donker?' beet Hermelien hem toe. 'We kunnen niets doen! We zijn hier om Sirius te helpen en verder mogen we ons nergens mee bemoeien!'

'Oké, *oké*!'

De maan gleed achter de wolken vandaan. De piepkleine gedaantes in de verte bleven plotseling staan en toen zagen ze beweging –

'Lupos!' fluisterde Hermelien. 'Hij verandert in een weerwolf –'

'Hermelien!' zei Harry plotseling, 'we moeten hier weg!'

'Ik zeg toch, we mogen niet –'

'Niet om ons ermee te bemoeien, maar dadelijk rent Lupos het bos in, recht op ons af!'

Hermelien snakte naar adem.

'Vlug!' kreunde ze en ze holde naar de boom om Scheurbek los te maken. 'Vlug! Waar kunnen we heen? Waar kunnen we ons verschuilen? Dadelijk komen de Dementors –'

'Terug naar het huis van Hagrid!' zei Harry. 'Daar is nu niemand – kom mee!'

Ze renden zo snel ze konden en Scheurbek volgde op een drafje. In de verte hoorden ze de weerwolf huilen...

Het huisje kwam in zicht. Harry sprintte naar de deur, rukte hem open en Hermelien en Scheurbek schoten langs hem heen; Harry sprong ook naar binnen en schoof de grendel voor de deur. Muil de wolfshond blafte hard.

'Ssst, Muil, wij zijn het!' zei Hermelien, die haastig naar hem toe liep en hem achter zijn oren krabde om hem te kalmeren. 'Dat scheelde maar een haartje!' zei ze tegen Harry.

'Ja...'

Harry keek uit het raam. Vanuit het huisje was het veel moeilijker om te zien wat zich buiten afspeelde. Scheurbek was blijkbaar blij dat hij terug was, want hij ging voor het vuur liggen, vouwde tevreden zijn vleugels en scheen op het punt te staan om een lekker dutje te gaan doen.

'Ik kan beter maar weer naar buiten gaan,' zei Harry langzaam. 'Zo kan ik niet zien wat er gebeurt – dan weten we niet wanneer het tijd is –'

Hermelien keek hem achterdochtig aan.

'Ik zal me heus nergens mee bemoeien,' zei Harry snel. 'Maar hoe moeten we weten wanneer het tijd is om Sirius te redden als we niet kunnen zien wat er gebeurt?'

'Nou... goed dan... ik wacht hier wel met Scheurbek... maar wees voorzichtig, Harry – er loopt een weerwolf rond – en al die Dementors –'

Harry ging weer naar buiten en schuifelde om het huisje heen. In de verte hoorde hij een schril geblaf. Dat betekende dat de Dementors Sirius aan het omsingelen waren... hij en Hermelien konden hem nu elk moment te hulp schieten...

Harry staarde in de richting van het meer en zijn hart sloeg een wilde roffel in zijn borst. Degene die die Patronus had opgeroepen kon nu elk moment verschijnen.

Even bleef hij aarzelend voor de deur van Hagrids huisje staan. Je *mag niet gezien worden.* Maar hij wilde ook helemaal niet gezien worden, hij wilde alleen zien... hij moest het weten...

En daar waren de Dementors. Ze doken aan alle kanten op uit het duister en gleden om het meer heen... ze gingen de andere kant uit, weg bij Harry, naar de andere oever... hij hoefde niet bij ze in de buurt te komen...

Harry begon te rennen. Het enige waar hij aan dacht was zijn vader... Als hij het geweest was... als hij het echt geweest was... dan moest hij het weten, moest hij het zien...

Het meer kwam steeds dichterbij, maar hij zag niemand. Alleen op de andere oever waren vage, zilverkleurige flitsjes zichtbaar – zijn eigen pogingen om een Patronus op te roepen –

Harry plofte achter een struik neer die pal aan de waterkant groeide en tuurde wanhopig door de bladeren. Op de andere oever doofden de zilveren flikkeringen plotseling uit. Er golfde een geweldige opwinding door hem heen – het kon nu elk moment gebeuren –

'Kom op!' mompelde hij en hij keek om zich heen. 'Waar blijf je, pa? Vooruit, kom op –'

Maar er kwam niemand. Harry hief zijn hoofd op en staarde naar de kring van Dementors aan de overkant van het meer. Eentje liet zijn kap zakken. Nu moest de redder ten tonele verschijnen – maar deze keer kwam niemand hem helpen –

En toen drong het opeens tot hem door – hij begreep het. Hij had niet zijn vader gezien – maar *zichzelf!*

Harry sprong achter de struik vandaan en trok haastig zijn toverstok.

'EXPECTO PATRONUM!' schreeuwde hij.

En uit de punt van zijn toverstok schoot geen vormeloze wolk, maar een fonkelend, oogverblindend zilveren dier. Hij kneep zijn ogen half dicht en probeerde te zien wat voor dier het was. Het leek op een paard, dat geluidloos over het inktzwarte water van het meer galoppeerde. Hij zag hoe het beest zijn kop liet zakken en de krioelende Dementors te lijf ging... hij draafde in cirkels om de donkere silhouetten op de grond heen en de Dementors trokken zich terug, verspreidden zich, vluchtten het duister in... ze waren verdwenen.

De Patronus draaide zich om en rende terug, over het rimpelloze water van het meer. Het was geen paard. Het was ook geen eenhoorn. Het was een hert, dat net zo helder glansde als de maan boven hun hoofd... hij kwam naar Harry terug.

Op de oever bleef hij staan. Zijn hoeven lieten geen afdrukken achter in de vochtige aarde. Hij staarde Harry aan met zijn grote, zilveren ogen en boog langzaam zijn kop, met zijn machtige gewei. En Harry besefte...

'*Gaffel!*' fluisterde hij.

Maar toen hij zijn bevende vingers uitstrekte, verdween het dier.

Harry bleef roerloos staan, met uitgestrekte hand en zijn hart sloeg over toen hij plotseling hoefgetrappel hoorde – hij draaide zich snel om en zag dat Hermelien aan kwam rennen, met Scheurbek op sleeptouw.

'*Wat heb je gedaan?*' fluisterde ze fel. 'Je zei dat je alleen op de uitkijk zou gaan staan!'

'Ik heb net onze levens gered...' zei Harry. 'Kom mee... achter die struik... dan leg ik het uit.'

Hij vertelde Hermelien wat zich had afgespeeld en haar mond viel opnieuw open.

'Heeft iemand je gezien?'

'Ja, heb je niet geluisterd? I*k* heb mezelf gezien, maar ik dacht dat ik m'n vader was! Alles is in orde!'

'Ik kan het gewoon niet geloven, Harry – heb jij de Patronus opgeroepen die al die Dementors heeft verdreven? Dat is heel, *heel* vergevorderde toverkunst...'

'Ik wist dat het deze keer zou lukken omdat ik het al gedaan had,' zei Harry. 'Slaat dat ergens op?'

'Geen idee – Harry, moet je Sneep zien!'

Ze tuurden om de struik heen, naar de overkant van het meer. Sneep was bij zijn positieven gekomen. Hij had brancards te voorschijn getoverd en legde daar de slappe gedaanten van Harry, Hermelien en Zwarts op. Een vierde brancard, ongetwijfeld met Ron erop, zweefde al naast hem. Met opgeheven toverstok stuurde Sneep ze in de richting van het kasteel.

'Goed, het is bijna zover,' zei Hermelien gespannen en ze keek op haar horloge. 'We hebben nog zo'n drie kwartier voor Perkamentus de deur van de ziekenzaal op slot doet. We moeten Sirius redden en dan terug naar de zaal voor iemand merkt dat we weg zijn...'

Ze wachtten en staarden naar het spiegelbeeld van de overdrijvende wolken in het water van het meer, terwijl de struik zacht ruiste in de wind. Scheurbek verveelde zich en wroette opnieuw naar wormen.

'Denk je dat hij nu opgesloten is?' zei Harry, die ook op zijn horloge keek. Hij keek naar het kasteel en begon de ramen van de Westertoren te tellen.

'Kijk!' fluisterde Hermelien. 'Wie is dat? Er kwam iemand het kasteel uit!'

Harry tuurde door het duister. Een man stak haastig het terrein over en liep in de richting van de ingang. Er glansde iets aan zijn riem in het maanlicht.

'Vleeschhouwer!' zei Harry. 'De beul! Hij gaat de Dementors halen! Het is tijd, Hermelien –'

Hermelien legde haar handen op de rug van Scheurbek en Harry gaf haar een kontje. Vervolgens plaatste hij zijn voet op een van de onderste takken van de struik, klauterde omhoog en ging voor haar zitten. Het touw legde hij om Scheurbeks hals en bond hij aan de andere kant ook aan zijn halsband vast, zodat hij het als een soort teugel kon gebruiken.

'Klaar?' fluisterde hij tegen Hermelien. 'Hou je maar goed aan mij vast –'

Hij zette zijn hakken in Scheurbeks flanken.

Scheurbek steeg op, de donkere nacht in. Harry drukte zijn knieën tegen zijn flanken en voelde de enorme vleugels met krachtige slagen op- en neergaan. Hermelien hield Harry heel stevig om zijn middel en mompelde: 'O, dit is niet leuk – o, dit is *helemaal* niet leuk –'

Harry spoorde Scheurbek opnieuw aan. Ze gleden geruisloos naar de bovenste verdiepingen van het kasteel... Harry rukte aan de linkerkant van het touw en Scheurbek maakte een bocht. Harry probeerde de langsflitsende ramen te tellen –

'Ho!' zei hij en hij trok zo hard mogelijk aan het touw.

Scheurbek remde af en een tel later hingen ze stil, ook al rezen en daalden ze steeds meer dan een meter als hij met zijn vleugels sloeg om te blijven zweven.

'Daar heb je hem!' zei Harry, die Sirius zag toen ze langs het raam omhoogvlogen. Hij stak zijn hand uit en toen de vleugels van Scheurbek daalden, wist hij een harde tik op het glas te geven.

Zwarts keek op en Harry zag zijn mond openvallen. Hij sprong uit zijn stoel, rende naar het raam en probeerde het open te doen, maar het zat op slot.

'Opzij!' riep Hermelien. Ze greep haar toverstok terwijl ze Harry's gewaad met haar linkerhand stevig bleef vasthouden. '*Alohomora!*'

Het raam sprong open.

'Hoe – *hoe* –?' zei Zwarts zwakjes, terwijl hij naar de Hippogrief staarde.

'Stap op – we hebben weinig tijd,' zei Harry en hij greep Scheurbek stevig om zijn gladde hals om hem zo stabiel mogelijk te houden. 'Je moet hier weg – de Dementors komen eraan. Vleeschhouwer is ze halen.'

Zwarts plaatste zijn handen aan weerszijden van het raamkozijn en wurmde zijn hoofd en schouders naar buiten. Het was maar goed dat hij zo mager was. Binnen een paar seconden wist hij een been over de rug van Scheurbek te slaan en zich ook op de Hippogrief te hijsen, achter Hermelien.

'Oké, Scheurbek, omhoog!' zei Harry, die aan het touw schudde. 'Naar de toren – kom op!'

De Hippogrief deed één slag met zijn machtige wieken en ze

scheerden omhoog, naar de top van de Westertoren. Met veel gekletter landde Scheurbek op de kantelen en Harry en Hermelien lieten zich direct van zijn rug glijden.

'Je kunt beter gaan, Sirius, vlug,' hijgde Harry. 'Dadelijk komen ze
bij Bannings kantoortje en merken ze dat je weg bent.'

Scheurbek klauwde met zijn voorpoot over de grond en zwaaide
met zijn spitse kop.

'Hoe is het met die andere jongen? Ron?' vroeg Sirius bezorgd.

'Die komt er wel bovenop – hij is nog buiten westen, maar madame Plijster zegt dat ze hem beter kan maken. Vooruit – maak dat je
wegkomt!'

Zwarts staarde nog steeds naar Harry.

'Hoe kan ik jullie ooit bedank –'

'GA!' riepen Harry en Hermelien in koor.

Zwarts liet Scheurbek keren, zodat zijn kop naar de open hemel
gericht was.

'We zien elkaar nog terug,' zei hij. 'Je bent – werkelijk de zoon van
je vader, Harry...'

Hij drukte zijn hakken in de flanken van Scheurbek. Harry en
Hermelien sprongen achteruit toen de enorme vleugels nogmaals
omhoogrezen... de Hippogrief steeg op... zijn berijder en hij werden
kleiner en kleiner terwijl Harry ze nastaarde... Toen dreef er een wolk
voor de maan langs en waren ze verdwenen.

HOOFDSTUK 22

OPNIEUW UILENPOST

'*H*arry!'

Hermelien trok aan zijn mouw en keek op haar horloge.

'We hebben nog precies tien minuten om ongezien in de ziekenzaal terug te komen – voor Perkamentus de deur op slot doet –'

'Oké,' zei Harry. Met moeite wendde hij zijn ogen van de hemel af. 'Laten we maar gaan...'

Ze glipten door een deur achter hen en daalden een smalle stenen wenteltrap af, maar onderaan hoorden ze plotseling stemmen. Ze drukten zich tegen de muur en luisterden. Zo te horen waren het Droebel en Sneep, die haastig door de gang liepen waar de trap op uitkwam.

'... hoop alleen dat Perkamentus niet moeilijk doet,' zei Sneep. 'Wordt de Kus onmiddellijk toegediend?'

'Zodra Vleeschhouwer met de Dementors terugkomt. Die toestand met Zwarts heeft het Ministerie vreselijk in verlegenheid gebracht. Ik verheug me erop om de *Ochtendprofeet* te laten weten dat we hem eindelijk te pakken hebben... waarschijnlijk willen ze wel een interview met jou, Sneep... en zodra Harry weer bij zijn volle verstand is, zal hij vast en zeker aan de *Profeet* willen vertellen hoe jij zijn leven hebt gered...'

Harry knarsetandde. Hij ving een glimp op van Sneeps zelfvoldane grijns terwijl hij en Droebel hun schuilplaats passeerden en toen stierven hun voetstappen weg. Harry en Hermelien wachtten even, om er zeker van te zijn dat ze echt weg waren en holden toen de andere kant uit. Een trap af en nog een en een gang uit – daar hoorden ze iets verderop een kakelend gelach.

'*Foppe!*' mompelde Harry en hij greep Hermelien bij haar pols. 'Hierheen!'

Ze schoten nog net op tijd een verlaten lokaal in. Foppe danste in een opperbest humeur door de gang en had de grootste pret.

'O, wat is hij toch walgelijk!' fluisterde Hermelien, die haar oor tegen de deur drukte. 'Ik wed dat hij zo opgewonden is omdat die Dementors Sirius komen afmaken...' Ze wierp een blik op haar horloge. 'Nog drie minuten, Harry!'

Ze wachtten tot Foppes vergenoegde gegrinnik was weggestorven, glipten toen het lokaal uit en zetten het weer op een lopen.

'Hermelien – wat gebeurt er – als we niet binnen zijn – voor Perkamentus de deur op slot doet?' hijgde Harry.

'Daar wil ik niet aan denken!' kreunde Hermelien en ze keek opnieuw op haar horloge. 'Nog één minuut!'

Ze waren aan het einde van de gang waar zich de ziekenzaal bevond. 'Oké – ik hoor Perkamentus,' zei Hermelien gespannen. 'Kom op, Harry!'

Ze slopen door de gang. De deur ging open en de rug van Perkamentus verscheen in de deuropening.

'Ik sluit jullie nu op,' hoorden ze hem zeggen. 'Het is vijf voor twaalf. Drie keer omdraaien lijkt me voldoende, juffrouw Griffel. Veel succes.'

Perkamentus stapte achteruit de gang op, deed de deur dicht en pakte zijn toverstok om hem magisch op slot te doen. Harry en Hermelien raakten in paniek en renden naar hem toe. Perkamentus keek op en er verscheen een glimlach onder zijn lange, zilvergrijze snor. 'En?' zei hij zacht.

'Gelukt!' zei Harry ademloos. 'Sirius is ontsnapt, met behulp van Scheurbek...'

Perkamentus straalde.

'Goed zo. Ik geloof –' Hij luisterde aandachtig of hij iets hoorde op de ziekenzaal. 'Ja, volgens mij zijn jullie verdwenen. Vooruit, naar binnen – dan sluit ik jullie op –'

Harry en Hermelien glipten de ziekenzaal binnen. Er was niemand behalve Ron, die nog steeds roerloos in het laatste bed lag. Achter hen klikte het slot en Harry en Hermelien slopen naar hun eigen bed terug. Hermelien stopte de Tijdverdrijver gauw weer onder haar gewaad. Een paar tellen later kwam madame Plijster met grote passen haar kantoortje uit.

'Hoorde ik professor Perkamentus weggaan? Mag ik nu misschien eindelijk voor mijn patiënten zorgen?'

Ze was in een heel slecht humeur en het leek Harry en Hermelien beter om stilletjes hun chocola in te nemen. Madame Plijster bleef naast hun bed staan om er zeker van te zijn dat ze het opaten, maar Harry kon nauwelijks een hap door zijn keel krijgen. Hij en Hermelien wachtten en luisterden, op van de zenuwen...

En toen, op het moment dat ze hun vierde stuk chocola toegestopt kregen door madame Plijster, hoorden ze in de verte een brul van woede door het kasteel galmen.

'Wat was dat?' zei madame Plijster geschrokken.

Nu waren er woedende stemmen te horen die steeds luider werden. Madame Plijster staarde naar de deur.

'Lieve hemel – ze maken iedereen wakker! Waar is dat nou weer voor nodig?'

Harry probeerde de stemmen te verstaan. Ze kwamen steeds dichterbij –

'Hij moet Verdwijnseld zijn, Severus. We hadden iemand de wacht moeten laten houden in zijn kamer. Als dit bekend raakt –'

'HIJ IS NIET VERDWIJNSELD!' bulderde Sneep, die inmiddels vlak bij de ziekenzaal was. 'JE KUNT NIET VERSCHIJNSELEN OF VERDWIJNSELEN IN DIT KASTEEL! DIT – IS – HET – WERK – VAN – POTTER!'

'Severus – gebruik je gezonde verstand – Harry zit opgesloten in –'

BENG!

De deur van de ziekenzaal vloog open.

Droebel, Sneep en Perkamentus kwamen binnenmarcheren. Alleen Perkamentus maakte een kalme indruk en leek zelfs van de situatie te genieten. Droebel was boos, maar Sneep was buiten zinnen.

'ZEG OP, POTTER!' bulderde hij. 'WAT HEB JE GEDAAN?'

'Professor Sneep!' krijste madame Plijster. 'Mag het ietsje minder?'

'Kom, Sneep, denk nou even na,' zei Droebel. 'De deur zat op slot, dat hebben we zelf –'

'ZE HEBBEN HEM GEHOLPEN OM TE ONTSNAPPEN! DAT WEET IK ZEKER!' raasde Sneep, die op Harry en Hermelien wees. Zijn gezicht was verwrongen en het speeksel vloog in het rond.

'Kalm, man!' blafte Droebel. 'Je kraamt onzin uit!'

'JIJ KENT POTTER NIET!' krijste Sneep. 'HIJ HEEFT HET GEDAAN! IK WEET HET ZEKER –'

'Zo is het genoeg, Severus,' zei Perkamentus kalm. 'Denk eens na over wat je zegt. Deze deur is op slot geweest sinds ik de zaal tien minuten geleden heb verlaten. Madame Plijster, zijn deze leerlingen hun bed uit geweest?'

'Nee, natuurlijk niet!' zei madame Plijster verontwaardigd. 'Na uw vertrek ben ik constant bij ze geweest!'

'Je hoort het, Severus,' zei Perkamentus kalm. 'Het lijkt me niet nodig om Harry en Hermelien nog langer lastig te vallen, tenzij je ons wilt laten geloven dat ze op twee plaatsen tegelijk kunnen zijn.'

Sneep staarde ziedend van Droebel, die diep geschokt leek door zijn gedrag, naar Perkamentus, wiens ogen twinkelden achter zijn brilletje. Hij draaide zich met een ruk om en stormde met ruisend gewaad de zaal uit.

'Volgens mij is die kerel niet goed bij z'n hoofd,' zei Droebel, die hem nastaarde. 'Ik zou maar voor hem oppassen als ik jou was, Perkamentus.'

'O, hij is niet gek of zo,' zei Perkamentus. 'Hij is alleen vreselijk teleurgesteld.'

'Hij is niet de enige!' pufte Droebel. 'Dit is koren op de molen van de *Ochtendprofeet*! We hadden Zwarts in handen en hebben hem opnieuw door onze vingers laten glippen! Als dat verhaal over die ontsnapte Hippogrief ook nog bekend raakt, sta ik helemaal voor joker! Nou ja... laat ik het Ministerie maar op de hoogte gaan brengen...'

'En de Dementors?' zei Perkamentus. 'Ik neem aan dat die hier niet meer nodig zijn?'

'O ja, die moeten weg,' zei Droebel, die afwezig met zijn vingers door zijn haar streek. 'Ik had nooit gedacht dat ze zouden proberen de Kus aan een onschuldige jongen toe te dienen... totaal ontspoord... Nee, ik stuur ze vanavond nog terug naar Azkaban. Misschien kunnen we de ingangen van het schoolterrein beter door draken laten bewaken...'

'Dat zou Hagrid leuk vinden,' zei Perkamentus, die vlug even glimlachte naar Harry en Hermelien. Zodra hij en Droebel de zaal hadden verlaten liep madame Plijster haastig naar de deur, deed die op slot en trok zich nijdig mompelend terug in haar kantoortje.

Aan de andere kant van de zaal klonk een zacht gesteun. Ron was bijgekomen. Hij ging overeind zitten, wreef over zijn hoofd en keek om zich heen.

'Wat – wat is er gebeurd?' kreunde hij. 'Harry? Wat doen we hier? Waar is Sirius? En Lupos? Wat is er aan de hand?'

Harry en Hermelien keken elkaar aan.

'Leg jij het maar uit,' zei Harry, die nog een stuk chocola nam.

Toen Harry en Hermelien de volgende dag rond een uur of twaalf de ziekenzaal mochten verlaten, was het kasteel bijna uitgestorven. De drukkende warmte en het feit dat de examens erop zaten, betekenden dat iedereen met volle teugen van een laatste bezoek aan Zweinsveld genoot. Ron noch Hermelien had echter zin om te gaan en dus zwierven ze samen met Harry over het terrein, praatten na over de bizarre gebeurtenissen van de afgelopen nacht en vroegen zich af waar Sirius en Scheurbek nu zouden zijn. Ze gingen aan het meer zitten en keken hoe de reuzeninktvis loom met zijn tentakels zwaaide. Harry raakte de draad van het gesprek kwijt terwijl hij naar de andere oever staarde. Vanaf dat punt was het hert aan komen galopperen...

Er viel een schaduw over hen heen en toen ze opkeken zagen ze Hagrid. Hij had kleine, waterige oogjes, veegde zijn gezicht af met een zakdoek ter grootte van een tafellaken en keek hen breed grijnzend aan.

'Eigenlijk mag ik niet blij wezen na wat d'r gisteren is gebeurd,' zei hij. 'Ik bedoel, Zwarts die 'm gesmeerd is en zo – maar raad es?'

'Wat?' zeiden ze en ze deden alsof ze nieuwsgierig waren.

'Bekkie is d'r ook tussenuit geknepen! Hij is vrij! Ben 't de hele nacht wezen vieren!'

'Maar dat is geweldig!' zei Hermelien, met een bestraffende blik op Ron die zijn lachen blijkbaar nauwelijks kon bedwingen.

'Ja... ik mot 'm niet goed vastgebonden hebben,' zei Hagrid, die blij over het terrein staarde. 'Ik zat vanochtend wel een tikkie in de rats – dacht dat ie misschien professor Lupos tegen 't lijf zou lopen in 't bos, maar Lupos zegt dat ie niks opgevreten heb...'

'Wat?' vroeg Harry snel.

'Jemig, weten jullie dat nog niet?' zei Hagrid en zijn glimlach vervaagde. Er was verder niemand te zien, maar hij vervolgde een stuk zachter: 'Eh – Sneep heb 't vanochtend aan de Zwadderaars verteld – ik dacht dat de hele school 't nou wel wist... professor Lupos is een weerwolf! En gisteren zwierf ie buiten rond! Hij is nu z'n bullen aan 't pakken.'

'Is hij aan het *pakken*?' zei Harry geschrokken. 'Hoezo?'

'Omdat ie weggaat, tuurlijk,' zei Hagrid, verbaasd dat Harry dat nog moest vragen. 'Hij heb vanochtend meteen ontslag genomen. Hij ken 't risico niet nemen dat d'r nog es zoiets gebeurt.'

Harry stond haastig op.

'Ik moet hem spreken,' zei hij tegen Ron en Hermelien.

'Maar als hij ontslag heeft genomen –'

'– klinkt niet alsof we nog iets kunnen doen.'

'Doet er niet toe. Ik wil hem toch spreken. Ik zie jullie later wel.'

De deur van Lupos' kamer was open en hij had het grootste gedeelte van zijn spullen al ingepakt. Het lege aquarium van de Wierling stond naast zijn gehavende oude koffertje, dat openstond en al bijna vol was. Lupos boog zich over iets op zijn bureau en keek pas op toen Harry klopte.

'Ik zag je aankomen,' zei Lupos met een glimlach en hij wees op het perkament dat hij bestudeerd had. Het was de Sluipwegwijzer.

'Ik sprak Hagrid net,' zei Harry. 'Hij zei dat u ontslag had genomen. Dat is toch niet waar, hè?'

'Ik ben bang van wel,' zei Lupos. Hij trok de laden van zijn bureau open en begon ze leeg te halen.

'Maar *waarom?*' zei Harry. 'Het Ministerie van Toverkunst denkt toch niet meer dat u Sirius hebt geholpen, of wel?'

Lupos liep naar de deur en deed die dicht.

'Nee. Professor Perkamentus heeft Droebel ervan weten te overtuigen dat ik juist jullie levens probeerde te redden.' Hij zuchtte. 'Dat was de laatste druppel voor Severus. Volgens mij is het mislopen van de Orde van Merlijn erg hard bij hem aangekomen. Vandaar dat hij vanochtend tijdens het ontbijt – eh – *per ongeluk* zijn mond voorbij heeft gepraat en heeft gezegd dat ik een weerwolf ben.'

'Maar daarom gaat u toch niet weg?' zei Harry.

Lupos glimlachte wrang.

'Morgenochtend om deze tijd zullen de eerste uilen arriveren van ouders die niet willen dat hun kinderen les krijgen van een weerwolf. En na gisteren moet ik toegeven dat daar iets in zit, Harry. Ik had gemakkelijk een van jullie kunnen bijten... dat mag nooit meer voorkomen.'

'Maar u bent de beste leraar Verweer tegen de Zwarte Kunsten die we ooit hebben gehad!' zei Harry. 'Ga alstublieft niet weg!'

Lupos schudde zijn hoofd en ging zwijgend verder met het leeghalen van zijn laden. Terwijl Harry een goed argument probeerde te bedenken om hem over te halen, zei Lupos: 'Te oordelen naar wat professor Perkamentus me vanochtend heeft verteld, heb je gisteren een boel levens gered, Harry. Als ik ergens trots op ben, is het op hoeveel je geleerd hebt. Vertel eens over je Patronus.'

'Hoe weet u daarvan?' zei Harry verbaasd.

'Wat had de Dementors anders kunnen verdrijven?'

Harry vertelde wat er gebeurd was. Toen hij was uitgesproken, glimlachte Lupos weer.

'Ja, je vader was altijd een hert als hij van gedaante veranderde,' zei hij. 'Dat had je goed geraden... daarom noemden we hem Gaffel.'

Lupos gooide een laatste stel boeken in zijn koffer, deed de laden van zijn bureau dicht en keek Harry aan.

'Alsjeblieft – deze heb ik gisteren uit het Krijsende Krot meegenomen,' zei hij en hij gaf Harry de Onzichtbaarheidsmantel terug. 'En...' Hij aarzelde even, maar gaf hem toen ook de Sluipwegwijzer. 'Ik ben je leraar niet meer en hoef me daarom ook niet schuldig te voelen als ik dit teruggeef. Ik heb er niets meer aan, maar ik denk dat Ron en Hermelien en jij er nog wel weg mee weten.'

Harry pakte de kaart aan en grijnsde.

'U zei dat Maanling, Wormstaart, Sluipvoet en Gaffel me graag de school uit wilden lokken... dat ze dat grappig zouden hebben gevonden.'

'Klopt,' zei Lupos, die zich bukte om zijn koffer dicht te doen. 'Ik durf met een gerust hart te stellen dat James zwaar teleurgesteld zou zijn als zijn zoon nooit een van de geheime gangen onder het kasteel had weten te vinden.'

Er werd op de deur geklopt. Harry propte de Sluipwegwijzer en de Onzichtbaarheidsmantel haastig in zijn zak.

Het was professor Perkamentus. Hij leek niet verbaasd om Harry te zien.

'Je koets staat voor, Remus,' zei hij.

'Dank u, professor.'

Lupos pakte zijn oude koffer en het lege aquarium van de Wierling.

'Nou – tot ziens dan maar, Harry,' zei hij met een glimlach. 'Het was een waar genoegen om je les te mogen geven en ik weet zeker dat we elkaar nog eens zullen zien. U hoeft niet helemaal mee te lopen naar het hek, professor, het lukt wel...'

Harry kreeg de indruk dat Lupos zo snel mogelijk wilde vertrekken.

'Het ga je goed, Remus,' zei Perkamentus ernstig. Lupos stopte het aquarium iets hoger onder zijn arm zodat hij Perkamentus een hand kon geven, knikte en glimlachte nog een keer naar Harry en ging naar buiten.

Harry plofte in de lege stoel van Lupos neer en staarde neerslachtig naar de grond. Hij hoorde de deur dichtgaan en keek op. Perkamentus was er nog steeds.

'Waarom zo somber, Harry?' zei hij. 'Na gisteren zou je juist trots op jezelf moeten zijn.'

'Het heeft allemaal geen enkel verschil gemaakt,' zei Harry verbitterd. 'Pippeling is ontsnapt.'

'Geen enkel verschil?' zei Perkamentus zacht. 'Het heeft juist alle verschil gemaakt. Je hebt geholpen om de waarheid aan het licht te brengen. Je hebt een onschuldig iemand behoed voor een vreselijk lot.'

Vreselijk. Plotseling schoot Harry iets te binnen. *Machtiger en vreselijker dan ooit tevoren...* de voorspelling van professor Zwamdrift!

'Professor Perkamentus – gisteren, toen ik examen Waarzeggerij deed, begon professor Zwamdrift opeens heel – heel eigenaardig te doen.'

'Werkelijk?' zei Perkamentus. 'Eh – nog eigenaardiger dan normaal, bedoel je?'

'Ja... haar stem werd zwaar en haar ogen rolden in haar hoofd en ze zei... ze zei dat de dienaar van Voldemort nog voor middernacht op weg zou gaan om zich bij zijn meester te voegen... ze zei dat die dienaar hem zou helpen om weer aan de macht te komen.' Harry staarde Perkamentus aan. 'En toen werd ze plotseling weer gewoon en kon ze zich niet meer herinneren wat ze gezegd had. Was dat – denkt u dat ze een echte voorspelling deed?'

Perkamentus leek lichtelijk onder de indruk.

'Weet je, Harry, volgens mij zou dat best eens kunnen,' zei hij bedachtzaam. 'Wie had dat ooit gedacht? Dat brengt haar totale aantal ware voorspellingen op twee. Misschien moet ik haar opslag geven...'

'Maar –' Harry staarde hem vol ontzetting aan. Hoe kon Perkamentus dat zo kalm opvatten? 'Maar – ik heb Sirius en professor Lupos ervan weerhouden om Pippeling te doden! Dus dan is het mijn schuld als Voldemort terugkomt!'

'Helemaal niet,' zei Perkamentus kalm. 'Heb je dan niets geleerd van je ervaring met die Tijdverdrijver, Harry? De gevolgen van onze daden zijn zó ingewikkeld en veelomvattend dat het voorspellen van de toekomst een uiterst ongewisse zaak is. Daar is professor Zwamdrift het levende bewijs van, de schat! Het was juist heel nobel van je dat je het leven van Pippeling hebt gered.'

'Maar als Voldemort daardoor weer aan de macht komt –!'

'Pippeling heeft zijn leven aan jou te danken. Je hebt Voldemort een dienaar gestuurd die diep bij je in het krijt staat. Als een tovenaar het leven van een andere tovenaar redt, schept dat een bepaalde band... en Voldemort wil heus geen dienaar die bij Harry Potter in het krijt staat, of ik moet me wel heel erg vergissen.'

'Maar ik wil helemaal geen band met Pippeling!' zei Harry. 'Hij heeft mijn ouders verraden!'

'Dit is toverkunst op zijn duisterst en ondoorgrondelijkst, Harry. Maar geloof me... misschien breekt ooit de tijd aan dat je heel blij zult zijn dat je Pippelings leven hebt gered.'

Harry kon zich niet voorstellen wanneer dat zou zijn. Zo te zien wist Perkamentus wat Harry dacht.

'Ik heb je vader goed gekend, Harry, zowel op Zweinstein als later,' zei hij vriendelijk. 'Hij zou Pippeling ook hebben gered, dat weet ik zeker.'

Harry keek hem aan. Perkamentus zou niet lachen – aan hem kon hij het vertellen...

'Gisteren... dacht ik dat mijn vader die Patronus had opgeroepen. Ik bedoel, toen ik mezelf zag, aan de overkant van het meer... dacht ik dat ik hem zag.'

'Een begrijpelijke vergissing,' zei Perkamentus. 'Je zult er wel genoeg van hebben dat steeds te moeten horen, maar je lijkt echt *ongelooflijk* veel op James. Behalve je ogen... je hebt de ogen van je moeder.'

Harry schudde zijn hoofd.

'Het was stom, om te denken dat hij het was,' mompelde hij. 'Ik bedoel, ik weet best dat hij dood is.'

'En denk je dat de doden van wie we gehouden hebben ons ooit werkelijk verlaten? Denk je dat we hen niet extra helder voor de geest halen als we in groot gevaar verkeren? Je vader leeft in jou voort, Harry en hij vertoont zich het duidelijkst op de momenten dat je hem nodig hebt. Hoe wou je anders verklaren dat je juist *die* Patronus opriep? Gaffel is gisteren herrezen.'

Het duurde even voor Harry besefte wat Perkamentus gezegd had.

'Sirius heeft me gisteravond verteld hoe ze Faunaten zijn geworden,' zei Perkamentus glimlachend. 'Een indrukwekkende prestatie – vooral dat ze dat voor mij geheim hebben weten te houden. En toen herinnerde ik me de hoogst ongebruikelijke vorm die je Patronus aannam toen hij meneer Malfidus aanviel tijdens je Zwerkbalwedstrijd tegen Ravenklauw. Dus je hebt je vader gisteravond wel degelijk gezien, Harry... je hebt hem teruggevonden in jezelf.'

Perkamentus verliet het kantoortje en liet Harry achter met zijn verwarde gedachten.

Niemand op Zweinstein wist wat er werkelijk gebeurd was op de avond dat Sirius, Scheurbek en Pippeling waren verdwenen, behalve Harry, Ron, Hermelien en professor Perkamentus. Aan het einde van het schooljaar deden wel allerlei theorieën de ronde, maar die waren allemaal even ver bezijden de waarheid.

Malfidus was razend omdat Scheurbek ontsnapt was. Hij was ervan overtuigd dat Hagrid een manier had verzonnen om de Hippogrief stiekem in veiligheid te brengen en was blijkbaar vooral woedend dat een ordinaire jachtopziener hem en zijn vader te slim was afgeweest. Percy Wemel daarentegen, was diep verontwaardigd over de ontsnapping van Sirius.

'Als ik een baan krijg bij het Ministerie, ga ik een grondige reorganisatie doorvoeren op het gebied van de Magische Wetshandhaving,' zei hij tegen de enige die wilde luisteren – zijn vriendin Patricia.

Het weer was schitterend, iedereen was vrolijk en Harry wist dat ze het onmogelijke hadden verricht door Sirius te helpen ontsnappen, maar toch was hij nog nooit zo terneergeslagen geweest aan het einde van het schooljaar.

Hij was zeker niet de enige die het erg vond dat professor Lupos was vertrokken. Iedereen die bij Harry in de klas zat bij Verweer tegen de Zwarte Kunsten vond het vreselijk dat hij ontslag had genomen.

'Ik ben benieuwd met wie ze ons volgend jaar opzadelen,' zei Simon Filister somber.

'Misschien een vampier?' zei Daan Tomas hoopvol.

Harry was niet alleen van streek door het vertrek van professor Lupos. Onwillekeurig moest hij steeds aan de voorspelling van professor Zwamdrift denken. Hij vroeg zich vaak af waar Pippeling nu zou zijn en of hij al zijn toevlucht had gezocht bij Voldemort. Maar waar Harry het meest tegen opzag, was om terug te moeten keren naar de Duffelingen. Een halfuur lang, een heerlijk halfuurtje, had hij gedacht dat hij voortaan bij Sirius zou kunnen wonen... de beste vriend van zijn ouders... alleen zijn eigen vader terugkrijgen zou nog beter zijn geweest. En hoewel geen nieuws van Sirius goed nieuws was, omdat dat betekende dat hij zich met succes schuilhield, voelde Harry zich toch vreselijk neerslachtig als hij dacht aan wat zijn thuis had kunnen zijn en het feit dat dat nu onmogelijk was.

Op de laatste schooldag werden de examenuitslagen bekendgemaakt. Harry, Ron en Hermelien hadden voor alle vakken een voldoende. Het verbaasde Harry dat hij niet voor Toverdranken gezakt was. Hij had zo'n donkerbruin vermoeden dat Perkamentus persoonlijk had ingegrepen om te voorkomen dat Sneep hem opzettelijk liet zakken. Sneeps houding tegenover Harry was de laatste week ronduit alarmerend geweest. Harry had niet gedacht dat Sneep een nóg grotere hekel aan hem kon krijgen, maar toch was dat het geval. Elke keer als hij naar Harry keek, speelde er een onaangename zenuwtrek om zijn smalle mondhoeken en hij strekte steeds zijn vingers, alsof hij ze dolgraag om Harry's keel wilde sluiten.

Percy was trots op zijn PUISTEN; Fred en George wisten allebei een handvol SLIJMBALLEN bijeen te schrapen. Ondertussen had Griffoendor, vooral door de spectaculaire prestaties op het Zwerkbalveld, voor het derde opeenvolgende jaar het Afdelingskampioenschap behaald. Dat betekende dat de Grote Zaal tijdens het eindejaarsfeest met rood en goud versierd was en dat de tafel van Griffoendor de rumoerigste was van allemaal. Zelfs Harry vergat aan de terugreis naar de Duffelingen te denken terwijl hij samen met de anderen at, dronk, praatte en lachte.

Toen de Zweinsteinexpres de volgende ochtend het stationnetje verliet, had Hermelien verrassend nieuws voor Harry en Ron.

'Ik ben voor het ontbijt even bij professor Anderling geweest om te zeggen dat ik Dreuzelkunde laat vallen.'

'Maar je bent geslaagd! Je had een score van driehonderdtwintig procent!' zei Ron.

'Weet ik,' zuchtte Hermelien, 'maar als ik nog zo'n jaar moet doormaken, word ik gek. Ik werd horendol van die Tijdverdrijver. Ik heb hem teruggegeven. Als ik Dreuzelkunde en Waarzeggerij laat vallen, kan ik weer een normaal lesrooster volgen.'

'Ik kan nog steeds niet geloven dat je ons niks gezegd hebt,' zei Ron knorrig. 'Ik dacht dat wij je *vrienden* waren.'

'Ik had beloofd dat ik het aan *niemand* zou vertellen,' zei Hermelien streng. Ze keek naar Harry, die uit het raam naar Zweinstein staarde, dat achter een berg verdween. Twee lange maanden zou hij het niet zien...

'O, kop op, Harry!' zei Hermelien triest.

'Maak je om mij geen zorgen,' zei Harry vlug. 'Ik zat gewoon aan de vakantie te denken.'

'Ja, ik ook,' zei Ron. 'Harry, je moet bij ons komen logeren. Ik regel het wel met pa en ma en dan bel ik je. Ik weet nu hoe ik zo'n tefeloon moet gebruiken –'

'Een *telefoon*, Ron,' zei Hermelien. 'Allemachtig, eigenlijk zou *jij* volgend jaar Dreuzelkunde moeten doen...'

Ron negeerde haar.

'Van de zomer is het WK Zwerkbal! Wat vind je ervan, Harry? Als je komt logeren, kunnen we samen gaan kijken! Pa kan meestal wel aan kaartjes komen via zijn werk.'

Door dat voorstel vrolijkte Harry aanzienlijk op.

'Ja... ik weet zeker dat de Duffelingen me graag laten gaan... vooral na wat ik met tante Margot heb gedaan...'

Harry voelde zich stukken beter. Hij speelde een paar potjes Knalpoker met Ron en Hermelien en toen de heks met het etenskarretje langskwam kocht hij een uitgebreide lunch, maar niets met chocola erin.

Pas aan het eind van de middag gebeurde er echter iets waardoor hij zich werkelijk gelukkig ging voelen...

'Harry,' zei Hermelien opeens, die over zijn schouder keek, 'wat vliegt daar voor het raam?'

Harry draaide zich om en keek naar buiten. Iets kleins en grijs danste naast het glas op en neer. Hij stond op om beter te kijken en zag een piepklein uiltje, met een brief die veel te groot voor hem was. De uil was zo klein dat hij in de lucht buitelde, rondtollend in de wind die langs de trein gierde. Snel duwde Harry het raam omlaag, stak zijn hand uit en ving het uiltje, dat aanvoelde als een pluizige Snaai. Hij haalde hem voorzichtig naar binnen. De uil liet zijn brief op de plaats van Harry vallen en begon opgewonden rond te vliegen door de coupé, trots dat hij zijn taak had volbracht. Hedwig klikte met haar snavel, met een soort waardige afkeuring. Knikkebeen ging overeind zitten op de bank en volgde de uil aandachtig met zijn grote gele ogen. Toen Ron dat zag plukte hij de uil snel uit de lucht en hield hem stevig beet. Harry pakte de brief, die aan hem geadresseerd was, scheurde de envelop open en riep: 'Hij is van Sirius!'

'Wat?' zeiden Hermelien en Ron opgewonden. 'Lees voor!'

Beste Harry,

Ik hoop dat deze brief je bereikt voor je bij je oom en tante bent, want ik weet

324

niet of die aan uilenpost gewend zijn.

Scheurbek en ik zijn ondergedoken. Ik zal niet zeggen waar, voor het geval deze brief in verkeerde handen valt. Ik heb zo mijn twijfels over de betrouwbaarheid van deze uil, maar een betere kon ik niet vinden en hij wilde het klusje heel graag doen.

Ik geloof dat de Dementors nog steeds naar me op zoek zijn, maar ze maken geen schijn van kans om me hier te vinden. Ik ben van plan om binnenkort een stel Dreuzels een glimp van me te laten opvangen, ver van Zweinstein, zodat de veiligheidsmaatregelen bij het kasteel opgeheven kunnen worden.

Ik ben er niet aan toegekomen om het je te vertellen tijdens onze korte ont-moeting, maar ik heb je de Vuurflits gestuurd.

'Ha!' zei Hermelien triomfantelijk. 'Zie je wel? Ik zei toch dat hij van hem kwam?'

'Ja, maar hij had hem niet behekst,' zei Ron. 'Au!'

Het kleine uiltje, dat vrolijk zat te krassen op zijn handpalm, had hem in zijn vinger gepikt, blijkbaar als teken van genegenheid.

Knikkebeen is met de bestelling naar het postkantoor gegaan. Ik heb jouw naam gebruikt, maar gezegd dat ze geld uit kluis 711 van Goudgrijp moesten nemen — mijn eigen kluis. Beschouw het maar als een goedmaker van je peet-vader voor twaalf cadeauloze verjaardagen.

Ik wil ook graag mijn excuses maken omdat ik je vorig jaar blijkbaar zo aan het schrikken heb gemaakt, op de avond dat je wegliep bij je oom en tante. Ik hoop-te alleen maar een glimp van je op te vangen voor ik aan mijn reis naar het noorden begon, maar ik geloof dat je nogal geschokt was toen je me zag.

Ik sluit iets bij wat het volgende schooljaar op Zweinstein waarschijnlijk een stuk aangenamer zal maken.

Als je me ooit nodig hebt, schrijf me dan. Je uil weet me wel te vinden.

Binnenkort hoor je weer van me.

Sirius

Gretig keek Harry in de envelop. Er zat nog een stuk perkament in. Hij las het vlug door en voelde zich plotseling zo warm en tevreden alsof hij in één teug een fles Boterbier naar binnen had gegoten.

Ik, Sirius Zwarts, Harry Potters voogd, geef hem hierbij toestemming om in de weekeinden Zweinsveld te bezoeken.

'Dat is goed genoeg voor Perkamentus!' zei Harry blij. Hij keek weer naar de brief van Sirius. 'Wacht even, er staat nog een PS...'

Misschien wil je vriend Ron deze uil houden, aangezien het mijn schuld is dat hij geen rat meer heeft.

Ron sperde zijn ogen open. Het minuscule uiltje zat nog steeds opgewonden te krassen.

'Hem houden?' zei hij onzeker. Hij bekeek de uil aandachtig en stak hem toen tot verbazing van Harry en Hermelien uit naar Knikkebeen, zodat die aan hem kon ruiken.

'Wat vind je?' vroeg Ron aan de kat. 'Is het echt een uil?'

Knikkebeen begon te spinnen.

'Dat is goed genoeg,' zei Ron vrolijk. 'Hij is van mij.'

Harry herlas de brief van Sirius keer op keer tijdens de terugreis naar Londen. Hij had hem nog steeds stevig in zijn hand toen hij, Ron en Hermelien het magische hek van perron 9 3/4 passeerden. Harry zag oom Herman meteen. Hij stond een eind van meneer en mevrouw Wemel vandaan en staarde hen achterdochtig aan en toen mevrouw Wemel Harry hartelijk aan haar borst drukte, werden zijn ergste vermoedens blijkbaar bevestigd.

'Ik bel nog wel over het WK!' riep Ron toen Harry afscheid van Hermelien en hem had genomen en zijn karretje met zijn hutkoffer en de kooi van Hedwig naar oom Herman reed, die hem op zijn gebruikelijke manier begroette.

'Wat is dat nou weer?' snauwde hij en hij staarde naar de envelop die Harry nog steeds in zijn hand hield. 'Toch niet weer zo'n formulier dat ik moet ondertekenen, hè? Dat kun je wel –'

'Helemaal niet,' zei Harry opgewekt. 'Het is een brief van m'n peetvader.'

'Peetvader?' sputterde oom Herman. 'Je hebt helemaal geen peetvader!'

'Jawel,' zei Harry vrolijk. 'Hij was de beste vriend van m'n ouders. Hij is een meervoudige moordenaar, maar hij is uit de tovenaarsgevangenis ontsnapt en nu is hij voortvluchtig. Hij laat nog regelmatig iets van zich horen... vraagt hoe het met me gaat... kijkt of ik het wel naar m'n zin heb...'

Harry grijnsde breed bij het zien van oom Hermans ontstelde gezicht en liep naar de uitgang van het station, terwijl Hedwigs kooi rammelde op het karretje. Deze zomer zou weleens heel wat beter kunnen worden dan de vorige.

Colofon

Harry Potter en de Gevangene van Azkaban van J.K. Rowling werd in opdracht van Uitgeverij De Harmonie te Amsterdam gedrukt door Drukkerij Hooiberg te Epe.
Oorspronkelijke titel: *Harry Potter and the Prisoner of Azkaban* (Bloomsbury Publishing Plc., Londen).
Illustraties omslag en binnenwerk: Ien van Laanen, Amsterdam.
Grafische verzorging: Anne Lammers, Amsterdam.

Eerste druk (gebonden editie): oktober 2000
Elfde druk (gebonden editie): april 2004
Eerste druk (paperback editie): februari 2000
Zevenentwintigse druk (paperback editie): april 2004

Voor België: Standaard Uitgeverij
ISBN 9076174148 (paperback)
D/2000/0034/19
ISBN 9076174180 (gebonden)
D/2000/0034/367
NUR 283

www.deharmonie.nl
www.harrypotter.nl.